延安整风与新时期党的建设

蔡国英/有林◎主编

华艺出版社
HUA YI PUBLISHING HOUSE

编者的话

20 世纪 40 年代的延安整风运动，是我党历史上一次全面的马克思主义教育运动，也是一次伟大的思想解放运动。通过此次整风运动，全党统一了思想，增强了自身建设，加速了马克思主义中国化的进程。70 多年过去了，延安整风的宝贵经验对于加强党的思想建设、组织建设和作风建设，仍具有迫切的现实意义。

在新的历史条件下，党中央提出把建设马克思主义学习型政党的目标，与党的执政使命和面临的重大使命联系起来，把学习马克思主义推向一个新的境界。站在新的历史起点上，回顾延安整风的留下的宝贵经验，我们倍感亲切。

党的十八大以后，以为民、务实、清廉为主要内容的党的群众路线教育实践活动，已在全党深入展开。2013 年 6 月 18 日，在中央召开的党的群众路线教育实践活动工作会议上，习近平总书记站在我们党 90 多年光辉历史和实现中华民族伟大复兴中国梦的高度，深刻阐释了党的群众路线教育实践活动的深远意义，指明了开展这一教育实践活动的指导思想与目标要求，并且强调要以"整风精神"开展批评和自我批评。

为了继承和发扬延安整风精神，继承和发扬我党的优良作风，我们编辑了这本书，献给广大读者。

全书收入 25 篇论文，不少篇章的作者为知名专家和学者，从不同角度阐述了延安整风对加强新时期党的建设的现实意义。本书作品借鉴延安整风的丰硕成果、主要经验和伟大意义，结合延安整风运动的基本经验和新时期党建实际，为推进党的建设新的伟大工程、提高党的建设科学化水平作了有益的探索。

我们在编辑出版此书的过程中，得到了宁夏回族自治区党委宣传部、中国延安精神研究会领导的大力支持和帮助，并做了许多具体工作，在此一并表示感谢。

本书在组稿的过程中，坚持实事求是的原则，同时尊重作者及文章风格。在编写过程中还对文稿作了文字上稍许修订，敬请有关作者予以谅解。由于水平所限，难免有疏漏和不妥之处，敬请读者批评、指正。

编者
2014 年 1 月

目　录

序：延安整风历史回顾

石仲泉

　　我在参与写作《胡乔木回忆毛泽东》的过程中，对延安整风运动的全过程有所了解。鉴于目前个别出版物和坊间议论将延安整风运动妖魔化了。这里，根据我所知道的历史资料谈点个人看法，作为对延安整风运动的纪念，也对毛泽东发动延安整风运动作些评价。

一、延安整风运动的缘起

　　应当怎样评价延安整风运动呢？它涉及毛泽东的理念与动机、整风的目的与要求、发动的远因与近因、运动的主流与支流、认知的本质与表象等诸多问题。对有些史实，站在不同立场、持不同观点、用不同方法，会作出不同解读，其结论往往大相径庭，甚至南辕北辙。但是，我们应当努力还原历史，说明延安整风运动的真正原委，把握它的本质，得出实事求是的结论。

　　延安整风运动为什么会产生？这要从党的历史背景和当时中国的整个历史背景来说明。中国共产党是在一个具有特殊国情的国家里诞生的，她走过了一段异常曲折复杂的道路。中国革命要胜利，必须依靠中国共产党人根据中国实际情况来进行革命斗争。但是，中国共产党真正懂得中国的实际很不容易，因为：一是对中国实际情况的认识要有一个过程；二是中国党从一开始就是在俄共和共产国际的帮助下产生的。他们一方面给中国党许多积极的东西，同时也给中国党带来许多消极的东西，造成许多困难。大革命的失败和中央苏区第五次反"围剿"的失败，都与这有关系。遵义会议后，经过长征的胜利、西安事变的和平解决、第二次国共合作的实现，中国党已经能够独立地按照中国实际情况来决定自己的政治战略。但中国党还要接受共产国际的领导，这是产生抗战初期王明右倾错误的一个重要原因。

领导中国革命，是从中国实际出发，还是从教条出发，也就是从共产国际的决议、指示出发？这个问题要解决。在当时，不经过全党整风，对这个问题的认识是解决不了的。怎样解决这个问题呢？毛泽东认为必须从两个方面着手：一是进行马克思主义理论的整风学习，了解马克思主义的基本理论和思想方法，从而懂得从中国实际出发进行革命斗争是马克思主义的基本要求；二是研究党的历史上的路线问题，总结经验教训，了解在怎样的情况下革命斗争能取得胜利，而在怎样的情况下革命斗争会遭受挫折。这样双管齐下，理论和实践相结合，从而提高全党认识，统一思想。这是开展延安整风运动的根本出发点，也是毛泽东发动整风运动的初始动机。

关于号召全党学习马克思主义理论，毛泽东早在 1938 年 10 月的六届六中全会上，就已经开始强调。他要求全党使马克思主义在中国具体化，按照中国的特点去应用它。党的六届六中全会以后，毛泽东把加强马克思主义理论学习作为有头等重要意义的工作来抓。1939 年 5 月，他在有一千多人参加的延安在职干部教育动员大会上发表演讲，指出：我们要建设"一个独立的、有战斗力的党"，"就要有大批的有学问的干部做骨干"，这就非学习不可。要在共产党力所能及的地方造成一个热烈的学习大潮，把全党变成一个大学校。会后，中央一些部委组织学习小组，在延安参加学习的干部达四千多人。

但是，那两年的学习运动存在理论脱离实际的倾向。在国共两党关系紧张后，毛泽东深深感到，一些干部包括一些高级干部，不会运用马列主义的立场与方法来具体地分析和解决中国革命的问题，这与对党的历史上的路线问题的认识有关。在 1940 年 12 月的两次中央政治局会议上，毛泽东分析打退第二次反共高潮的形势，决定以中央名义发出关于时局与政策若干问题的指示，提出要总结党的历史上特别是苏维埃运动后期的"左"的政策错误问题。他说,遵义会议的决议只说那时是军事上的错误,没有说政治路线上的错误,实际上是政治路线上的错误,遵义会议的决议要重新认识。但是,会上对此有不同意见。毛泽东同意会上提出的对过去的经验教训作专门研究的意见,没有急于统一思想认识。开展整风运动,就是要解决这个问题。

毛泽东之所以在1941年发动整风运动,也与皖南事变有密切关系。这一年初发生的皖南事变使新四军损失惨重,这使毛泽东不仅思考苏维埃运动后期的"左"倾错误,而且对抗战初期的右倾错误有了更深切的认识。1940年12月的政治局会议上,毛泽东在批评苏维埃运动后期的"左"倾错误时就批评了抗战初期的右倾错误。他说,在武汉失守前,国军溃退,我们可以猛烈发展。在日军进攻时和靠近日军的地区,我军可以大发展。这个认识目前只有项英还不懂得,因此军队少,且没有钱花。这就是没有了解夺取政权的重要性。在接到新四军被围遭到惨痛损失的消息后,毛泽东在1941年1月15日的中央政治局会议上总结教训时指出,项英过去的路线是错误的,不执行独立自主政策,没有反摩擦斗争的思想准备。抗战以来一部分领导同志的机会主义,只知片面的联合而不要斗争。

有些同志没有把普遍真理的马列主义与中国革命的具体实际联系起来,项英就没有了解中国革命的实际。对项英在皖南事变中的错误怎么认定,党史界有不同看法还可讨论。毛泽东基于对皖南事变的这一认识,从3月开始,连续采取重要措施来解决理论教育如何联系中国社会和革命实际的问题。这实际上是开展整风运动的近因。

其中,最重要的措施有两个:一是1941年3月和4月,毛泽东将前些年编好的《农村调查》文集加写了"序"和"跋",付梓出版。他批评那种"下车伊始"就"哇喇哇喇地发议论"、"钦差大臣"满天飞的作风,实际上是为整风学习作舆论准备。二是在1941年5月发表《改造我们的学习》演讲,实际上是为整风学习作动员。他指出,研究理论有两种对立的态度,一种是理论联系实际的马克思列宁主义态度,也就是实事求是的态度;一种是理论脱离实际的主观主义态度。他特别强调了实事求是的重要性,尖锐地批评了理论脱离实际的倾向,指出这种反科学的反马列主义的主观主义的方法，是共产党的大敌，是民族的大敌。毛泽东讲话的用语之辛辣、讽刺之严厉、情绪之激动，是此前许多人从未感受过的。这个报告在干部中引起了巨大的思想震动。但是当时负责理论宣传的领导人没有理解它的深刻意义，对其没有予以重视，在延安报上没作宣传报道，似乎什么事也没有发生。领导层的这种无动于衷的反应使毛泽东感到了问题的严重性，也使他决心要在全党开展整风运动。

毛泽东是胸怀中国革命大局的。上述发动整风运动的大背景和小背景，也可视为整风运动的远因和近因。显然，这完全是为着中国革命胜利进行的战略布局。我翻阅了不少档案文献，没有发现一件毛泽东怎样为了权力来发动整风运动的材料。事实上，在六届六中全会之前，共产国际已经明确指出：抗战以来，中国共产党的政治路线是正确的，中国党的问题要在毛泽东为首的领导下解决。这在实际上确立了毛泽东的领袖地位。因此，根本不存在还要为争夺最高权力而进行"残酷斗争"的问题。那种鼓噪的"整风运动权力斗争论"，是没有任何史实根据的臆断。

二、中央领导层的整风

过去的党史讲延安整风运动，都只讲全党范围的普遍整风。一般干部和广大学者基本不知道还有中央领导层的整风学习。《胡乔木回忆毛泽东》的一个重要贡献，就是第一次披露了这个问题。整风运动分高级干部的整风和全党干部的普遍整风两个层次进行。毛泽东认为，整风运动的主要对象是党的高中级干部，特别是高级干部。他们犯的思想错误最顽固，只要将他们的思想打通了，下级干部的进步就快了。他还认为，对于不同的干部，整风的内容和重点虽有所不同，但两个层次的整风有共同的要求，即总结党的历史经验教训，消除王明路线的影响，通过批判教条主义和经验主义两种形态的主观主义，教育全党干部学会运用马克思主义的立场观点方法来研究和解决中国革命的具体问题。

延安整风运动是从党中央一级的高级干部开始的，先学习马克思主义的理论，然后研究党的历史上的路线。中央一级高级干部的整风，主要是通过 1941 年和 1943 年的两次中央政治局扩大会议进行的。

（一）关于 1941 年 9 月中央政治局整风会议

这次整风会议时间是从 9 月 10 日至 10 月 22 日，共 40 多天，其实只开了 5 次会。毛泽东在第一天会上作报告，主要讲了三个问题：一是指出苏维埃运动后期的"左"倾机会主义是主观主义的统治，比立三路线的危害更为严重，其表现形态更完备，统治时间更长久。因为他们自称"国际路线"，其实是假马克思主义，提出的许多主张不符合实际情况。二是分析了主观主义的根源和遗毒，认为现在的延安，学风上存在着主观主义，党风上存在着宗派主义，它们的根源是过去党内"左"的传统，共产国际某些思想的影响和中国广大小资产阶级的影响。三是提出了克服主观主义和宗派主义的 16 条办法，其基本精神是：在理论上要分清创造性的马克思主义与教条式的马克思主义，要用马克思主义的观点研究实际问题，使中国革命丰富的实际经验马克思主义化；要实行两条路线斗争，反对主观主义与宗派主义，反对教条主义与事务主义；要研究马列主义的方法论，组织方法论研究小组，中央研究小组一方面研究马列主义的方法论，一方面研究六大以来的中央决议，集中力量反对主观主义和宗派主义，把犯了错误的干部健全地保留下来。

在中央整风的 5 次会议上，有 28 人次发言，都表示拥护毛泽东的报告，认为在中央内部开展反对主观主义和宗派主义的斗争对于党的路线的彻底转变有极大意义。与会者对土地革命后期的路线和政策问题进行研讨，分析了部分文件的一些情况。一些曾经在历史上犯过错误的同志，如张闻天、博古和王稼祥等，本着对中国革命高度负责的态度，进行沉痛检讨。

会议的发言者，对 1932 年至 1935 年中央路线的认识趋于一致，承认是路线错误；但涉及评价六届四中全会，认识的分歧较大。有的认为四中全会决议基本正确，比较多的发言是没有完全否定四中全会，但持明显的批评态度。王明两次发言都强调六届四中全会的路线是正确的，博古是苏维埃运动后期最主要的错误负责者，与他没有关系。他还对到会的与未到会的、担任中央领导与未担任中央领导的、活着的与去世的近20人的这样那样的"错误"，逐个地进行了批评，唯独不说自己有什么政治错误。他的这个态度引起与会者很大不满。

会后，毛泽东同其他人一起找他谈话，他拒不认错，反而批评中央的方针政策太"左"，《新民主主义论》太"左"。他认为目前不能同蒋介石闹摩擦；与蒋介石的关系，应以国民党为主，我党跟从之；建议中央发表声明不实行新民主主义，与蒋介石设法妥协。他还表示决心与中央争论到底，到共产国际去打官司。这以后，王明称病，既不参加政治局会议，也不参加中央整风会议。尽管如此，中央并没有对他采取任何组织措施。

1941年9月政治局扩大会议，虽然受到王明干扰，但初步统一了中央领导层的思想，为1942年开展的全党性整风作了思想理论上的准备。

（二）关于1943年9月中央政治局整风会议

由于王明在1941年"九月会议"上认为抗战以来中央的路线错了，1943年"九月会议"在继续深入讨论苏维埃运动后期的错误路线的同时，着重讨论抗战时期党中央的路线是非。这次会议开的时间更长，参加扩大会议的人数更多。

这次整风会议大致分三个阶段，主要由犯过错误的同志进行检查，并对王明的路线错误展开批判；其他同志发言帮助犯错误的同志提高认识。这次会议正处在打退国民党酝酿发动的第三次反共高潮之际，国共关系再度紧张，反对右倾投降主义成为主要倾向。这一历史背景反映到党内斗争上，对于错误路线的批评，在基本方向和内容上虽是正确的，但在言辞上比上次会议要尖锐许多，有不少偏激之词，会议的空气有时很紧张。

第一阶段会议，从9月7日到10月6日，其间开了三天会。朱德总结了在党领导下近二十年来的经历，批评抗战以来的王明路线错误。他在回顾历史说，与毛主席在一起时，打仗就能胜利；离开毛主席，有时打仗就要吃亏。跟毛主席在一起时虽有争论，但最后还是遵从了毛主席的领导。在长征路上，张国焘屡次逼我表态，我一面虚与委蛇，一面坚持中央立场，这是我离开毛主席后利用自己一生的经验来对付张国焘，最后与中央会合了。他很有感慨地说，毛主席办事脚踏实地，有魄力、有能力，遇到困难总能想出办法，在人家反对他时还能坚持按实际情况办事。我们这次学习，就要学好毛主席办事的本事。朱德的讲话，对于把全党认识统一到那时以毛泽东为代表的正确的思想和路线上来，发挥了重要影响。

毛泽东作了两次讲话，着重讲了两个宗派问题。他说，党从四中全会后，就有两个大宗派，一是教条主义宗派，一是经验主义宗派，过去反宗派主义是抽象的，现在要把原则变成实际。教条主义宗派是主观主义的第一形态，经验主义宗派是主观主义的第二形态，反掉这两个东西，党就统一了。教条主义宗派最主要的是王明，以后是博古。他们统治中央计三年又四个月，党政军民学，东西南北中，无处不被其毒，结果白区损失十分之十，苏区损失十分之九。他也指出，对于教条主义宗派要作具体分析，有犯路线错误的，也有只犯个别错误的；有屡次犯错误的，也有后来改正错误的。关于经验主义宗派，他认为，他们的大多数是正派人，像张国焘那是邪派人。在两个宗派中，教条主义宗派是主要的，他们穿了马列主义外衣，利用国际名义吓人，与经验主义宗派中的不正派人结合起来，危害最大。教条主义宗派是头，经验主义宗派是脚，反对宗派主义要从破坏教条主义宗派开始，克服前者，后者再加马列，事情就差不多了。

这些宗派也可以说无组织系统，但有思想方法、政治路线为纲领。整风学习的目的是打碎两个宗派，把一切宗派打坍，打破各个山头，包括其他老干部、新干部。我们打碎的方法，是改造思想，以马列为武器，批判自己，批判别人；只"整"思想，不把人"整死"，是治病救人。要团结过去犯过错误的同志，建设一个统一的党。

毛泽东关于"两个宗派"的发言，实际上为这次会议的整风定下了基调。此后，过去犯错误的同志都按照这个思路进行检讨，其他同志也按照这个思路展开批评。

第二阶段会议，从 11 月 13 日至月底。毛泽东首先讲话，说遵义会议没提出路线问题，就是要分化王明教条主义宗派。当时反对军事上的机会主义，实际上解决了政治路线问题，因为领导军队的权拿过来了。前年"九月会议"之前没有讲王明路线错误，也是大多数人还不觉悟，等待一些同志是需要的。

这一阶段的重头戏是周恩来的发言。1941 年的会议他没参加，这次从重庆回延安就是参加整风会议。他用半个月时间，写了 4 篇共 5 万多字的学习笔记，对过去的历史进行再认识。他的发言是中央两次整风会议中讲得最细、检查时间最长的发言。发言分"自我反省"和"历史检讨"两大部分，以"历史检讨"为主线，从 1927 年大革命后期党的五大他参加政治局工作讲起，一直讲到 1943 年国民党发动第三次反共高潮。他参与中央核心领导的时间最长，资格最老，了解的情况最多，这个历史回顾实际上成了 1927 年以来的党史报告。

在检查中，周恩来严于律己，努力按照整风文件要求，并根据毛泽东讲的两个宗派思想来检查自己的错误。在会议期间，他被看作经验主义宗派的主要代表。他检讨了自己在六届四中全会、临时中央、中央苏区、1937 年"十二月会议"和武汉工作期间的错误，诚恳地表示：今后应好好读几本马列的书，特别是要将毛主席的全部文献好好地精读和研讨一番，提高思想方法。同时，在工作中要改变事务主义作风，深入实际，真正做更多有益于党和革命的事情。

第三阶段会议，在 1944 年开春以后，从 2 月下旬直到 5 月下旬党的六届七中全会召开之前。这一阶段主要是对整风运动进行总结和对党的历史问题作出正确结论，同时也开始纠正前一阶段会议的一些缺点。2 月下旬，中央书记处会议讨论党的历史问题，统一了对五个问题的认识：①王明、博古错误不是党外问题，而应视为党内问题；②临时中央与五中全会因有"国际"承认，是合法的，但手续不完备；③学习路线时，对于历史上的思想问题要弄清楚，对结论必须力求宽大，目前应强调团结，以便共同工作；④党的六大基本方针是正确的，起了进步作用要肯定；⑤对四中全会到遵义会议时期，也不采取一切否定的态度，凡做得对的，都应承认。

3月5日，毛泽东在政治局整风会议上对上述问题作了阐释，择其要点：①弄清思想与宽大结论。过去对犯错误的同志只是惩罚，这一次我们主要是弄清思想，总结经验教训，要使同志们懂得犯错误不是个人的偶然现象，而是社会现象，是小资产阶级的急性病。我们强调产生错误的社会原因，不强调个人责任。因此，组织结论作宽大些。②不要否定一切。四中全会到遵义会议这段历史，我与博古等在一起工作，有共同点，都要打蒋介石，都要搞土地革命；分歧点就是如何打蒋介石，这是策略上的分歧。如果把过去一切都否认，是不好的偏向。要分析，不要一概否定。③六大方针。多数同志企图否认六大，说基本上是错误的。我认为六大虽有缺点错误，但基本路线是正确的。六大指出了革命性质，分析了革命形势，反对了速胜论，提出了十大纲领。④二十八个半布尔什维克的派别是否还有？经过几次分化，现在没有这个团体了。经验主义宗派也没有了。党的历史上的两个宗派，已经不存在。历史上的问题不是主要的了。

毛泽东的这个讲话，实际上是对政治局整风会议关于党的历史问题讨论的总结。他纠正了会议过程中的偏差，与会同志表示拥护，犯过错误的同志解除了思想包袱，未犯错误的同志对一些历史问题有了正确看法。从1944年5月21日开始，党的扩大的六届七中全会举行。在全会上正式通过了毛泽东代表中央政治局提出的关于党内历史问题的上述意见，并形成了决议文字。至此，延安整风运动历经3年，最终以形成全党的空前团结而画上句号。

三、延安整风运动的五大历史功绩

延安整风运动是中国共产党历史上的伟大创举，在世界政党史上绝无仅有。它尽管只有3年时间，但对于中国共产党90多年的历史发展具有不可替代的伟大意义。具体来说，它至少有五大历史功绩。

第一，空前地提高了党的马克思主义理论水平。中国共产党是在一个具有非常特殊国情的国度里诞生的。近代中国成为半殖民地半封建社会后，一是经济社会发展十分落后，二是科学文化十分落后。建设马克思主义政党的困难非常大。刘少奇在中央整风学习前夕指出：中国党有一极大的弱点，这个弱点，就是党在思想上的准备、理论上的修养是不够的。中国党过去的屡次失败，都是指导上的失败，是在指导上的幼稚与错误而引起全党或重要部分的失败，而并不是工作上的失败。直至现在，缺乏理论这个弱点，仍未完全克服。现在提倡党内的理论学习，十分必要。

毛泽东在长征到延安后即认识到这个问题，一方面他个人发愤苦读，另一方面号召全党加强马克思主义学习，把党变成一个大学校。为了解决理论脱离实际的问题，为了学会运用马列主义的立场与方法来认识中国革命问题，便发动了整风运动，在全党范围进行马克思主义教育，结合研究实际和党的历史学习理论。他在准备动员时讲：学习马克思主义的普遍真理，要与中国的革命实际相结合，我们一定要借"箭"，"箭"就是马列主义，过去光读书本，孤立地学习，脱离实际，无法懂得马列主义。当时在延安参加整风学习的干部有一万多人，以各部门主要负责人为主成立的高级学习组，最初是100多人，后来扩大到250—300人。全国各地的高级学习组由中央管理和指导，延安的高级学习组由政治局和中宣部负责。通过整风运动，许多过去没有读过马列本本的干部包括高中级干部，这次集中认真地阅读了中央规定的理论书籍；过去读过马列本本的一些领导干部，这次懂得了怎样运用马列主义的立场与方法来认识中国革命问题。因此，全党的马克思主义理论水平有了很大的飞跃。

第二，基本弄清了党的历史问题的路线是非，使全党对过去的发展历程有了比较正确的认识，初步地达到了思想的统一。遵义会议是党的历史发展的伟大转折，但是囿于当时的历史条件和认识水平，只解决了军事领导权，没有解决思想政治路线问题。抗战开始后，也顾不上解决这些问题，因此，一方面，过去路线错误的流毒一直存在，影响党的正确路线和方针的贯彻执行，在部分地区使革命事业遭受不应有的损失；

另一方面，过去犯过路线错误的领导人，如王明，还自视一贯正确，不断发表文章和出版旧著宣传错误观点，造成党内思想混乱。1940 年 3 月，他还把在六届四中全会前后为夺取党中央领导权制造舆论而出版的《为中共更加布尔什维克化而斗争》小册子重新出版，将其当作"学习党的建设和中共历史"的材料，让"成千累万的新干部新党员"学习。因为当时中央准备在 1941 年上半年召开七大，他在制造舆论，抢占先机，夺取"制高点"。

因此，怎样看待党的历史发展，怎样认识遵义会议前的路线问题，就成为在全党进行马克思主义理论教育中需要认真解决的重要问题。为此，毛泽东亲自主持编辑了 3 套历史文献：这就是《六大以来——党内秘密文件》、《六大以前——党的历史材料》和《两条路线》。这 3 本书出版后，在党内产生巨大反响：一方面，许多同志了解了党的历史的一些基本情况，对一些不清楚的历史争论恍然大悟，明白了苏维埃运动后期党的领导机关向全党发布过许多"左"的训令、决议等，认识到苏维埃运动后期党的领导机关确实存在一条错误的路线；另一方面，有利于犯错误的同志回忆那段历史，改正错误，个别原先不承认犯了路线错误的同志在大量历史材料面前，也放弃了自己的观点，承认了错误。1943 年 10 月，毛泽东在政治局会议上说，六大"党书"一出，许多同志解除了武装。

延安整风运动，特别是中央以两次"九月会议"为代表的整风学习，研究党的历史，检讨过去中央的路线是非，使全党特别是高级干部对于党的历史问题形成了共识。它的主要结晶就是形成了《关于若干历史问题的决议》。这个《决议》在简明概要地叙述了自党成立以来的历史发展之后，通过同毛泽东的政策主张相比较的分析，全面详尽地阐述了历次"左"倾错误在政治、军事、组织、思想方面的表现和造成的严重危害，并着重说明了产生"左"倾错误的社会根源和思想根源。《决议》坚持"惩前毖后，治病救人"的方针，没有讲教条主义宗派和经验主义宗派问题，没有讲犯错误者的品质问题，没有讲"左"倾路线造成白区损失 100%、苏区损失 90% 的问题，也没有讲抗战以来的历史是非问题，目的是团结全党抗日救国。

毛泽东说，这些不讲，至多是缺点；讲得过分，讲得不对，却会成为错误。《决议》通过后，博古很感动地说，这个《决议》是在原则上很严格，而态度对我们犯错误的人是很温和的。我们要从头学起，从头做起，愿意接受这个《决议》，作为改造自己的起点。博古的感言，表达了历史上犯过错误而又愿意改正错误的同志的共同认识。

第三，加快了马克思主义中国化、时代化、大众化的步伐。将马克思主义中国化、时代化、大众化问题联为一体，虽然是 2009 年党的十七届四中全会提出的命题，但这"三化"思想却在党创立之后实际上就已经蕴涵着。因为党从创立之日起就致力于马克思主义中国化，而马克思主义中国化与时代化和大众化不是孤立的三个问题，从本质上说是一个问题的三个维度。马克思主义作为外来文化在传入中国之后要生根存活，必须与中国文化和中国实际相结合，这就是马克思主义中国化。这既是马克思主义理论本身的需要，也是中国共产党人将其作为指导思想的必然要求。尽管那时没有提出这个概念，但这个思路是存在的。而"中国化"本身实质上就内含着"时代化"和"大众化"。因为马克思主义作为中国共产党的指导思想比马克思主义诞生晚了 70 多年，这个时间差无论对于马克思主义本身来说，还是对于中国共产党人来说，都有一个与时俱进的"时代化"问题。所谓"大众化"，就是让马克思主义理论为中国人所接受和信仰，存在语言系统的转化问题，不仅翻译力求"信、达、雅"，而且尽量具有中国韵味，为中国人喜闻乐见。这就是马克思主义大众化。所以，"三化"命题，是以中国化为本，并统领时代化和大众化的一个新表述。

毛泽东虽然不是有马克思主义中国化思想或思路的第一人，但他却是最早把握马克思主义中国化思想的要义，并将其论述得最精辟、运用得最成功的。他开辟的党领导的第一个井冈山革命根据地和主要在中央苏区探索中国革命道路的实践，使他最早明确提出并大力倡导马克思主义与中国实际相结合的思想，并且在 1938 年党的六届六中全会上首次提出"马克思主义中国化"概念。那时之所以没有同时明确提出"时代化"和"大众化"，是因为这两者还没有成为议事内容或争论对象，因而没有聚焦。那时党内最严重的危害是马克思主义教条化，马克思主义中国化是针对教条化提出的。

延安整风运动对于推进马克思主义中国化、时代化、大众化有三大贡献：一是将马克思主义的"立场、观点、方法"论转化为中国共产党特有的思想方法论。整风运动开展后，为了加强思想理论的领导，中央成立思想方法学习小组，毛泽东亲任组长，研究马列著作的思想方法论。经过整风运动，广大干部学习、运用马克思主义思想方法去分析问题和解决问题，取得显著成效。二是确立了实事求是、理论联系实际的思想路线。这个正确的思想路线，在理论上加以明晰化是在1938年六届六中全会提出马克思主义中国化问题，特别是在整风运动开展之后。在《改造我们的学习》中，毛泽东对"实事求是"作了新的界定和阐释。在1941年"九月会议"上，他指出，这种"实事求是的马克思主义"是同主观主义"相对抗的"。此后，"实事求是"成为中国共产党人奉行的马克思主义思想路线的中国化、通俗化的表述。三是提出要使中国革命丰富的实际马克思主义化，将经验升华为理论，成为创造性的马克思主义。他在1941年"九月会议"讲话中强调："要分清创造性的马克思主义和教条式的马克思主义"，大力宣传创造性的马克思主义，"要使中国革命丰富的实际马克思主义化"。随后，他还强调了上述两种马克思主义的对立，指出：我们历史上的马克思主义有很多种，有活的马克思主义，有死的马克思主义，我们所要的是活的马克思主义，不是死的马克思主义。以毛泽东为代表的中国共产党人不断坚持要活的马克思主义，反对死的马克思主义，从而发展了马克思主义，成为创造性的马克思主义者。

第四，促进了毛泽东思想成为全党指导思想。抗日战争开始后，毛泽东的领袖地位不但在党内巩固起来，而且得到共产国际的承认。1937年12月，王明离开莫斯科回国时，季米特洛夫对他说："你回中国去，要与中国同志关系弄好，你与国内同志不熟悉，就是他们要推你当总书记时，你也不要担任。"1938年9月，在相继召开的中央政治局会议和六届六中全会上，从莫斯科回国的王稼祥又传达了共产国际和季米特洛夫肯定中共路线正确和毛泽东领袖地位的意见。这不仅对全党在毛泽东领导下进一步运用马列主义解决中国革命问题起到巨大推动作用，同时也必然推进全党对毛泽东理论贡献的关注和研究。

整风运动开展后，在 1942 年 7 月党的 21 周年之际，延安和一些抗日根据地的报刊相继发表文章赞颂毛泽东的思想理论。在 1943 年 6 月至 8 月，党的领导人撰文和发表讲话，不仅宣传毛泽东的思想理论和路线，而且越来越趋向于定义其称谓了。先是刘少奇使用"毛泽东同志的思想体系"概念，接着王稼祥不仅第一次使用了后来一直沿用的"毛泽东思想"这个概念，而且论述了毛泽东思想"成长、发展与成熟起来"的历程。

整风运动开展后，通过对历史问题的深入讨论，党内不仅认识到毛泽东在革命实践上是党的正确路线的代表，在理论上对马列主义有创造性的发展，是中国化的马克思主义，而且找到了概括马克思主义中国化丰硕成果即中国化马克思主义的科学概念——毛泽东思想。作为延安整风运动理论成果的《关于若干历史问题的决议》，充分肯定了毛泽东的历史地位和毛泽东思想的伟大作用，最后，党的七大终于正式确立了毛泽东思想作为中国共产党的指导思想。

第五，对于中国共产党建设成为马克思主义政党起了决定性作用。中国共产党建设成为马克思主义政党的任务繁重：一是由于它诞生的特殊国情决定了其特殊的党情，建设成为马克思主义政党的任务不能不异常繁重。二是由于它经历过严重挫折，全国党员数量由苏区鼎盛时期（包括白区在内）的 40 多万到各路红军抵达陕北后（包括白区在内）锐减至 4 万多人。抗战开始后党的力量又获得巨大发展，到开展整风运动时达到 80 多万，因此，教育新党员的任务也很繁重。三是党的六届六中全会虽然明确了毛泽东在全党的领袖地位，但过去"左"右倾的影响和流毒还广泛存在，妨碍将党建设成为马克思主义政党任务的实现。因此，1939 年 10 月毛泽东在《〈共产党人〉发刊词》中，提出党的建设的"伟大的工程"任务。开展全党性的整风运动，就是要进行这个"伟大的工程"建设。

开展整风运动对于建设马克思主义政党的作用在于：首先，着重从思想上建设党的要求得到了落实。群众性的整风运动所开展的整顿作风、检查思想的要求，就是进行无产阶级思想同小资产阶级思想的斗争，达到去掉小资产阶级思想，努力转变为完全无产阶级思想的目的。在《在延安文艺座谈会上的讲话》等论著中，毛泽东针对党内小资产阶级成分占多数、非无产阶级思想大量存在的状况，明确提出共产党员不仅要在组织上入党，而且要在思想上入党。整风运动就是按照这样的指导思想进行的。据此可以说，整风运动是着重思想上建设党的伟大实践，从内容到形式都为从思想上将中国共产党建设成为马克思主义政党开辟了新路。

其次，党的指导思想排除了错误倾向的干扰，正确的政治路线更加明确、坚定。整风运动反对教条主义、主观主义，就是要使全党始终坚定不移地贯彻执行党在抗日战争和整个民主革命时期的正确的政治路线。经过整风运动总结党的历史问题的经验教训，进一步分清路线是非后，在七大的《论联合政府》报告中，不仅对党的新民主主义革命总路线及其政治、经济、文化纲领作了更加明确的论述和更为全面具体的规定，而且首次提出党要在打败日本侵略者后，建立新民主主义中国的政治路线。这为夺取抗日战争的最后胜利和新民主主义革命在全国的胜利指明了方向。

再次，提出了共产党区别于其他政党的三大作风。党的作风建设，是关系到党能否保持先进性、能否得到人民群众拥护、能否领导革命取得胜利的重大问题。在长期异常艰苦的革命斗争中，党形成了许多为人民群众所称赞的优良作风。整风运动的"三反三整"，即反对主观主义以整顿学风、反对宗派主义以整顿党风、反对党八股以整顿文风，就是要在全党树立一切从实际出发、理论联系实际的马克思主义作风。而一切从实际出发，就必须要依靠人民群众。毛泽东批评王明为代表的教条主义时指出："其理论的理论，脱离群众四字尽之矣。"整风运动的方法就是从团结的愿望出发，经过批评和自我批评，在新的基础上达到新的团结。整风运动空前地推进了党的作风建设。毛泽东在七大报告中对党应该具有并已形成的作风作出新的精辟概括。他强调，三大作风中的每一项，都是中国共产党人区别于其他任何政党的显著标志。通过整风运动概括的三大作风，是马克思主义政党立于不败之地的根基。

四、延安整风运动的三个主要缺陷

肯定延安整风运动有伟大历史功绩，并不是说它没有缺点错误。胡乔木说："让我给整风打分，我不会打 100 分。"我赞成胡乔木的观点，那种将整风运动讲得很满的著述，也有悖于历史。在我看来，整风运动的缺陷主要有三个：

第一，路线斗争出现过过火批判。中央领导层的整风运动，虽然是学习马列理论，研究党的历史问题，弄清思想是非和路线是非，但 1941 年特别是 1943 年的"九月会议"发生了评论过头、"上纲"过高、批判过火的发言，加剧了会议的紧张气氛。尽管没有发生"逼供信"式的残酷斗争、无情打击现象，但其气氛连胡乔木都感到"一方面很民主，一方面又很紧张"。1944 年开春后继续进行的中央整风会议，纠正了前一阶段出现的过火批判，对党内历史问题作出了冷静的思考。中央决议特别强调：王明、博古的错误是党内问题不是党外问题；党的六大虽有缺点错误，但基本路线是正确的。自 1943 年中共中央领导机构调整后两年内，周恩来就没再进入新的中央书记处，也没参与领导整风运动的中央总学习委员会。在中央整风学习结束后，从党的六届七中全会始，他恢复了参与核心领导的职务，先是进入领导会议的五人主席团，随后在七届一中全会被选入五大书记。这可视为对周恩来在整风期间所受的过火批判的纠正。

第二，"抢救运动"出现过严重混淆两类矛盾的情形。全党群众性的整风运动分两大阶段进行。在第一阶段的整风检查过程中发生了王实味有所谓的"托派"、"特务"问题；从 1943 年 4 月始，整风运动转入以审查干部、清理队伍为主的第二阶段。按照毛泽东的说法，整风检查是思想上清党，审干肃奸是组织上清党；前者是无产阶级思想与非无产阶级思想的斗争，后者是革命与反革命的斗争。不言而喻，后者属于敌我矛盾。当时专门负责审干工作的中央总学委副主任康生（主任为毛泽东，康生管常务，主持日常工作）在 1943 年 7 月 15 日的延安干部大会上作深入进行审干的动员报告，提出开展"抢救失足者运动"后，混淆敌我界限的错误进一步扩大，审干运动实际上变成了"抢救运动"。康生声称，"特务如麻，到处皆有"。在延安，仅半个月就挖出了所谓特嫌分子1400多人，造成大批冤假错案，许多干部惶惶不可终日。

在多个渠道向毛泽东反映情况后，中央于8月5日下达文件，延安对"失足分子的抢救运动"戛然而止。这样，延安搞了20天的"抢救运动"宣告结束。是年底，中央决定审干转入甄别阶段。1944年初，中央发出指示，对于"坦白分子"在甄别后分清情况进行平反，对于完全搞错了的要完全平反。审干一年，在延安和陕甘宁边区挖出特务曾高达15000多人，最后都分别情况作出了实事求是的结论。对于审干运动中发生的严重错误，毛泽东在1944年5月至1945年2月间，先后3次承担了责任。

第三，"历史决议"有过分突出个人的现象。《关于若干历史问题的决议》作为整风运动的理论结晶，是个好决议。经过近5年时间的酝酿、起草、讨论、修改和审定，这个伟大的历史文献最终诞生。它既倾注了毛泽东的心血，同时凝聚了全党的集体智慧。这是应当充分肯定的。但是也如胡乔木所指出的，这个决议也不是没有缺陷的。他说：这个决议"对毛主席过分突出，虽然以他为代表，但其他人很少提到，只有一处提到刘少奇，称赞他在白区的工作。在决议中，其他根据地、其他部分的红军也很少提到"。我初步地统计了一下，作为党的正确思想和路线代表的毛泽东的名字出现了50多次，刘少奇的名字出现了4次。这里要指出的是，由于毛泽东在领导新民主主义革命时期确实是党的正确理论和路线的代表，因而突出毛泽东是必要的，也是理所当然的。问题不在"突出"二字，而在"过分"二字。"突出"得适当，是正确的；突出得"过分"了，就成为缺点。

之所以如此，我以为原因主要在于：一是认识的局限，那时还没有形成"集体智慧"概念，还没有十分明确领袖群体对历史发展的共同作用。二是整风运动的大背景，路线斗争模式的影响。囿于非此即彼的路线斗争模式，既然路线正确，那么对正确的东西加以过分突出就不奇怪了。三是被认为是事业的需要。现在我们讲路线斗争，往往从贬义上来理解，其实那时讲路线斗争是褒义的，是将其看成事业的需要。既然如此，过分突出正确路线的代表也就在情理之中了。四是我们民族传统的影响。中国两千多年封建社会没有民主传统的历史"基因"，不可能随着封建帝制被推翻而随之消失。缺失民主"基因"，没有多元意识，就容易过分突出杰出的历史人物，并产生对杰出人物的某种依附关系。

中国共产党诞生和成长在这个土壤上，虽然一直进行反封建的革命斗争，也不断反对封建传统，但长期的历史"基因"会或多或少地以这样那样的形式遗传下来。延安整风运动后过分突出个人，是党的历史难以超越的，"转基因"是一个相当漫长的历史过程。

延安整风运动的一个伟大功绩，就是使全党广大干部学会了用马克思主义的立场观点方法分析问题。同样，我们今天评价毛泽东发动的延安整风运动，也应当坚持马克思主义的立场观点方法。许多历史事件都带有那时的"胎记"，延安整风运动也不例外。对这个"胎记"，要全面分析，而不应"攻其一点，不及其余"；要以历史的眼光去看待它，而不应脱离历史实际地求全责备。

（作者系中央党史研究室原副主任）

弘扬延安精神，加强新时期党的建设

张全景

20 世纪 40 年代的延安整风，是我们党的历史上一次全党范围的普遍的马克思主义教育运动，也是一次伟大的思想解放运动。通过整风，全面系统地总结了大革命特别是第五次反"围剿"失败以来的经验教训，确立了毛泽东思想在全党的指导地位，为抗日战争和解放战争的胜利奠定了坚实基础。特别是整风运动中，我们党在加强思想建设、组织建设、作风建设等方面，创造积累了一系列宝贵经验，不仅对于我们中国党的建设有其伟大的意义，就是对于世界各国党也是很重要的贡献。回顾延安整风的历史，弘扬它的好经验好做法，弘扬延安整风精神，加强新时期党的建设，是党的建设方面一个永恒的课题。

一、坚持理论联系实际，弘扬实事求是、一切从实际出发的优良传统

加强党的建设，首先是加强思想建设。延安整风最成功的经验就是把思想建设放在党的建设的首位，遵循理论联系实际的原则，以研究实际问题为中心，学习马克思列宁主义理论，学会运用马列主义的立场、观点和方法解决中国革命的理论问题和策略问题；坚决反对理论和实际相分离，反对把马克思主义教条化，反对从原则到原则、从词句到词句脱离实际的主观主义，把全党的思想从教条和迷信的禁锢中解放出来。理论联系实际，实事求是，一切从实际出发，是辩证唯物论和历史唯物论在党的思想建设中的具体运用，是唯一正确的思想路线。教条主义、

经验主义都是因为违背了理论联系实际、实事求是的思想路线造成的。今天，党的建设所处的时代、环境虽然与当年不同，但思想建设的指导原则不会变。只有坚持实事求是的思想路线，才能不犯错误或少犯错误，推动中国特色社会主义事业不断走向胜利。

坚持实事求是的思想路线，弘扬理论和实际相结合的学风，首先要学好理论。不掌握理论，拿什么去分析和研究现实呢？毛泽东在《整顿党的作风》中，把理论和实际相结合说成是有的放矢，基本理论就是矢。没有这个矢，一切都无从谈起。因此，学好基本理论是坚持正确思想路线的前提和基础。首先要在学习马列著作、毛泽东著作上下功夫。这是提高思想理论水平、领导水平，做好各项工作的基础，是最根本的基本功。"基础不牢，地动山摇。"苏联的失败首先是从思想理论上的动摇和改变开始的。马列著作、毛泽东著作很多，从何学起呢？邓小平说："学马列要精，要管用的。"① 我看可以从学习中央编译局去年编译出版的马恩和列宁两个选集和《毛泽东著作选读》入手，学好了这些，马克思主义理论水平就会有很大提高。现在有些同志学习理论的兴趣不高，思想理论水平不高，与建设中国特色社会主义的要求很不适应，甚至上当受骗。有的人披着马克思主义的外衣，歪曲、篡改马克思、恩格斯的思想，攻击、否定毛泽东和毛泽东思想，在党内和群众中造成思想混乱，揭穿他们的最好办法，就是学习原著。学习马列、毛泽东著作与学习中国特色社会主义理论体系，是完全一致的。要把两者紧密结合起来，全面地学，深入地学，不断增强贯彻落实马列主义、毛泽东思想、邓小平理论、"三个代表"重要思想和科学发展观的自觉性和坚定性，特别是高级干部要当好学习的表率。

要善于运用理论解释现实，洞察本质，把握规律。首先要善于运用马克思主义的立场、观点和方法分析研究社会主义运动的形势，分析研究资本主义的形势特别是金融危机以来的形势，认清资本主义必然灭亡、社会主义必然胜利的历史规律，坚定理想信念。要像战争年代那样，从星星之火中看到燎原之势，从四面八方白色恐怖中看到红色的希

---

① 《邓小平文选》第 3 卷，人民出版社 1993 年版，第 382 页。

望，从失败中看到胜利的必然性。我们要从马克思主义理论宝库中找立场、找观点、找方法，解决现实的矛盾和问题，更好地前进。学习理论，还要认真分析研究历史问题，全面客观地总结历史的经验，更好地建设中国特色社会主义。现在有人故意混淆、颠倒历史，企图把人们的思想搞乱，这个问题应引起重视。对待历史问题，要全面地看、辩证地看，要站在马克思主义的立场上，站在维护党的正确历史的立场上。比如，在如何评价新中国前 30 年建设成就方面，就有一个立场和方法问题。有人把前 30 年说得一无是处，我始终反对。还要联系个人的思想和工作实际。总之，学习理论必须着眼于分析、研究、解决实际问题。正如毛泽东所说，对于马克思主义的理论，要能精通它、应用它，精通的目的全在于应用。如果我们"能应用马克思列宁主义的观点，说明一个两个实际问题，那就要受到称赞，就算有了几分成绩。被你说明的东西越多，越普遍，越深刻，你的成绩就越大"①。

调查研究是理论和实际相结合的桥梁，是坚持实事求是思想路线的关键。没有调查，就没有发言权。调查研究是掌握情况和研究问题相结合的过程。掌握情况是前提，是基础。但仅仅掌握了事实还不够，还要研究、分析、判断，去伪存真，去粗取精，通过现象看本质，这就涉及立场问题。同样的事实，站在不同的立场上，得出的结论是不一样的。比如对新中国成立以来党和国家建设中发生的某些失误，有的人不是实事求是地总结经验教训，而是借机攻击党的领导和社会主义制度。这是根本错误的，是立场问题。我们要站在人民群众的立场上分析问题，认识问题。这是保证调查研究得出正确结论的关键，也是共产党人讲党性的表现。

二、政治路线决定党的建设的方向，是党的建设的根本

政治路线是党的纲领的具体体现，它决定着党在一定历史时期行

---

① 《毛泽东选集》第 3 卷，人民出版社 1991 年版，第 815 页。

动的方向，也决定着党在一定历史时期事业的成败。毛泽东说："思想上政治上的路线正确与否是决定一切的。党的路线正确就有一切，没有人可以有人，没有枪可以有枪，没有政权可以有政权。路线不正确，有了也可以丢掉。"党的历史也深刻说明了这一点。从党成立到延安整风的 20 多年里，我们党取得了巨大的胜利，但也遭受过几次重大挫折。1927 年大革命失败，根本原因就是陈独秀实行了右倾投降主义的政治路线，当时被杀害的党员干部群众达 30 多万人，党员人数从近 6 万人降至 1 万人。此后，又发生过瞿秋白、李立三、王明等三次"左"倾错误，其中王明"左"倾教条主义是理论形态最完备、持续时间最长、危害最大的一次。这一系列"左"倾错误直接导致中央苏区第五次反"围剿"战争失败，南方各根据地相继丧失，全国红军从 30 万人减少到 3 万人，党员从 30 万人减少到 4 万人，白区的党组织也几乎损失殆尽。遵义会议后，我们党实行正确的政治路线、军事路线，党的事业又重新蓬勃发展，开创了革命的新局面。历史表明，政治路线正确与否决定着党的生死存亡。加强党的建设，必须要有一条正确的政治路线。

延安整风的一个重点就是弄清党的历史上的路线是非。从 1940 年底起，毛泽东开始提出要总结党的历史上特别是苏维埃运动后期的政策错误问题。他认为苏维埃运动后期的"左"的政策，并非只是军事上的错误，而是路线错误，实际上是主观主义及其表现出来的教条主义。但是党内高级干部对此认识上却并不统一，有的认为只是策略错误，路线上并没有错。在这种情况下，毛泽东"只好妥协，没有讲这一时期是路线错误"。1943 年 10 月，全党整顿"三风"结束后，中共中央决定高级干部进一步研究和讨论党的历史问题，对党的历史经验特别是党史上几次大的路线错误进行全面、系统的总结，并作出结论。为此，毛泽东亲自主持编辑了《六大以来》、《六大以前》、《两条路线》等材料，主要是把两条路线点明，通过历史事实说明从四中全会开始产生了党内的第三次"左"倾路线错误。胡乔木回忆："当时没有人提出过四中全会后的中央存在着一条'左'倾路线。现在把这些文件编出来，说那时中央一些领导人存在主观主义、教条主义就有了可靠的根据。有的人就哑口无言了。"广大干部围绕这些材料展开了热烈的学习和讨论。毛泽东作了《学习和时局》的报告,针对大家的一些疑惑作出了科学回答。通过这些学习和讨论,全党普遍提高了马克思主义理论水平,端正了思想方法和政治路线。在此基础上,六届七中全会通过了《关于若干历史问题的决议》,进一步明确了什么是正确路线、什么是错误路线,什么是创造性的马克思主义、什么是教条主义,全党实现了空前的团结和统一,为民主革命的胜利奠定了思想和组织基础。

改革开放后,我们以经济建设为中心,坚持四项基本原则,坚持改革开放,取得了举世瞩目的伟大成绩。实践表明,"一个中心,两个基本点"是建设中国特色社会主义、实现科学发展的可靠政治保证。但是,现在有人否定党的基本路线,认为马克思主义过时了,毛泽东思想过时了,无产阶级专政过时了。归结为一句话,就是想否定共产党的领导,使中国走到西方资本主义道路上去。这事实上就是对西方资本主义国家"西化"、"分化"中国的一种呼应。胡锦涛指出,要高举中国特色社会主义伟大旗帜不动摇,坚持走中国特色社会主义道路,我们要深刻学习领会。"基本路线要管一百年,动摇不得。"

为否定"一个中心,两个基本点"的基本路线,有的人肆无忌惮地否定毛泽东,否定毛泽东思想。他们或夸大、利用新中国成立后党和国家工作中的一些失误,或编造一些谣言,对毛泽东进行丑化、诬蔑。手段千变万化,目标只有一个,就是想通过否定毛泽东,否定毛泽东思想,最终否定共产党领导,否定中国特色社会主义道路。最近,有人借电影《武训传》DVD 的发行再生事端,说毛泽东批《武训传》批错了,对新中国电影、教育事业造成严重后果。这是一种谬论。当年,毛泽东倡导开展对电影《武训传》的讨论,主要是教育全党特别是高级干部树立辩证唯物主义历史观。他曾经深刻指出:武训这个人并不重要,他已经死了几十年了,武训办的学校也不重要,几经变迁已经成为人民的学校,重要的是我们共产党人对武训的改良主义采取什么态度,是歌颂呢还是批判? 这才是问题的关键。

武训这个人实际上是慈禧太后、光绪皇帝和蒋介石、汪精卫在不同时期,为了反对农民起义和人民革命,"剿抚兼施"而树立起来的典型。1951 年临清武训小学还悬挂着光绪皇帝、蒋介石、汪精卫的题匾，为他们题词树碑，这不是很值得我们深思吗？的确，当时批判中有的地方也有简单粗暴的缺陷，个别人还受到了错误处理，这是我们应当吸取的教训。我们共产党人应当坚持马克思主义的立场、观点、方法，坚持辩证唯物主义历史观，正确认识社会历史的发展规律，正确认识和评价历史人物、历史事件。要认真学习党的历史，正确认识"三件大事"，充分肯定毛泽东的丰功伟绩和毛泽东思想的指导地位。在中国如果否定了毛泽东，否定了毛泽东思想，必然造成全党全国人民的思想混乱，其前途命运必然是苏联的今天，必然造成社会主义的失败，千百万烈士的鲜血付诸东流。

三、坚持党的群众路线，一切为了群众，　全心全意为人民服务

群众路线是党的生命线，是我们党优良作风的核心内容。我们党从成立的那一天起，就大力提倡并模范践行群众路线。延安整风时期，党中央和毛泽东大力弘扬这一优良作风，把群众路线贯穿于整风运动的各个方面和全过程。无论是整顿三风，还是总结历史经验，都贯穿着服务群众、为了群众，从群众中来、到群众中去的基本精神。毛泽东在延安文艺座谈会上的讲话中，针对文艺界闹宗派，不团结的现象，引用了鲁迅的一段话："联合战线是以有共同目的为必要条件的。……我们战线不能统一，就证明我们的目的不能一致，或者只为了小团体，或者还其实只为了个人。如果目的都在工农大众，那当然战线也就统一了。"[①] 这里针对的是文艺界不团结的问题，实际上揭示了所有宗派主义的根源，即"目的不能一致"。如果每个党员都完全为群众着想，考虑事情从全局出发，从党和人民的根本利益出发，坚持群众路线，宗派主义就决不会产生。群众路线是党的根本工作路线，要不断发扬光大。现在有

---

① 《毛泽东选集》第 3 卷，人民出版社 1991 年版，第 858 页。

的干部严重脱离群众，是很危险的。

坚持群众路线首先是个世界观问题。唯物史观和唯心史观的根本区别，最重要的就是对人民群众历史作用的看法。相信历史是人民创造的，就会树立无产阶级的世界观，为群众利益而奋斗，在工作中实行群众路线。不承认人民群众是创造历史的动力，就不会把人民群众作为历史的主人，必然颠倒主仆关系，工作中就不会走群众路线。因此，坚持党的群众路线，最核心的是要解决世界观、人生观、价值观问题。首先要加强唯物史观教育，打牢思想基础。要摆正个人利益和群众利益的关系，正确对待自己的名誉、地位、利益。为群众做好事，活得才有价值；一切为自己，人生就轻如鸿毛。西安附近埋着 63 个皇帝，能说上姓名的有几个？四川的都江堰 2000 多年了，都知道是李冰父子建的。林则徐在新疆时间不算长，还是戴罪之身，但却留下了千古美名，因为他在当地修水渠，兴水利，为老百姓做了好事。乌鲁木齐、伊犁等地现在都有他的纪念馆和塑像。一个人的生命是有限的，但为人民服务是无限的；从事领导工作的时间是有限的，共产党人的责任是无限的。要有高尚的精神境界，这样人生才有价值。

坚持群众路线还是一个领导方法、工作方法问题。延安整风期间，为了指导全党破除主观主义思想方法、工作方法，毛泽东主持编辑了《马恩列斯思想方法论》，还专门写了《关于领导方法的若干问题》，强调"我们共产党人无论进行何项工作，有两个方法是必须采用的，一是一般和个别相结合，二是领导和群众相结合。"[①]那时，毛主席批评有的干部不懂群众路线，搞主观主义、官僚主义、命令主义。70 年过去了，这些问题在我们一些党员干部身上依然存在，有的还比较严重。比如拍脑袋决策，强迫命令；高高在上，搞特权；以权谋私，贪污腐化等。

弘扬整风精神，走群众路线，具有重要的现实意义。群众是通情达理的，有许多矛盾只要我们坚持领导和群众相结合的方法，就会迎刃而解。征地拆迁是当前一项较为复杂的工作，一些问题包括有些群体性事件，就是因征地拆迁引起的。搞建设，发展工业化、城镇化，征地拆迁

---

① 《毛泽东选集》第 3 卷，人民出版社 1991 年版，第 897 页。

是免不了的，群众也是理解的、支持的。但为什么屡屡引发冲突呢？除了少数人想借机谋私，有意识地浑水摸鱼外，工作方法不当是一个重要原因，没有把道理讲透，交流不够。我也注意到有些地方做得很好。他们的办法就是领导和群众相结合，把群众利益照顾好，不搞强迫命令。北京市丰台区有个满族村按规划要拆迁，这个村有个风俗，生个男孩就种棵槐树，祖祖辈辈传下来，村里栽了很多树，群众对这些树感情很深，拆迁时舍得下房子舍不开树。当地政府了解到这个情况后，就在迁入地专门划出一片地方，把这些树全部挪了过去，集中造一片林子发展旅游，发展养蜂，还给每家的树挂上牌子，群众很满意。试想一下，如果政府不这样做，而是不拿这种"小事"当回事，结果会怎么样？很可能引起"闹事"。我们党在联系群众、服务群众方面有很多好传统好作风，要代代相传下去。

坚持群众路线还表现为同群众言行一致。毛泽东在《反对党八股》中说，射箭要看靶子，弹琴要看听众，共产党做宣传要看对象，想想自己的文章、演说、谈话、写字是给什么人看的，给什么人听的。还说"我们是革命党，是为群众办事的，如果也不学群众的语言，那就办不好"①。宣传群众、教育群众是领导干部经常性的工作，要想做得好，就要像毛泽东教导的那样，像群众一样说话，像群众一样穿衣，像群众一样生活，和群众打成一片。这在当前很有现实意义。现在有的干部习惯摆"官"样，讲"官"话，出入车接车送，下去调研前呼后拥，不是在群众之中，而是在群众之上，群众嘴上不说，内心是反感的。党的十七大以来，中央大力提倡干部下基层，深入接触群众，和群众同吃同住同劳动，这是弘扬党的优良作风包括延安整风精神的具体举措。密切联系群众是我们党最大的政治优势，脱离群众是执政党的最大危险。民者，水也，"水可载舟，亦可覆舟"，这是千古不变的道理！

---

① 《毛泽东选集》第3卷，人民出版社1991年版，第837页。

四、突出高级干部这个重点，全面
加强干部队伍建设

干部是群众的组织者、带头人，是党的事业的骨干。建设中国特色社会主义，必须建立一支高素质的干部队伍。党在各条战线上的干部，不论职务高低，不论在领导机关还是在基层，都是革命和建设的中流砥柱，是做好各方面工作的基础。因此，必须全面加强干部队伍建设，特别是高级干部队伍建设，这是党的建设的重点和根本。

没有重点，没有区别，就没有政策。高级干部在整个干部队伍中居于主导地位。没有一大批政治上强、领导水平高、人民群众信得过的高级干部去影响、组织、带领广大干部群众，我们的事业就没有保证。《东周列国志》结尾有这样一句话："纵观千古存亡局，尽在朝中任佞贤。"高级干部要是出了问题，在群众中影响必定很坏，对党和人民的事业会有严重影响。苏联亡党亡国就是鉴戒。邓小平说："中国要出问题，还是出在共产党内部。"这里的着眼点也是高级干部。延安整风，重点就是高级干部。毛泽东明确地说，整风，主要与首先的对象是高中两级干部，特别是高级干部，只要把他们教育好了，下级干部的进步就快了。他还说过，如果我们党有 100 个至 200 个系统地而不是零碎地、实际地而不是空洞地学会了马克思列宁主义的同志，就会大大提高我们党的战斗力。① 这既是对马克思主义学风的强调，也是对高级干部在党的建设中的重要性的强调。延安整风运动中，专门以高级干部为对象，进行了以研究总结党的历史经验为主的学习活动，统一高级干部的思想认识。所以，无论是从党的全部历史来看，还是单就延安整风这一段来看，都可得出一个基本结论：加强干部队伍建设，必须突出高级干部这个重点。

加强高级干部管理，一定要把理想信念教育摆在首位。理想信念是

---

① 《毛泽东选集》第 2 卷，人民出版社 1991 年版，第 533 页。

管总的，理想信念的动摇是最危险的动摇，理想信念的丧失就是政治生命的完结。胡锦涛在2011年的"七一"讲话中指出我们党面临的"四个危险"，第一个就是精神懈怠的危险。精神懈怠从根本上说就是理想信念的动摇或丧失。加强高级干部理想信念教育，是党的干部工作一项极其重要的任务。

正确的理想信念是建立在科学理论基础上的，理论上的坚定清醒是政治上坚定清醒的前提和基础。"不闻大论，则志不宏；不听至言，则心不固。"只有把理想信念建立在科学的基础上，才能经得起任何风吹浪打的考验。理想信念更是一个实践问题。坚定理想信念，必须要为实现这种理想信念而不懈奋斗。毛泽东指出，为了树立正确的信仰，有必要进行知识的理论探讨，但在确立了信仰之后，如果不诉诸实际行动，就不算真正的信仰。"知之愈明，则行之愈笃；行之愈笃，则知之愈明。"坚定理想信念，要做到知与行的统一，将理想信念根植于现实的土壤，根植于为实现远大理想而脚踏实地的具体实践。

五、坚持民主集中制，严格党内民主生活

实行民主集中制，是无产阶级政党的显著特色。"我们的党，不是许多党员简单的数目字的总和，而是由全体党员依照一定的规律结合起来的统一体。这种规律，就是党内的民主集中制。"延安整风就是全党贯彻执行民主集中制原则的一次生动实践。比如，要求全党正确处理全体利益和局部利益的关系，反对搞宗派和山头，反对向党闹独立性；发动全党对历史问题进行讨论，鼓励大家充分发表意见；开展积极的思想斗争，实行"惩前毖后，治病救人"的方针；坚持从群众中来，到群众中去，即集中起来、坚持下去的群众路线的工作方法等，都是民主集中制原则在党内生活中的具体体现。学习是延安整风最主要的形式，最能体现整风期间党内民主、和谐的氛围。整风过程中，大家畅所欲言，充分发表看法。不打棍子、不戴帽子，采取摆事实、讲道理的方法，弄清思想，团结同志。还允许保留思想，不搞我打你通。康克清回忆说：

学习讨论中连毛主席也可以议论。她在中央党校二部参加整风运动，学习毛主席关于整顿党的作风的动员报告。在讨论中有的同志提出"毛主席是否也有主观主义？"这个问题引起激烈的争论，有的同志反对这个提法，有的认为这个问题不是讨论的重点，但也有少数同志认为必须弄清楚这个问题，说整风就是要充分发扬民主，让大家把要说的话都说出来。

后来，党校二部的领导张鼎丞说，评价毛泽东有没有主观主义，也要本着实事求是的精神。要从他的革命实践去看，从他的许多讲话和著作中去看。如果找出他的主观主义，就是有；如果找不出来，就是没有。我们党还把民主集中制贯彻到政权建设当中，陕甘宁边区政府和各抗日根据地民主政府普遍实行"三三制"原则，成员由选举产生。共产党员在政府中只占三分之一，多了的要减下来。党外人士在政府中"有职有权"。如果当选的党员不到三分之一，也决不从未当选的党员中挑人补齐，充分体现了我们党民主执政的理念。

民主集中制的核心是"四个服从"，即个人服从组织、少数服从多数、下级服从上级、全党服从中央。毛泽东在《整顿党的作风》中严肃指出，党内之所以存在宗派主义残余，原因之一就是有些人忘记了"四个服从"的民主集中制。"四个服从"是我们正确处理党内各种矛盾关系的基本准则。只有坚持"四个服从"，才能实现党内生活正常化，巩固党的团结，使党成为既有严明纪律又充满活力的战斗集体。坚持"四个服从"也是辩证的。贯彻执行上级的指示要从实际出发，联系当地的具体情况，在紧急复杂的情况下，要临机处置。这既是一种能力，又是一种责任。盲目执行上级的指示，不懂得根据情况的变化采取相应的措施，也不会取得好结果。唐山大地震前夕，青龙县委书记冉广歧在没有省、地指示的情况下，毅然决定全县动员防震抗震，大震中没有死一个人，创造了防震抗震的奇迹。这就是对"四个服从"辩证地执行。

加强党内民主建设，坚持民主集中制，从历史的经验看，应着重处理好五个关系，即全委会与常委会的关系，常委会应在全委会领导下工作；全委会、常委会与代表大会的关系，常委会、全委会应执行代表大会的决议；党内民主与人民民主的关系，人民民主要在党的领导下进行，党要接受人民民主的监督；集体领导与分工负责的关系，坚持集体决定重大问题，不能搞少数人、个人说了算，党委成员要自觉维护集体领导，做好分工的工作；党委内部书记与委员的关系，书记既要当好"班长"，又不能独断专行。要按照党章和有关规定，进一步落实党员的主体地位，保障党员的民主权利。

严格党的纪律是执行民主集中制的重要保证。没有纪律，就不能保证组织的坚强和行动的一致，就没有民主集中制。"加强纪律性，革命无不胜。"① 实行全党统一的纪律，最核心的是政治纪律。各级组织和全体党员必须自觉坚持党的基本路线，坚决同中央保持一致。当前，党内有人严重违反政治纪律，在报刊上对党的路线方针政策，对中央已经作出决定的重大理论问题和历史结论，公开发表反对意见。对这样的党员应严肃批评教育，甚至给以纪律处分，直至开除党籍，以保持党在组织上、思想上的纯洁性。

六、开展批评和自我批评，维护党的团结统一

批评和自我批评是马克思主义政党的优良作风。无产阶级政党是大公无私的，向来重视在党内开展批评和自我批评。《联共（布）党史简明教程》总结了苏联共产党建设的六条经验，其中一条就是讲自我批评。马克思主义政党的理论和实践都表明，党员要朝气蓬勃，党组织要坚强有力，批评和自我批评就须臾不可缺少。延安整风是我们党历史上健全党内生活，开展批评和自我批评的一个典范，对后来党内批评和自我批评优良作风的发展，产生了深远影响。

党内必须开展批评和自我批评，这是由党的建设的客观规律决定的。党同其他任何事物一样，是一个矛盾统一体。党内不同思想的对立和斗争是经常发生的，分歧和矛盾是难免的，关键在于及时调整和解决

① 《毛泽东军事文集》第 5 卷，第 203 页。

这些矛盾，辨明真理，改正错误，这就离不开批评和自我批评。

我们党的发展壮大，就是在发扬批评和自我批评的优良作风，坚决同党内错误思想作斗争，不断坚持真理、修正错误的过程中进行的。回顾党的历史，如果没有1927年"八七会议"对陈独秀右倾机会主义的斗争，就不能开创土地革命的新局面。如果没有遵义会议对以王明为代表的"左"倾冒险主义的斗争，中国革命就可能遭受更大的挫折。

延安整风时，中央领导同志无私无畏，进行直接的思想交锋，开展批评和自我批评，特别是曾经受王明"左"倾错误影响严重的同志，都作了深刻的自我批评。毛泽东也作自我批评。整风过程中，康生搞了"抢救运动"，伤害了一些好同志。毛泽东发现后立即予以纠正，并主动承担了责任，还三次到中央党校讲话，公开作检讨，向受伤害的同志脱帽鞠躬，赔礼道歉。1962年的七千人会议，我们党认真纠正执行总路线、大跃进、人民公社运动中的错误，毛泽东公开作自我批评，并要求全体与会同志查找问题，改进工作，对促进国民经济的恢复和发展起到了重要作用。改革开放后，我们保持、发扬批评和自我批评的优良传统，坚决同党内出现的一些不正之风作斗争，保持了党的先进性、纯洁性。实践表明，批评和自我批评是保持党的肌体健康，使党充满生机和活力的重要武器。

当前提倡批评和自我批评，具有很强的现实意义。党内生活庸俗化是目前党的建设中一个不容忽视的问题。有些人不敢坚持原则，怕讲真话，吹吹拍拍，民主生活会以表扬为主，对不良作风和坏人坏事不敢批评和斗争，"你好我好大家都好"，多栽花、少栽刺，一团和气，党的利益让位于个人利益，危害严重。一定要把批评和自我批评的好作风发扬起来，领导干部在这方面责任重大。

开展批评和自我批评是为了克服缺点，纠正错误，总结经验教训，更好地前进。绝不是搞宗派主义的"残酷斗争、无情打击"，而是要以斗争求团结，"从团结的愿望出发，经过批评或者斗争，分清是非，在新的基础上达到新的团结。"在这方面，延安整风为我们树立了光辉的榜样。现在有人说延安整风是为了整肃以王明为代表的国际派，是党内"打击异己"的权力斗争。这是非常荒谬的。毛泽东在整风中明确说：

"打倒两个主义，把人留下来"，"把犯了错误的干部健全地保留下来"。"我们只'整'思想，不把人'整死'，是治病救人，做分析工作，不是乱打一顿；对犯错误同志还是要有条件地与他们团结，打破宗派主义来建设一个统一的党。"博古开始思想负担重，感到似乎要算老账了，心情很不好。毛泽东就开导他：有问题就检讨嘛。在毛泽东和其他同志的关心下，博古心情平静了下来，严格解剖自己，对过去的错误有了比较深刻的认识。

对于王明，毛泽东也是抱着"惩前毖后，治病救人"的宗旨，采取与人为善的、温和的同志式的帮助态度，希望他能够认识和改正错误。薄一波回忆：党的七大召开时，毛泽东提议要把几位犯了严重错误的同志包括王明，选进中央委员会。选举那天，代表投票后，大会宣布唱票时可以自由活动，可是毛泽东不走，坐在台上听唱票，一直等到票快唱完了，王明的票过了半数，他才放心地起身走了。后来毛泽东说，如果选不上，大家心中都会不安的。一人向隅，满堂为之不欢。我们要大力弘扬延安整风的这种批评和自我批评精神，从维护党的团结出发开展批评和自我批评。离开团结进行批评，甚至挟私报复，搞人身攻击，就严重违背了批评和自我批评的宗旨。

延安整风是我们党的历史上极其光辉的一页。我们党完整的建党学说，就是在延安整风时期建立起来的。我们要认真学习研究这段历史，从中汲取宝贵经验，在党中央的领导下，不断推进党的建设新的伟大工程。

（作者系中共中央组织部原部长、中国延安精神研究会顾问）

延安整风推进毛泽东思想
在全党指导地位的确立

陈登才

延安整风的重大成果之一，是推进了毛泽东思想在全党指导地位的确立，形成了党不断推进马克思主义中国化的理论优势，是中国共产党思想理论建设的一个伟大创举。

一、整顿"三风"的教育和学习，推动全党进一步掌握马列主义基本原理同中国革命实际相结合的基本方向

毛泽东为主要代表的中国共产党人，在党的遵义会议上，纠正了王明、博古推行的"左"倾错误路线在中共中央的统治，改变了中央政治局常委的领导成员，中共中央的领导路线重新回到马列主义的正确轨道上来。但是，当时主要是解决最迫切的军事路线问题，政治路线问题尚未解决，对于主观主义、教条主义更来不及清算。在党员特别是党员干部中思想上主观主义的遗毒，严重危害着共产党员的党性。不懂得，自以为是的主观主义，就是党性不纯的第一表现，而实事求是，理论与实际密切联系，则是一个党性坚强的党员的起码态度。毛泽东1941年5月19日在延安干部会上作了《改造我们的学习》的报告，阐明理论和实际统一是马列主义的一条基本原则。指出反科学的反马克思列宁主义的主观主义的方法，是共产党的大敌，是工人阶级的大敌，是人民的大

敌，是民族的大敌，是党性不纯的一种表现。

大敌当前，我们有打倒它的必要。只有打倒了主观主义，马克思列宁主义的真理才会抬头，党性才会巩固，革命才会胜利。强调要使马克思列宁主义的理论和中国革命的实际运动结合起来，是为解决中国革命的理论问题和策略问题而去从马列主义理论中找立场、找观点、找方法。这就是有的放矢的态度，就是实事求是的态度。"实事"就是客观存在着的一切事物，"是"就是客观事物的内部联系，即规律性，"求"就是我们去研究。

毛泽东对实事求是作出马克思主义的阐释，就是引导我们要从国内外、省内外、县内外、区内外的实际情况出发，从中引出其固有的而不是臆造的规律性，即找出周围事变的内部联系，作为我们行动的向导。"而要这样做，就必须不凭主观想象，不凭一时的热情，不凭死的书本，而凭客观存在的事实，详细地占有材料，在马克思列宁主义一般原理的指导下，从这些材料中引出正确的结论。这种结论，不是甲乙丙丁的现象罗列，也不是夸夸其谈的滥调文章，而是科学的结论。这种态度有实事求是之意，无哗众取宠之心。这种态度，就是党性的表现，就是理论和实际统一的马克思列宁主义的作风。"[①]

为此，中共20周年纪念日1941年7月1日中央政治局通过了《中央关于增强党性的决定》。同年8月1日又作出《中央关于调查研究的决定》，以及《中央关于实施调查研究的决定》。接着，1941年9月10日至10月22日，在这期间举行的中央政治局扩大会议，检讨了党在十年内战后期的领导路线问题，即自1931年9月开始至1935年遵义会议前的中共临时中央领导犯"左"倾机会主义路线错误的问题。毛泽东在9月10日的会上作《反对主观主义和宗派主义》的讲话，指出过去我们的党很长时期为主观主义所统治，立三路线和苏维埃运动后期的"左"倾机会主义都是主观主义。苏维埃运动后期的主观主义表现更严重，它的形态更完备，统治时间更长久，结果更悲惨。因为这些主观主义者自称为"国际路线"，穿上马克思主义的外衣，是假马克思主义。

---

① 《毛泽东选集》第3卷，人民出版社1991年版，第801页。

1932 年 5 月 11 日《苏区中央局关于领导和参加反对帝国主义进攻苏联瓜分中国与扩大民族革命运动周的决议》，就是完全主观主义的东西。讲话指出，1938 年 9 月 29 日至 11 月 6 日召开的中共六届六中全会，对主观主义作了斗争，但有一部分同志还存在着主观主义，主要表现在延安的各种工作中。"这种主观主义，同实事求是的马克思主义是相对抗的。"讲话强调"要分清创造性的马克思主义和教条式的马克思主义。"我们反对主观主义，不是降低马克思主义，我们要使中国革命丰富的实际马克思主义化。现在，延安的学风存在主观主义，党风存在宗派主义。应在延安开一个动员大会，中央政治局同志全体出马，大家都出台讲话，集中力量反对主观主义和宗派主义。打倒两个主义，把人留下来，把犯了错误的干部健全地保留下来。这样，就为 1942 年全党整风运动的开展作了重要的准备。

1942 年 2 月 1 日，毛泽东在中央党校开学典礼上作《整顿党的作风》的演说。这是从延安开始的全党范围内开展一个马克思列宁主义的思想教育运动的标志。主要内容是："反对主观主义以整顿学风，反对宗派主义以整顿党风，反对党八股以整顿文风，这就是我们的任务。"①学风和文风也是党的作风，都是党风。只要我们党的作风完全正派了，全国人民就会跟我们学，这样就会影响全民族。主观主义是一种不正派的学风，它是和共产党不能并存的，我们要的是马克思列宁主义的学风。毛泽东指出：学风问题，是领导机关、全体干部、全体党员的思想方法问题，是我们对待马克思列宁主义的态度问题，是全党同志的工作态度问题。既然是这样，学风问题就是一个非常重要的问题，就是第一个重要的问题。他针对人们流行的一些糊涂观念，阐述什么是理论、理论家和理论联系实际等问题。

毛泽东说，真正的理论在世界上只有一种，就是从客观实际抽出来又在客观实际中得到了证明的理论，没有任何别的东西可以称得起我们所说的理论。马克思列宁主义是从客观实际产生出来又在客观实际中获得了证明的最正确最科学最革命的真理；但是许多学习马克思列宁主义

① 《毛泽东选集》第 3 卷，人民出版社 1991 年版，第 812 页。

的人却把它看成是死的教条，这样就阻碍了理论的发展，害了自己，也害了同志。

马克思在实际斗争中进行了详细的调查研究，概括了各种东西，得到了结论又拿到实际斗争中去加以证明，这样的工作就叫做理论工作。我们党内需要许多同志学做这样的工作。但是他们必须抛弃教条主义，必须不停止在现成书本的字句上。我们如果仅仅读了许多马克思列宁主义的著作，但是没有进一步根据他们的理论来研究中国的历史实际和革命实际，没有企图在理论上来思考中国的革命实践，我们就不能妄称为马克思主义的理论家。如果对中国问题熟视无睹，只能记诵马克思主义书本上的个别的结论和个别的原理，哪怕是都背得烂熟了，但是完全不能应用，还是不能算是理论家的。那么，我们所要的理论家是什么样的人呢？是要这样的理论家，他们能够依据马克思列宁主义的立场、观点和方法，正确地解释历史中和革命中所发生的实际问题，能够在中国的经济、政治、军事、文化种种问题上给予科学的解释，给予理论的说明。我们要的是这样的理论家。毛泽东还特别强调说，假如要作这样的理论家，那就要能够真正领会马克思列宁主义的实质，真正领会马克思列宁主义的立场、观点和方法，真正领会列宁斯大林关于殖民地革命和中国革命的学说，并且应用了它去深刻地、科学地分析中国的实际问题，找出它的发展规律，这样才是我们真正需要的理论家。所以，他要求党校的同志不应当把马克思主义理论当成死的教条。

对于马克思主义的理论，要能够精通它、应用它，精通的目的全在于应用。如果你"能应用马克思列宁主义的观点，说明一个两个实际问题，那就要受到称赞，就算有了几分成绩。被你说明的东西越多，越普遍，越深刻，你的成绩就越大"①。现在我们的党校也要定这个规矩，看一个学生学了马克思列宁主义以后怎样看中国问题，有看得清楚的，有看不清楚的，有会看的，有不会看的，这样来分优劣、分好坏。毛泽东还曾在中央政治局会议上说：对于理论脱离实际的人，提议取消他的"理论家"的资格。只有用马克思主义观点来研究

---

① 《毛泽东选集》第3卷，人民出版社1991年版，第815页

实际问题，能解决实际问题的，才算实际的理论家。他认为，空洞的理论是荒谬绝伦的理论。他主张宣传创造性的马克思主义，对研究实际问题的文章，要多给稿费；能使马克思主义中国化的教员，才算好教员，要多给津贴。

毛泽东指出："我们党内的主观主义有两种：一种是教条主义，一种是经验主义。"①两者是从不同的两极发生的东西，他们都是只看到片面，没有看到全面。如果不改正，那就容易走上错误的道路。"但是在这两种主观主义中，现在在我们党内还是教条主义更为危险。因为教条主义容易装出马克思主义的面孔，吓唬工农干部，把他们俘虏起来，充作自己的用人，而工农干部不易识破他们；也可以吓唬天真烂漫的青年，把他们充当俘虏。"②

什么是"理论和实际联系"？毛泽东认为，这是马克思列宁主义理论和中国革命实际互相联系的问题。通俗地讲，就是"有的放矢"。"矢"就是箭，"的"就是靶，放箭要对准靶。马克思列宁主义和中国革命的关系，就是箭和靶的关系。有的人"无的放矢"，乱放一通，就容易把革命弄坏。有的人是古董鉴赏家，把箭拿在手里搓来搓去，连声赞曰："好箭、好箭"，却老是不放出去，几乎和革命不发生关系。

因此，毛泽东郑重地说："马克思列宁主义之箭，必须用了去射中国革命之的。这个问题不讲明白，我们党的理论水平永远不会提高，中国革命也永远不会胜利。"③我们的同志必须明白，我们学习马克思主义不是为了好看，也不是因为它有什么神秘，只是因为它是领导无产阶级革命事业走向胜利的科学。它不是教条而是行动的指南。那些将它当宗教教条看待的人，就是蒙昧无知的人。"中国共产党人只有在他们善于应用马克思列宁主义的立场、观点和方法，善于应用列宁斯大林关于中国革命的学说，进一步地从中国的历史实际和革命实际的认真研究中，

---

① 《毛泽东选集》第 3 卷，人民出版社 1991 年版，第 819 页。
② 《毛泽东选集》第 3 卷，人民出版社 1991 年版，第 819 页。
③ 《毛泽东选集》第 3 卷，人民出版社 1991 年版，第 820 页。

在各方面作出合乎中国需要的理论性的创造，才叫做理论和实际相联系。"① 如果只是口头上讲联系，行动上不实行联系，讲一百年也是无益的。所以，我们反对主观主义，必须攻破教条主义的主观性和片面性。

一切宗派主义思想都是主观主义的，都和革命的实际需要不相符合，所以反对宗派主义和反对主观主义的斗争，应当同时并进。有对党内和对党外的宗派主义残余，"对内的宗派主义倾向产生排内性，妨碍党内的统一和团结；对外的宗派主义倾向产生排外性，妨碍党团结全国人民的事业。"② 在党内关系问题上，宗派主义是主观主义在组织关系上的一种表现。我们要发展马克思列宁主义实事求是的精神，就必须扫除党内宗派主义的残余，以党的利益高于个人和局部的利益为出发点，使党达到完全团结的地步。在党外关系上，也应该消灭宗派主义的残余，教育党员懂得如果不同党外干部、党外人员互相联合，敌人就一定不能打倒，革命的目的就一定不能达到。

"党八股"是藏垢纳污的东西，是主观主义和宗派主义的一种表现形式。毛泽东在延安干部会上专门作了《反对党八股》的讲演，他揭穿了主观主义和宗派主义怎样拿党八股做它们宣传工作，或表现形式，指出党八股也就是一种洋八股。它除了洋气之外，还有点土气。它不是革命的东西，而是阻碍革命的东西，在土地革命时期，有时竟闹得很严重，小资产阶级革命分子的狂热性和片面性，如果不加以节制，不加以改造，就很容易产生主观主义、宗派主义，它的一种表现形式就是洋八股，或党八股。党八股的坏处在于：空话连篇，言之无物；装腔作势，借以吓人；无的放矢，不看对象；语言无味，像个瘪三；甲乙丙丁，开中药铺；不负责任，到处害人；流毒全党，妨害革命；传播出去，祸国殃民。"五四"时期反对老八股和老教条主义，是革命的和必需的，使中国人民思想获得解放。

今天我们用马克思主义批判新八股和新教条主义，也是革命的和必

---

① 《毛泽东选集》第 3 卷，人民出版社 1991 年版，第 820 页。
② 《毛泽东选集》第 3 卷，人民出版社 1991 年版，第 821 页。

需的，否则，中国人民的思想又将受另一种形式主义的束缚。要使革命精神获得发展，必须抛弃党八股，采取生动活泼新鲜有力的马克思列宁主义的文风，这种新的文风获得充实和普遍的发展，党的革命事业也就可以向前推进了。

从我们党的历史上来看，全面的、全党的、由中央领导进行的干部内部教育，过去还很少。从中央发出关于增强党性的决定开始，我们才全体地、从上而下地、一致地注意了这个问题。延安开启的全党整顿"三风"的教育和学习，意义非常之大，是做一件有全国意义的工作，做一件建设党的事，使我们党的工作更完善更健全。由于整顿"三风"的教育和学习，自始至终贯彻"惩前毖后，治病救人"，"弄清思想，团结同志"的马克思主义的方针，由于中央宣传部根据中央领导的决心和要求及时作出决定发出通知，规定了 22 个整风学习文件①和学习的具体部署，由于中央领导同志明确分工加强教育和学习的指导，所以，中央各部委，各机关各学校，除了必要的日常工作外，把整顿"三风"的教育和学习作为一项主要的工作，当成一项中心工作。全党从中央学习组到延安和全国各级党委，都认真组织党员尤其是党政军领导干部，认真学习马列主义的思想方法论，学习讨论 22 个文件，结合自己的思想实际、历史实际和现在的工作实际，对照检查，开展批评和自我批评，生动而深刻地领悟到党和毛泽东倡导的实事求是的马克思主义思想路线，对党和人民革命事业的发展具有关系全局的意义。不少领导干部认为不实事求是，"左"倾教条主义猖獗，主观主义、宗派主义及其表现形式"党八股"盛行，必然离开马克思主义的正确路线，必然害人害己害党，确实是祸国殃民，因而感到收获很大。

毛泽东在 1942 年 7 月 9 日致电刘少奇时有这样一个分析和评估："学习 22 个文件在延安收到绝大效果（延安有一万干部参加学习），在学习中发现各种分歧错杂的思想获得纠正，绝大多数干部都说两个月学习比过去三年学习效果还大。请你按照敌后特点指导此种学习。掌握思

---

① 《毛泽东文集》第 2 卷，第 422—423 页。

想领导是掌握一切领导的第一位。"

通过整顿"三风"的学习，许多党的领导骨干深感学会把马列主义基本原理同中国革命实践相结合的重要性。李维汉深有体会地回忆说，过去受经验主义的束缚，觉得自己缺乏理论，思想不解放，后来学点理论，又受教条主义思想的束缚。延安整风，使我懂得了毛泽东同志提出马克思列宁主义理论和中国革命具体实践之统一的深刻含义，思想才真正获得了解放。延安整风是我解放思想的学校，毛主席是我思想解放的老师。

二、在继续整风中，党的高级干部重新学习与研究党的历史和路线是非问题，推动全党认定毛泽东思想就是马列主义中国化的理论和路线

1942年，整风运动有了大的成绩，但有的地方领导同志还不认识整风的深刻意义，因而还没有获得成绩。有些地方在机关、学校、部队中有部分获得成绩，其他部分尚未深入。因此，1943年4月3日中共中央发布关于继续开展整风运动的决定。提出从1943年4月3日到1944年4月3日，继续开展整风运动，明确整风的主要目标，是纠正干部中的非无产阶级思想（封建阶级思想、资产阶级思想、小资产阶级思想）与肃清党内暗藏的反革命分子。认为各地今明两年能在对敌斗争的严重环境中，恰当地分配时间与人力，将整风学习、检查工作、审查干部与肃清内奸几件互相联系着的重大工作做好，就是我们党的极大胜利。由于建立抗日统一战线以来党内生长了一种自由主义倾向，因而在4月13日中央政治局会议上讨论毛泽东起草的《中共中央关于继续开展整风运动的指示》草案第一号、第二号是关于领导方法问题，第三号是关于克服自由主义问题。毛泽东认为，思想自由与自由主义应有区别，党内有思想自由，但不能有自由主义。

立场上的坚定性与策略上的灵活性要有区别，党内斗争也应有策略。在第三号的指示中，强调自由主义是目前党内斗争中的主要的不良

倾向，在整风中必须克服此种倾向，才能达到彻底整风之目的。郑重指出：整风是一个伟大的党的思想斗争，实行此种斗争的武器就是自我批评。有自由主义偏向的人则不愿意拿起这个武器，这种现象必须在此次整风中着重地纠正过来。同时阐明自我批评是马克思主义政党的不可缺少的武器，是马列主义方法论中最革命的最有生气的组成部分，是马列主义政党进行两条战线斗争的最适用的方法，而在目前则是反对错误思想建立正确作风的最好方法。

1943年10月，中共中央决定党的高级干部重新学习和研究党的历史和路线是非问题，推动党的整风继续深入发展和进行总结提高。集中于延安的党的高级干部和七大代表，在中央的直接领导下，从1943年11月至1944年4月底，认真学习《两条路线》上下册，结合学习《共产党宣言》、《社会主义从空想到科学的发展》、《共产主义运动中的"左"派幼稚病》、《社会民主党在民主革命中的两种策略》和《联共（布）党史简明教程》。在学习中贯彻中央书记处的要求：学习要展开争论，提出中心问题，开展自我批评，要联系实际材料，要有历史观点等等。一些同志对过去不引起注意的问题，如王明的《为中共更加布尔什维克化而斗争》的小册子，经过学习和比较认识到这是王明"左"倾机会主义的总纲领。许多经历十年内战时期的高级干部，联系实际材料，结合党在幼年时期的两次失败和两次胜利的历史教训，开展批评和自我批评，在比较和鉴别中更进一步认清王明路线的危害，更加深刻地懂得毛泽东是坚持马克思主义路线的杰出代表。历经一年时间，中国共产党的六届七中全会通过关于若干历史问题的决议。党的七大正式确立毛泽东思想作为全党的指导思想。党的领导骨干和普通党员都衷心拥护。有的说，党的历史已经证明了毛泽东同志是善于发现真理、坚持真理、发挥真理的革命领袖。我们要夺取革命胜利，我们的头脑就要用毛泽东思想武装起来。

三、毛泽东坚忍不拔地坚持马列主义基本原理同中国具体实际相结合，以创造性的科学理论指引党和人民的革命事业走向胜利

在艰难困苦的革命战争年代，毛泽东以巨大的政治勇气和理论勇气，坚持马列主义基本原理同中国革命实践相结合。他以创造性的马克思主义，为党和人民指明胜利的前进方向。

毛泽东推进中国革命的实践创新和理论创新，对马列主义宝库作出极为杰出的贡献。

他写的《井冈山的斗争》、《星星之火，可以燎原》、《中国的红色政权为什么能够存在?》创造性提出农村包围城市的革命道路。

他写的《反对本本主义》、《实践论》、《矛盾论》等创造性阐明党的马克思主义思想路线。

他写的古田会议决议、《中国共产党在民族战争中的地位》、《〈共产党人〉发刊词》、《为人民服务》、《纪念白求恩》、《愚公移山》、《改造我们的学习》、《反对自由主义》、《整顿党的作风》、《反对党八股》、《在延安文艺座谈会上的讲话》等创造性阐明马克思主义政党建设的理论与实践。

他写的《中国革命战争的战略问题》、《论持久战》、《抗日游击战争的战略地位》、《战争和战略问题》等，创造性阐明党领导的革命军队建设和人民战争的战略战术问题。

他写的《新民主主义论》、《中国革命和中国共产党》、《论联合政府》等创造性阐明中国新民主主义革命理论路线政策和新民主主义社会建设的基础。

他写的《论反对日本帝国主义的策略》、《统一战线的独立自主问题》、《目前抗日统一战线的策略问题》、《论政策》等创造性地阐述统一战线的理论和政策。

毛泽东的理论创造的魅力，毛泽东的人格魅力，深深吸引了中国共

产党人，以及一切爱国主义者、为人民服务的革命者。

毛泽东思想是马列主义在中国的运用和发展，是马列主义理论和中国革命实践之统一的思想，是党和人民集体奋斗的科学成果，是中国共产党的集体智慧的结晶。毛泽东是反对把马列主义教条化、把共产国际的决议神圣化和把苏联的经验绝对化的杰出代表，毛泽东思想是中共党的建设的灵魂。所以，中国共产党的党心，中国人民的民心，都拥护毛泽东和毛泽东思想。毛泽东的旗帜，毛泽东思想的旗帜，是永放光芒的。有人叫嚷要"批毛"，企图否定和歪曲延安整风的言论和行为，都是别有用心的，都是不得党心和民心的。

（作者系中央党校党建部原主任、教授，中国延安精神研究会副会长）

必须坚持马克思主义为指导

周新城

1942 年春开始，中国共产党在延安开展了整风运动。这是全党范围内的马克思主义的思想教育运动。整风运动对于全党同志，尤其是高级干部坚持马克思主义基本原理同中国革命具体实际相结合的原则，具有十分深远的意义。延安整风运动，不仅为抗日战争的胜利以及新民主主义革命在全国的胜利，奠定了重要的思想政治基础，而且对于加强无产阶级政党的思想理论建设、增强党的战斗力，也具有迫切的现实意义。

70 年过去了，中国共产党面临的任务发生了很大的变化。在新的历史条件下，党中央提出了建设马克思主义学习型政党的伟大目标，把全党学习马克思主义同党的奋斗目标、执政使命和面临的重大考验联系起来，指引全党把学习马克思主义推向一个新的境界。站在这样一个新的历史起点上，回顾延安整风留下来的宝贵经验，我们倍感亲切。

延安整风最重要的经验就是：必须坚持马克思主义基本原理，并运用它来研究和解决中国革命和建设的实际问题。中国共产党的历史就是马克思主义普遍真理和中国革命具体实践日益结合的历史。正如毛泽东指出的："灾难深重的中华民族，一百年来，其优秀人物奋斗牺牲，前仆后继，摸索救国救民的真理，是可歌可泣的。但是直到第一次世界大战和俄国十月革命之后，才找到马克思列宁主义这个最好的真理，作为解放我们民族的最好武器，而中国共产党则是拿起这个武器的倡导者、宣传者和组织者。马克思列宁主义的普遍真理一经和中国革命的具体实践相结合，就使中国革命的面目为之一新。"①

马克思主义是我们党的灵魂。用马克思主义武装全党，指导我们一切工作，这是我们党取得一个又一个胜利的根本保证。这是历史一再证明了的。当前，我国正处在社会主义初级阶段，社会主义建设和改革开放的国际国内环境十分复杂，更需要全党认真学习马克思主义，把握社会发展规律，明确前进方向，引导我国人民建设中国特色社会主义。

然而不能不看到，这些年来，一些党员（包括一些领导干部），学习马克思主义的自觉性淡薄了。他们认为，在改革开放的条件下，马克思主义不灵了、不管用了（或者部分不灵了、不管用了），已经不能解决当前我国面临的问题。有人提出，要把新自由主义、民主社会主义等当作改革的指导思想，甚至主张"只有民主社会主义才能救中国"。在一些领域，马克思主义被边缘化，批判马克思主义的一些基本原理成为时髦现象。一时间，不读马列、不懂马列，却使批判马列的风气弥漫。出现这种现象并不是偶然的，而是由国际国内的政治气候决定的。20世纪80年代末90年代初苏联东欧国家政局发生剧变，社会制度由社会主义演变成为资本主义，一大片社会主义阵地垮掉了，世界社会主义事业跌入低谷，这种局面直接影响到我国。国内有的人患上了"革命低潮综合征"，怀疑社会主义还有没有前途，怀疑马克思主义基本原理还灵不灵，甚至提出"中国的社会主义红旗还能打多久"的问题。加上我国改革开放以后，国门打开了，各种西方资产阶级理论、学说（像新自由主义、民主社会主义、"普世价值"等等）涌了进来，冲击着马克思主义的指导地位，一些人不相信马克思主义了，却迷信西方的资产阶级理论、学说。在这种环境下，马克思主义的理想、信念就越来越淡薄了。这是值得重视的一种倾向。

一、我国正处在、而且在一个相当长的历史时期里仍将处在社会主义初级阶段。我们党几代领导集体经过艰苦探索，把马克思主义基本原理同我国社会主义初级阶段的具体实际相结合，创立了中国特色社会主义理论体系，走出了一条中国特色社会主义道路。

---

① 《毛泽东选集》第3卷，人民出版社1991年版，第796页。

中国特色社会主义，在所有制结构方面，是公有制为主体、多种所有制经济共同发展，也就是说，不仅有占主体地位的公有制，还有处于补充地位的私有制，包括资本主义性质的私营经济、外资经济。与此相适应，在分配领域，不仅有由公有制决定的按劳分配，而且有由私有制决定的按生产要素分配，在资本主义性质的经济成分里，还存在剥削和两极分化。由于经济成分的多元化，政治上不可避免地出现不同的政治诉求，思想领域不可避免地出现意识形态的多样性。因此，我们在所有制结构方面，强调以公有制为主体；在分配领域，强调按劳分配为主；在政治领域，强调工人阶级政党——共产党的领导；在思想领域，强调以马克思主义为指导，从而保证我国沿着社会主义方向发展。这是我们党根据马克思主义基本原理、尤其是生产力与生产关系相互关系的原理，分析我国社会主义初级阶段的实际情况得出来的结论，其中一些原则也是在经济文化落后国家里建设社会主义时带有的规律性现象。

然而，这种社会主义初级阶段的特殊现象却引起了一些理论上的疑惑。经常有人把中国特色社会主义理论体系同马克思主义对立起来，不是用马克思主义基本原理同中国实际相结合来加以说明，而是用否定马克思主义的基本原理来论证中国特色社会主义理论体系的正确性。一段时间里，打着"理论创新"的旗号，说马克思这个原理错了，那个原理过时了，这几乎成为一种时尚。仿佛只有挑马克思的错，才是发展马克思主义似的。

我们仅就经济理论方面说吧。有人提出，按照马克思主义的科学社会主义原理，社会主义是要消灭私有制、消灭剥削的，而在我国社会主义社会里，资本主义私有制、剥削不仅没有被消灭，反而得到一定程度的发展，看来，中国特色社会主义的实践同马克思主义基本原理是有矛盾的。为了解决这个所谓的"理论与实践的矛盾"，有人就主张否定马克思主义基本原理，修正马克思主义的一些基本观点。例如，有人看到我国私有经济的存在和发展，就反对生产资料公有制是社会主义的经济基础这一原理，主张社会主义不一定要建立公有制，只要调整分配政策、能够实现公平就可以了；他们看到目前私营经济对国民经济发展还有积极作用，就反对社会主义要消灭私有制的原理，提出私营经济代表了先进生产力，私有制是社会经济发展所不可缺少的，主张"私有制万岁"；他们看到我国剥削现象的存在和发展，就反对消灭剥削是社会主义的本质要求这一原理，主张"模糊"剥削这个概念，或者干脆不承认存在剥削，甚至宣称剩余价值学说"并不具有真理性"，它使得社会主义陷入"迷误"，说什么剩余价值学说使得人们把注意力放在消灭并不存在的剥削上，而忽视了发展生产力、提高效率；他们看到资本收入是合法的，而且得到鼓励，就否定劳动价值论，宣扬"要素价值论"，主张资本也创造价值，资本收入是资本本身带来的，提出什么"社会主义劳动价值论"、"建设的劳动价值论"等否定劳动是价值的唯一来源的各种"理论"。诸如此类的否定马克思主义基本原理的所谓"创新"观点，屡见报刊，形成一股不可忽视的思潮。给人们一种印象，好像只有批判、纠正马克思主义"过时的理论"，才能形成中国特色社会主义理论体系。这是一种十分危险的想法。

对于社会主义初级阶段出现的一些新问题、新现象，本来运用马克思主义基本原理，结合我国社会主义初级阶段的具体国情是完全可以解释清楚的，然而有人却采取一种"模糊哲学"，或者"鸵鸟政策"，回避尖锐的现实问题，甚至做出错误的解释。他们不敢坚持马克思主义的基本原理，而是自己发明一些"新概念"，或者搬用西方社会学的一些概念，把事情的本质掩盖起来，搞得理论观点模棱两可、模糊不清。把本来十分清楚的事情模糊化，这也是一种本事，但这样做背后的目的是什么，实在令人费解。然而玩弄一些所谓的"新概念"，除了把人们的思想搞乱外，什么问题也解决不了。

我们不来一一反驳这些错误观点，只想指出一点：马克思主义基本原理是自然界、人类社会和思维发展的一般规律的反映，因而是放之四海而皆准的普遍真理。我们必须、也只能运用马克思主义基本原理才能够解释、解决现实问题。任何国家的无产阶级和劳动人民进行革命和建设都必须在马克思主义基本原理指导下才能取得胜利，这是早就被历史证明了的。我国的新民主主义革命、社会主义革命和建设，都是在马克思主义基本原理指导下一步一步取得胜利的。马克思主义基本原理，作为一个完整的理论体系，作为一种科学的世界观、方法论，决不像某些人说的那样会随着时代的变化而过时，或者会由于国情不同而有的部分适用、有的部分不适用。我国在改革开放过程中始终坚持马克思主义基本原理，这也就是邓小平说的"老祖宗不能丢"的含义。这是改革开放取得成就的根本保证。

作为科学的世界观和方法论的马克思主义，并不是各种僵化的教条、"公式"的堆积，而是一种随着形势的变化而不断发展的科学。要正确理解发展马克思主义这一命题，决不能把发展马克思主义理解为否定马克思主义的基本原理。有人认为，坚持马克思主义基本原理就是僵化的教条主义，只有否定马克思主义基本原理才能发展马克思主义。这种理解是完全错误的，因为否定了马克思主义基本原理，那就不是马克思主义了，变成了别的什么主义，这就说不上发展马克思主义，而是反对马克思主义了。还有人提出，马克思主义基本原理有对有错，只有批判马克思主义基本原理中的"错误的部分"，才能发展马克思主义。这种看法也是错误的，因为马克思主义基本原理是一个完整的理论体系，各种基本观点密切联系在一起，形成一个有机的系统，否定了其中一个基本观点，就会相应地否定其他基本观点。举一个例子来说。有人不赞成劳动价值论，认为各种生产要素都创造价值，然而如果否定了劳动价值论，主张资本也能够创造价值，那么，必然要否定剩余价值学说；而否定了剩余价值学说，必然从根本上否定马克思主义政治经济学和科学社会主义，因为剩余价值学说是马克思主义政治经济学的基石，它也是科学社会主义的理论基础。这样，整个马克思主义就被否定了。这种危险是客观存在的，而且在现实生活中某些"理论家"身上也一再出现过：看来好像只是否定马克思主义某一个基本原理，但按照理论的逻辑推论下去，却否定了整个马克思主义。对此，做理论工作的同志应该慎之又慎，不要轻易地、想当然地下结论，防止一不小心，主观上想发展马克思主义，却不自觉地陷入反马克思主义泥坑的尴尬境地。

发展马克思主义指的是，每一个国家都应该根据本国的具体国情以及时代的特征，运用马克思主义基本原理分析新的环境，提出新的问题，得出新的结论，指导实践，使马克思主义本国化、时代化，从而丰富和发展马克思主义。中国特色社会主义理论体系就是在当前中国具体历史条件下，马克思主义基本原理同中国实际相结合的理论成果，它是马克思主义中国化的新的理论飞跃。我国改革开放的进程，从理论形态上说，就是马克思主义中国化的进程。中国特色社会主义理论体系为马克思主义的理论宝库增添了新的内容。可见，中国特色社会主义理论体系的根是马克思主义基本原理，它是马克思主义这个树根上生长出来的繁枝茂叶。毛泽东在七届二中全会上作总结时说，我们还是把毛泽东思想看作是"马克思列宁主义的分店好"，因为毛泽东思想是"马克思主义的普遍真理与中国革命的具体实践的统一"①；同样，我们也应该把中国特色社会主义理论体系看作是"马克思主义在当代中国的分店"，离开了马克思主义基本原理，就不可能有中国特色社会主义理论体系。

有人提出，马克思、恩格斯、列宁、毛泽东这些经典作家也会犯错误，也不是"句句是真理"，而且随着时代的变化，他们说的东西也会过时，难道不能批评他们的不正确的或过时的观点？当然可以，我们对任何人（包括革命领袖）的思想都要实事求是，不能搞"两个凡是"。但是，这里要坚持一个方法论原则，即要把马克思主义基本原理同运用这些基本原理分析当时具体情况得出的具体结论区分开来。经典作家的著作中阐述的马克思主义基本原理，必须坚持，这一点，不能有丝毫动摇；至于他们运用这些基本原理分析当时形势作出的具体判断、得出的具体结论、提出的具体政策，那是需要根据形势的变化随时进行调整的。马克思、恩格斯自己就作了这样的区分。1872年，他们为《共产党宣言》的德文版写了一个序言，指出："不管最近25年来的情况发生了多大的变化，这个《宣言》中所阐述的一般原理整个来说直到现在还是完全正确的。""这些原理的实际运用，正如《宣言》中所说的，随时随地都要以当时的历史条件为转移。""由于最近25年来大工业有了巨大发展而工人阶级的政党组织也跟着发展起来，由于首先有了二月革命的实际经验而后来尤其是有了无产阶级第一次掌握政权达两月之久的巴黎公社的实际经验，所以这个纲领现在有些地方已经过时了。"②

---

① 《毛泽东文集》第 5 卷，人民出版社 1996 年版，第 259、261 页。
② 《马克思恩格斯选集》第 1 卷，人民出版社 1995 年版，第 248、249 页。

过时的、需要改变的，不是"一般原理"，而是这些原理的"实际运用"。

我们必须在坚持马克思主义基本原理的前提下发展马克思主义，警惕有人打着发展马克思主义的旗号来否定、反对马克思主义。这种情况，自马克思主义在工人运动中占据主导地位以后，尤其是在我国这样的宣布马克思主义是党和国家的指导思想的社会主义国家里，屡见不鲜。这就像列宁说的那样："马克思主义在理论上的胜利，逼得它的敌人装扮成马克思主义者，历史的辩证法就是如此。"①

二、当前，在坚持马克思主义为指导的问题上，存在一些模糊认识，需要澄清

（一）马克思主义为指导与意识形态的多元化

在社会主义初级阶段，由于经济上存在多种经济成分，加上旧社会思想的影响和国外思想的影响，我国思想领域客观上存在多种意识形态，既有无产阶级思想，又有资产阶级思想、小资产阶级思想，甚至还有封建思想的残余。这是不可避免的。这就是说，意识形态多元化是一种客观的存在。我们应该正视这种现象，采取正确的政策，区别对待。对敌对势力的理论、主张，我们必须坚决批判和斗争；对人民内部的错误的、不正确的思想，则要用批评的方法、说服教育的方法，分清是非，达到团结的目的。但是，意识形态的多元化并不等于指导思想应该是多元的，恰恰相反，正因为意识形态是多元的，更需要坚持马克思主义为指导，由一元化的指导思想，来引领各种社会思潮，保证社会主义建设和改革开放沿着正确的方向健康地发展。

任何一个社会，都是反映统治阶级根本利益的思想在意识形态领域

---

① 《列宁选集》第2卷，人民出版社1995年版，第307页。

占据指导地位；任何一个政党，都把反映它所代表的那个阶级的根本利益的理论、观点作为自己的指导思想。这就是说，任何一个社会、任何一个政党，指导思想总是一元的。我们是工人阶级领导的社会主义国家，我们的党是工人阶级先锋队，理所当然地要把反映工人阶级根本利益的马克思主义作为自己的指导思想。

但是，当前在我国社会上甚至党内出现了一种错误思想，即在"民主"的旗号下，主张指导思想多元化。他们把马克思主义的指导地位斥之为"思想垄断"，要求各种思想平等竞争，各种观点"自由发表"、"自由争论"。这些人故意把指导思想的一元化与意见、观点的多样性对立起来，借口应该允许不同意见的批评和争论来否定马克思主义的指导作用。他们把马克思主义看作不同学派中平等的一派，要求允许资产阶级世界观、方法论在党内合法存在，并同马克思主义"自由竞争"。据说，只有指导思想多元化，才是真正的"民主"、"自由"。

这种看法是错误的。应该看到，任何一个国家的统治阶级，为了巩固其政治统治，都要竭力维护和发展自己的、占统治地位的意识形态。这就是说，任何社会都不会允许、也不可能存在指导思想的多元化。西方国家就从来不允许马克思主义在他们的意识形态中居于指导地位，甚至当宣传某些马克思主义观点危及资产阶级政治统治时，西方国家不惜使用暴力进行镇压。例如，美国共产党仅仅因为党纲中有"无产阶级专政"的字样，便横遭迫害，其领导人身陷囹圄。西方国家都有一套系统的方法和手段，来对他们的官员、学生、群众、军队灌输资本主义的思想、价值观和政治信条。在这个问题上，他们也是抓得很紧的。在社会主义国家里，掌握国家政权和生产资料的工人阶级及其政党——共产党，为了维护本阶级的根本利益，理应旗帜鲜明地宣布马克思主义是我们的指导思想，坚决捍卫马克思主义的指导地位。

在社会主义初级阶段，社会上非无产阶级思想的存在是不可避免的，但它们不能同马克思主义并列，形成多元的指导思想。相反，在我们党内决不允许非无产阶级思想合法存在，更不允许它们自由泛滥；即使在党外，我们也要在马克思主义指导下引领各种非无产阶级思想，通过民主的、自由的讨论，澄清是非，决不能放任自流、听之任之。

放弃马克思主义的指导地位，后果极其严重。在阶级社会里，每一个阶级都有自己的理论体系，有多少阶级就有多少主义。这些主义不是并行不悖、互不相干的，而是处于尖锐的矛盾和激烈的斗争中。在当今社会里，正如列宁所说的："问题只能是这样：或者是资产阶级的思想体系，或者是社会主义的思想体系。这里中间的东西是没有的（因为人类没有创造过任何'第三种'思想体系，而且在为阶级矛盾所分裂的社会中，任何时候也不可能有非阶级或超阶级的思想体系）。"①

由于社会意识对社会存在有着强烈的反作用，因此各个阶级都十分重视抓意识形态，都力图按照自己的面貌改造世界，思想斗争、理论斗争就成为阶级斗争的重要形式之一。不同阶级的意识形态在斗争中此消彼长，而不是和平共处。因此，"对社会主义思想体系的任何轻视和任何脱离，都意味着资产阶级思想体系的加强。"②

工人阶级阶级意识的最高形态是马克思主义，社会主义革命和建设离不开马克思主义的指导。如果放弃马克思主义的指导地位，在指导思想上搞多元化，客观上就是支持和放纵资产阶级思想的蔓延，势必导致人心大乱，天下大乱，给党和国家带来灾难。这是绝对不允许的。殷鉴不远苏联的演变提供了很好的反面教材。第一个社会主义国家苏联之所以会解体，具有光荣斗争历史的苏联共产党之所以会失去政权并顷刻瓦解，原因是多方面的，其中很重要的一条，就是理论上政治上出了问题。他们的思想早就变了，在社会底层涌动着一股暗流。从赫鲁晓夫丢掉斯大林这把刀子，到戈尔巴乔夫公开背叛马克思列宁主义，前后经过30多年，指导思想上的多元化导致党内思想混乱，思想政治上彻底解除武装。苏联共产党从思想涣散走到组织瓦解，教训是很深刻的。

（二）马克思主义为指导与解放思想、破除迷信

有人经常把解放思想同马克思主义为指导对立起来，仿佛坚持马克思主义为指导，就不可能解放思想，甚至提出"要把思想从马克思主义

---

① 《列宁全集》第 6 卷，人民出版社 1986 年版，第 38 页。
② 《列宁全集》第 6 卷，人民出版社 1986 年版，第 38 页。

的束缚下解放出来"的口号。这里，从理论上讲，有一个正确理解"解放思想"的问题。

解放思想、实事求是，是我们党的思想路线。解放思想是指使我们的思想从不符合客观实际的错误观点束缚下解放出来，目的是做到主观符合客观、思想符合实际。所以，解放思想与实事求是是一致的，只有解放思想才能做到实事求是，同时，也只有实事求是才是真正地解放思想。这样理解"解放思想"，我们就可以看到，以马克思主义为指导与解放思想是统一的。邓小平指出："我们讲解放思想，是指在马克思主义指导下打破习惯势力和主观偏见的束缚，研究新情况，解决新问题。"[①]

只有在马克思主义指导下，我们的思想才能符合客观实际，才能真正做到解放思想。这是因为，马克思主义是全世界无产阶级的最正确最革命的科学思想的结晶，它从根本上揭示了整个人类社会发展的规律。马克思主义的理论是我们观察一切现象、处理一切问题的武器。如果我们不掌握马克思的理论武器，就不可能科学地认识和把握社会现象，不可能正确地分析和处理改革开放和经济建设中所遇到的问题，就容易受各种错误思想的影响和束缚，主观思想就不可能符合客观实际。所以，邓小平在谈到解放思想时，总是强调要学习马克思主义，努力用马克思主义的立场、观点、方法来观察和处理问题。

以马克思主义为指导，必须破除各种各样的迷信。当前，在意识形态领域要注意反对两种迷信、两种教条主义。一种是空谈坚持马克思主义，把经典作家针对当时的具体情况运用马克思主义基本原理进行分析得出的具体结论，当作固定不变的教条，搬到条件已经发生了变化的今天来，不懂得随着时代的发展，应当根据新的实践进行理论创新，以新的经验、新的结论发展马克思主义。持这种教条主义态度的人，不是从建设中国特色社会主义的实际出发，而是以经典作家某个本本为依据来判断是非对错。他们不是将马克思主义理论作为实践的指南，而是错误地认为马克思主义是可以为各项具体工作提供现成答案的百科辞典或日

---

① 《邓小平文选》第 2 卷，人民出版社 1994 年版，第 279 页。

用大全。其实，早在19世纪末列宁就曾指出："从一般真理的单纯逻辑发展中去寻找具体问题的答案，这是把马克思主义庸俗化，并且完全是对辩证唯物主义的嘲笑。"①

在我们党的历史上，这种教条主义曾经给中国人民的革命事业和社会主义建设事业带来重大损失，毛泽东和邓小平同这种教条主义进行了坚决的斗争，保证了我们的革命、建设和改革大业沿着马克思主义的正确方向发展。

另一种教条主义是迷信西方发达国家反映资产阶级意识形态的思想理论，把西方某些资产阶级学派的理论甚至把发达资本主义国家的政策主张奉为圭臬。拿经济学领域来说，这种迷信突出地表现在新自由主义的泛滥上。例如，在研究中国的经济问题，尤其是经济改革问题时，最为流行的方法是，把新自由主义各种流派诸如新制度主义、货币学派、供给学派、公共选择学派等等，当作分析的前提和逻辑框架以及判断对错的准绳，言必称科斯、弗里德曼、布坎南等等，仿佛他们的学说就是真理，就是解决中国问题的万灵药丹。在某些刊物上已看不到马克思主义的理论观点了，连马克思主义的概念、词句也不见了，通篇充斥的是新自由主义的观点。这种倾向在意识形态领域及经济改革的实际工作中的影响一度相当严重。毫无疑问，在经济全球化日益发展的今天，各种文明成果相互借鉴，有利于人类的共同进步。我们党历来主张学习借鉴一切有利于中国发展进步的经验和知识，邓小平甚至把这一点作为社会主义赢得相对于资本主义的优势的必要条件。但这决不意味着在思想政治上要改弦易辙，放弃对马克思主义的信仰，否定马克思主义的指导地位。陷入对西方理论的迷信，用西方资产阶级理论取代马克思主义，或者把马克思主义边缘化，势必滑进西方敌对势力西化、分化我国的陷阱，使我国陷入动乱、停滞和倒退，重新沦为西方的附庸。

这两种教条主义、两种迷信有一个共同特点，那就是理论脱离实际。它们都是从本本出发，脱离中国特色社会主义的实际，背离人民的根本利益。经过多年的斗争，尤其是十一届三中全会以来邓小平反复进

---

① 《列宁全集》第3卷，人民出版社1984年版，第12页。

行艰苦的思想工作，第一种教条主义在理论战线和经济改革实践中的影响已经日渐式微，这是解放思想的巨大成果，也是党和人民创新精神的伟大胜利。对于第二种教条主义，"理论工作者中早有质疑，党的领导人也有所告诫，但是至今未引起思想理论界应有的反响。"①

对于西方的理论和学说，我国哲学社会科学界还缺乏认真的鉴别，往往把反映资产阶级利益和要求的理论观点，甚至一些已经被西方抛弃了的过时的政策主张，当作理论创新的成果，向各个学科渗透。不得不承认的是，这种洋教条主义、洋迷信在理论界、特别是在经济改革实践中的影响还有上升的趋势。假如我们忽视这种教条主义、这种迷信的危害，我国改革的方向就会发生变化，全盘西化的威胁就会向我们逼近，劳动人民的利益就会受到损害。如果出现这种情景，我们就犯下了历史性的错误。苏联、东欧原先的社会主义国家陷入这种洋迷信，照搬西方资本主义模式，不仅毁灭了社会主义事业，而且出现了经济倒退、政局动荡、社会不稳、人民生活下降的困境，这一沉痛教训，值得我们认真吸取。

（三）马克思主义为指导与"双百方针"

我们强调指导思想必须一元化，只能以马克思主义为指导，坚决反对指导思想的多元化，决不是说在意识形态领域中只允许一个学派、一种观点存在，只能用一种声音说话。相反，我们党在 20 世纪 50 年代中期就提出了"百花齐放、百家争鸣"的方针。当时，毛泽东针对苏联思想领域形而上学盛行、压制不同意见的做法，明确指出，"双百方针"是促进艺术发展和科学进步的方针，是促进社会主义文化繁荣的方针。他主张艺术上不同的形式和风格可以自由发展，科学上不同的学派和观点可以自由讨论。艺术和科学中的是非问题，应该通过自由讨论、通过实践去解决，真理越辩越明，而不应当采取简单的方法、靠行政手段去解决。新中国成立以来的历史表明，凡是"双百"方针贯彻得好

---

① 陈奎元：《繁荣发展中国特色的哲学社会科学》，载《人民日报》2004 年 4 月 20 日。

的时期，我国科学文化就呈现出欣欣向荣的局面；相反，忽视甚至破坏"双百"方针，就出现万马齐喑的萧瑟景象。"百花齐放、百家争鸣"是繁荣和发展科学文化的必由之路。

指导思想的一元化与学派、意见、风格的多样性是统一的。坚持马克思主义为指导，是指我们的科学文化工作必须在马克思主义的立场、观点、方法的指导下开展，是指一切科学文化工作都必须站在无产阶级立场上，把为社会主义服务、为最广大人民服务作为自己的出发点，并采用符合客观事物发展规律的正确方法，在基本原则问题上有统一的认识。指导思想的一元化并不妨碍意见的多样性，也不妨碍不同意见的自由讨论。我们强调马克思主义为指导，同时不仅允许而且鼓励不同意见的相互批评和争论，反对"一言堂"，反对专横独断，主张通过自由讨论发展正确意见，克服错误观点，引领社会思潮，推进社会主义核心价值体系的建设。这两者并不矛盾，而是一致的。正如列宁指出："多样性不但不会破坏在主要的、根本的、本质的问题上的统一，反而会保证这种统一。"①

正确处理"一元"与"多样"的关系，在指导思想一元化的前提下实现多样性，多样性则承认并表现根本问题上的一元化，把坚持马克思主义为指导与坚持"双百"方针统一起来，这是繁荣和发展科学文化的根本保证。

在社会主义建设中，还必须正确对待舆论的一律与不一律的关系。我们的舆论应该是既一律又不一律。在建党立国的基本原则问题上，舆论宣传应该是一律的，不应该出现杂音。党有《党章》，这是对建党基本原则的规定，每一个党员都应该遵守；国有《宪法》，这是对立国基本原则的规定，每一个公民都应该遵守。一切违反《党章》、《宪法》的言行，都是不允许的。如果在这方面没有统一的认识和严格的要求，我们的党、我们的国家就没有精神支柱，就会成为一盘散沙，就谈不上凝聚力、战斗力、创造力，党的领导、中国特色社会主义就没有根基。敌对势力是看清了这一点的，所以，他们集中攻击的就是建党立国的基

---

① 《列宁全集》第33卷，人民出版社1985年版，第209页。

本原则，力图以此为突破口达到拔掉社会主义中国这个"眼中钉"的目的。然而我们有的舆论工具对此缺乏清醒的认识，往往出现违反《党章》、《宪法》的言论，该"一律"的地方"不一律"。例如，有的人公开主张"全盘西化"，在政治上宣扬取消、削弱共产党的领导，攻击人民民主专政，主张西方式的多党制和议会民主；在经济上宣扬私有化，主张取消公有制的主体地位和按劳分配为主的原则；在思想文化上诋毁马列主义、毛泽东思想和中国特色社会主义理论体系，主张指导思想多元化，公然为资产阶级自由化分子鸣冤叫屈，等等。这些违反《党章》、《宪法》的言论，屡屡见诸报刊，甚至出现这样的怪事：境外著名的新自由主义者张五常，公开攻击"马克思为祸最深"、"马克思由头错到尾"，吹嘘他"三招两式"就把马克思的剩余价值理论打得"片甲不留"，叫嚷要"在马克思的棺材上再打上一颗钉子"，断言"中国大陆的共产经验一败涂地"、"共产制度迟早会瓦解"，这样一个赤裸裸的反共反马克思主义的人，却被我国某个中央国家机关请来，并在中央党校和几十所著名高校发表讲演，为他的反马克思主义、反社会主义言论提供讲坛，真是咄咄怪事。

我们强调在建党立国的根本原则（具体说来就是四项基本原则）问题上舆论必须一律的同时，主张在人民内部，在具体的学术问题上，舆论应该是不一律的。每一个人的成长环境、生活经历不一样，对各种问题的看法显然是不一样的，强求一律是做不到的。利用我们的报刊、讲坛自由地发表自己的意见，并相互展开争论，这既是人民的民主权利，又是繁荣科学文化的必不可少的途径。社会是充满矛盾的，任何时候都有正确与错误的斗争，这种斗争只能通过民主的、说服教育的方法去解决，靠行政命令、压制的办法是无济于事的。更何况有许多问题，例如艺术风格问题本身并没有对错之分，更应该允许相互共存和竞争。只有民主、平等地讨论，生动活泼的政治局面和宽松自由的学术环境，才能使科学文化出现百花争艳的繁荣景象。只准发出一种声音，用政治高压手段封杀其他观点，搞得各种舆论工具千人一面，毫无生气，不仅扼杀了科学文化的发展，而且这种局面也是维持不久的，因为它必然引起人民群众的不满。我国"文化大革命"十年的情景就是一个例证。

（四）马克思主义为指导与"兼容并蓄"

有人经常把坚持马克思主义为指导同我们主张文化领域兼容并蓄对立起来，用后者来否定前者。这也是一种常见的误解。

社会主义文化建设必须注意继承和发扬中国传统文化中的优秀遗产，借鉴和吸收西方国家先进文化中的优秀成果，也就是说必须注意"兼容并蓄"。人类文明是有继承性的，只有继承和吸收前人创造的一切文明成果，人类社会才能发展。任何一个新的社会都不是凭空产生的，都是在旧社会的基础上建立起来的。我们说，新社会是建立在旧社会废墟上的，这一方面是指新社会对旧社会的否定和扬弃，另一方面也包含有继承旧社会制度下创造的一切有用的东西这一层意思。这一点，社会主义制度也不例外。列宁曾经严厉批评那种认为"不向资产阶级学习也可以建成社会主义"的想法，是"中非洲居民的心理"，指出："我们不能设想，除了以庞大的资本主义文化所获得一切经验为基础的社会主义以外，还有别的什么社会主义"①。"只有确切地了解人类全部发展过程所创造的文化，只有对这种文化加以改造，才能建设无产阶级的文化，没有这样的认识，我们就不能完成这项任务"②。

"百川归海，有容乃大"。只有对不同学派、不同理论观点、不同风格采取宽容的态度，允许它们自由讨论，在争论中辩明是非，才能有科学、文化的繁荣昌盛。

但是，当我们讲"兼容并蓄"的时候，并不意味着把我们的意识形态搞成一个什么都有的"大杂烩"，而没有一个"主心骨"。在民国初期，封建主义思想还占着统治地位，这时蔡元培先生提出"兼容并蓄"，要求吸收西方资本主义文化，甚至要求引进马克思主义，允许它们在北京大学讲坛上有一席之地，这显然是有进步意义的。今天，在建设中国特色社会主义新的历史时期，我们要建设社会主义文化，这时谈

---

① 《列宁全集》第34卷，人民出版社1985年版，第252页。
② 《列宁选集》第4卷，人民出版社1995年版，第285页。

论"兼容并蓄"，必然要提出两个问题：第一，谁来继承和吸收传统文化和西方文化中的好的东西？"主体"是什么？这里有一个"体"与"用"的问题。清末洋务派提出"中学为体，西学为用"，这个"中学"是指封建主义的思想。这是巩固封建统治的方针。当然，由于当时封建主义已是强弩之末，面临崩溃之势，"中学为体"是无从实现的。正在建设中国特色社会主义的我国人民，必须明确以马克思主义为"体"，以马克思主义为指导，坚持用马克思主义的立场、观点、方法来分析传统文化和西方文化，批判地加以继承和吸收，为我所"用"。第二，继承和吸收传统文化和西方文化中对我们有用的东西的目的是什么？我们应该立足现代来继承传统文化中的优秀遗产，而不是复古；立足中国来吸收西方国家先进文化的优秀成果，而不是照搬。"古为今用"，"洋为中用"，一切都服务于巩固和发展中国特色社会主义的伟大事业，服务于建设社会主义核心价值体系，服务于工人阶级和广大人民群众的根本利益。离开这一点，抽象地谈论"兼容并蓄"是毫无意义的。因此，我们必须在坚持马克思主义为指导的前提下，来谈论兼容并蓄，把两者统一起来。

（作者系中国人民大学研究生院原院长、教授）

延安整风对马克思主义中国化的贡献

李雅兴　刘义群

从 1942 年到 1945 年 4 月党的七大召开前，中国共产党以延安为中心在全党范围内开展了一次大规模的整风运动，史称"延安整风运动"。延安整风既是一次深刻的马克思主义教育运动，又是一场伟大的思想解放运动。回顾延安整风运动，探讨延安整风的宝贵经验及其对马克思主义中国化的影响，对于我们加深对马克思主义中国化的理解、继续推进马克思主义中国化的进程具有重要的理论意义和现实意义。

一、延安整风奠定了马克思主义中国化的哲学基础

延安整风的主要内容是反对主观主义以整顿学风，反对宗派主义以整顿党风，反对党八股以整顿文风，其实质就是要在全党树立一切从实际出发，理论联系实际，实事求是的思想路线，从而为马克思主义中国化奠定坚实的哲学基础。

（一）彻底清理教条主义影响，使全党学会解决理论与实践相结合的实际问题

马克思主义中国化就是把马克思主义普遍原理与中国的具体实践、中国的历史和中国的文化结合起来，以解决中国的实际问题，推动中国

革命发展，形成中国化的马克思主义理论成果。但对这一问题，我党在历史上有过模糊认识和分歧，曾把马克思主义当作"本本"和教条，以致在建党初期党内接二连三犯下了"左"倾和右倾错误，其中时间最长、危害最深的要数以教条主义为特征的王明"左"倾冒险主义错误，几乎葬送了中国革命的前程。

遵义会议只解决了当时最为紧迫的军事问题，王明"左"倾错误并没有从思想上进行系统的清算，直至延安整风时，主观主义、教条主义的影响依然存在。对此，毛泽东一针见血地指出："粗枝大叶，不求甚解，自以为是，主观主义，形式主义的作风，仍然在党内严重地存在着。"① 主观主义"这种作风，拿了律己，则害了自己；拿了教人，则害了别人；拿了指导革命，则害了革命"，它"是共产党的大敌，是工人阶级的大敌，是人民的大敌，是民族的大敌"，"只有打倒了主观主义，马克思列宁主义的真理才会抬头，党性才会巩固，革命才会胜利"②。"马克思列宁主义之箭，必须用了去射中国革命之的"③。因此，他反复强调：主观主义，要亡党亡国亡头。④ 反对主观主义的目的就是要使全党的高级干部端正态度，把握现实情况与政策，正确地指导他们去探索中国革命发展的道路。毛泽东在延安整风运动中，把反对教条主义的斗争，提高到关系中国革命的成败的战略高度，也成为整风的重中之重。通过整风，彻底清除了对中国革命和中国共产党危害最深的教条主义错误，教育全党学会运用马克思列宁主义的立场、观点和方法，研究和解决中国革命的实际问题，提高了全党的理论水平。

（二）对实事求是进行哲学概括，使党的思想路线得以最终形成

思想路线，亦称认识路线，指的是人们的认识所遵循的方向、途

---

① 《中共中央文件选集》第十三册，中共中央党校出版社 1991 年，第 173 页。
② 《毛泽东选集》第 3 卷，人民出版社 1991 年版，第 800 页。
③ 《毛泽东选集》第 3 卷，人民出版社 1991 年版，第 820 页。
④ 《中国延安精神研究会. 延安整风五十周年——纪念延安整风五十周年文集》，党建读物出版社 1995 年版，第 192 页。

径、原则和方法。一个政党的思想路线，是指这个政党确定自己的指导思想并支配自己行动的认识路线。中国共产党实事求是的思想路线，经过延安整风和党的七大，最终在全党得到了确立。

实事求是最早出现于东汉史学家班固《后汉书·河间献王传》，本意是史料古籍整理中的一种求真务实、严谨治学的态度，唐朝把它引入政治领域。毛泽东在1938年党的六届六中全会的报告中，在第一次提出"马克思主义中国化"任务的同时，又第一次使用了"实事求是"来提倡马克思主义同中国实际相结合的科学态度，指出："共产党员应该是实事求是的模范，又是具有远见卓识的模范。因为只有实事求是，才能完成确定的任务；只有远见卓识，才能不失前进的方向。"① 1941年，他在《改造我们的学习》中对"实事求是"的科学含义作了马克思主义的界定，进行了新的哲学概括，即："'实事'就是客观存在着的一切事物，'是'就是客观事物的内部联系，即规律性，'求'就是我们去研究。"② 这就把实事求是提到辩证唯物论的高度，升华到科学的世界观和方法论。

这种态度就是理论和实际统一的马克思主义的作风。他还于1943年12月特意为中央党校大礼堂亲笔写下了"实事求是"四个大字，被镶嵌在新建的大礼堂正墙上方，以告诫中国共产党人要牢牢记住。正是在实事求是的思想路线指引下，广大党员和干部在整风中破除了对马克思主义"本本"、苏联经验和共产国际指示的迷信，极大地解放了思想，分清了什么是真马克思主义，什么是假马克思主义，对主观主义特别是教条主义的特点及其危害有了深刻的认识，掌握了马克思主义普遍真理同中国革命具体实践相结合这一根本方向，从而为争取抗日战争以至整个新民主主义革命的胜利奠定了牢固的思想基础。可以说，延安整风的胜利就是中国共产党树立和坚持实事求是思想路线的胜利。

---

① 《毛泽东选集》第2卷，人民出版社1991年版，第522页。
② 《毛泽东选集》第3卷，人民出版社1991年版，第801页。

二、延安整风促进了马克思主义中国化第一个理论成果——毛泽东思想的确立

毛泽东思想是以毛泽东为代表的中国共产党人把马克思列宁主义普遍原理同中国革命具体实践相结合的产物，是马克思主义中国化的第一个重大理论成果。遵义会议确立了毛泽东在全党全军的实际领导地位，为毛泽东思想的全面展开而达到成熟奠定了根本的政治基础，中国革命两次胜利两次失败的实践是毛泽东思想达到成熟的现实土壤，而延安整风运动对推进毛泽东思想成为全党的指导思想起了关键性促进作用。

（一）延安整风使全党对毛泽东思想的本质特征有了深刻的理解

邓小平曾郑重指出："一个党、一个国家、一个民族，如果一切从本本出发，思想僵化、迷信盛行，那它就不能前进，它的生机就停止了，就要亡党亡国"①。把马克思列宁主义普遍原理与中国革命具体实践相结合，走出一条农村包围城市、武装夺取政权的崭新的革命道路，是以毛泽东为代表的中国共产党人完成的。这表明，把马克思列宁主义普遍原理与中国革命具体实践相结合即"中国化"，就是毛泽东思想的本质特征。要真正理解和认识毛泽东思想，必须对其本质特征有深刻认识和把握。

中国共产党在成立以后的十多年里，由于"在思想上的准备、理论上的修养是不够的，是比较幼稚的"②，故在怎样对待马克思列宁主义的问题上没搞清楚，在中国革命问题上犯了"左"倾和右倾错误，其实质就是不能把马克思列宁主义普遍原理与中国革命具体实践结合起来，走自己的路，也就是马克思主义不能中国化。在延安整风期间，毛泽东最重视的谈得最多的就是马克思主义中国化的问题，他指出：马克思主

① 《邓小平文选》第 2 卷，人民出版社 1994 年版，第 143 页。
② 《刘少奇选集》上卷，人民出版社 1981 年版，第 220 页。

义"是领导无产阶级革命事业走向胜利的科学"① 联系实际的理论才是科学的理论,"能使马克思主义中国化的教员,才算好教员"②。对待马克思主义理论的科学态度是"在各方面作出合乎中国需要的理论性的创造,才叫做理论和实际相联系"③。

为此,必须大力加强马克思列宁主义理论的学习,从整体上提高全党的马克思列宁主义理论水平。整风的中心内容就是反对党内长期盛行的主观主义以整顿学风,因为学风问题是"我们对待马克思列宁主义的态度问题"④。延安整风期间,中央决定了全党整风学习的22个文件,其中包括毛泽东的《整顿党的作风》、《反对党八股》、《改造我们的学习》、《反对自由主义》、《关于纠正党内的错误思想》,刘少奇的《论共产党员的修养》,陈云的《怎样做一个共产党员》等。通过理论学习,全党掌握了马克思主义与中国革命相结合的思想方法,增强辨别是非能力的目的,在思想上解决了马克思列宁主义同中国革命具体实践相结合的根本问题,从而使全党对毛泽东思想的本质特征有了明确的认识和深刻的理解。由此确立起来的马克思主义普遍原理与中国革命实际之统一的观点,是延安整风运动显著的成效。

(二) 延安整风在组织上确立了毛泽东的领导地位

毛泽东思想是中国共产党集体智慧的结晶,她之所以用毛泽东的名字来命名,是因为毛泽东个人的贡献最大。毛泽东的领导地位的确立是毛泽东思想形成的前提和基础。遵义会议充分肯定了毛泽东等在领导红军长期作战中形成的战略战术基本原则,取消了"左"倾错误的三人军事指挥小组,结束了"左"倾教条主义错误在中央的统治,增选毛泽东为中共中央政治局常务委员。可见,毛泽东在红军和中共中央领导地位的确立只是事实上的,在组织上并没有得到确认。到1943年3月,

---

① 《毛泽东选集》第3卷,人民出版社1991年版,第820页。
② 《毛泽东文集》第2卷,中共中央文献研究室1993年版,第374页。
③ 《毛泽东选集》第3卷,人民出版社1991年版,第820页。
④ 《毛泽东选集》第3卷,人民出版社1991年版,第813页。

中央通过《中共中央关于中央机构调整及精减的决定》，推选毛泽东为中央政治局、中央书记处主席，毛泽东在组织上和实际工作中都成为红军和中共中央的最高领袖，正式成为党的领导核心。与此同时，延安整风期间，全党开展了一次普遍的马克思主义学习运动，毛泽东的著作是学习的主要内容，全党对毛泽东著作进行了普遍而系统的学习，这就使毛泽东的领导地位在思想上也得到了巩固和加强。

经过延安整风，毛泽东才真正在思想上、政治上、组织上、军事上成为红军和中共中央的领导核心。"全党已经空前一致地认识了毛泽东同志的路线的正确性，空前自觉地团结在毛泽东的旗帜下了。"再经过党的七大，以毛泽东为核心的第一代领导集体稳固地确立起来了。

（三）延安整风使全党逐步接受了"毛泽东思想"这一科学概念

作为把马克思列宁主义普遍真理同中国革命具体实践相结合的产物——毛泽东思想的提出，绝不是偶然的，而是经过延安整风，全党在彻底批判和清算以王明代表的错误路线的基础上，才得以充分肯定和坚信以毛泽东为代表的党中央的正确路线。

由于延安整风使全党深刻认识到毛泽东在中国革命中的历史地位和独创性的理论贡献，中国共产党领导层开始把同中国革命具体实践相结合的马克思主义理论与毛泽东的名字联系在一起。1943 年 7 月 5 日，王稼祥在《中国共产党与中国民族解放的道路》一文中，第一次使用了"毛泽东思想"这一科学概念，并且指出："毛泽东思想就是中国的马克思列宁主义，中国的布尔什维克主义，中国的共产主义。"毛泽东思想"是马克思列宁主义与中国革命运动实际经验相结合的结果"，"这个理论也正在继续发展中"，"这是引导中国民族解放和中国共产主义到胜利前途的保证"。此后，全党逐步接受了"毛泽东思想"这一科学概念。在此基础上，党的六届七中全会通过的《关于若干历史问题的决议》，科学地评价了毛泽东的历史地位和毛泽东思想。1945 年 5 月，刘少奇在党的七大上全面阐述了毛泽东思想。党的七大通过的新党章正式确立了毛泽东思想在全党的指导地位。可以说，延安整风在客观上确立了毛泽东思想在全党的指导地位，这是延安整风的一大理论成果。

三、延安整风加速了马克思主义中国化的历史进程

（一）通过延安整风，中国共产党完全成熟

中国共产党成立后，就开始了马克思主义中国化的进程。而中国共产党的成熟，是马克思主义中国化的前提。延安时期尤其是通过整风运动，中国共产党发生了全新的变化。一是党员人数迅速增加，发展成为一个"大党"。据统计，党中央到达延安时全国仅有党员 4 万人左右，1940 年党员人数发展到 80 万，1945 年中共七大召开时达到 121 万。其发展速度之快，前所未有，说明中国共产党强大的凝聚力、号召力和旺盛的生命力，这是一个经过了严重挫折后重新崛起的党，这是一个把人民利益放在首位的党，其发展前途必然是一片光明。二是成长为政治上、思想上和组织上完全成熟的党。中国共产党自成立以来，一直接受着共产国际的领导，对共产国际的指示必须遵循，但探索中国革命道路的过程中，经过长期的革命战争的洗礼，已经成长为完全独立自主的党。在延安整风前，我们党在处理中国革命问题时还不够成熟，时常犯"左"倾或右倾错误。1943 年 5 月共产国际的解散，"使中国共产党人的自信心与创造性更加加强"[1]。在延安时期尤其是延安整风中，中国共产党独立自主地开展马克思主义教育运动，从思想上彻底肃清"左"倾教条主义的影响，组织上确立了毛泽东的最高领导地位，说明中国共产党已成为政治上、思想上和组织上完全成熟的党，进而成为"准备胜利的党"，加速了马克思主义中国化的历史进程。

---

① 《建党以来重要文献选编》第 20 册，中央文献出版社 2011 年版，第 318页。

（二）延安整风以创新为特征载入马克思主义中国化的历史

马克思主义中国化的历史进程，实际上就是坚持马克思主义基本原理同中国具体实际相结合的创新过程，以实践创新推进理论创新。一部中国共产党的历史就是一部创新的历史，因此，创新是马克思主义中国化的本质和灵魂。

延安整风本身就是一次伟大的创新实践，"是二十二年来我党历史中一个大的创造事件"①。一是创新了党内思想教育的方式，在全党范围内组织党员干部认真学习党中央规定的文件，领会精神实质，联系本地区本部门的实际和个人的思想及工作，而且结合研究党的历史，特别是王明错误路线统治时期的历史，充分发扬党内民主，开展批评与自我批评，运用团结——批评——团结的方式，采取"惩前毖后，治病救人"的方针，找出错误及其产生的根源，提出克服错误的办法，完全区别于"左"倾错误领导者采取的"残酷斗争"和"无情打击"，既弄清了思想，又团结了同志，既总结了经验教训，又达成了思想认识上的一致。我们党通过开展整风来解决党内思想问题的办法，是对马克思主义党的建设学说的创新与发展，丰富了马克思主义理论宝库。二是大兴调查研究之风，在整风期间，要求加强对于历史、对于环境，对于国内外、省内外、县内外具体情况的调查与研究，以全面了解我们的国情、党情。中央和部队高级机关、各根据地高级政府都设立了调查研究机关，收集各方面的材料加以研究，以此作为中央和各地方工作的直接参考，开辟了马克思主义中国化的有效途径。三是在整风中要提倡创新，中共中央宣传部在发布的指示中指出："夸夸其谈，长篇大论，引证抄袭，毫无创见，模仿一套，到处运用，这样就束缚党员思想，失去生动活泼的气象，失去对新鲜事物的感觉。"②"要转变领导方法，建立新的

①《建党以来重要文献选编》第20册，中央文献出版社2011年版，第274页。

②《建党以来重要文献选编》第20册，中央文献出版社2011年版，第82页。

工作作风，就必须富于创造能力，发扬干部和党员大胆创造事业的精神。"① 四是对创新成果的充分肯定，肯定以毛泽东为代表的中国共产党人开创的中国革命的新道路，即农村包围城市、武装夺取政权的思想为全党所接受，肯定马克思主义中国化的创新成果——毛泽东思想，也为全党普遍接受。

由此可见，延安整风运动在马克思主义中国化的历史进程中具有里程碑的历史地位，对推进马克思主义中国化产生了深远的影响，它将随着时间的流逝，放出更加绚烂的光芒。

（作者李雅兴系湘潭大学哲学与历史文化学院教授，
湘潭市延安精神研究会副会长；刘义群系湘潭大
学哲学与历史文化学院硕士研究生）

---

① 《建党以来重要文献选编》第 20 册，中央文献出版社 2011 年版，第 32 - 33 页。

从延安整风看"实事求是"

田心铭

实事求是是毛泽东思想的精髓，它与群众路线、独立自主一起，构成了毛泽东思想的活的灵魂。延安整风时期，毛泽东明确提出并阐明了实事求是的思想。深入理解党的实事求是的思想路线，需要认真研究毛泽东在延安整风中的理论和实践。

一、"实事求是"是党的思想路线

1980 年 2 月，邓小平在党的十一届五中全会的第 3 次会议上说："马克思、恩格斯创立了辩证唯物主义和历史唯物主义的思想路线，毛泽东同志用中国语言概括为'实事求是'四个大字。实事求是，一切从实际出发，理论联系实际，坚持实践是检验真理的标准，这就是我们党的思想路线。"他强调："党的这条思想路线是毛泽东同志确立的"①。这是一个非常重要的论断。这里关于党的思想路线的论述，从 1982 年党的十二大起写进了党章（仅有少量文字上的不同），成为对党的思想路线的正式表述。这段话指出了，"实事求是"四个大字，是毛泽东对党的马克思主义的思想路线的概括。

毛泽东的这一精辟概括，是在延安整风时期做出的。

毛泽东的实事求是思想的起源，可以追溯到他的青年时期。长沙岳

---

① 《邓小平文选》第 2 卷，人民出版社 1994 年第 2 版，第 278 页。

麓书院讲堂正门挂着"实事求是"的横匾，而毛泽东在湖南第一师范求学时就曾利用假期两次入岳麓书院寄读。毛泽东从青年时期起就注意了解社会实际，曾在湖南乡下"游学"。后来，从考察湖南农民运动，到创立井冈山、赣南、闽西革命根据地，毛泽东开展了多项社会调查。他在1930年写的《反对本本主义》一文中提出，"没有调查，没有发言权"，"马克思主义的'本本'是要学习的，但是必须同我国的实际情况相结合"，"中国革命斗争的胜利要靠中国同志了解中国情况"①。这些重要观点，已经是实事求是思想的初步表达。不过，当时毛泽东还没有用"实事求是"来概括这些思想。

延安时期全党范围的整风是以毛泽东作《整顿党的作风》和《反对党八股》的报告为标志，从1942年2月开始的。但是在此之前，已经经过了长时间的酝酿、准备。广义上的"延安整风时期"，应该把1938年六届六中全会后整风运动的实际准备也包括在内。1940年，毛泽东在《新民主主义论》中写道："科学的态度是'实事求是'"②。1941年5月19日，毛泽东在延安高级干部会议上作的《改造我们的学习》的报告中，明确地用"实事求是"来概括"马克思列宁主义的态度"，他说："这种态度，就是实事求是的态度。"也就是在这里，毛泽东对"实事求是"的含义作出了界定："'实事'就是客观存在着的一切事物，'是'就是客观事物的内部联系，即规律性，'求'就是我们去研究。我们要从国内外、省内外、县内外、区内外的实际情况出发，从其中引出其固有的而不是臆造的规律性，即找出周围事变的内部联系，作为我们行动的向导。"③ 这段论述至今仍然是党的文献中对"实事求是"四个大字最明确、简洁的科学阐释。对于党的理论中的重要概念，我们不能仅仅从语源学上去解读，而应该根据它们在党的文献及党和人民的实践中的运用去理解。

---

① 《毛泽东选集》第1卷，人民出版社1991年版，第109、111—112、115页。
② 《毛泽东选集》第2卷，人民出版社1991年版，第662页。
③ 《毛泽东选集》第3卷，人民出版社1991年版，第800、801页。

"实事求是"本来是一个古语。毛泽东 1961 年倡导"搞一个实事求是年"时说:"河北有个河间县,汉朝封了一个王叫河间献王。班固在《汉书·河间献王刘德》中说他'实事求是',这句话一直流传到现在。"① 中华文化典籍中的"实事求是"一语出自《汉书》,而作为我们党的重要理念的"实事求是"的经典出处,应该说就是毛泽东的《改造我们的学习》。毛泽东倡导使马克思主义在其每一表现中带着"中国的特性",即"为中国老百姓所喜闻乐见的中国作风和中国气派"②。他对"实事求是"的阐释和运用,为我们提供了一个典范。

　　由于当时党内许多高级干部对土地革命后期中央领导的错误是不是路线错误还没有一致的认识,毛泽东《改造我们的学习》的报告对一些人竟"毫无影响"③。为此,毛泽东又开展了多方面的工作。他继续强调和阐述"实事求是"。1941 年 7 月,毛泽东在延安马列学院改组为马列研究院的成立大会上作报告,题目就是"实事求是"④。在《改造我们的学习》中,毛泽东已经把"实事求是"同共产党员的党性联系起来。他说,"无实事求是之意,有哗众取宠之心"的主观主义,"是党性不纯的一种表现",而"有实事求是之意,无哗众取宠之心"这种态度,"就是党性的表现"⑤。在毛泽东起草的 1941 年 8 月 1 日党中央《关于调查研究的决定》中,实事求是与主观主义的对立,再一次被提到有没有党性的高度来认识,《决定》指出:"粗枝大叶、自以为是的主观主义作风,就是党性不纯的第一个表现;而实事求是,理论与实际密切联系,则是一个党性坚强的党员的起码态度。"⑥ 毛泽东还通过题词来倡导实事求是。1941 年冬,他为中央党校题词:"实事求是"。⑦ 后

---

　　① 《毛泽东文集》第 8 卷,人民出版社 1999 年版,第 237 页。
　　② 《毛泽东选集》第 2 卷,人民出版社 1991 年版,第 534 页。
　　③ 《毛泽东传(1893—1949)》,中央文献出版社 2004 年版,第 655 页。
　　④ 《毛泽东年谱(1893—1949)》中卷,中央文献出版社 2003 年版,第 315 页。
　　⑤ 《毛泽东选集》第 3 卷,人民出版社 1991 年版,第 800、801 页。
　　⑥ 《毛泽东文集》第 2 卷,人民出版社 1993 年版,第 361 页。
　　⑦ 《毛泽东年谱(1893—1949)》中卷,中央文献出版社 2002 年版,第 348 页。

来他又为《七大纪念册》题词："实事求是，力戒空谈。"①

毛泽东的题词对于强调实事求是所起的重要作用，我们从后来邓小平的讲话中也可以感受到。邓小平曾几次提到这件事，他说："毛泽东同志在延安为中央党校题了'实事求是'四个大字，毛泽东思想的精髓就是这四个字。"②

延安整风时期，毛泽东特别强调路线问题，提出"要实行两条路线的斗争"③。

他在1941年9月党中央的政治局会议上说："遵义会议，实际上变更了一条政治路线。过去的路线在遵义会议后，在政治上、军事上、组织上都不能起作用了，但在思想上主观主义的遗毒仍然存在。"他说，"这种主观主义同实事求是的马克思主义是相对抗的"④。

不过，当时他主要是讲"政治路线"，没有使用"思想路线"这个概念据笔者所见，此前毛泽东的著作中讲到"思想路线"的有2处。一是在1929年6月14日给林彪的信⑤中；二是在1930年写的《反对本本主义》⑥中，也没有说实事求是就是我们党的"思想路线"。所以，当邓小平1980年在党的中央全会上说毛泽东用中国语言把马克思、恩格斯创立的"思想路线"概括为"实事求是"四个大字时，他是一语破的，对毛泽东的理论贡献，同时也对党的"思想路线"做出了此前尚无人做出的概括。这一概括完全符合党的理论和思想路线形成、发展的历史，的确如邓小平所言，这条思想路线是由毛泽东确立的；而这种精辟的概括本身，也是邓小平对党的理论和思想路线的一个重要贡献。

在1978年党的十一届三中全会前夕召开的中央工作会议上，邓小平以《解放思想，实事求是，团结一致向前看》为题发表的重要讲话，

① 《毛泽东著作专题摘编》上，中央文献出版社2003年版，第249页。
② 《邓小平文选》第2卷，人民出版社1994年第2版，第126页；参见第67页。
③ 《毛泽东文集》第2卷，人民出版社1993年版，第374页。
④ 《毛泽东文集》第2卷，人民出版社1993年版，第373页。
⑤ 见《毛泽东文集》第1卷，人民出版社1993年版，第74页
⑥ 见《毛泽东选集》第1卷，人民出版社1991年版，第116页

阐述了实事求是"是无产阶级世界观的基础，是马克思主义的思想基础"①。

这个讲话实际上成为三中全会的主题报告。在十一届三中全会前不久，邓小平系统地回顾和论述了毛泽东实事求是思想的历史发展，其中包括毛泽东在延安整风报告中的论述。他反复强调，实事求是是毛泽东思想的"出发点"、"根本点"、"基本点"、"精髓"。② 这些讲话为十一届三中全会实现具有重要历史意义的转折作了思想准备，也为1981年党的历史问题决议论定实事求是是毛泽东思想的活的灵魂奠定了思想基础。党的思想理论的发展，一方面表现为其内容越来越丰富、深刻，另一方面也表现在这些思想内容以更加集中、简明的形式表达出来。邓小平的论述，凸显了实事求是作为毛泽东思想精髓的重要地位，明确指出了它就是党的"思想路线"，进而对党的思想路线作出了全面而又简明的规范性表述。邓小平领导我们党在十一届三中全会重新确立实事求是这条马克思主义的思想路线，是在新的历史条件下对毛泽东实事求是思想的继承、坚持，也是对它的丰富、发展。实事求是的思想路线像一条红线贯穿在马克思主义中国化的两大理论成果毛泽东思想和中国特色社会主义理论体系之中，成为其中一脉相承又与时俱进的"脉"。

二、联系党的政治路线理解实事求是的思想路线

毛泽东用"实事求是"阐明党的思想路线，意味着党的马克思主义思想路线的确立。学习延安整风的理论和实践，可以更深入地理解党确立这条思想路线的历史必然性和坚持实事求是的重要性。

我们党确立实事求是的思想路线，是坚持正确的政治路线的必然要求和必然结果。从1931年1月的六届四中全会到1935年1月的遵义会议之前，以王明为代表的"左"倾路线长达4年之久的统治给党和中

① 《邓小平文选》第2卷，人民出版社1994年第2版，第143页。
② 《邓小平文选》第2卷，人民出版社1994年第2版，第114、126页。

国革命造成了严重损失。我们党是一个善于总结历史经验的党。红军长征到达陕北后，毛泽东从多方面对党的历史经验进行总结。在1935年12月瓦窑堡会议上的报告《论反对日本帝国主义的策略》中，毛泽东系统地总结和论述政治策略问题，着重批评了关门主义，阐明了党的政治路线问题。在1936年12月写出并在红军大学作报告的《中国革命战争的战略问题》中，毛泽东总结十年内战的经验，着重批判了党内在革命战争问题上的"左"倾错误，阐明了党的军事路线问题。写作于1937年七八月的《实践论》和《矛盾论》，又从哲学思想的高度总结历史经验，阐明马克思主义的认识论和辩证法，主要批判了教条主义，也批判了经验主义的错误。这些都为后来全面总结党的历史经验作了重要准备。但是，在延安整风之前，由于没有来得及对党的历史经验进行系统总结，党内在指导思想上仍然存在分歧。1940年3月，王明在延安翻印出版他"左"倾观点的代表作《为中共更加布尔什维克化而斗争》第3版，并在三版序言中声称，"延安各学校学习党的建设和中共历史时，尤其需要这种材料的帮助"①。

这种挑战使全面总结党的历史经验、分清路线是非成为迫切的现实任务。毛泽东从1940年下半年开始主持收集、编辑和研究党的六大以来的历史文献，在1941年汇编成他称之为"党书"的《六大以来》印发，为全面总结党的历史提供了系统的文献资料。1940年12月的中央政治局会议上，毛泽东第一次集中地讲党的历史上的右倾和"左"倾错误，明确提出苏维埃运动后期的错误"实际上是路线上的错误"，遵义会议决议"没有说是路线的错误"，"须有些修改"②。1941年9到10月的政治局扩大会议经过深入讨论，对党的历史上政治路线的是非达到了基本一致的认识，成为延安整风的一个关键，为在全党开展整风准备了条件。就是在这个会议上，毛泽东提出召开动员大会，"集中力量反

① 《建党以来重要文献选编（1921—1949）》第8册，中央文献出版社2011年版，第104页。
② 《毛泽东年谱（1893—1949）》中卷，中央文献出版社2002年版，第235页。

对主观主义和宗派主义","打倒两个主义，把人留下来"①。

这样，1942年2月1日毛泽东在中央党校开学典礼上作《整顿党的作风》报告，正式揭开全党整风的大幕，就是水到渠成的事情了。

毛泽东在《整顿党的作风》中说，现在"党的总路线是正确的，是没有问题的"；但是我们的党"还是有问题的"，"问题还相当严重"，问题就是存在"主观主义、宗派主义、党八股，这三股歪风"②。一方面，党已经确立了正确的政治路线；另一方面，党风方面还存在相当严重的问题。这就是全党整风开始时党内的基本状况。整风的任务就是在这种条件下提出来的。

延安整风的任务，是"反对主观主义以整顿学风，反对宗派主义以整顿党风，反对党八股以整顿文风"③。毛泽东认为，其中学风问题"是第一个重要的问题"。这是因为，"学风问题是领导机关、全体干部、全体党员的思想方法问题，是我们对待马克思列宁主义的态度问题，是全党同志的工作态度问题。"④ 主观主义这种不正派的学风是违反马克思列宁主义的，是和共产党不能并存的。所以，毛泽东把整顿学风、反对主观主义摆在整风的首位。他1941年作的《改造我们的学习》报告，专门讲学风问题。在《整顿党的作风》中，他讲得最多的也是反对主观主义以整顿学风的问题。他还分析了宗派主义、党八股同主观主义的关系，指出，"宗派主义是主观主义在组织关系上的一种表现"，"一切宗派主义思想都是主观主义的"，而"党八股是藏垢纳污的东西，是主观主义和宗派主义的一种表现形式"⑤。

他又分析了主观主义的两种表现及二者间的关系，指出，党内的主观主义有两种，一种是教条主义，一种是经验主义，它们是从不同的两极发生的。这两种主观主义中，"还是教条主义更为危险"⑥。

---

① 《毛泽东文集》第2卷，人民出版社1993年版，第375页。
② 《毛泽东选集》第3卷，人民出版社1991年版，第811、812页。
③ 《毛泽东选集》第3卷，人民出版社1991年版，第812页。
④ 《毛泽东选集》第3卷，人民出版社1991年版，第813页。
⑤ 《毛泽东选集》第3卷，人民出版社1991年版，第825、826、827页。
⑥ 《毛泽东选集》第3卷，人民出版社1991年版，第819页。

因为教条主义装出马克思主义的面孔，不易被识破，它吓唬工农干部和天真烂漫的青年，把他们充当俘虏。如果把教条主义克服了，就可以使有经验的同志把经验上升为理论，避免经验主义的错误。

这样，反对以教条主义为主要表现的主观主义，发展马克思列宁主义的实事求是的精神，就成为延安整风的首要任务。延安整风最重要的成果之一，就是确立了实事求是这条马克思主义的思想路线。

毛泽东如此高度重视以实事求是的精神反对教条主义，是基于他通过对历史经验的全面总结，深刻地揭示了主观主义同错误的政治路线之间的内在关联。他在研读哲学著作时已经看到："一切大的政治错误没有不是离开辩证唯物论的。"[①]

他在1941年写的《驳第三次"左"倾路线》中说，"左"倾机会主义路线领导者们"看事物的方法是主观主义的，既用这种方法造出了他们自己的主观主义的政治路线，又用这种方法造出了他们自己的宗派主义的组织路线"[②]。

他在1941年9月中央政治局扩大会议上的讲话，一开头就指出："过去我们的党很长时期为主观主义所统治，立三路线和苏维埃运动后期的'左'倾机会主义都是主观主义"[③]。"'左'倾机会主义都是主观主义"这一论断，把错误的政治路线与思想路线之间的关系揭示出来了。以王明为代表的机会主义路线，其政治上的特征是"左"倾，而思想上的特征则是主观主义、教条主义。主观主义、教条主义是"左"倾机会主义的思想根源。因此，在解决了党的政治路线问题以后，必然要求进一步深入地解决思想路线问题。这就是以反对教条主义为主要任务的整顿三风的由来。

延安整风的理论和实践启示我们，必须结合党的政治路线来理解党的思想路线，理解坚持实事求是的极端重要性。在中国革命、建设和改革的各个历史时期，党都要提出自己在一定阶段的目标和实现这

---

① 《毛泽东哲学批注集》，中央文献出版社1988年版，第311—312页。
② 《毛泽东文集》第2卷，人民出版社1993年版，第345页。
③ 《毛泽东文集》第2卷，人民出版社1993年版，第372页。

个目标的方针、政策，并且把它们集中表达为党的政治路线（或称总路线、基本路线），以便凝聚全党的力量共同奋斗。因此，党的政治路线是否正确，决定着党的事业的兴衰成败。党的新民主主义革命总路线、"一化三改"的过渡时期总路线、"一个中心，两个基本点"的社会主义初级阶段基本路线指引下取得辉煌成功的经验证明了这一点，王明"左"倾机会主义路线惨痛失败的教训也证明了这一点。而一定的政治路线，都是基于对国情的认识、对客观形势和主观力量的估计提出来的。因此，就思想根源而言，政治路线是否正确、是否符合实际，取决于思想路线是否正确。正如党的六届七中全会《关于若干历史问题的决议》所指出的："一切政治路线、军事路线和组织路线之正确或错误，其思想根源都在于它们是否从马克思列宁主义的辩证唯物论和历史唯物论出发，是否从中国革命的客观实际和中国人民的客观需要出发。"①

毛泽东在土地革命战争时期所代表的政治路线、军事路线和组织路线之所以正确，是因为他坚持了实事求是的思想路线。王明代表的"左"倾机会主义路线之所以错误，是因为他背离了马克思主义的思想路线。六届七中全会通过《关于若干历史问题的决议》，宣告了延安整风的胜利结束，为党的七大召开做好了政治上思想上的准备。党的七大确立以马克思列宁主义与中国革命具体实践之统一的毛泽东思想为党的指导思想，使全党达到了空前的团结、统一和成熟，为夺取抗日战争和整个新民主主义革命的胜利奠定了基础。这就再一次证明，思想路线正确与否，攸关党的事业的兴衰成败。

延安整风总结了以往的历史经验，而它本身又为党的建设和党的事业发展增添了新的重要历史经验。只有坚持实事求是的思想路线，才能制定和贯彻正确的政治路线，这是延安整风留给我们的一条重要历史经验。

---

① 《毛泽东选集》第 3 卷，人民出版社 1991 年版，第 987 页。

三、深入理解实事求是的科学内涵和精神实质

通过研究延安整风来学习实事求是的思想，不仅可以懂得它的重要性，还可以更深刻地理解它的丰富内涵，理解党的思想路线的精神实质。

第一，"实事求是，就是从实际出发，理论联系实际，就是要把马克思列宁主义普遍原理同中国革命具体实践相结合。"①

这是 1981 年党的十一届六中全会通过的《关于建国以来若干历史问题的决议》在论述毛泽东思想的活的灵魂时对"实事求是"作出的概括。从实际出发，理论联系实际，把马克思主义普遍原理同中国具体实际相结合，这三个要点相互关联，概括了实事求是的主要思想内容及其精神实质。

一是"从实际出发"。党的思想路线所回答的，是如何认识世界和改造世界的思想方法问题。马克思主义和主观主义在如何认识和改造世界上的分歧，首先表现在出发点上：是从客观实际出发，还是从主观出发？毛泽东在《改造我们的学习》中说："马克思、恩格斯、列宁、斯大林教导我们认真地研究情况，从客观的真实的情况出发，而不是从主观愿望出发；我们的许多同志却直接违反这一真理。"②

他反复强调，应当从客观存在着的实际事物出发，引出规律，作为行动的向导。与此相反，主观主义或是从书本出发，或是单凭主观热情去工作，把感想当政策，两者都是凭主观，忽视客观实际事物的存在。从主观出发的一种常见的表现，就是从概念、定义出发。毛泽东在延安文艺座谈会上作结论时，是以讲两种方法的对立为切入点的。他指出："我们讨论问题，应当从实际出发，不是从定义出发。"③ 他说，如果从

---

① 《三中全会以来重要文献选编》下，人民出版社 1982 年版，第 833 页。
② 《毛泽东选集》第 3 卷，人民出版社 1991 年版，第 797 页。
③ 《毛泽东选集》第 3 卷，人民出版社 1991 年版，第 853 页。

教科书上找来什么是文学、什么是艺术的定义，然后按照它们来规定文艺运动的方针，评判今天发生的各种见解和争论，这种方法是不正确的。我们要从分析事实中找出方针、政策、办法来。为此，他分析了中国抗日战争和全世界反法西斯战争的事实，分析了五四以来的革命文艺运动特别是抗日民主根据地的文艺工作的现状，从这些"实际存在的不可否认的事实"出发，得出一个结论："我们的问题基本上是一个为群众的问题和一个如何为群众的问题。"①

他通过深入讨论这两个问题，阐明了我们党的文艺工作方针，指出"我们的文学艺术都是为人民大众的，首先是为工农兵的"②，进而论述了文学艺术的源泉、普及和提高的关系、文艺界的统一战线、文艺批评的标准等重要理论和方针、政策问题。这是从实际出发研究问题的一个范例。毛泽东后来概括说："根据实际情况决定工作方针，这是一切共产党员所必须牢牢记住的最基本的工作方法。"③

二是"理论联系实际"。坚持实事求是，体现在对待理论的态度上，就是理论联系实际。理论联系实际，就是要把解决实际问题作为学习理论的目的，把研究实际问题、创造符合实际的理论作为理论工作的任务，并在实践中运用理论、检验理论、发展理论。毛泽东指出，"理论和实际的统一"是马克思主义的"一条基本原则"，而主观主义"造出了一条相反的原则：理论和实际分离"④。

教哲学的不研究中国革命的逻辑，教经济学的不研究中国经济的特点，教政治学的不研究中国革命的策略，教军事学的不研究适合中国特点的战略和战术，就是理论和实际分离。只有应用马克思主义的立场、观点和方法，"从中国的历史实际和革命实际的认真研究中，在各方面作出合乎中国需要的理论性的创造，才叫做理论和实际相联系。"⑤

---

① 《毛泽东选集》第 3 卷，人民出版社 1991 年版，第 853 页。
② 《毛泽东选集》第 3 卷，人民出版社 1991 年版，第 863 页。
③ 《毛泽东选集》第 4 卷，人民出版社 1991 年版，第 1308 页。
④ 《毛泽东选集》第 3 卷，人民出版社 1991 年版，第 798 页。
⑤ 《毛泽东选集》第 3 卷，人民出版社 1991 年版，第 820 页。

对于马克思主义的理论，"精通的目的全在于应用"①。把马克思主义和中国革命"互相联系"，就是"有的放矢"。马克思列宁主义之箭，必须用了去射中国革命之的。毛泽东批评说，教条主义者就是"将马克思列宁主义当作宗教教条看待的人"，是"蒙昧无知的人"，对这些人应该作启蒙运动。"马克思、恩格斯、列宁、斯大林曾经反复地讲，我们的学说不是教条而是行动的指南。这些人偏偏忘记这句最重要最重要的话。"②

毛泽东倡导的理论联系实际，包括在实践中检验理论。他在《新民主主义论》中讲到"科学的态度是'实事求是'"时说："究竟谁发现了真理，不依靠主观的夸张，而依靠客观的实践。只有千百万人民的革命实践，才是检验真理的尺度。"③ 实践是检验真理的标准，这是实事求是的重要内涵之一。

三是"把马克思列宁主义普遍真理同中国革命具体实践相结合"。我们所说的"理论"，首先是指马克思主义理论。我们所说的"实际"，主要是指中国实际。因此，"理论联系实际"，就是要处理好马克思主义理论同中国实际的关系。毛泽东提出的处理这一关系的基本原则，就是把马克思主义普遍真理同中国具体实际相结合。毛泽东在1963年回顾说："马列主义普遍真理与中国具体实践相结合，这个口号就是在延安整风时提出的。"④

在1938年的六届六中全会上，毛泽东提出了"马克思主义必须和我国的具体特点相结合"⑤。在1939年写的《〈共产党人〉发刊词》中，毛泽东根据是否学会了"将马克思列宁主义的理论和中国革命的实践相结合"⑥，分三个阶段总结了18年来党的建设的历史，党的发展、巩固和布尔什维克化的过程。而在《改造我们的学习》中，毛泽东一开头

① 《毛泽东选集》第3卷，人民出版社1991年版，第815页。
② 《毛泽东选集》第3卷，人民出版社1991年版，第820页。
③ 《毛泽东选集》第2卷，人民出版社1991年版，第662、663页。
④ 《毛泽东文集》第8卷，人民出版社1999年版，第339页。
⑤ 《毛泽东选集》第2卷，人民出版社1991年版，第534页。
⑥ 《毛泽东选集》第2卷，人民出版社1991年版，第611页。

就提出："中国共产党的二十年，就是马克思列宁主义的普遍真理和中国革命的具体实践日益结合的二十年。"① 延安整风后，党的七大在确立毛泽东思想指导地位的同时确立了这条基本原则。

坚持"结合"原则，就是以马克思主义为指导，从中国实际出发，求出客观规律，创造出符合实际的科学理论，即中国化马克思主义作为行动的向导。这就是"实事求是"。毛泽东说："我们党是有实事求是的传统的，就是把马列主义普遍真理同中国的实际相结合。"②笔者认为，把马克思主义普遍真理同中国具体实际相结合，这就是实事求是的精神实质，就是党的思想路线的精神实质。离开"结合"原则，就不能准确把握实事求是的科学内涵，更不能深刻理解它的精神实质。

第二，坚持实事求是，必须坚持马克思主义的认识论和辩证法。

邓小平关于"实事求是"是毛泽东用中国语言对马克思、恩格斯创立的辩证唯物主义和历史唯物主义的概括的论断，值得我们深入领会。它指出了，从哲学层面说，"实事求是"就是对辩证唯物主义和历史唯物主义世界观的一种表达。毛泽东的《实践论》和《矛盾论》，是论述辩证唯物主义和历史唯物主义世界观的中国化马克思主义哲学的奠基之作。理解实事求是的科学内涵和精神实质，不能离开《实践论》和《矛盾论》。

《实践论》围绕认识和实践的关系论述了马克思主义的认识论，阐明了实践是认识的来源、认识发展的动力、检验认识真理性的标准和认识的目的，揭示了"实践、认识、再实践、再认识"的认识发展基本规律，即从感性认识到理性认识，又从理性认识到实践的"两次飞跃"的不断反复和无限发展。其中在论述感性认识和理性认识的关系时，还批评了经验论和唯理论的错误。《矛盾论》抓住对立统一规律这个核心论述了马克思主义的唯物辩证法，着重联系中国实际论述了矛盾的特殊性，以及矛盾的普遍性与特殊性的关系，阐明了从特殊到一般，又从一般到特殊的认识发展规律，指出教条主义者把一般真理看成凭空出现的

---

① 《毛泽东选集》第3卷，人民出版社1991年版，第795页。
② 《毛泽东文集》第8卷，人民出版社1999年版，第237页。

东西，是"完全否认了并且颠倒了这个人类认识真理的正常秩序"，"完全不懂得马克思主义的认识论"①。

《实践论》和《矛盾论》直接为延安整风中提出和阐述"实事求是"的思想提供了哲学理论基础，为批评教条主义准备了理论武器。不树立辩证唯物主义和历史唯物主义的世界观，就不能真正理解实事求是。深入学习《实践论》和《矛盾论》，才能自觉地坚持实事求是的思想路线。

第三，坚持实事求是，必须坚持调查研究，坚持马克思主义的领导方法、工作方法。

毛泽东一贯重视调查研究。《反对本本主义》一文，1930 年写作时的题目就是《调查工作》。在准备延安整风的过程中，毛泽东于 1941 年 3 月把自己在 1930 年至 1933 年所作的农村调查汇集成《农村调查》一书，并结合新的历史条件写了序和跋。1941 年 8 月，他为党中央起草了《关于调查研究的决定》。9 月，他又发表了《关于农村调查》的讲话，介绍自己多年来做调查的经历和体会，讲解调查研究的方法。毛泽东说："要了解情况，唯一的方法是向社会作调查"②。用马克思主义的基本观点，作几次周密的调查，是了解情况的最基本的方法。他强调，作调查研究，"首先就要了解中国是个什么东西（中国的过去、现在及将来）"③。只有经过周密的调查，才能具有对中国社会问题的最基础的知识。"系统的周密的社会调查，是决定政策的基础"④。党中央《关于调查研究的决定》，对调查研究的内容、对象、方法以及调查研究工作的领导，都提出了具体要求。

延安整风期间，党中央政治局在 1943 年 6 月通过了毛泽东起草的《关于领导方法的决定》，即《关于领导方法的若干问题》。学习毛泽东关于领导方法的论述，对于理解实事求是的思想也是不可缺少的。毛泽

---

① 《毛泽东选集》第 1 卷，人民出版社 1991 年版，第 310 页。
② 《毛泽东选集》第 3 卷，人民出版社 1991 年版，第 789 页。
③ 《毛泽东文集》第 2 卷，人民出版社 1993 年版，第 378 页。
④ 《毛泽东文集》第 2 卷，人民出版社 1993 年版，第 360 页。

东把领导方法问题提到坚持马克思主义、反对主观主义的和官僚主义的高度来认识，指出："我党一切领导同志必须随时拿马克思主义的科学的领导方法去同主观主义的和官僚主义的领导方法相对立，而以前者去克服后者。"①

他说，共产党人无论进行何项工作，有两个方法是必须采用的，一是一般和个别相结合，二是领导和群众相结合。一般和个别相结合，就是从许多个别指导中形成一般意见，又拿这一般意见到许多个别单位中去考验，然后集中新的经验，去普遍地指导群众。领导和群众相结合，就是将群众中分散的无系统的意见集中起来，经过研究，化为集中的系统的意见，又到群众中去作宣传解释，化为群众的意见和行动，并在群众行动中考验这些意见是否正确，然后再从群众中集中起来，再到群众中坚持下去。实际上，这一过程同时也是从个别到一般、又从一般到个别的过程。因此，一般和个别相结合、领导和群众相结合的工作方法，是紧密结合、相互统一的。毛泽东指出："在我党的一切实际工作中，凡属正确的领导，必须是从群众中来，到群众中去。"② 他明确地把这种方法同马克思主义认识论联系在一起，指出："如此无限循环，一次比一次地更正确、更生动、更丰富。这就是马克思主义的认识论。"③他强调，"这是基本的领导方法"④。

毛泽东在延安整风中关于领导方法的论述，构成了党的群众路线的重要内容，对党的建设和事业发展产生了深远影响。党章中明确规定："党在自己的工作中实行群众路线，一切为了群众，一切依靠群众，从群众中来，到群众中去，把党的正确主张变为群众的自觉行动。"⑤ 群众路线也是毛泽东思想的活的灵魂的一个基本方面。

综上所述，延安整风的理论和实践启示我们，必须深入理解和全面

---

① 《毛泽东选集》第3卷，人民出版社1991年版，第902页。
② 《毛泽东选集》第3卷，人民出版社1991年版，第899页。
③ 《毛泽东选集》第3卷，人民出版社1991年版，第899页。
④ 《毛泽东选集》第3卷，人民出版社1991年版，第200页。
⑤ 《中国共产党第十七次全国代表大会文件汇编》，人民出版社2007年版，第67页。

把握实事求是的思想路线。一切从实际出发，理论联系实际，把马克思主义普遍原理同中国具体实践相结合，是实事求是的基本要点；马克思主义的辩证唯物主义和历史唯物主义，包括它的认识论和辩证法，是实事求是的哲学世界观；坚持群众路线的领导方法、工作方法，开展调查研究，是实现实事求是的基本方法和现实途径。

半个多世纪以来，实事求是的思想路线经受住了社会实践的反复检验，已经成为党和人民最宝贵的精神财富。近年来，我国学术理论界正在讨论什么是社会主义核心价值观。笔者认为，无论从历史或现实、理论或实践、"社会主义"或"中国特色"去考察，"实事求是"四个大字都是中国社会主义核心价值观中必不可少的重要构成部分。

（作者系教育部社科中心主任，中国延安精神研究会理事）

解放思想是开创中国特色
社会主义新局面的法宝

蔡国英

70 年前，我们党以延安为中心，在全党范围内组织开展了延安整风运动，开启了我党思想解放运动的先河。正是由于这样一次思想解放运动，指导中国革命很快走向了胜利，建立了新中国，确立了社会主义制度。当前，我国正处于改革发展的关键时期，认真学习借鉴延安整风运动中解放思想的成功经验和做法，对于鼓舞和引领全面小康社会建设、努力开创中国特色社会主义事业新局面，具有重要现实意义。

一、延安整风运动与解放思想

开展延安整风运动，有着深刻的历史背景。1935 年遵义会议后，确立了毛泽东在红军和党中央的实际领导地位，从军事上和组织上实现了党的伟大历史转折。但是从思想上和政治上如何把马克思主义基本原理同中国革命实际相结合的问题还没有完全解决。1938 年秋，党的六届六中全会提出了马克思主义在中国具体化的要求，在全党主要是高级干部中掀起了学习马克思主义的热潮。当时，党内长期存在着的"左"倾、右倾错误，特别是以教条主义为主要特征的王明"左"倾错误，还没有来得及从思想上系统地彻底清算，党内对这种错误的思想根源还缺乏深刻认识，党的高级干部对党的历史上的一些重要问题的认识还不完全一致，党内的主观主义、宗派主义和党八股等问题还较为突出。同时，随着抗战以来党的队伍发展壮大，大量新党员、新干部常常把一些非无产阶级思想带进党内，成了党内各种错误倾向滋长的温床。为解决这些问题，中共中央发动了延安整风运动。正如毛泽东指出的："我们要在党内发动一个启蒙运动，使我们的同志的精神从主观主义、教条主义的蒙蔽中间解放出来。"在延安和延安整风时期，毛泽东等中央领导同志带头认真学习马克思主义，通过做报告、撰写理论文章、讨论思想等形式来解决学风和思想路线问题，旨在实现马克思主义中国化。这一时期毛泽东先后撰写了《反对本本主义》、《实践论》、《矛盾论》、《改造我们的学习》等一系列重要理论文章，创造性地阐明了党的思想路线。可以说，延安整风运动既是一次马克思主义教育运动，又是继"五四"运动后的又一次思想解放运动。通过延安整风运动，大大加快了马克思主义中国化、时代化、大众化的步伐，对于中国共产党建设成为马克思主义政党起了决定性作用。

一是实现了全党思想的空前解放。破除了党内长期存在的把马克思主义教条化、共产国际决议神圣化和苏联经验模式化的错误倾向，确立了一切从实际出发、理论联系实际、实事求是、在实践中检验真理和发展真理的马克思主义的思想路线，为党的思想政治建设找到了正确道路。**二是**为党领导中国革命总结了丰硕的理论成果。毛泽东思想作为马克思主义中国化的第一个理论成果，作为我们党长期以来领导中国革命的正确经验被总结概括出来，并被明确确立为全党的指导思想。**三是**为延安精神的形成和发展打下了坚实基础。党中央在延安领导新民主主义革命的 13 年间，培育形成了以"坚定正确的政治方向，解放思想、实事求是的思想路线，全心全意为人民服务的根本宗旨，自力更生、艰苦奋斗的创业精神"为主要内容的延安精神，对于引领中国革命、建设和改革事业不断取得新的成就提供了坚实思想保证和强大精神动力。

70 年来，虽然形势任务不断发生变化，但延安整风期间所形成的实事求是的思想路线，一直是指导我们党领导革命、建设和改革事业从一个胜利走向另一个胜利的成功经验和一大法宝。任何时候，我们都要始终坚持实事求是这一大法宝，而不能有丝毫的背离。

二、改革开放与解放思想

　　建国以后，我们党和毛泽东又领导全国人民进行了新的探索，提出了许多宝贵思想，取得了重大成就，但也出现了一些失误，究其原因，背离了实事求是的思想路线是一个重要原因。1976 年粉碎"四人帮"后，面对"两个凡是"的思想禁锢，在邓小平和其他中央领导同志的大力支持下，在全党全国范围内开展了真理标准问题大讨论，这是继延安整风运动之后的又一次思想解放运动，为党的十一届三中全会胜利召开作了思想理论准备。党的十一届三中全会之前，在中央工作会议上邓小平作了题为《解放思想，开动脑筋，实事求是，团结一致向前看》的重要讲话。

　　邓小平郑重指出："一个党、一个国家、一个民族，如果一切从本本出发，思想僵化、迷信盛行，那它就不能前进，它的生机就停止了，就要亡党亡国。"① 邓小平以极大的政治勇气，充分肯定了真理标准问题讨论的重要意义，强调："只有思想解放了，我们才能正确地以马列主义、毛泽东思想为指导，解决过去遗留的问题，解决新出现的一系列问题，正确地改革同生产力迅速发展不相适应的生产关系和上层建筑，根据我国的实际情况，确定实现四个现代化的具体道路、方针、方法和措施。"② 邓小平针对当时存在的"左"的错误，特别强调解放思想的问题。他说："按照实际情况决定工作方针，这是一切共产党员所必须牢牢记住的最基本的思想方法、工作方法。实事求是，是毛泽东思想的出发点、根本点。这是唯物主义。不然，我们开会就只能讲空话，不能解决任何问题。"③ 以邓小平为核心的党的第二代领导集体，带领全党和全国人民，以实事求是的科学态度和创造精神，正确总结了建国以来

---

① 《邓小平文选》第 2 卷，人民出版社 1994 年第 2 版，第 143 页。
② 《邓小平文选》第 2 卷，人民出版社 1994 年第 2 版，第 141 页。
③ 《邓小平文选》第 2 卷，人民出版社 1994 年第 2 版，第 114 页。

的历史经验，科学评价了毛泽东的历史地位和毛泽东思想的指导意义；在正确分析时代主题和国际形势大背景的前提下，在总结中外社会主义兴衰成败历史经验的基础上，逐步创立了邓小平理论，开辟了在改革开放中实现社会主义现代化建设的新道路，从而把党的思想路线发展到解放思想、实事求是的新阶段。

以江泽民为核心的党的第三代中央领导集体，针对世情、国情、党情的新变化，创造性地提出了"三个代表"重要思想，引领改革开放事业沿着正确方向不断前进，又把党的思想路线发展到解放思想、实事求是、与时俱进的新阶段。正如江泽民所说的："我们党在理论和实践上每前进一步，改革和建设的每一步发展，都是坚持党的思想路线，解放思想、实事求是的结果。"党的十六大之后，以胡锦涛为总书记的党中央，勇于推进实践基础上的理论创新，形成和贯彻了科学发展观，为全面建设小康社会、加快推进社会主义现代化提供了有力的理论指导。

胡锦涛在省部级主要领导干部专题研讨班上的重要讲话中强调："解放思想，是党的思想路线的本质要求，是我们应对前进道路上各种新情况新问题、不断开创事业新局面的一大法宝，必须坚定不移地加以坚持。"这一重要论断深刻阐明了解放思想在推动党和人民事业中的重要地位和作用。

改革开放30多年的历程，本质上也是我们党不断推进解放思想的历程。一是实现了党的思想路线的不断创新和发展。思想路线每发展一步，就带动我们的事业前进一步。改革开放的30多年，就是我们不断把思想认识从那些不合时宜的观念、做法和体制的束缚中解放出来的30年，就是从对马克思主义的错误和教条式的理解中解放出来的30年，也是从主观主义和形而上学的桎梏中解放出来的30年，从而使我们的思想和工作始终体现时代性、把握规律性、富有创造性。二是实现了马克思主义中国化的第二次历史性飞跃，产生了又一大新的理论成果，即中国特色社会主义理论体系，并且在党的十七大上将这一成果写入《党章》，确定为全党和全国各族人民必须坚持的指导思想。三是实现了中国特色社会主义理论和实践上的重大突破，最重要的就是，开辟了中国特色社会主义道路，形成了中国特色社会主义理论体系，确立了中国特色社会主义制度。

三、实现"中国梦"与解放思想

党的十八大以来，习近平总书记站在时代和全局的高度，着眼中华民族伟大复兴的目标，明确提出了实现中华民族伟大复兴的"中国梦"。这是新一届中央领导集体的重大战略思想，是党和国家未来发展的政治宣言，是全党全国各族人民的共同奋斗目标，是团结凝聚海内外中华儿女的一面精神旗帜，充分体现了我们党高度的历史担当和使命追求。中国梦一经提出，就引起了强烈反响，释放出强大的号召力和感染力。老百姓热议中国梦，社会舆论聚焦中国梦，海外华人述说中国梦，国际社会关注中国梦，中国梦成为当今中国的高昂旋律，成为中国走向未来的鲜明指引。

实现中华民族伟大复兴的"中国梦"，要求全党同志必须继续坚持解放思想、实事求是的思想路线。正如习近平说："我们的责任，就是要团结带领全党全国各族人民，继续解放思想，坚持改革开放，不断解放和发展社会生产力，努力解决群众的生产生活困难，坚定不移走共同富裕的道路。"

当前，我们正处于全面建成小康社会、推进改革开放和实现中国民族伟大复兴"中国梦"的关键时期。既面临新的发展机遇，又面对前所未有的挑战，既有许多有利条件，也有不少不利因素。能否牢牢把握机遇、沉着应对挑战，关键取决于我们的思想认识，取决于我们的工作力度，取决于我们推进改革发展的步伐。

从国际上看，和平与发展仍然是时代主题，和平、发展、合作仍然是时代的主旋律，世界多极化、经济全球化、科学技术突飞猛进的基本发展趋势没有改变，我们仍然处于可以大有作为的战略机遇期。但同时我们也要看到，我国的快速崛起，关于"中国道路"、"中国奇迹"、"中国创造"与"中国威胁"都引起国际社会关注，西方国家加紧对我国在经济、政治、军事等领域的遏制，影响和平、发展、合作的不稳定因素增多。世界经济不确定性加大，全球贸易保护主义抬头，我国经济保持平稳较快增长的难度加大，传统产业竞争趋于激烈，新兴产业发展也面临着巨大压力。应对这些挑战，需要我们进一步解放思想。

从国内来看，当代中国正在发生着广泛而深刻的变化，一方面，我国的发展已经站在新在历史起点上，建国以来，特别是改革开放以来，中国的面貌发生了翻天覆地的变化。目前，我国已经成为世界第二大经济体，成为世界经济发展的重要引擎和推动力量。另一方面，我国发展的一些基本条件发生变化，制约因素增多，我们面临着资源、环境、生态、民生、社会和谐、中等收入陷阱等诸多问题和挑战。我国仍处于并且长期处于社会主义初级阶段的基本国情没有变，人民日益增长的物质文化需要同落后的社会生产之间的矛盾这一社会主要矛盾没有变，中国作为最大的发展中国家的国际地位没有变。破解这些难题，也需要我们不断解放思想。

清醒认识当今世情、国情、党情的新变化，全面把握科学发展的新要求、人民群众的新期待，继承和发扬延安整风精神，以新的思路和创新的精神谋划工作、破解难题，不断开拓马克思主义的新境界和改革开放、现代化建设新局面。

实践永无止境，解放思想永无止境，理论创新也永无止境。

（作者系宁夏回族自治区党委常委、宣传部部长）

群众路线是党的生命线

罗忠敏

　　延安是中国革命的圣地，是共和国的摇篮。小米加步枪，何以得天下？人们都想找到中国共产党获得胜利的"秘诀"。国外一些学者也在探寻这个"秘诀"。有人认为，"延安道路"的精髓是群众路线，其特点是完全依靠中国人民的创造力。[①] 群众路线是延安精神的"灵魂"，是党走向兴旺发达的根本保证。

一、群众路线是党的根本路线

　　群众路线，就是一切为了群众，一切依靠群众，从群众中来，到群众中去。

　　这是以毛泽东为代表的中国共产党人，在领导中国革命的斗争中，对马克思主义关于人民群众历史作用理论的创造性的运用，是对党长期历史经验的总结。从建党初期开始，经过井冈山时期，到抗日战争时期，党的群众路线逐步丰富起来，形成了完备的形态。其标志是1943年毛泽东在为党中央所写的《关于领导方法的若干问题》一文中，科学地阐述了群众路线的基本内容和实施步骤，分析了"从群众中来，到群众中去"、"集中起来"、"坚持下去"这样一种正确的领导方法的全

---

　　① ［美］马克·赛尔登：《革命中的中国：延安道路》，魏晓明、冯崇义译，社会科学文献出版社2003年版。

过程及其各个环节，并指出这个过程的无限循环，一次比一次更正确、更生动、更丰富，这就是马克思主义的认识论。

在延安整风期间，毛泽东等党的领导人进一步丰富了群众路线的思想。如群众是真正英雄的观点，为群众谋利益是共产党人革命的出发点和归宿的观点，群众的意见和经验是党制定政策的基础的观点，只有做群众的学生才能做群众的先生的观点等等，都是这个时期提出的。1945年党的七大，把群众路线的基本精神载入党纲和党章，明确指出群众路线是我们党的根本政治路线，也是我们党的根本的组织路线。

邓小平一贯高度重视群众路线。他在党的八大做修改党章报告时指出，群众路线是党章中的根本问题，党的全部任务就是全心全意为人民服务。在新时期，他强调指出："群众是我们力量的源泉，群众路线和群众观点是我们的传家宝。党的组织、党员和党的干部，必须同群众打成一片，绝对不能同群众相对立。如果哪个党组织严重脱离群众而不能坚决改正，那就丧失了力量的源泉，就一定要失败，就会被人民抛弃。"① 他还提出了执政党的党风是关系党的生死存亡的问题，在整个改革开放过程中都要反对腐败的重要思想，强调党的各项工作必须以人民拥护不拥护、赞成不赞成、高兴不高兴、答应不答应，作为出发点和归宿。

以江泽民为核心的第三代中央领导集体做出了《关于加强党同人民群众联系的决定》，重申："人民群众是我们党的力量源泉和胜利之本。能否始终保持和发展同人民群众的血肉联系，直接关系到党和国家的盛衰兴亡。"江泽民强调，加强党风廉政建设是密切党群关系的重要条件，并提出民主的制度化、法律化是坚持和贯彻群众路线的根本保证。

胡锦涛丰富和发展了群众路线的理论，指出："我们必须始终把人民利益放在第一位，把实现好、维护好、发展好最广大人民根本利益作为一切工作的出发点和落脚点，做到权为民所用、情为民所系、利为民所谋，使我们的工作获得最广泛最可靠最牢固的群众基础和力量源泉。"他还强调指出："只有我们把群众放在心上，群众才会把我们放在心上；

---

① 《邓小平文选》第 2 卷，人民出版社 1983 年版，第 368 页。

只有我们把群众当亲人，群众才会把我们当亲人。各级党政机关和干部要坚持工作重心下移，经常深入实际、深入基层、深入群众，做到知民情、解民忧、暖民心。"①

群众路线是历史唯物主义原理在党的实践中的具体运用和展开，它体现了马克思主义认识论的科学精神。坚持群众路线，就能保证党同人民群众的血肉联系，保证党的各项工作的成功。违背群众路线，我们就会在实践中走弯路，甚至失败。群众路线是实现党的思想路线、政治路线和组织路线的根本工作路线，必须贯彻于我们党的全部工作之中。

二、脱离群众是党执政后的最大危险

脱离群众是党执政后最容易出现的问题。早在 1891 年，恩格斯在为马克思的《法兰西内战》所写的导言中，就提出要"防止国家和国家机关由社会公仆变为社会主人"②。俄国十月革命胜利后，列宁就清醒地意识到，对于执政的共产党来说，"最严重最可怕的危险之一，就是脱离群众"③。

新中国成立前夕，中国共产党对执政后如何防止脱离群众进行了探索。毛泽东指出："因为胜利，党内的骄傲情绪，以功臣自居的情绪，停顿起来不求进步的情绪，贪图享乐不愿再过艰苦生活的情绪，可能生长。"④长期执政以后，这样的情绪和作风确实滋长起来。这突出表现在，一些地方、部门和领导干部中，有的理想信念动摇，宗旨意识淡薄；有的独断专行，不讲原则；有的言行不一，弄虚作假；有的铺张浪费、奢靡享乐；有的个人主义突出，形式主义、官僚主义严重。还有的以权谋私，甚至贪赃枉法、作威作福、欺压百姓，走向人民的反面，陷

---

① 胡锦涛：《在庆祝中国共产党成立 90 周年大会上的讲话》，人民出版社 2011 年版。
② 《马克思恩格斯选集》第 3 卷，人民出版社 1995 年版，第 12 页。
③ 《列宁选集》第 4 卷，人民出版社 1995 年版，第 625 页。
④ 《毛泽东选集》第 4 卷，人民出版社 1991 年版，第 1438 页。

入腐败的泥坑。虽然党的作风总体状况是好的，但是对于这些问题的消极影响及其严重后果不可低估。

党执政后脱离群众最严重的后果，就是丧失执政权，20世纪末的苏东剧变就是例证。为什么有着90多年的战斗历史、执政70多年、曾经取得过辉煌成就的苏联共产党，突然间丧失政权？究其原因当然是多方面的，但其中最主要的、起决定作用的因素，就是党背离了大多数民众的利益，严重脱离群众！在长期执政的情况下，苏联共产党由一个全心全意为人民服务的党，蜕变成了一个凌驾于社会和人民群众之上的体系，党失去了解决自身和社会问题的能力，最终被人民所抛弃。人心向背是决定一个政党、一个政权兴衰成败的根本原因。如果我们在同人民群众的关系问题上不能保持清醒的头脑，我们就有可能走弯路，甚至遭到人民群众的抛弃。这，绝不是危言耸听！

党脱离群众的危险大大增加了，是因为党在执政后，其地位、环境和任务都发生了深刻的变化。

从党的地位变化看，党从一个领导人民为夺取政权而奋斗的党，成为一个掌握全国政权的党。执政之后，党掌握了公共权力，其权力之大，可支配的资源之多，都是执政前所无法比拟的。这一方面，使我们党可以用手中的权力，更好地为人民服务。但另一方面，公共权力一旦为个人利益所用，就有可能成为"凌驾于社会之上的力量"。这在客观上使得一些党员领导干部有了追求个人利益的条件。如果监督不力，很容易产生消极腐败现象，造成了党脱离群众。因此，执政党在执掌权力的同时，始终保持和群众的密切联系，是很不容易的。

从党所处环境的变化看，执政前，我们党长期处于严酷的政治环境和艰苦的生活环境之中，不仅环境本身对党员是一种严峻考验，而且党只有紧紧依靠人民群众，获得人民群众的支持，才能生存和发展。否则，在强大的敌人面前，党的事业就有遭受挫折甚至失败的危险。但执政后，这种事关生死攸关的外在压力大为缓解甚至不复存在，脱离群众不会马上有性命之忧，于是有些人就开始怠慢群众了。

从党肩负的任务看，由领导革命到领导经济建设，由在计划经济条件下领导国家建设到在全面改革开放和社会主义市场经济条件下领导中国特色社会主义建设，这是根本性的变化。经济体制的深刻改革，社会结构的深刻变动，利益格局的深刻调整，思想观念的深刻变化，这一切给我国发展进步带来了巨大活力，也必然带来这样那样的矛盾和问题。在这种情况下，领导干部如何深入群众，全面了解和解决群众遇到的问题，要比计划经济时期复杂得多。

与此同时，在改革开放条件下，由于利益主体多元化、利益关系多样化、等价交换的市场原则容易演变为利益交换的潜规则，这也使领导干部面临的诱惑越来越多，面临的考验越来越严峻。

这些执政后的深刻变化，对党密切联系群众提出新的更高要求，也使得我们党脱离群众的危险比以前大大增加了。

三、密切联系群众，防止"最大危险"

胡锦涛在庆祝中国共产党成立90周年大会上的讲话中指出："全党同志必须牢记，密切联系群众是我们党的最大政治优势，脱离群众是我们党执政后的最大危险。"始终保持党同人民群众的血肉联系，防止"最大危险"，是党永远立于不败之地的根本保证。

密切联系群众，防止"最大危险"，必须加强教育。教育是行动的先导，正确的思想指导良好的行为方式，错误的观念引发失范的行为。因此，加强思想教育，使广大党员干部牢固树立马克思主义的世界观、人生观、价值观和正确的权力观、地位观与利益观，牢固树立群众路线是党的"生命线"的意识，这是密切联系群众，防止"最大危险"的一项基础性工作。

必须坚持党的宗旨，处理好各种利益关系。除了人民利益之外，共产党没有任何私利，这是《共产党宣言》中提出的重大原则。立党为公、执政为民，是党的宗旨的集中体现。党要做到立党为公、执政为民，就必须把为最广大人民群众谋利益作为最高价值追求，把实现人的全面发展作为最高价值理想；就必须抓好发展这个党执政兴国的第一要务，并让发展的成果由全体人民所共享；就必须把"群众利益无小事"

的原则落实到党的具体工作中，着力解决人民群众最关心、最直接、最现实的利益问题。在具体工作中，各级领导干部还必须做到统筹兼顾，妥善处理好各方面的利益关系。要在优先考虑并且尽力满足最大多数人的利益要求的同时，照顾和兼顾不同社会阶层和各方面群众的利益，特别要为困难群众排忧解难。

我们党从来都不否认共产党员也有个人的正当利益。但是作为共产党员，应当具有"先天下之忧而忧，后天下之乐而乐"的精神境界，吃苦在前，享受在后，做到个人利益服从集体利益，必要时还要牺牲个人利益，而绝不能与民争利。

必须建立健全各项规章制度。坚持和发扬党的群众路线，光靠思想教育是不够的，必须有相应的制度做保证。一是要建立健全民主、科学的决策和执行程序。坚持做到没有经过调查研究的不决策，没有经过咨询论证的不决策，没有经过广泛民主协商的不决策。这样，就能保证党的决策的正确性，使党的各项决策都符合人民群众的根本利益。这是在新形势下，我们党保持和加强同人民群众密切联系的最有效的途径。二是不断健全民主公开的选人用人机制，扩大群众对干部选拔任用的知情权、参与权、选择权，并积极建立科学的领导班子考核评价机制，以保证各级领导权真正掌握在全心全意为人民服务、维护群众利益、密切联系群众的人的手中。三是要建立健全民主监督机制。这是新时期密切党群关系的关键环节。失去监督的权力，必然导致腐败。各级党组织和党的所有干部，都要接受人民群众的监督。领导层次和领导职务越高，越要自觉接受监督，绝不允许有特殊党员。要进一步规范党内监督同人民监督相结合、法律监督同群众监督相结合、舆论监督同社会监督相结合的工作制度，切实确保公务人员不敢懈怠，真正当好人民公仆。四是积极疏通和拓宽党同人民群众联系的民主渠道，努力开辟和创新党联系群众的新形式。要不断健全服务群众制度、联系群众制度、申诉制度、信访制度、人民调解制度、社会组织发挥作用制度、党和政府主导的维护群众权益制度等，正确处理人民内部矛盾，使得密切联系群众落到实处。

必须提升能力。做好群众工作，仅有良好的愿望是不够的，还需要适应新特点、新变化，不断提升群众工作能力和水平。当前，有的干部沿用老办法，思路不新、能力不强；还有一些干部文化素质较高，但不会与群众打交道。因此，必须以对人民群众的深厚感情为基础，不断创新群众工作的方式方法，不断探寻群众工作的规律，不断调整群众工作的内容、形式和机制，不断改进领导的方式方法。

必须坚持"两个务必"。艰苦奋斗作为我们党的优良传统和作风，作为马克思主义政党的政治本色，是凝聚党心民心、激励全党和全体人民为实现国家富强、民族振兴共同奋斗的强大精神力量，是我们党保持同人民群众血肉联系的一个重要法宝。广大党员，特别是党的各级领导干部，都应当深刻认识坚持艰苦奋斗与坚持正确的政治方向之间的辩证关系，始终保持谦虚谨慎、艰苦奋斗的作风，保持共产党员的蓬勃朝气、昂扬锐气和浩然正气。

必须严惩腐败。在人类政权更迭史上，执政者因腐败而垮台的事例屡见不鲜，腐败往往是政权更迭的加速器。在当今世界上，一些执政几十年的大党老党，之所以丧失执政地位，一个共同的原因就是丧失了防治腐败的能力。对于中国共产党来讲，不廉洁，就谈不上执政能力；不反腐败，保持同人民群众的血肉联系就是一句空话。当前，反腐败斗争形势依然严峻，任务依然艰巨。因此，必须加大惩治腐败力度，增加腐败成本。惩治腐败要坚决克服"手软"倾向，依法严惩，用重刑，开杀戒。只有牢牢保持高压态势，才能有力地打击腐败分子的嚣张气焰，对腐败分子形成强大的震慑作用；才能取信于民，吸引广大人民群众的积极参与；才能有效地教育干部，挽救一批人；才能把腐败现象遏制在较低的程度。如果从事腐败或犯罪活动的成本低、风险小，有的官员就可能从事腐败。因此，必须提高案件查处率，加重处罚力度，大幅度提高腐败的成本和风险，使腐败分子在政治上、经济上都付出沉重的代价。只有这样，才能真正赢得人民群众的拥护和支持。

延安整风期间，刘少奇曾精辟地指出："共产党什么都不怕，就怕脱离群众"①。历史已经反复证明，任何外力都打不倒共产党，但如

---

① 《刘少奇选集》（上卷），人民出版社1981年版，第234页。

果严重脱离群众，就会不打自倒。群众路线是党的生命线。只要共产党永远相信群众、依靠群众，从群众中来，到群众中去，就是不可战胜的。

（作者系北京市委党校教授）

永远不忘求真务实

王志刚　姜春义

1941年5月19日，毛泽东在延安干部会上作了《改造我们的学习》的报告，拉开了延安整风运动的序幕，此后，他又相继做了《整顿党的作风》、《反对党八股》两篇报告。重新阅读这三篇重要报告，感触最深的一点，就是求真务实。靠求真务实，我们党实现了马克思主义的中国化，确立了党的三大作风，最终共产党用延安作风打败了国民党的南京作风，取得了中国革命的胜利。历史和现实都告诉我们，共产党要立于不败之地，必须永远不忘求真务实。

一、要永远不忘求共产主义之真，
务马克思主义中国化之实

"共产主义真，党是领路人"。十月革命一声炮响给我们送来马克思主义后诞生的中国共产党，始终以共产主义为大目标。但半殖民地半封建的近代中国的国情，又不能照搬俄国革命的道路。党在抗日战争时期的斗争，为我们提供了一个以共产主义思想体系指导民族解放战争、正确处理发展阶段与终极目的的关系的范例。

从历史的角度看，中国近代民主革命是由像孙中山、黄兴等一批"海归"掀起的。中国共产党内也曾有以王明为代表的"二十八个半布尔什维克"这样的高级"海归"，但这些在国外学习马列、取得"真经"的"海归"，坚持用共产国际的那一套来指挥军事和指导工作，从第五次反"围剿"到长征再到延安抗战初期，给党的工作造成了巨大损失。毛泽东在延安时提出"改造我们的学习"，就是要把党的思想路线从主观主义和教条主义中摆脱出来，使马克思主义切实与中国的现实结合起来。

延安整风运动的整顿"三风"：反对主观主义，以整顿学风，反对宗派主义，以整顿党风，反对党八股，以整顿文风。其中主要是反对主观主义，用马列主义武装全党，宣传学习唯物主义和辩证法，树立实事求是的权威。毛泽东多次详细阐述实事求是，深刻指出："'实事'就是客观存在着的一切事物，'是'就是客观事物的内部联系，即规律性，'求'就是我们去研究。"① "我们是马克思主义者，马克思主义叫我们看问题不要从抽象的定义出发，而要从客观存在的事实出发，从分析这些事实中找出方针、政策、办法来。"② 当时，理论联系实际就是既要坚持共产党的性质，又要用马克思主义解决抗日战争的实际问题。这就要求任何忠实的马克思主义者，应同时肩负现时实际任务与将来远大理想两种责任。

第二次国共合作建立起来的抗日统一战线，情况非常复杂。当时党的实际任务是如何争取抗战胜利并使之成为人民的胜利。国民党蒋介石集团推行"限共"、"反共"，特别是"溶共"的反动方针，共产党则是独立自主、放手发动群众、壮大人民武装的原则。两党斗争的焦点是统一战线的领导权问题，争夺统一战线领导权的斗争实际上是主义之争在新形势下的继续。面对蒋介石"一个主义，一个党，一个领袖"，"共产主义不适合中国国情"，共产党应该"取消"的叫嚣和王明"一切服从统一战线，一切经过统一战线"的右倾机会主义观点，毛泽东先后发表了《中国革命和中国共产党》、《新民主主义论》等著作，用马克思主义的观点分析了半殖民地半封建中国社会的特点及其基本矛盾，阐述了近现代中国革命和中国社会的发展规律，科学地论证了新民主主义革命的基本理论，揭示了中国革命必须分为民主主义革命和社会主义革命两步走，以及为什么无产阶级领导的"民主主义革命是社会主义革命的

---

① 《毛泽东选集》第 3 卷，人民出版社 1991 年版，第 801 页。
② 《毛泽东选集》第 3 卷，人民出版社 1991 年版，第 853 页。

必要准备，社会主义革命是民主主义革命的必然趋势"①。这一理论有力地驳斥了国民党顽固派把什么革命都包举在三民主义里面的"一次革命论"，将旧三民主义与新民主主义、共产主义，从世界观上区别开来。

经过延安整风，毛泽东的新民主主义革命理论武装了全党，共产主义理想更加坚定，同时马克思主义通过民族形式应用到了中国具体环境的具体斗争中，使全党自觉地贯彻党的政治路线，陕甘宁边区及抗日根据地建成了名副其实的"政治特区"。这些"政治特区"特就特在：一是坚持了党从建立起就确立的正确的政治方向，就是打倒帝国主义，完成民主政治；就是通过反帝反封建的民主革命走向社会主义，最终实现共产主义的方向。二是坚持了马克思主义的基本原理与抗日实践的紧密结合，革命的原则性与革命的灵活性的辩证统一，不断革命论与革命发展阶段论的辩证统一，党的当前纲领和最高纲领的辩证统一。把理论与实践统一起来，不要做书面上的马克思主义者，而是要用马克思主义的立场观点方法去分析新的事件，解决新的问题。这就是：党的社会主义、共产主义总的政治方向、奋斗目标不变，但具体政治任务却需要随着国情、形势的发展而不断调整。党从抗日战争的实际出发制定了正确的路线、方针、政策。

体现在根据地建设上，就是创建了新型的人民民主政治制度和政党体制，在解放区实行"三三制"政权，实施普遍、直接、平等、无记名的人民选举制度。实现抗日民主政权体制和党内外结合、上下结合的监督机制，鼓励党外人士参加政权建设；颁布了具有宪政意义的边区政府施政纲领和一系列法规条例，初步形成和建立了严格的执法环境和公正的司法制度；保证一切抗日人民的人权、政权、财权及言论、出版、集会、结社、信仰、居住、迁徙之自由权；制定减租减息、精兵简政等使人民休养与生息的经济政策。政府真正成了为人民办事的机关，形成了良好的党风、政风、民风，在中国近现代史上以政治清明、社会进步、党政军民团结、人民安居乐业著称于世。

正如毛泽东所指出的："领导中国民主主义革命和中国社会主义革

---

① 《毛泽东选集》第2卷，人民出版社1991年版，第651页。

命这样两个伟大的革命到达彻底的完成，除了中国共产党之外，是没有任何一个别的政党（不论是资产阶级的政党或小资产阶级的政党）能够担负的。而中国共产党则从自己建党的那天起，就把这样的两重任务放在自己的双肩之上了"①。以毛泽东为代表的共产党人在为现阶段而斗争的时候，心里总是装着共产主义这一远大目标，在对理想信念的执著追求中，将马克思主义与中国国情紧密结合，反对从书本和经验出发的主观主义，提倡从客观存在着的实际事物出发，从其中引出规律，作为我们行动的向导，从而在理论联系实际中实现了马克思主义的中国化。

永远不忘求共产主义之真，务马克思主义中国化之实有着很强的现实意义。我们共产党人的理想，就是建设中国特色社会主义，最终实现共产主义。目前我国处于社会主义初级阶段，初级阶段是不够格的社会主义。搞社会主义市场经济是为了推动社会一步一步往前走。离开了共产主义大目标，不求共产主义之真，马克思主义中国化就是空的，搞的就不是真正的马克思主义。理想信念对于一个党来说，是旗帜、是方向；对于一个国家、民族来说，是灵魂、是凝聚人心的思想基础；对于一个人来说，是人生的坐标、是动力。联合国前秘书长加利曾讲过：中国共产党成功的主要原因之一，就是她所领导的中国社会一直受到一种信念和思想体系的支撑，这是现在不少国家缺乏的但又十分宝贵的精神支柱。只要一代又一代的共产党人坚持求共产主义之真，务马克思主义中国化之实这个根本，理想信念不动摇，我们所遇到的一切困难和问题终究是能够克服的，中国的社会主义是垮不了的。

二、要永远不忘求人民创造历史之真，
务为人民服务之实

"得民心者得天下，失民心者失天下"的道理历代统治阶级并非

---

① 《毛泽东选集》第 2 卷，人民出版社 1991 年版，第 652 页。

不知，但剥削阶级都从唯心史观出发，推崇英雄创造历史，遵循"民可使由之，不可使知之"的统治术，民心只是"打天下"、"坐天下"改朝换代的工具，心口不一，言行不一，"满口的仁义道德，满肚子的男盗女娼"，欺骗愚弄百姓，终走不出"其兴也勃焉，其亡也忽焉"的怪圈。

中国共产党是人民的政党，党的宗旨是全心全意为人民服务。"我们共产党人区别于其他任何政党的又一个显著的标志，就是和最广大的人民群众取得最密切的联系。全心全意地为人民服务，一刻也不脱离群众；一切从人民的利益出发，而不是从个人或小集团的利益出发；向人民负责和向党的领导机关负责的一致性；这些就是我们的出发点。"① 这个出发点是建立在唯物史观的基础上的。毛泽东在《整顿党的作风》中指出："共产党员和党外人员相比较，无论何时都是占少数。""要密切联系群众，而不要脱离群众"，"一切脱离群众的行为，并没有任何的根据，只是我们一部分同志自己造出来的宗派主义思想在那里作怪。"② 延安时期，毛泽东发表一系列文章，论述人民群众是历史的创造者，共产党及其领导的军队跟老百姓的关系是鱼水关系，水里可以没有鱼，鱼一刻也离不开水。他在《纪念白求恩》中，提出了共产党员要学习白求恩"毫不利己专门利人的精神"；在延安文艺座谈会上提出，我们的文艺要为工农兵群众服务，为占全人口百分之九十以上的人民服务；在纪念抗战六周年时说："共产党员是一种特别的人，他们完全不谋私利，而只为民族与人民求福利。"

不久，毛泽东尖锐地批评只知道要救国公粮，不知道帮助群众解决"救民私粮"的同志，是沾染了国民党的作风、官僚主义的作风和军阀主义的作风；在张思德追悼会上，毛泽东作了《为人民服务》的著名演讲，提出了"我们的共产党和共产党所领导的八路军、新四军，是革命的队伍。我们这个队伍完全是为着解放人民的，是彻底地为人民的利

---

① 《毛泽东选集》第3卷，人民出版社1991年版，第1094—1095页。
② 《毛泽东选集》第3卷，人民出版社1991年版，第826页。

益工作的"[①]；在党的七大上毛泽东发表了题为《愚公移山》的闭幕词，提出了人民是上帝的观点。斯大林把人民比作大地，毛泽东把人民当成上帝，不但在行动上解决了党为了人民、依靠人民，而且解决了思想上尊重人民、相信人民的深层问题。无产阶级的事业是千百万人民群众自己的事业，只有把最广大的人民群众动员起来、团结起来，才能汇集成战无不胜的革命洪流。

几千年来，剥削阶级奉行英雄史观，搞的是精英政治，把人民群众当作群氓，有时从实用主义出发，也说说"民贵君轻"、"水能载舟，亦能覆舟"，但从心里是鄙视人民群众。人民群众处于社会最底层，毫无地位可言。在他们眼里，老爷、太太、少爷、小姐最高贵、最聪明，人民群众最卑贱、最愚蠢。他们相信、崇拜的是"神灵"、"菩萨"。马克思创立唯物史观，把颠倒的历史颠倒了过来。毛泽东提出人民是"上帝"，是对旧的传统观念的彻底颠覆，进一步强化了为人民服务的宗旨意识。把人民放在至尊的位置上，为人民服务才能高度自觉。经过延安整风，全党深刻认识到了，人民，只有人民才是创造世界历史的动力，全心全意为人民服务的宗旨全面升华。共产党成为抗日战争的中流砥柱就有了必然性。

视人民为"上帝"，才能"完全"、"彻底"当好"孺子牛"；视人民为"工具"，就会好行小惠、言不及义，搞施舍收买民心的面子活。从国共两党的阶级属性来看，国民党代表官僚资产阶级，共产党代表无产阶级和广大劳动人民。中国的资产阶级，特别是官僚资产阶级不符合历史趋势，他们不能联系广大人民群众，以至站在人民群众的对立面。中国共产党和人民军队正是由于坚持了"完全"、"彻底"为人民服务的宗旨，时刻与人民群众保持了血肉联系，才取得了抗日战争和解放战争的伟大胜利。

1949 年新中国成立前夕，柳亚子曾问毛泽东："没想到胜利会来得这么快，不知主席用的什么妙计？"毛泽东说："人民的支持就是最大的妙计。"逃到台湾的蒋介石，也曾问自己的宣传部长叶青："你觉得

---

① 《毛泽东选集》第 3 卷，人民出版社 1991 年版，第 1004 页。

我们为什么失去大陆?"叶青讲:"理由很多,但最重要、最关键的问题就是实行国父的民生主义不够彻底,老百姓的生存问题没有解决好。"为什么没有解决好,是宇宙观的不同。共产主义的宇宙观是辩证唯物论和历史唯物论,三民主义的宇宙观则是所谓民生史观,实质是二元论或唯心论,二者是相反的。正反两个方面都说明了一个道理,共产党得到了最广大人民群众的认可和拥护。人民是我们党的生命之根、力量之源、胜利之本。

夺取政权是这样,巩固政权也是这样。现在有的人却忘记了权力是人民给的,不信马列拜鬼神,明明人民是自己的衣食父母,却错认为自己是人民的衣食父母,把"两个务必"丢在脑后,为人民服务成了"为人民币服务",以权谋私、骄奢淫逸、腐化堕落;一些干部同群众的关系由鱼水关系,变成了油水关系,甚至水火关系。这是多么危险的事情!历史和现实告诉我们,只有坚持唯物史观,才能在经济发展的同时,增强对人民群众的感情,保持党同人民的血肉联系,依靠广大人民群众来贯彻正确路线,心口如一,言行如一。"说得到,做得到,全心全意为了人民立功劳",群众怎能不拥护和爱戴呢!

三、要永远不忘求修正错误之真,
务批评与自我批评之实

延安整风把批评与自我批评这个共产党人特有的优良作风,发挥得淋漓尽致。"团结——批评——团结","惩前毖后,治病救人",从团结的愿望出发,经过批评或者斗争使矛盾得到解决,实现了弄清思想,统一认识,保持优良作风,去掉不良作风,在新的基础上达到新的团结。全党在批评与自我批评中学到了马克思主义,在批评与自我批评中密切了党群关系、增强了内外团结。批评与自我批评也被毛泽东列为党的三大作风之一。国民党讲的"不怕共产党练兵,就怕共产党整风",盖源于此。

批评是指对别人的缺点或错误提出意见,自我批评是指政党或个人对自己的缺点或错误进行自我揭露和剖析，并认真改正。党内发生的矛盾，工作中出现的缺点和错误，一般说来，都是思想上认识上的问题。对于思想上认识上的问题，只能采用民主的方法，批评的方法，说服教育的方法去解决，不能用强制压服的方法去解决。

求修正错误之真，务批评与自我批评之实，就要按唯物辩证法办事。正确与错误，就是矛盾着的对立面，存在于一个政党的内部，也存在于一个人的头脑中。对立双方互相斗争的结果在一定的条件下互相转化，错误的转化为正确。螺旋式上升、波浪式前进，否定之否定，这就是唯物辩证法。毛泽东说：我们要学会全面地看问题，不但要看到事物的正面，也要看到它的反面。在一定条件下，坏的东西可以引出好的结果，好的东西也可以引出坏的结果。同世间一切事物都有两重性一样，错误也有两重性。它是坏事，但也可以变成好事。这里，条件是重要的。没有一定的条件，斗争着的双方都不会互相转化，这个条件是什么，就是批评与自我批评。毛泽东把开展自我批评、反对和稀泥，与学习革命理论、反对自发论，同列为马列主义最重要的方法论。他认为，自我批评是马克思主义方法论中最革命的最有生气的部分。共产党并不是生活在真空之中，而是生活在复杂的社会环境之中，必然会受到各种政治灰尘和政治微生物的玷污和侵蚀。因此，要像房子经常打扫，不打扫就会积满了灰尘；要像脸经常洗，不洗也就会灰尘满面。流水不腐，户枢不蠹，是说它们在不停的运动中抵抗了微生物或其他生物的侵蚀。对于我们，经常地检讨工作，在检讨中推广民主作风，不惧怕批评和自我批评，实行"知无不言，言无不尽"，"言者无罪，闻者足戒"，"有则改之，无则加勉"，这至关重要，必不可少。批评和自我批评就是对我们同志的思想，我们党的工作的打扫和洗涤，批评和自我批评就是"思想运动"。只有经常开展批评与自我批评，才能使肌体健康，永葆青春。

求修正错误之真，务批评与自我批评之实，就要遵循真理面前人人平等的原则。真理是客观规律在人们头脑里的正确反映，谁掌握真理并不是靠地位、权力。坚持真理就是尊重事物发展的客观规律，坚持真理就必须修正错误；修正错误，就要在真理面前人人平等。"共产党不靠吓人吃饭，而是靠马克思列宁主义的真理吃饭，靠实事求是吃饭，靠科学吃饭。只有靠了这个才能争取革命胜利，其他都是无益的。"党内和人民内部，有充分发表意见的权利，人人敢于讲真话，有监督和批评任何领导人直至最高领导核心的权利。共产党人要有纠正自己错误的勇气和能力，批评和自我批评就体现了这种勇气和能力。"因为我们是为人民服务的，所以，我们如果有缺点，就不怕别人批评指出。不管是什么人，谁向我们指出都行。只要你说得对，我们就改正，你说的办法对人民有好处，我们就照你的办。"① 这是多么尊重真理，多么民主平等！陕甘宁边区和各抗日根据地实行的精兵简政政策，是党外开明绅士李鼎铭先生提出来的；深入开展大生产运动，则是毛泽东从雷击事件引起老百姓骂娘中闻过则改、举一反三而作出的减轻人民负担的决策。毛泽东、周恩来、朱德在延安整风中带头作自我批评，周恩来主动做了10次检查，这是何等的民主作风。当然，机会主义的头子改也难，如王明，先是"左"倾后是右倾，但拒不认错，既不作自我批评，又不接受批评，更不讲真理面前人人平等。"如果党害怕承认自己的缺点，害怕及时地公开地承认和纠正自己的缺点，那末党就不免于灭亡。公开地承认错误，揭露产生错误的原因，分析产生错误的环境，仔细讨论纠正错误的方法，这就是郑重的党的标志。"② 一个人事事正确是不可能的，如果文过饰非，把一切功劳归于自己，把一切错误归于别人，恰恰证明他心理阴暗，手中没有真理，不让人讲话，是对自己所从事的事业没有信心的表现，他很可能不是属于无产阶级，而是属于剥削阶级。

求修正错误之真，务批评与自我批评之实，就要重在改造主观世界。批评与自我批评更多地表现为改造主观世界，即改造自己的认识能力，改造主观世界同客观世界的关系。因为任何政党，任何个人，错误总是难免的，但改正起来却很难，要修正错误，就必须开展批评与自我批评，不怕家丑外扬，隐瞒是不能教育党员的。谁不知道酒、色、财、气四大祸害，谁不知道为政之德、贪欲之害。说着容易，做到难；教育

---

① 《毛泽东选集》第3卷，人民出版社1991年版，第1004页。

② 中共中央文献研究室：《毛泽东年谱》（1893—1949）中卷，中央文献出版社2002年版，第414页。

别人容易，教育自己难。这是因为社会的复杂性和人们的狭隘眼界限制了辨别是非的能力。政党由人组成，人是社会的人。"左"右倾机会主义路线又很容易迷惑人，"左"是以"革命"的面目出现，右是以"务实"的风格骗人。要修正错误，一般的正面教育、学习反省不行，必须广泛地开展批评和自我批评。没有批评与自我批评的作风，就不可能提高觉悟、战胜自我，也就不可能最终战胜敌人，而会被敌人打败。"有缺点就公开讲出是缺点，有错误就公开讲出是错误。一经纠正之后，缺点就不再是缺点，错误也就变成正确了。"① 延安整风运动通过批评与自我批评来学习马克思主义，清算王明的机会主义路线及其表现形式——主观主义、宗派主义和党八股，帮助全党树立无产阶级的世界观、人生观，达到了错误变正确的目的，带领全国人民推翻三座大山，建立了新中国。

中国共产党要不断从胜利走向胜利，就必须不断发扬光大批评与自我批评的作风。几千年来，封建社会中所形成的官僚意识、官僚作风，诸如官本位、长官意志、权力权术意识、地位等级意识、威信名誉意识、势力圈子意识、一言堂作风、衙门作风，等等，加上西方自由化思潮的涌入，严重侵蚀着党的健康肌体，使中国共产党面临着改革开放以来最严峻的考验。这些错误的东西既是批评与自我批评的内容，也是开展批评与自我批评的大敌。广泛流传的"新三大作风"——"理论联系实惠、密切联系领导、表扬与自我表扬"，是这种党风与世界观的真实写照。批评与自我批评缺失，取消了积极的思想斗争，以妥协求和谐，自由主义横行，打哈哈，唱好了歌，只听好话、顺话、恭维话，真话听不到，假话满天飞，报喜得喜，报忧得忧，使讲真话越来越难。假恶丑，假为首；真善美，真领头。贪腐官员、不良文人、不法商人，无不是造假制假的高手，假冒伪劣的政绩、假冒伪劣的商品、假冒伪劣的文化。"假作真时真亦假"。假无孔不入，泛滥成灾，是腐败的集中反映。听不到真话是最危险的。只有充分发扬民主，大力营造讲真话的氛

---

① 中共中央文献研究室：《毛泽东年谱》（1893—1949）中卷，中央文献出版社 2002 年版，第 516 页。

围，把话语权交给人民群众，认真广泛的批评与自我批评才能开展起来。正如胡锦涛所说，"主要领导同志，要以身作则，带头讲真话、讲心里话，自我批评襟怀坦白，批评别人真情实意，做出好的样子，就会给下面以好的影响，带出好的风气。"

（作者系军事科学院政工研究所研究员）

延安整风运动经验对党的
干部教育的启示

倪豪梅

延安整风运动是一次全党范围内普遍的马克思主义的思想教育运动，对中国共产党的成长乃至于整个国家和民族的命运都具有十分深远的影响，由延安整风形成的一系列党建概念与范式相沿成习，成为每个中国共产党党员遵守的行为规范。延安整风运动中，我们党把整顿三风即反对主观主义以整顿学风，反对宗派主义以整顿党风，反对党八股以整顿文风，作为推进党的建设伟大工程的决定性举措，其中以反对主观主义整顿学风为中心任务，从党的高级干部和一般干部及普通党员两个层次入手，成功地解决了在革命战争年代"培养什么样的人"、"如何培养人"、"为什么培养人"等历史性课题，其重要经验在今天仍然有着鲜明的时代性、针对性和现实性。以新的视野研究借鉴整风运动中党员干部教育的历史经验，对新时期进一步把党建设好，具有重要的理论意义和实践意义。

一、"培养什么样的人"，"着重从思想上建党"
造就"才德兼备"的高素质干部队伍

延安整风运动从整顿学风开始，学风整顿又是围绕党的干部教育方向性问题展开。整风期间，党中央从中国革命事业的需要和推进党的建设伟大工程的大局出发，以极大的精力关注党的干部教育工作，重视把握干部教育工作的导向，着力解决培养"什么样的人"这一关键问题。

毛泽东初到陕北时就强调"要造就一大批人，这些人是革命的先锋队。这些人具有政治远见。这些人充满着斗争精神和牺牲精神。这些人是襟怀坦白的，忠诚的，积极的，与正直的。这些人不谋私利，唯一的为着民族与社会的解放。这些人不怕困难，在困难面前总是坚定的，勇敢向前的。这些人不是狂妄分子，也不是风头主义者，而是脚踏实地富于实际精神的人们。中国要有一大群这样的先锋分子，中国革命的任务就能够顺利的解决。"① 毛泽东在《中国共产党在民族战争中的地位》一文中指出："中国共产党是在一个几万万人的大民族中领导伟大革命斗争的党，没有多数才德兼备的领导干部，是不能完成其历史任务的。""政治路线确定之后，干部就是决定的因素。因此，有计划地培养大批的新干部，就是我们的战斗任务。"② 这为全党以后延安整风作了重要思想和理论准备。整风期间，我们党以"能否坚决地执行党的路线，服从党的纪律，和群众有密切的联系，有独立的工作能力，积极肯干，不谋私利为标准"建设干部队伍。为此，中央在开展丰富多彩的干部在职教育的同时，大量设立培养各级干部的学校、训练班，并编辑出版了大量历史文献集和马列著作集等经典的学习资料，还规定了二十二篇必读的学习文件，将重视理论学习、掌握思想教育作为第一项业务，解决党内存在的主观主义、宗派主义、形式主义以及自由主义等思想和作风上的突出问题。通过大量的理论学习，克服了错误思想、增强了辨别是非能力，使广大党员不仅从组织上入党，而且在思想上入党，保证了干部整体素质的提高。党在整风运动中竭尽心力整整培养了一代革命干部，这些干部被分配到政治、经济、文化、军事等各种革命事业中，起着骨干和先锋作用，为夺取全国革命胜利奠定了最重要的组织基础。这是整风运动时期成功实施党的建设伟大工程的决定性之举。

　　"培养什么样的人"是具体的历史的，随着时代的发展而不断发展。中国特色社会主义实践在深入，党的十七届四中全会把建设马克思主义学习型政党作为一项重大而紧迫的战略任务摆在了新形势下党建的

────────────

① 《毛泽东年谱》中卷，中央文献出版社2002年版，第33页。
② 《毛泽东选集》第2卷，人民出版社1991年版，第526页。

首要位置，新时期培养具备"科学理论武装、具有世界眼光、善于把握规律、富有创新精神"① 的党员干部，是确保党始终走在时代前列并引领中国发展进步的决定性因素，也是我们党推进伟大事业的一条重要历史经验。当前有的党员不愿学、不勤学、不真学的问题仍然存在，有的领导干部脱离群众的形式主义、官僚作风还比较严重，如果这些问题得不到有效解决，势必会损害党的执政形象、削弱党的凝聚力和创造力，因此党员干部应把学习摆到重要位置，把它当成一种生活态度、工作责任和精神追求，持之以恒、坚持不懈，在工作岗位起到表率作用。这就需要我们教育干部系统学习掌握马克思主义中国化最新成果，树立科学的世界观和方法论，努力实现思想政治素养的全面提升；要站在国际国内的高度审视思考问题、研究问题，以宽广眼界和战略思维谋划好、解决好事关全局的根本性问题；要求真务实，认识并把握好规律、顺应发展大势、用好发展机遇、推动全面发展；要坚持以改革创新精神研究新情况、解决新问题，切实使各项工作体现时代性、把握规律性、富于创造性。

二、"如何培养人"，做到在职教育和学校教育、岗位业务培训教育和业余培训教育等相结合，形成全方位、多层面、整体推进党的干部教育的大格局

在中共中央落脚陕北之后，中国革命形势发生了重大变化。党中央审时度势、高瞻远瞩，在革命任务异常艰巨、客观条件极其困难的时期，毛泽东指出，"此次整风是对全党的，包括各部门各级干部在内"，"主要对象是高中级干部，特别是高级干部，只要把他们教育好了，下级干部的进步就快了"。为此，中共中央在 1939 年 2 月，专门成立了干部教育部，明确提出"干部教育第一"的方针。于是，一方面深入开

---

① 《中共中央关于加强和改进新形势下党的建设若干重大问题的决定》，2009年；《关于推进学习型党组织建设的意见》，2010年。

展干部在职教育，同时又继续创办大量干部学校，以最大努力先后创办了中国人民抗日军政大学、陕北公学、中央党校、马列学院、行政学院、军事政治学院、鲁迅艺术学院、中国女子大学、自然科学研究院、中央研究院、医科大学、延安大学等干部院校，对党员干部进行教育。据统计，仅延安及周边地区创办的干部院校就达 30 多所，形成整体推进的干部教育格局，培养了一大批各级各类干部人才。

延安时期，干部在职教育不仅富有广度，而且富有深度。1940 年 1 月 3 日，中共中央在干部学习的指示中，对干部教育的方针、课程与在职干部的学习做出规定，强调全党干部都应当学习和研究马列主义的理论及其在中国的具体运用，要求各级领导干部，尤其是主要领导干部必须以身作则地领导其他干部学习，并注意保持学习的持久性与经常性。1940 年 3 月 20 日，中共中央专门发出《关于在职干部教育的指示》，对干部类别、课程设置、学习方法、经费保障等问题作出明确指示，为以后延安整风中党的干部教育工作明确了方向，奠定了基础。整风运动开始后，1942 年 2 月 28 日，中共中央又进一步作出《关于在职干部教育的决定》。《决定》指出："在目前条件下，干部教育工作，在全部教育工作中的比重，应该是第一位的。而在职干部的教育工作，在全部干部教育工作中的比重，又应该是第一位的。"同时中共中央对在职干部教育的运作过程也给予极大的关注。正因为有党中央的高度重视和正确领导，包括延安和陕甘宁边区在内的党领导下的各抗日根据地都把在职干部教育放上重要议事日程，从机关到部队普遍组成了各类学习小组，在职干部教育有序展开，全党上下学理论、学文化的热潮不断兴起。

根据中共中央和毛泽东关于大规模培训干部的基本精神和思路，延安时期无论是干部在职教育还是学校教育，都非常注重业务教育、政治教育、文化教育和理论教育的有机结合。在职教育，强调一切干部都须加强业务学习，号召"做什么、学什么"[①]；要求任何干部都必须精通自己的业务；强调一切在职干部都须给以政治教育，包括时事教育和一般政策教育两项。开展政治教育的目的在于使干部在精通其专门业务之

---

① 《中共中央关于在职干部教育的决定》，《解放日报》1942 年 3 月 2 日。

外，还应通晓一般情况与一般政策，以避免偏畸狭隘不懂大局的弊病，摒弃好谈一般政治而忽视专门业务或仅局限于专门业务而忽视一般政治的倾向。

对于一切文化程度不高的干部，除业务教育与政治教育外，还要开展文化教育。而对于高中级干部则强调于业务学习之外均须学习理论，包括政治、经济和历史科学等内容。在干部学校教育中，各校不断完善功能定位，坚持政治理论教育与文化知识教育并重的原则，以培养和造就德才兼备、堪当重任的高素质干部队伍为己任。这样的干部教育，既提高干部的政治思想素质，又突出干部的能力培养，从而为我党事业的蓬勃发展奠定了具有决定性意义的人才基石。由此可见，整风时期的干部教育工作是全方位、多层面开展，在职教育和学校教育协调发展、整体推进，各级各类干部教育不仅具有整体性、系统性，而且极具针对性。

努力培养和造就一代又一代治党治国的优秀人才，是加强党的建设的根本组织基础。新时期对学习型干部的培养是建设学习型政党的根本。第一，从培养学习型党员干部抓起。组织党员干部学习理论，用理论武装头脑，统一全党思想，迎接新挑战，完成新任务。第二，培养学习型党员干部，要注意学习马克思主义的基本立场、观点和方法。学习马克思主义的精神实质。第三，培养学习型党员干部，要着重学习中国化的马克思主义，特别是马克思主义中国化的新发展。不论是20世纪世纪八九十年代学习邓小平理论，还是后来学习"三个代表"重要思想，以及今天还在贯彻落实的科学发展观的实践，都是旨在通过高素质的党员干部队伍带领组织全国人民为建设中国特色社会主义做出积极贡献。第四，培养学习型党员干部，要紧紧围绕中国特色社会主义核心价值体系教育、提高党员干部政治思想和科学文化素质。还要加强党员干部岗位业务素质。一方面健全常态学习制度，建立自上而下全覆盖的学习领导机制、建立学习信息反馈机制；另一方面积极探索富有时代特点的新方法，如开展各种形式的成人教育、函授教育，用好网络这个现代教育的新平台，创建载体平台有力支撑活动开展等，进一步完善干部教育科学化、规范化和制度化的学习机制，发挥、促进、保障和实现干部教育方面的组织功能。但我认为不管什么样的学习机制和方法，学得好不好，这决定于每个党员干部学习自觉性。只要能做到"可持续性"这一点，培养和造就出一代又一代能够担当重任的高素质领导干部，我们党和国家的事业才能长治久安。

三、"为什么培养人"，必须坚持实事求是的原则和理论联系实际的方法代表人民根本利益，推动党员干部教育

推动党的建设，必须要解决"为什么培养人"这个教育培训干部的根本目的问题。如果一个干部的从政目的不端正，即使学习再下工夫，学习的东西再多，对于党的事业从根本上来说也是有害而无益的。当前在党内有的同志以个人主义和实用主义为目的。他们读书学习，不是为了党的事业，不是为了人民的利益，而是为了个人的升官发财或者为了个人别的什么。这样的从政目的，是与党的建设宗旨格格不入的。培养学习型党员干部，必须要求全党的每一个同志牢固树立为了人民的利益、为了党的事业、为了建设中国特色社会主义而从政的崇高目的。只有确立这样的从政目的，学习起来才能方向正确，目标明确，具有强大的精神动力。整风运动中党员干部教育的一个核心内容是坚持我党我军全心全意为人民服务的宗旨。毛泽东题为《为人民服务》的演讲中讲到，在延安，每一名共产党人和八路军战士无论干什么事情，都"完全是为着解放人民的，是彻底地为人民的利益工作的"①。这种精神体现在学习上，就不是为了个人的"小算盘"、"小九九"而学习，而是为了探寻中国革命的规律而学习，为了在政治上军事上彻底战胜日本帝国主义和国民党反动派而学习，为了巩固和扩大革命根据地而学习，为了解放全中国而学习。

----

① 《毛泽东选集》第 3 卷，人民出版社 1991 年版，第 1004 页。

为了弘扬整风运动中所蕴涵的全心全意为人民服务的宗旨意识，解决当前一些党员干部中存在的学习目的不纯的问题，就需要我们用实事求是的思想原则推动党员干部的教育培养。实事求是是我们党根本的思想原则，也是整风运动的核心内容。在延安干部教育的初创时期，教条主义主要表现为"理论与实际、所学与所用的脱节"。党中央和毛泽东对这一问题高度重视。毛泽东指出，"马克思列宁主义的伟大力量，就在于它是和各个国家具体的革命实践相联系的"，"离开中国特点来谈马克思主义，只是抽象的空洞的马克思主义"。因而他向全党提出了"使马克思主义在中国具体化"① 的历史任务。1941 年 5 月，毛泽东在延安干部会议上做《改造我们的学习》的报告，明确向全党提出克服教条主义、主观主义，改造学习方法和学习制度的任务，并特别强调："对于在职干部的教育和干部学校的教育，应确立以研究中国革命实际问题为中心，以马克思列宁主义基本原则为指导的方针，废除静止地孤立地研究马克思列宁主义的方法。"②

　　伴随整风运动的开展，毛泽东在《整顿党的作风》中提出了"有的放矢"，他说"矢"就是箭，"的"就是靶，马克思主义和中国革命的关系就是箭和靶的关系。马克思主义的箭必须用来射中国革命之靶。此后，他又指出，"理论和实践这样密切地结合，是我们共产党人区别于其他政党的显著标志之一"③。1941 年 12 月 20 日的《解放日报》专门刊载了中共中央政治局通过的《关于延安干部学校的决定》。《决定》要求干部学校教育必须明确以下目的：第一，必须使学生区别马列主义的字句与马列主义的实质；第二，必须使学生领会这种实质（不是望文生义，而是心知其意）；第三，必须使学生学会善于应用这种实质于中国的具体环境，而抛弃一切形式的空洞的学习。使学生既学得理论，又学得实际，并把二者生动地联系起来，养成应用的习惯。

---

　　① 《毛泽东选集》第 2 卷，人民出版社 1991 年版，第 534 页。
　　② 《毛泽东选集》第 3 卷，人民出版社 1991 年版，第 802 页。
　　③ 《毛泽东选集》第 3 卷，人民出版社 1991 年版，第 1094 页。

《决定》精神的贯彻落实，彻底清除了干部教育中的教条主义遗毒，使干部教育工作走上健康发展的轨道。在马列主义理论教育中，坚决纠正过去不注重其实质而注重领会其形式，不注重应用而注重死读的方向。在诸如军事、法律、经济、文艺、自然科学、医学等专门教育中，以学习有关该项专门工作的理论与实际的课程为主。切实把实事求是，理论联系实际贯穿于整个干部教育的各个环节，成为提高广大干部能力与素质的重要法宝。

整风运动是理论的学习，更是实际的锻炼，始终坚持"有的放矢"的学习态度，自始至终坚持把马列主义基本原理同中国革命、边区工作、干部思想及作风等各方面实际结合起来，在实际工作中加深干部对整风文件的理解，转变干部的思想和作风，有力推动边区的各项工作，最终确立了理论联系实际的学风。

在新历史条件下，我党在推进改革开放和社会主义现代化建设中所肩负任务的艰巨和繁重，尤其在经济社会转型过程中，收入差距、就业压力、社会保障、各种复杂社会矛盾凸显，有些已经影响到了社会的稳定和发展，直接影响人民群众的切身利益。面对前进中的这些困难和风险，我们党的领导干部如果不通过新的学习不断提高自己，就不能有效应对严峻挑战，就有失去执政资格、失去人民信任和拥护的危险。如何推进以改善民生为重点的社会建设，把实事求是、理论联系实际的群众路线与党的建设相结合，就必须落实中央"以人为本、执政为民"的要求，始终保持党同人民群众的血肉联系，人对人、面对面、手拉手、心连心做群众工作。

要加强和改进党在新时期社会化管理工作，用发展眼光看待群众利益，更重要的是党员干部要有真心诚意为群众说话办事的愿望和责任心，时时刻刻把群众利益放在第一，为群众办实事，做好事，解难事。建立和健全具有广泛代表性和监督制衡机制的执政体制，是巩固执政党地位的根本保障，是摆在我们面前的艰巨任务，是时代赋予我们的光荣使命。

我们要认真总结延安整风时期党的干部教育经验，创造性地开展党的干部教育培训工作，使干部教育同全党的工作大局紧密相连，切实把理论联系实际贯穿于整个干部教育的各个环节，教育党员干部解放思想、实事求是、与时俱进，时刻牢记全心全意为人民服务的宗旨，提高党在人民群众中的执政能力。

（作者系十届全国政协提案委员会副主任、全国总工会原副主席、
中国延安精神研究会常务副会长）

批评与自我批评的武器不能丢

田改伟

坚持批评与自我批评是中国共产党的三大作风之一，是我们党领导全国各族人民克服重重困难，推翻三座大山，取得新民主主义革命的胜利和社会主义革命胜利的锐利武器。在新的历史条件下，坚持批评与自我批评，对于克服和战胜各种错误社会思潮，不断发展马列主义、毛泽东思想和中国特色社会主义理论，保持党的先进性，推动党和人民的事业沿着正确的方向不断进步，有着重要的现实意义。

一

（一）坚持批评的武器不能丢，是维护马克思主义在我国意识形态领域的指导地位的必然要求

西方国家对我国进行"西化"、"分化"的图谋不仅没有减弱，反而在新的历史条件下，利用各种途径变本加厉地加强了对我国进行意识形态的渗透，企图颠覆马克思主义对我国社会主义建设的指导地位；在国内，由于经济成分多元化带来的利益主体的多元化和价值观念的多元化，一些人利用我国在深化改革的时机，不断削弱、攻击、丑化马克思主义，企图用西方资本主义的价值观来指导我国的改革。有些时候国际和国内的因素相互影响、相互渗透，呈现错综复杂的局面。对这些错误

思潮进行批评，不断发展马克思主义，维护马克思主义在意识形态领域的指导地位，在这方面我们党有着丰富的历史经验。

在社会主义改造完成以后，毛泽东清醒地看到，"无产阶级和资产阶级之间在意识形态方面的阶级斗争，还是长期的、曲折的，有时甚至是很激烈的。"① 他指出，正确的东西是在同错误的东西的斗争中发展起来的，马克思主义必须在斗争中才能发展，马克思主义者就是要在人们的批评中间，在同各种错误思想的斗争中间，锻炼自己，发展自己，壮大自己。② 所以，毛泽东在新中国成立后十分注意对各种错误思潮的批评和斗争，以此来巩固马克思主义的指导地位。但后来由于方法不恰当，造成了一些不可挽回的巨大损失。

在粉碎"四人帮"和结束"文化大革命"以后，为了打破对马克思主义的教条式的僵化理解，邓小平支持并领导了关于真理标准的大讨论，对那些"左"的思想进行了认真的批评，指出，"马克思、恩格斯没有说过'凡是'，列宁、斯大林没有说过'凡是'，毛泽东同志自己也没有说过'凡是'。"③ 要提倡百家争鸣，"辩证法嘛，不'辩'怎么能'证'呢？经过'辩'才能'证'。"④ 经过真理标准的讨论，重新恢复了党的实事求是的思想路线。在改革的进程中，对待形形色色的错误思潮，他一再强调："批评的武器一定不能丢。"⑤ 20 世纪 80 年代初，针对一个时期一些人对错误倾向不敢批评，一批评就有人说打棍子的现象，邓小平就进行了严厉的批评，指出："一定要彻底扭转这种不正常的局面，使马克思主义的和社会主义、共产主义的宣传，特别是在一切重大理论性、原则性问题上的正确观点，在思想界真正发挥主导作用。"⑥ 他强调，解决这种问题，中心的办法是开展批评和自我批评，加强理论上的争鸣。"允许宣布资产阶级这一套，不允许共产主义者出

---

① 《毛泽东文集》第 7 卷，人民出版社 1999 年版，第 230 页。
② 《毛泽东文集》第 7 卷，人民出版社 1999 年版，第 232 页。
③ 《邓小平文选》第 2 卷，人民出版社 1994 年版，第 39 页。
④ 《邓小平年谱》（上），中央文献出版社 2004 年版，第 160 页。
⑤ 《邓小平文选》第 2 卷，人民出版社 1994 年版，第 390 页。
⑥ 《邓小平文选》第 3 卷，人民出版社 1993 年版，第 46 页。

来争？现在是共产主义者不出来争。""既然叫百家争鸣，马克思主义至少算一家嘛"。

针对当时出现的自由化思潮，邓小平多次警告全党要警惕这些错误思潮，他指出："反对资产阶级自由化，我讲得最多，而且我最坚持。""自由化本身就是资产阶级的，没有什么无产阶级的、社会主义的自由化，自由化本身就是对我们现行政策、现行制度的对抗，或者叫反对，或者叫修改。"① 邓小平这些话现在听来还是掷地有声，依然具有现实意义。由于坚持不丢批评的武器，对错误思潮敢于斗争，保证了我国改革的正确方向，使我国最终经受住了 20 世纪 80 年代末 90 年代初国际共产主义运动低潮的冲击，并且取得了社会主义建设的辉煌成就。

（二）坚持批评的武器不能丢，是我国改革开放和社会主义建设实践的内在要求

人们对客观规律的认识总有一个过程，在没有认识客观规律以前，人们的行动总是不自觉的，带着盲目性的，这种认识指导下的实践活动就不免会违背客观规律，行动就会出错误，会干蠢事。进行社会主义建设尤其如此。解决的办法就是要对实践中证实错误的东西进行批评和反思。对待错误，"别人批评了要欣然接受，别人不批评，也不能安然无事，也要做自我批评，'自己骂自己'并真正引以为鉴，从而变得更聪明一些。"② 认识到不足，在实践中加以改正，这样才能推动实践的发展。中国的民主革命是这样，社会主义建设依然需要这样的精神。正如毛泽东在 20 世纪 50 年代指出的："现在进行社会主义建设，也必须要经过一个很长的过程，要翻筋斗，碰钉子，有了成功和失败的比较，才能够比较主动、比较自由。"③ 新中国成立后，社会主义改造完成后的

---

① 《邓小平文选》第 3 卷，人民出版社 1993 年版，第 181、182 页。
② 薄一波：《若干重大决策与事件的回顾》，中央党校出版社 1993 年版，第 1031 页。
③ 薄一波：《若干重大决策与事件的回顾》，中央党校出版社 1993 年版，第 1030 页。

十年探索中取得巨大成就的一个重要原因，就是保持着这种批评与自我批评的风气。而一些建设的失误，特别是一些大的失误，是与在实践中听不得不同意见、听不得批评有关的。虽然如此，党内总是存在着不断努力总结、批评、纠正实践中的错误的积极力量。即使在"文革"期间，这种积极因素也还是始终存在的，并没有完全消失，正是这种力量为结束"文革"、总结"文革"的教训，做出了重大的贡献。

在"文化大革命"结束以后，以邓小平为代表的中国共产党人重点总结了"左"的指导思想给国家和党带来的深刻教训，在各个领域批评和纠正了长期"左"的错误，做出了以经济建设为中心，坚持四项基本原则、坚持改革开放的正确决策，使我们党的中心转移到了社会主义现代化建设的正确轨道上来。在新的历史时期，邓小平非常注意总结实践中的经验，始终关注实践中的问题，并进行及时的批评纠正。改革开放开始不久，社会上出现了一些人提倡资产阶级腐朽思想，经济犯罪现象也逐渐增多。有些人认为这些现象是改革不可避免的，应该听之任之，否则会影响我国的建设。邓小平对此进行了严厉的批评。他说："有一种议论，说反对资产阶级思想腐蚀，惩治严重经济犯罪，会妨碍社会主义现代化建设。这种议论是没有道理的。听任资产阶级腐蚀我们的党、干部，把我们的党员、干部改造成资产阶级思想的俘虏，还怎么进行社会主义建设？同资产阶级思想腐蚀、严重经济犯罪分子进行斗争，正是保卫社会主义现代化建设。只有坚决制止他们在各种领域采取各种手段进行的破坏，只有毫不留情地把犯罪活动打下去，我们的建设事业才能沿着社会主义方向顺利前进。"① 邓小平始终强调，我们改革的前提是社会主义，不能为改革而改革。没有社会主义这个前提，我们的改革就会走向资本主义，就会出现两极分化，那样可以使少数人富裕起来，而大量的人仍然摆脱不了贫穷，甚至连温饱都不可能解决。在他晚年，他尤其关注改革中分配领域出现的问题。他敏锐地指出："我们讲防止两极分化，实际上两极分化自然出现。要利用各种手段、各种方法、各种方案来解决这个问题。""现在看来，发展起来以后的问题不

---

① 《邓小平年谱》（下），中央文献出版社 2004 年版，第 810 页。

比不发展时少。"① 邓小平批评过的改革开放实践中出现的错误和危险倾向，不少至今依然存在。

（三）批评的武器不能丢，是保持党的先进性的内在要求

有无认真的自我批评，是我们党区别于其他政党的显著标志之一，也是我们党能够保持自身的先进性的重要条件。首先，党的性质本身要求坚持批评与自我批评。作为由马克思主义武装起来的无产阶级政党，其根本利益与中国最广大人民的利益根本上是一致的，其追求的事业是伟大的、正义的。坚持批评与自我批评，就可以经常检查、审视自己方针、政策是否合乎广大人民群众的利益。"难道还有什么不适合人民需要的思想、观点、意见、办法，舍不得丢掉吗？"②

而要做到这一点，就要使群众敢于说真话，只有善于倾听群众的批评、意见，党才能实现好，维护好群众的利益，全心全意依靠群众，为人民服务才能落到实处。毛泽东曾经指出：党"要让群众讲话，让群众批评，哪有马克思列宁主义者怕群众的道理？犯了错误，就要真正把问题敞开，让群众讲话，哪怕是骂自己的话，也要人家讲"③。

邓小平在领导我国改革开放的过程中，也是善于总结群众的意见和经验，走群众路线，尊重群众的首创精神，不断开拓社会主义建设的新局面。

其次，坚持批评与自我批评还是发扬党内民主，保持党的活力，充分调动党员的积极性的必然要求。我们党是执政党，党委的领导是集体领导，民主集中制是党的根本的组织制度和领导制度，不是"一把手"的独断专行。而要发扬党内民主，首先就是要让每个党员敢于讲真话、讲实话、讲心里话，并从制度上来进行保证。"文化大革命"之所以发生，跟党内民主生活日益不正常有密切的关系。邓小平就总结说，"四

---

① 《邓小平年谱》（下），中央文献出版社 2004 年版，第 1364 页。

② 《毛泽东选集》第 3 卷，人民出版社 1991 年版，第 1097 页。

③ 薄一波：《若干重大决策与事件的回顾》（下），中央党校出版社 1993 年版，第 1034 页。

人帮"和林彪等的破坏,最严重的后果就是"他们弄得我们党内同志不敢讲话,尤其不敢讲老实话,弄虚作假"①。他提出,一定要打破这种不良的风气,"要改变那种看气候,看风向说话的倾向"②。

只有人人敢讲真话、实话、心里话,真正地发扬民主,才能更好地集中正确的意见,更好地加强党的领导,培养好的党风,从而带动整个社会风气的好转。

二

坚持批评与自我批评,并不是为了批评而批评,批评的目的是为了正本清源、纠正错误、提高认识,有利于党在带领广大人民群众进行社会主义现代化建设的过程中,保持清醒头脑。在如何开展正确的批评的问题上,我们党也有非常丰富的历史经验

(一)坚持批评的武器不能丢,不搞群众运动

首先,不搞运动是因为运用批评和自我批评的方法,解决的是人民内部矛盾的问题。工作中的是非问题、正确和错误问题,是属于人民内部矛盾,解决这个问题,不能用拳头、不能用咒骂,不能用刀枪,唯一可用的就是批评与自我批评,用民主的方法,不能用群众运动的方法。新中国成立后历次反对错误倾向之所以出现了问题,一个重要的原因就是采取了群众运动的方法,造成了严重的不良后果。其次,不搞运动是因为坚持批评与自我批评是一个长期的、经常的过程。一方面,一些错误的思想、观念不会自己退出历史舞台,对这些东西的批评和斗争是一个长期的过程。如对资产阶级自由化思想,邓小平就说在实现现代化的整个过程中,都存在反对资产阶级自由化的问题。"既然这是一个长期的任务,我们就不能搞运动,方法以教育、引导为主。当然,如果有人

---

① 《邓小平年谱》(上),中央文献出版社 2004 年版,第 163 页。
② 《邓小平年谱》(上),中央文献出版社 2004 年版,第 402 页。

搞得我们总是不安宁，也不能排除使用某种专政的手段，使用纪律、法律手段。"① 另一方面，工作中的是非问题，不正确的方式、方法问题等也不会自动消失，只有长期的坚持批评与自我批评，才能够提高认识，减少错误的东西。

（二）坚持批评的武器不能丢，领导要勇于带头承担责任

这方面我们党有着优良的传统。在一些错误和失误面前，以毛泽东为首的第一代领导人就是带头搞批评与自我批评，并勇于承担责任的典范。20 世纪 60 年代初，我国社会主义建设出现了不少的失误。毛泽东首先作了检讨，他说："凡是中央犯的错误，直接的归我负责，间接的我也有份，因为我是中央主席。我不是要别人推卸责任，其他同志也有责任，但是，第一个负责的应当是我。"周恩来也作了自我批评，认为"这几年所犯的错误，国务院要负主要责任。"②

在总结新中国成立以来的历史经验的时候，邓小平多次强调："讲错误，不应该只讲毛泽东同志，中央许多负责同志都有错误。'大跃进'，毛泽东同志头脑发热，我们不发热？刘少奇同志、周恩来同志和我都没有反对，陈云同志没有说话。在这些问题上要公正，不要造成一种印象，别的人都正确，只有一个人犯错误。这不符合事实。中央犯错误，不是一个人负责，是集体负责。"③ 总结 1989 年的政治风波时，邓小平指出：对于这场风波"我们从未责怪学生、青年，主要问题出在党内，甚至是党内某些高层人物。没有什么理由责怪青年，对青年工作做得太少了"④。这种中央领导勇于开展批评与自我批评，主动承担责任的精神，展现了共产党员宽广的胸怀，有着巨大的示范作用。

---

① 《邓小平年谱》（下），中央文献出版社 2004 年版，第 1173 页。
② 参见薄一波：《若干重大决策与事件的回顾》（下），中央党校出版社 1993 年版，第 1027 页。
③ 《邓小平文选》第 2 卷，人民出版社 2004 年版，第 296 页。
④ 《邓小平年谱》（下），中央文献出版社 2004 年版，第 1314－1315 页。

(三) 坚持批评的武器不能丢，就要勇于改正错误

毛泽东在党的七大上指出："无数革命先烈为了人民的利益牺牲了他们的生命，使我们每个活着的人想起他们就心里难过，难道我们还有什么个人利益不能牺牲，还有什么错误不能抛弃吗？"[1] 不管批评别人还是接受批评，目的都是为了纠正错误。我们党正是在重要的历史关头，纠正了自己的错误，推动了我国革命和建设事业的不断前进。犯了错误，就严肃地认真对待，勇于正视，努力纠正，这是一个郑重的政党的标志。邓小平指出："有错必纠是毛主席历来提倡的。""勇于纠正错误，这是有自信的表现。"[2] 正是有这样的认识，所以邓小平对"文化大革命"的错误进行了认真的反思，努力纠正那些"左"的错误，同时，警惕右的错误的危险，对"文革"进行了全面的拨乱反正，恢复了马克思主义的本来面目，使我国的社会主义建设重新沿着正确的方向前进。在以后的改革过程中，更是注意对各种错误倾向的批评，并有错必纠，及时纠正工作中的失误，给我们党在新的历史时期保持先进性提供了良好的示范。

在我国改革开放的进程中，邓小平是辩证地坚持批评与自我批评的典范。他既强调不要在什么问题上都进行无原则的批评与争论，也强调在重大问题上共产党员要勇于开展批评与争论。有些人僵化地看待邓小平思想，认为在什么问题上都不要批评与争论，只要经济发展，可以不问改革的方向如何，不问姓"资"姓"社"，不问姓"公"姓"私"，甚至连对改革反思都不行，认为这是在反对改革，否定改革，否定党制定的基本路线。这其实是与邓小平的思想相违背的。邓小平在1992年南方谈话中对那些在一切问题上都要问个姓"资"姓"社"，以至于使改革迈不开步伐的现象进行了批评后，他接着就说："特区姓'社'不姓'资'。从深圳的情况看，公有制是主体，外商投资只占四分之一，就是外资部分，我们还可以从税收、劳务等方面得到益处嘛！"，"只要

---

[1] 《毛泽东选集》第3卷，人民出版社1991年版，第1097页。
[2] 《邓小平年谱》(下)，中央文献出版社2004年版，第436页。

我们头脑清醒，就不怕。"① 可见，邓小平在一些涉及我国改革的根本方向问题的时候是一定要问个姓"资"姓"社"的，是要批评、是要争论的。

邓小平一再指出：我国的改革，如果"放弃社会主义，中国就要乱，就丧失一切"②。因此，我国的改革要"走一步，回头看一下是必要的"③。这种回头看就是要认真反思以前的改革，对的就坚持，错的就改正。现在我国的改革正处在关键时期，尤其是政治体制改革，如果不适时推进，就会有回到体制僵化、失去活力的危险，但如果贸然推进，也会有蹈苏联覆辙，造成国变衰、党变色的危险。如何推进改革不断深化，有许多不同的观点和主张，让不同的观点之间进行争论，对于深化对我国改革的认识很有帮助，但是如果放弃批评的武器、反对争论，只让一种声音说话，甚至给那些批评者扣帽子、打棍子，都是有百害而无一益的。那些认为在我国改革中可以不问姓"资"姓"社"，不问姓"公"姓"私"，对改革不能进行反思的人，不仅是违背了马克思主义的基本原理，也放弃了党保持先进性的优良传统和历史经验，对于错误熟视无睹，最终只能害了党、害了人民、害了国家。

（作者单位：中国社会科学院政治学研究所）

① 《邓小平文选》第 3 卷，人民出版社 1993 版，第 372 页。
② 《邓小平年谱》（下），中央文献出版社 2004 版，第 1316 页。
③ 《邓小平年谱》（下），中央文献出版社 2004 版，第 1359 页。

坚持弘扬三大作风
保持党的先进性和纯洁性

宋清渭

　　中国共产党始终把保持党的先进性和纯洁性作为党的建设的崇高目标。延安整风是党的历史上第一次全党范围内的大规模整风运动。通过整风，党把先进的马列主义理论与中国实践相结合的伟大成果——毛泽东思想确定为全党的指导思想，确立了实事求是的思想路线，党的先进性和纯洁性得到了极大增强，全党达到了空前团结和统一，为夺取抗日战争、解放战争的胜利奠定了思想和组织基础，对党带领全国人民建立新中国、建设社会主义，乃至进行改革开放都产生了深远影响。

　　在延安整风后接着召开的党的七大的政治报告中，毛泽东明确概括了党的三大作风："理论和实践相结合的作风，和人民群众紧密地联系在一起的作风以及自我批评的作风"①。这三大优良作风是中国共产党区别于其他政党的显著标志，是党特有的政治优势，也是党历经各种考验、不断发展壮大、取得胜利的原因所在。

一、三大作风是党保持先进性和纯洁性的重要法宝，在革命、建设和改革开放事业中发挥了重要作用

　　保持先进性和纯洁性，是马克思主义政党的本质属性和必然要求。

---

　　① 《毛泽东选集》第3卷，人民出版社1991年版，第1094页。

三大作风是中国共产党在长期革命斗争中形成的，是党的优良作风的高度概括，是党保持先进性和纯洁性的重要法宝。

三大作风是党优良传统的实践总结。优良的作风不是天生的，也不是自然形成的，需要党在实践和斗争中反复总结，甚至需要用生命和鲜血去换取。在延安整风前的20多年里，党在处理中国革命问题时还不够成熟，反复出现"左"和右的错误，给党带来了严重危害。毛泽东等领导同志与这些错误多次进行斗争，但党内各种错误思想依然根深蒂固。因此，党中央决定在全党范围内开展整风运动，从思想上和路线上进行系统纠正。经过历时3年多的延安整风运动，通过与主观主义、宗派主义和党八股的斗争，党认识到：只有把先进的马克思主义理论与中国革命的具体实际很好地结合起来，才能体现党的先进性，找到中国革命的正确道路；只有坚持依靠广大党员和群众，团结更多的人共同工作，广泛地开展批评与自我批评，才能保持党的纯洁性，完成领导中国革命的重任。

毛泽东把党的优良作风概括为"理论联系实际，密切联系群众，批评与自我批评"，言简意赅、易记好行。通过回顾历史我们清楚地看到，党的三大作风是从斗争中总结出来的，是经过反复实践锤炼总结形成的。

三大作风是党代代相传的精神财富。坚持弘扬三大作风，保持党的纯洁性和先进性，在不同时期有着不同的时代要求和内涵。新中国成立前夕，针对党内可能出现的骄傲情绪和执政后面临的新情况、新考验，毛泽东同志在七届二中全会上及时提出"两个务必"的思想，党的八大提出"虚心使人进步，骄傲使人落后"，从而充实了作风建设的内容。党的十一届三中全会后，以邓小平为核心的党的第二代中央领导集体，深刻总结经验教训，提出了"执政党的党风关系党的生死存亡"的论断，把端正党风、恢复和发扬三大作风作为重要任务提上日程，党的作风建设进入新的发展阶段。以江泽民为核心的党的第三代中央领导集体，把坚持党的三大作风与倡导新的时代作风紧密结合起来，党的十五届六中全会通过了加强和改进党风建设的决定，为新形势下加强党的作风建设进一步指明了方向。党的十六大以来，以胡锦涛为总书记的党中央，提出以党的执政能力建设和先进性建设为主线，着力加强党的各项建设，对作风建设进行了新的探索和创新。坚持发扬党的优良作风，密切党群血肉联系，加强反腐倡廉建设，及时整治党风建设中存在的突出问题，党的作风建设进入到科学发展、全面发展的新阶段。我们现在讲三大作风，应该是以"理论联系实际，密切联系群众，批评与自我批评"为主体，包含各个时期充实和发展内容在内的党的优良作风的统称。

三大作风是党攻坚克难的强大武器。90多年来，在每一个重大危急的历史关头，为什么党总能站立在时代潮头，正确判断形势，作出科学决策？根本原因就在于掌握了先进的马列主义的科学理论，并自觉用于指导实践。同时，党更注重从实践中总结和发展理论，先后形成了毛泽东思想、邓小平理论、"三个代表"重要思想和科学发展观等重大理论成果。坚持用这些理论武装全党、指导实践，带领全国各族人民取得了一个又一个胜利。党90多年的全部历史，就是一部密切联系群众，不断从群众实践中汲取力量和智慧的历史。正是靠着千百万群众的拥护和支持，党才得以生存和不断发展壮大，推翻"三座大山"，建立新中国，建立社会主义政权，完成社会主义改造，进行社会主义建设，开创了前所未有的改革开放伟业，走上了中国特色社会主义的道路。人民群众是创造历史和推动历史前进的动力所在，依靠群众、为了群众，始终保持同群众的血肉联系是党保持先进性、纯洁性的精神动力和力量源泉。坚持批评与自我批评是党吸取教训、修正错误、自我调整、自我纯洁的有力武器。1927年的八七会议、1935年的遵义会议，1942年的延安整风，1962年的"七千人大会"、1978年的十一届三中全会等，都是很好的例证。

特别是党在1945年的六届七中全会和1982年的十一届六中全会上，分别作出的两个关于历史问题的决议，更是纠正错误，开展批评与自我批评的典范。坚持以马克思主义态度对历史进行了回顾和总结，用实事求是的方法对党的主要领导人进行了客观的评价，实践证明是正确的，是顺应党心和民心的。改革开放以来，我们党先后查处了一些腐败变质的领导干部，这也是我们党清除腐败，保持先进、纯洁队伍的表现，得到了广大群众的热烈拥护和支持。三大作风是党的生命力、战斗力、号召力、凝聚力的坚实基础，是党始终保持先进性和纯洁性的重要原因，是党领导全国各族人民取得伟大胜利的强大武器。

二、三大作风是党保持先进性和纯洁性的根本保证，丢弃了三大作风党有腐败变质的危险

20 世纪 90 年代前后，世界上一些在社会主义国家执政的大党、老党纷纷解散或者下台，原因是多方面的，但是在执政过程中滋生严重的腐败，丧失人民信任和支持是重要的原因。我们党正反两方面的历史也一再证明，三大作风与党所走的道路、实施的方针政策是紧密相连的，什么时候放松了对三大作风的要求和落实，党的工作就会出现失误，事业就会遭受挫折。我们党是长期执政的马克思主义政党，经过 90 多年的发展，已经成为拥有 8000 多万名党员，领导 13 亿多人的执政大党。"打江山难守江山更难"，建好、管好这样一个大党的任务是十分艰巨的。如何继续保持党的先进性和纯洁性，巩固执政地位，完成执政使命，是摆在全党面前的一个大课题。坚持党的优良传统，继续弘扬三大作风，就是破解这个课题的答案。就党的现状来讲，三大作风在一些方面不是加强了而是削弱了，存在着一些不容忽视的问题：

一是理论脱离实际导致信念不坚、能力不足。共产主义理想信念的动摇和信仰的缺失是党的建设中最迫切的问题，根源就在于理论与实际的脱节。首先是理论上不学不通。很多党员干部不重视学习理论，对马列主义、毛泽东思想和中国特色社会主义理论不懂不通，对中国特色社会主义道路认识模糊，对什么是社会主义、什么是资本主义界限不清，只是一窝蜂地跟着喊口号、贴标签；有的对党的理论产生了怀疑，信奉西方的"自由民主"和价值观，什么都是外国的好，一谈改革就要向外国看齐；甚至有人公开鼓吹否定党的历史，否定党的领导；有的不信马列信鬼神，热衷于求神问佛、算命占卜。在个别地方，基层党组织的凝聚力和号召力还赶不上一些民间社团、宗教团体。其次是实际上不懂

不会。一些地方党委领导不愿意抓思想抓组织，认为都是虚的。热衷于抓财权抓人权。重视引进多少资金，上了多少工程，喜欢调整干部，用自己的人。党的组织涣散了，党员思想滑坡了，却视而不见。有的领导不研究本地区本部门实际，空喊科学发展观，盲目照搬外国外地经验，瞎指挥乱指导；有的一味追求发展速度，虚报 GDP 数字，弄虚作假，欺上瞒下；有的为了短期的业绩，不惜破坏环境，占用耕地，透支资源。这样的领导干部，为官一任，耽误一任；为官一方，祸害一方。信念不坚，能力不足，严重地影响了党的方针政策的贯彻执行，损害党的先进性和党组织的凝聚力。

二是严重脱离群众导致党群对立、矛盾激化。党的最大政治优势是密切联系群众，党执政后的最大危险是脱离群众。这些年，因为土地征用、房屋拆迁、医疗纠纷、劳资纠纷等原因，造成群体性事件和恶性案件接二连三，矛盾越来越发生在政府和群众之间，这是非常危险的。群众的力量是不能轻视的，突尼斯、埃及等国家因群众运动而导致执政多年的领导人下台，政权更替。我们应该从中吸取教训。群众为什么要选择极端的路子呢？就是因为他们通过正常的渠道解决不了问题，被逼得无路可走。个别党员干部严重脱离群众，他们把群众视为刁民和不稳定因素。群众来找时态度冷漠、拒之千里；群众上访时围追堵截、报复打压；有重大活动时封锁软禁，甚至动不动就派武警镇压，完全是对待敌人那一套。这样能解决好问题，能让群众满意吗？人民把党推上了执政地位，我们手中的权力是人民给的，是用来为人民服务的。这本来是很基本的道理，但是少数领导却不这么看。在他们的脑子里，职务是上级任命的，权力是领导给的。不但不考虑为人民谋利益，还要想方设法坑民害民榨油水。有的人打着市场经济的招牌，钻到钱眼里出不来，"为人民服务"变成了"为人民币服务"。有利的事情想方设法，无利的事情推诿扯皮。中央提出的很多政策为什么贯彻中走了样？群众反映强烈的问题为什么迟迟不改？就是个人利益、部门利益、地区利益在作怪。一旦权力变成了牟取私利的工具，领导干部就会变成特殊利益集团，就必然会失去群众的支持和信任。基础不牢，地动山摇。违背了群众利益，失去了民心支持，社会稳定就没有了基础。这是非常危险、非常可怕的!

三是丢弃批评与自我批评导致党纪松弛、腐败滋生。毛泽东说过,扫帚不到,灰尘不会自己跑掉。批评与自我批评就是党清除各种"灰尘"的有力武器。我记得以前过组织生活,从领导干部到普通党员,大家都只讲缺点和不足,不摆成绩、讲功劳。本着一颗公心,批评别人指名道姓,自我批评检讨深刻。每一次组织生活都是一次深刻教育。但是长期以来,批评和自我批评的作风不讲了。现在有些党员干部个人主义、好人主义严重,怕影响进步不敢批评领导,怕影响关系不敢批评同事,自己不干净更不敢批评别人。有的领导是只肯定不批评,出了天大的问题,也讲大局是好的,成绩是主要的,睁着眼睛说瞎话。不少党组织缺乏严格的民主生活,没有认真的批评与监督,造成党员素质参差不齐,党的组织软弱涣散,党内歪风邪气丛生。一些领导干部在错误的道路上越走越远,越陷越深。很多腐败分子在分析走上歧途的原因时,都异口同声地说,"听不到不同意见","没有人监督"。"阳光是最好的防腐剂"。防止腐败的"阳光"就是敢于公开、敢于接受监督和批评。如果党内没有批评和监督,没有正常的积极的思想斗争,党的自我更新、净化能力就没有了,生命也就停止了,党的先进性、纯洁性就只能是一句空话。我们反对"文革"式、运动式的斗争,但不能一团和气,你好我好,完全没有批评和斗争。对于败坏党的风气、违反党的原则的现象和行为,必须作坚决的斗争。

胡锦涛在庆祝建党 90 周年大会讲话中,提出党面临着执政考验、改革开放考验、市场经济考验和外部环境考验,强调:"精神懈怠的危险,能力不足的危险,脱离群众的危险,消极腐败的危险,更加尖锐地摆在全党面前,落实党要管党、从严治党的任务比以往任何时候都更为繁重、更为紧迫。"振聋发聩,令人深思。我们千万不能忘记,西方敌对势力亡我之心不死,一刻也没有放松对我们的渗透和颠覆。我感到,中国共产党作为中国特色社会主义事业的领导核心,要应对这些考验和危险,始终保持党的先进性和纯洁性,就必须深入坚持和发扬党的三大作风。否则,党就会变质,政权就会垮台,应当百倍警惕。

三、三大作风是党保持先进性和纯洁性的具体体现，在新的历史条件下必须更好地坚持和弘扬

党的作风是看得见摸得着的，是群众对党进行评价的依据和参照，影响着党在群众心目中的形象和威信。党的先进性和纯洁性都是通过党的各级组织和党员干部的作风来体现的。当前，我国正处在新的历史发展时期，我们党肩负着带领全国人民建设中国特色社会主义的伟大历史重任，面对复杂多变的国际形势和艰难繁重的改革任务，我们必须更好地坚持和弘扬三大作风，加强党的自身建设，永葆党的先进性和纯洁性。

有必要在全党开展扎扎实实的三大作风教育。随着党的不断发展壮大，现在党内70后、80后甚至90后年轻党员干部的比例越来越大，职务也越来越高。他们文化高，眼界宽，工作积极有热情，但实践经验少，理论基础弱。特别是没有经历过艰难困苦和复杂斗争的考验，在改造主观世界、加强作风建设方面需要进一步的提高。这些年，我们搞过不少教育整顿，但很多都流于形式，没有触及灵魂，没有解决根本问题。党有必要开展长期的扎扎实实的教育整顿，以弘扬三大作风。用马列主义、毛泽东思想和中国特色社会主义理论武装全党，用科学发展观统领全党，真正端正党员干部的价值观和政绩观，统一思想，纯洁组织。采用批评与自我批评的方法，坚持讲真话、讲实话、讲群众语言，反对讲大话、讲假话、讲空话、讲套话；坚持讲党性、讲原则、讲公正，反对搞自由主义、个人主义、本位主义；坚持讲政治、顾大局、守纪律，反对闹纠纷、拉山头、搞分裂。弘扬三大作风不能搞运动式的一阵风，重要的是靠经常性养成、靠制度保障，要结合当前任务和党的建设，长期抓、长期建，在党内形成一种氛围，成为党员干部的自觉行动。

坚持和弘扬三大作风领导干部必须率先垂范。榜样的力量是无穷的。现在为什么有的群众很怀念新中国成立初期？怀念毛泽东、朱德、

周恩来、刘少奇等老一辈领导人？就是因为他们从革命实践中走来、从人民群众中走来，他们吃苦在前、享乐在后，清正廉洁、心系人民。他们是党的先进性和纯洁性的具体表现和突出代表。应当说，现在我们党的领导干部整体素质、整体形象是好的。但在部分领导干部身上，还存在着不正之风和消极腐败现象。腐败是最大的危险，腐败不除就会人亡政息。这些年，随着经济的发展，查处的腐败分子级别越来越高，涉案数额越来越大，令人触目惊心。官商勾结，官商一体。有的领导干部台上作报告，台下搞腐败；有的官员威信低，群众反映差，却能不断提拔；有的官员案发前早就是"裸官"，但各级领导和组织却发现不了。出了那么多问题，有没有哪个领导出来承担一点责任？现在还有没有哪个领导干部敢拍着胸脯说"看我的"？作风问题的关键在领导表率。党的领导干部特别是高级干部位高权重，影响范围大，树立什么样的形象，践行什么样的作风，在广大党员中具有很强的导向作用，对人民群众也有强烈的辐射作用。高级干部如果变质腐败，对党的形象和威信造成的损害是不可估量的。我们讲选拔干部要德才兼备、以德为先，作风问题就是识别干部能力素质的重要方面。三大作风的贯彻落实，关键是抓头头、头头抓，一级抓一级，一级带着一级干，一级做给一级看，形成良好的氛围。就全党来讲，主要是抓好县团以上领导干部，就中央来说，重点是抓好省部级以上领导干部。只有领导干部做出表率，才能带动和凝聚广大人民群众共同奋斗，推动党的事业不断前进。

坚持和弘扬三大作风必须处理好几个方面的关系。三大作风关系到人心向背，关乎党的生死存亡，要引起高度重视。在坚持和弘扬三大作风中，必须坚持立党为公、执政为民，处理好几个方面的关系：一是处理好主观愿望与客观实际的关系。应该说，我们很多政策的出发点是好的，主观愿望是好的，但往往事与愿违、适得其反，甚至受到规律的惩罚。比如在发展中一味地追求同国际接轨，违背科学规律大干快上等做法，都是在"拔苗助长"，主观愿望脱离了客观实际。在新的历史发展时期，我们必须坚持实事求是，坚持调查研究，做到主观和客观相统一，制定出科学的、符合实际的方针政策，才能使党的事业沿着正确的轨道前进。二是处理好党的利益与个人利益的关系。我们党从来不否认党员有个人利益、实现个人价值。但有些党员干部把追求不合理甚至非法的个人利益放在第一位，甚至与民争利、以权谋私，这与党的原则是相背离的。处理好党的利益与个人利益的关系，是每一个党员干部时刻面临而且需要终身面对的重大考验。也可以说，在发展社会主义市场经济过程中，涉及利益分配和利益调整中的表现，已经成为检验党的先进性和党员干部素质最明显的客观尺度。三是处理好批评与自我批评和党的团结的关系。我们所讲的党的团结，是建立在党性原则基础上，以良好的党风党纪为前提的团结，而不是你好我好，不讲原则的一团和气。那种讲哥们义气讲私情不讲党性，讲关系不讲原则等不良风气，严重损害了党的内部团结。我们要本着"团结——批评——团结"的原则，以自我批评为主体，以相互批评为手段，大力发扬批评与自我批评的优良作风，做到敢于坚持党性原则，敢于承担责任，敢于接受群众监督，来营造党内风清气正、团结奋进的良好氛围。四是处理好作风继承与创新的关系。党的先进性和纯洁性不是与生俱来的，也不会一劳永逸。保持先进性和纯洁性是党的建设的永恒主题。我们在坚持继承三大作风的同时，要努力培育符合时代要求的新作风，在继承中创新，在创新中发展，大力弘扬和展示新时期共产党人的风范，让党的优良作风历久常新，焕发出时代的活力和光芒。这样党才能始终保持先进性和纯洁性，才能战胜各种危险和挑战，永远立于不败之地。

（作者系济南军区原政委、上将）

建设马克思主义学习型党组织
是党的优良传统

梁　柱

倡导学习，自觉学习，是我们党在长期斗争中形成的一个优良传统。当前，全党致力于建设学习型党组织的活动，正是对这一优良传统的弘扬并使之成为制度化的组织建设，具有长远的战略性意义。建设学习型组织，需要我们学习的方面很多，但对于广大共产党员，特别是党的领导干部来说，最重要、最基本的要求，是要学习马克思主义，提高自己的理论素质。这不仅关系到共产党人的政治品格和政治方向，而且也关系到自己为人民服务的工作能力的培育和工作水平的提高。我们要充分认识在全党倡导学习马克思主义理论的极端重要性。

一、学习和掌握马克思主义理论是党的性质
　　和历史使命的内在要求

毛泽东 1938 年就向全党提出这样的要求："在担负主要领导责任的观点上说，如果我们党有一百个至二百个系统地而不是零碎地、实际地而不是空洞地学会了马克思列宁主义的同志，就会大大地提高我们党的战斗力量，并加速我们战胜日本帝国主义的工作。"[①] 在这里，把真正弄懂马克思主义同增强党的战斗力、实现党所担负的历史任务联系在一

---

① 《毛泽东选集》第 2 卷，人民出版社 1991 年版，第 533 页。

起，深刻说明了学习科学理论的重要意义。毛泽东当年提出的这一要求，在今天也仍然有着现实而紧迫的意义。

中国共产党是按照马克思主义的基本原则建立起来的工人阶级的政党。工人阶级政党的先进性和生命力在于指导思想的正确性。恩格斯说过："我们党有个很大的优点，就是有一个新的科学的观点作为理论的基础。"① 这一新的科学的观点，就是由《共产党宣言》所奠定的共产主义的世界观，马克思主义就是它的完整的理论形态。不同于以往的思想理论，马克思主义是很朴素的真理，它所创立的新世界观的原理，是从人们赖以生存的物质条件出发，是从客观世界中，特别是从革命运动的历史和现实的经验中概括出来的反映普遍真理的科学体系；它用唯物史观阐明了社会发展规律，揭示了物质生产在历史进程中的决定性作用，指明了生产力和生产关系、经济基础和上层建筑的相互关系以及阶级斗争在阶级社会发展中的重要作用。

正是从唯物史观出发，马克思、恩格斯得出了资产阶级的灭亡和无产阶级的胜利是同样不可避免的结论。这种理论的彻底性，使它真正代表了无产阶级和劳动人民的利益，成为摧毁旧制度、创造新社会的行动指南。这是历史上任何思想体系所无法比拟的科学理论。同时，马克思主义理论源于实践又善于在革命实践中不断丰富和发展，是开放的、不断发展的体系。列宁说过，马克思主义与其他一切社会主义理论不同，它精妙地结合着两种特点：一方面是完全用科学冷静的态度来分析客观情势与客观进化行程，另一方面是坚决地承认群众所表现的革命毅力、革命创造性和革命首创精神的意义。这使得这新世界观具有无限的创造活力。

在近代历经苦难的中国人民，正是在科学理论和社会价值目标内在统一的层面上接受马克思主义的，并把它作为新的世界观加以运用。中国人民在近代百年苦难、百年奋斗中，由于缺乏科学理论的指导，经历了无数艰难曲折，吃尽了种种苦头。只有马克思主义传入中国之后，才改变了这种局面。李大钊作为在中国传播马克思主义的第一人，一开始

---

① 《马克思恩格斯选集》第 2 卷，人民出版社 1995 年版，第 39—40 页。

他就努力运用这一理论来观察中国社会和中国革命的实际问题，就比较正确地总结中国革命的历史经验，初步指明中国革命是世界革命的一部分、帝国主义是中国人民的最主要敌人、无产阶级是民主革命的先锋、农民是最伟大的革命力量，以及知识分子要同工农相结合这样一些带根本性的问题，充分显示了马克思主义理论所表现出来的巨大威力，回答了百年革命斗争不能加以科学回答的问题。正因为这样，在当时众说纷纭的救国方案和众多的社会主义思潮中，科学社会主义以自己特有的魅力脱颖而出，很快为中国人民所认识和接受。所以，中国革命、建设和改革的历史证明，只有以马克思主义理论为指导，党才能始终体现时代性，把握规律性，富于创造性；党才有可能在革命和建设中判明局势，了解周围事变的内在联系，预察事变的进程，不仅洞察事变在目前怎样发展和向何处发展，而且洞察事变在将来怎样发展和向何处发展。从我们党的战斗历程来看，正是随着马克思主义理论水平的不断提高，使它逐步地走向成熟，使自己有能力排除"左"的和右的错误倾向的干扰，在一个情况特殊而复杂的东方大国里，能够正确处理党的最高纲领和最低纲领的辩证统一关系，既立足于完成现实的任务，又为将来向更高的阶段发展准备条件，从而带领群众从胜利走向胜利。

很显然，如果没有正确理论的武装，就会像列宁警告的那样，党会"失去生存的权利，而且不可避免地迟早注定要在政治上遭到破产。"[①]正是基于这种对理论重要性的认识和自觉，我们党成立以来就把学习、运用和发展马克思主义作为自己的第一生命，并在曲折的发展中，形成了重视学习、善于学习的优良学风。这是我们在新的历史条件下必须加以发扬光大的革命传统。

今天，历史赋予我们党通过社会主义道路实现国家富强、人民共同富裕的光荣使命。这使我们党面临着长期执政的考验，因而提高党的领导水平、执政能力和抵御各种风险的能力就成为一个重要的问题。这就要求我们要更加自觉地学习马克思主义，提高全党的马克思主义水平。毛泽东十分赞赏斯大林"没有预见就没有领导"的提法，他甚至强调

---

① 《列宁全集》第6卷，人民出版社1986年版，第367页。

"没有预见就没有一切"。他说："坐在指挥台上，如果什么也看不见，就不能叫领导。坐在指挥台上，只看见地平线上已经出现的大量的普遍的东西，那是平平常常的，也不能算领导。只有当着还没有出现大量的明显的东西的时候，当桅杆顶刚刚露出的时候，就能看出这是要发展成为大量的普遍的东西，并能掌握住它，这才叫领导"①。他不止一次地引用楚国宋玉《风赋》中的一句话："夫风生于地，起于青萍之末，侵淫溪谷，盛怒于土囊之口"。说明风有小风、中风、大风之分，而"'起于青萍之末'的时候最不容易识别，我们这些人在一个时候也很难免"。教育干部要"有识别风向的能力"。这是党的领导干部应当具备的能够统领全局、把握正确方向、预见发展前程的能力，是我们党的事业所要求的领导水平。而要做到这一点，只靠个人的才学是不够的，要借助马克思主义这一望远镜和显微镜。

毛泽东说："在很长的历史时期内，大家对于社会的历史只能限于片面的了解，这一方面是由于剥削阶级的偏见经常歪曲社会的历史，另一方面，则由于生产规模的狭小，限制了人们的眼界。人们能够对于社会历史的发展作全面的历史的了解，把对于社会的认识变成了科学，这只是到了伴随巨大生产力——大工业而出现近代无产阶级的时候，这就是马克思主义的科学。"② 有了科学理论的武装，就能够站得高，看得远，就能够把握现在，预见未来。所以，邓小平在新的历史时期同样强调：只有学习、熟悉马克思主义基本原理，才能有助于"加强我们工作中的原则性、系统性、预见性和创造性。只有这样，我们党才能坚持社会主义道路，建设和发展有中国特色的社会主义，一直达到我们的最后目的，实现共产主义"③。

共产党人的坚定信念，是奠定在科学理论基础上的理想信念，是一种对真理的信仰、科学的信仰。共同的理想信念是党内团结的基础，是党具有强大战斗力的力量源泉。毛泽东十分强调党内要有共同语言，有

① 《毛泽东著作专题摘辑》（上），中央文献出版社 2003 年版，第 341 页。
② 《毛泽东选集》第 1 卷，人民出版社 1991 年版，第 283－284 页。
③ 《邓小平文选》第 3 卷，人民出版社 1993 年版，第 147 页。

了共同语言才会有团结的基础。他说，要学马克思主义，才有方法，才有共同语言。这是千真万确的真理，对于我们今天面临着复杂多变的世情和国情来说尤为重要。事实证明，理论的坚定是政治坚定的基础，只有正确掌握马克思主义的世界观、方法论，才能把握历史的主动，坚定不移地推进中国特色社会主义事业；才能在各种社会思潮中明辨是非，坚定党的立场；才能在改革开放和市场经济的考验中，有力地抵制各种诱惑，拒腐防变，永远保持共产党人的本色。值得注意的是，在改革开放和现代化建设取得重大胜利的今天，党内外却出现了相当严重的理想失落的现象。

其中的原因是多方面的。就国内来说，由于我国还处在社会主义初级阶段，经济文化和科学技术相对落后，在对外开放和建立社会主义市场体制的过程中，一些错误的思潮的泛起和思想政治工作的薄弱，使许多人的人生观、价值观和历史观被严重扭曲，社会上弥漫着腐臭的金钱至上的不健康的氛围。加上苏东剧变后国际上出现的西强东弱的总体态势，也使得社会主义"失败论"、马克思主义"过时论"、共产主义"渺茫论"还有很大的市场，会影响到我们党内来。在这种历史背景下，一些共产党员背离了为人民服务的根本宗旨，热衷于追逐"官帽"，不择手段地窃取国家资财。腐败不但使一些人的党的观念丧失殆尽，甚至连国家和民族的基本观念也化为乌有。这种腐败现象出现的原因是多方面的，但也毋庸讳言，这同我们党多年来对理论建设重视不够、理想教育缺失是相关联的。邓小平曾指出："不注意学习，忙于事务，思想就容易庸俗化。如果说要变质，那末思想的庸俗化就是一个危险的起点。"①

总之，面对执政考验、改革开放考验、市场经济考验、外部环境考验，我们比以往任何时候都更加需要学习马克思主义理论，发扬我们党的这个重要的政治优势。

---

① 《邓小平文选》第 1 卷，人民出版社 1993 年版，第 316 页。

二、学习和掌握马克思主义是推进
马克思主义中国化的前提

把马克思主义的普遍真理同我国的具体实际结合起来，这就是我们党必须遵循的实事求是的思想路线。党正是坚持了这样的思想原则，克服了教条主义的错误倾向，形成了毛泽东思想，取得了新民主主义革命的胜利，适时地在中国确立了社会主义制度，并取得社会主义建设的巨大成就。党的十一届三中全会以后，我们党坚持和发展了实事求是的思想路线，实行改革开放，创立了中国特色社会主义理论体系，在世界社会主义运动跌入低谷的大环境下，我国出现了令世人瞩目的经济繁荣、欣欣向荣的局面。这充分显示了马克思主义中国化的巨大生命力。

在延安整风运动中，毛泽东就指出："我们反对主观主义，是为着提高理论，不是降低马克思主义。我们要使中国革命丰富的实际马克思主义化"，要"宣传创造性的马克思主义"[1]。这表明，毛泽东是始终重视理论的，只是反对那种空洞的理论，脱离实际的理论。这正如他在1930年《反对本本主义》一文中所指出的："马克思主义的'本本'是要学习的，但是必须同我国的实际情况相结合。我们需要'本本'，但是一定要纠正脱离实际情况的本本主义。"[2] 他这时就把这种理论联系实际的学风，称为"从斗争中创造新局面的思想路线"。由此可见，把理论与实际、坚持与发展、学习与创新有机地结合起来，是毛泽东正确对待马克思主义的一贯的态度。在1938年10月召开的中共六届六中全会上，毛泽东提出了"普遍地深入地研究马克思列宁主义的理论的任务"[3]，要求把学习理论同研究历史、研究现状结合起来，使"马克思

---

① 《毛泽东文集》第2卷，人民出版社1993年版，第374页。
② 《毛泽东选集》第1卷，人民出版社1991年版，第111—112页。
③ 《毛泽东选集》第3卷，人民出版社1991年版，第533页。

主义在中国具体化"①。他指出：这个任务，"对于我们，是一个亟待解决并须着重地致力才能解决的大问题"②。

党的历史给了我们这样的启迪：坚持马克思主义中国化的方向，是党的生命线，而马克思主义中国化，是马克思主义的普遍真理同中国实际的统一。因而坚持马克思主义的普遍真理，坚持马克思主义的基本立场、观点和方法，是实现马克思主义中国化的前提；如果离开了这个基点，所谓的中国化就会走入歧途。毛泽东从我们党的状况出发，指出："我们比较缺乏的是马、恩、列、斯的理论，我们党的理论水平低，虽然也翻译了很多书，可是实际上没有对马、恩、列、斯著作做很好的宣传。"他说："我们请他们来不是做陪客的，而是做先生的，我们做学生。对科学的东西不能调皮。"③ 毛泽东不仅自己坚持不懈地学习马列著作，而且积极推动全党学习理论，他先后为党内学习理论开列过 5 本、12 本和 30 本马列著作的阅读书目。20 世纪 40 年代，毛泽东倡导 12 本干部必读书时曾说："现在积二十多年之经验，深知要读这十二本书，规定在三年之内看一遍到两遍。对宣传马克思主义，提高我们的马克思主义水平，应当有共同的认识，而我们许多高级干部在这个问题上至今还没有共同的认识。如果在今后三年之内，有三万人读完这十二本书，有三千人读通这十二本书，那就很好。"④ 可谓语意恳切感人，殷切期望跃然纸上。毛泽东深知，如果不读马、列，不倡导读马、列，那对党来说是十分危险的。1970 年在庐山召开的党的九届二中全会上出现林彪、陈伯达"称天才"的语录闹剧，欺骗了不少同志。毛泽东曾对此痛心地指出："现在不读马、列的书了"，"没有读过，就上这些黑秀才的当"。"我党多年来不读马、列，不突出马、列，竟让一些骗子骗了多年"。他特别提出："这个教训非常严重，这几年应当特别注意

---

① 《毛泽东选集》第 2 卷，人民出版社 1991 年版，第 534 页。
② 《毛泽东选集》第 2 卷，人民出版社 1991 年版，第 533 页。
③ 《毛泽东文集》第 5 卷，人民出版社 1996 年版，第 260 页。
④ 《毛泽东文集》第 5 卷，人民出版社 1996 年版，第 261 页。

宣传马、列。"①

永远记取这样的历史教训，切实加强理论学习，对我们来说是十分重要的。马克思主义中国化的历史进程表明，只有认真学习、真正弄懂马克思主义理论，才能发挥它作为指导思想的作用，也才能在实践中发展它。我们党的基本纲领、基本路线和基本方针，都体现了马克思主义的基本原理同中国实际的统一，党的十七大对中国特色社会主义道路和中国特色社会主义理论体系就作了这样科学的定位：中国特色社会主义的道路既坚持了科学社会主义的基本原则，又根据我国实际和时代特征赋予其鲜明的中国特色；中国特色社会主义理论体系既坚持了马克思主义的普遍真理，又使之在中国在当代的运用中得到创新发展，成为中国化的马克思主义，这些都体现了上述两个方面的统一。因此，我们既要立足中国的实际，又要掌握好马克思主义理论，这样才能全面理解和贯彻党的基本路线和基本方针，推动中国特色社会主义事业向前发展。

以上表明，我们坚持马克思主义的思想路线，首先就要弄懂马克思主义，特别是要掌握马克思主义的立场、观点、方法，重要的是把自己思想方法搞对头。毛泽东十分重视党内的思想方法问题，这是因为中国社会和我们党的特点，使得小资产阶级以主观性、片面性为特征的思想方法在党内有很大的市场，党经历过的教条主义错误就是这种思想方法的突出表现。我们知道，党担负着领导中国革命的历史使命，而实现这种领导作用的关键，是要有一条正确的政治路线，因而用什么样的方法去观察和判断客观事物是关系到路线能否正确的一个根本性问题。那种用主观的、片面的思想方法观察形势，决定政策，其结果必然是主观与客观相分离，理论与实际相脱节，这就成为党内发生"左"的和右的错误的认识根源。

所以，是从中国的实际出发还是用教条主义的态度对待马克思主义，就成为解决我们党的思想路线的一个关键问题。陈云是我们党内一位老一辈无产阶级革命家，他学习理论锲而不舍，始终如一。他回忆

---

① 《毛泽东传（1949—1976）》（下），中央文献出版社 2003 年版，第 1580 – 1581、1589 页。

说："在延安，我当中央组织部长的时候，毛主席先后三次当面同我谈过，要学哲学，还派教员来帮助我们学习。"① "我曾以为自己过去犯错误是由于经验少。毛主席对我说，你不是经验少，是思想方法不对头。他要我学点哲学。过了一段时间，毛主席还是对我说犯错误是思想方法问题，他以张国焘的经验并不少为例加以说明。第三次毛主席同我谈这个问题，他仍然说犯错误是思想方法问题。"这使他认识到，要把思想方法搞对头的重要性。从此以后，他无论是在革命、建设还是改革的不同时期，都积极在党内倡导学习马列，强调要把思想方法搞对头。他指出："领导同志要学点哲学。不要怕人家说马克思主义哲学过时了，没有过时，永远也不会过时。无论工作如何忙，也要抽点时间学习。"②

他还以自己学了哲学终身受益的感受强调："在党内，在干部中，在青年中，提倡学哲学，有根本的意义。现在我们的干部中很多人不懂哲学，很需要从思想方法、工作方法上提高一步。只有掌握马克思主义哲学，思想上、工作上才能真正提高"③。"要把我们的党和国家领导好，最要紧的，是要使领导干部的思想方法搞对头，这就要学习马克思主义哲学"。陈云殷切希望党的高级干部都来学哲学，并且把这个学习看成是工作的一部分，也是自己的一项责任。他说："在新的形势下，全党仍然面临着学会运用马列主义、毛泽东思想的立场、观点、方法分析和解决问题这项最迫切的任务"④。这对于我们在新的历史条件下坚持以科学的理论武装自己，建设马克思主义学习型的政党，是富有启迪意义的。

三、学习马克思主义重在坚持和自觉

学习，是每一个共产党员的责任。特别是党的中高级领导干部，不

① 《陈云文选》第 3 卷，人民出版社 1995 年版，第 360 页。
② 《陈云年谱》下卷，中央文献出版社 2000 年版，第 412 页。
③ 《陈云文选》第 3 卷，人民出版社 1995 年版，第 285 页。
④ 《陈云文选》第 3 卷，人民出版社 1995 年版，第 360、362 页。

但要成为本部门的行家里手，而且还首先应该是一个政治家，只有这样才能深刻理解党的事业和自己所担负的历史使命，才能承担起一个方面的领导责任；而没有深厚的理论修养的政治家，是不可想象的。开国上将张爱萍晚年回忆自己的战斗历程时，讲述了生平唯一的一次"走麦城"：1936年，他率骑兵团在陕北青阳岔遭敌伏击，战马损失三分之一，受到撤职处分，随后毛泽东送他到红军大学学习。

他回顾这段经历时说："在上红军大学之前，我最多只是个战术家，但从那以后，我应该是个战略家了。这不是自夸，毛泽东说，红军将领都要成为战略家，就是一个小小游击队长也是一个战略家。因为游击队是在一个独立的地区作战和发展的。作为一个游击队指挥员，胸中要有全局。正是红军大学，使我系统地接受了毛泽东思想，对中国革命的道路、前途、战略有了更深刻的理解。在以后的战争中我再也没有失败过，条件再艰难我都有信心战胜。就是在瓦窑堡，就是从毛泽东那里，我懂得了这个道理"。这生动地说明了只有用先进的理论武装才能发挥先进战士的作用，是富有启迪意义的经验之谈。

学习和掌握马列，建设马克思主义学习型党组织，是党的一种常态，是自觉的并使之制度化的党的建设的一个核心内容。它不是搞一阵子，更不能搞花架子，而是要扎扎实实、持之以恒地作为一项系统工程进行下去。学习马克思主义可以有多种途径，但最重要、最基本的是要倡导读书，特别是读原著。1938年毛泽东就号召"来一个全党学习竞赛"。他不但自己带头学，而且带动周围同志一起学。在民主革命和社会主义建设时期，毛泽东、周恩来、刘少奇、陈云等都有组织读书组一起学习的传统和经验。在战争年代，对于当时干部战士中普遍存在的工作忙、看不懂的问题，毛泽东号召大家：在工作和生产的百忙中也要学会"挤"时间学习，看不懂就用"钻"的方法求得问题的了解和深化。他特别强调学习要不畏难，他曾形象地说，可以把推荐的五本书装在干粮口袋里，打完仗后，就读它一遍或者看它一两句，没有味道就放起来，有味道就多看几句，七看八看就看出味道来了。一年看不通看两年，如果两年看一遍，十年就可以看五遍，每看一遍在后面记上日子。这个方法可以在各个地方介绍一下。他还指出："学习一定要学到底，学习的最大敌人是不到'底'。自己懂了一点，就以为满足了，不要再学习了，这满足就是我们学习运动的最大顽敌。""我们相信，我们采取学到底的方针，一定可以克服自满的坏现象。"①

他把这样无止境的学习制度称作"无期大学"，无论什么地方，无论什么人，只要活着就可以进入这所大学，"要把全党变成一个大学校"。当然，今天也存在忙的问题，但各方面的条件比战争年代要好上千百倍，读书的时间是不会少的，问题在于要有自觉。我们党的学习经验表明，只要领导带头，积极倡导，形成制度，培养典型，积累经验，就一定能够蔚然成风，收到实效。如果在一个期间内，能够有计划地通读一遍新近出版的《马克思恩格斯文集》10 卷本、《列宁专题文集》5卷本，下工夫弄通其中重要的篇章，就会大大提高自己的理论修养，也会更深刻地理解中国特色社会主义事业。

学习马克思主义，还要贯彻理论联系实际的方针。毛泽东指出："学习马克思主义，不但要从书本上学，主要地还要通过阶级斗争、工作实践和接近工农群众，才能真正学到。"② 他特别强调："对于在职干部的教育和干部学校的教育，应确立以研究中国革命实际问题为中心，以马克思列宁主义基本原则为指导的方针，废除静止地孤立地研究马克思列宁主义的方法。"③ 应当说，联系实际是多方面的，但就客观实际来说，要特别重视以下两个重要途径：

一是调查研究。坚持马克思主义中国化的方向，就必须把调查研究作为马克思主义的基本原理同中国的实际相结合的中间环节和桥梁。实事求是即理论联系实际的原则，也就是要从中国社会实际和中国革命与建设实际出发，创造性地运用马克思主义的基本原理，而调查研究则是达到实事求是的根本方法。毛泽东认为，"共产党的正确而不动摇的斗争策略，绝不是少数人坐在房子里能够产生的，它是要在群众的斗争过程中才能产生的，它是要在实践经验中才能产生的。因此，我们需要时

① 《毛泽东文集》第 2 卷，人民出版社 1993 年版，第 184、185 页。
② 《毛泽东文集》第 7 卷，人民出版社 1999 年版，第 273 页。
③ 《毛泽东选集》第 3 卷，人民出版社 1991 年版，第 802 页。

时了解社会情况，时时进行实际调查"① 他指出："现在我们很多同志，还保存着一种粗枝大叶、不求甚解的作风，甚至全然不了解下情，却在那里担负指导工作，这是异常危险的现象。对于中国各个社会阶级的实际情况，没有真正具体的了解，真正好的领导是不会有的。"②

他提出了"没有调查研究就没有发言权"③ 这一振聋发聩的警示。毛泽东不仅把调查研究看作是党必须遵循的工作路线和工作方法中不可或缺的一个重要方面，而且把调查研究提到洗刷唯心精神，防止一切机会主义、盲动主义错误的哲学高度来认识。他强调要"使同志们知道离开了实际情况的调查，就要堕入空想和盲动的深坑"④。他严肃指出："许多同志都成天地闭着眼睛在那里瞎说，这是共产党员的耻辱，岂有共产党员可以闭着眼睛瞎说一顿的吗？"⑤

正因为这样，在延安整风运动中，毛泽东把调查研究作为转变党的作风的基础一环来加以提倡。应该说，从中国革命的实际出发，在调查研究中求得真知，是毛泽东领导方法的一大特色，是我们共产党的优良传统。毫无疑义，调查研究的过程，也是我们学习和运用马克思主义的立场、观点、方法的过程；而深入实际的过程，也必然会加深我们对马克思主义理论的理解和掌握。

二是善于总结经验。如果说调查研究是党制定正确的方针政策的必不可少的前提，那么在政策实行过程中，不断总结实践中的经验，就是保证党的行动的正确必不可少的环节。党的正确领导不是与生俱来的，而是在客观实践中不断锻炼和提高自己，自觉地克服自身的错误，在正反两方面的经验中使自己不断成熟起来。毛泽东说："善于总结经验，就是领导者的任务。"⑥

他指出，我们有两种经验，错误的经验和正确的经验。正确的经验

---

① 《毛泽东选集》第 1 卷，人民出版社 1991 年版，第 115 页。
② 《毛泽东选集》第 3 卷，人民出版社 1991 年版，第 789 页。
③ 《毛泽东选集》第 1 卷，人民出版社 1991 年版，第 109 页。
④ 《毛泽东选集》第 1 卷，人民出版社 1991 年版，第 109 页。
⑤ 《毛泽东选集》第 1 卷，人民出版社 1991 年版，第 109 页。
⑥ 《毛泽东文集》第 2 卷，人民出版社 1993 年版，第 369 页。

鼓励了我们，错误的经验教训了我们。他特别反对党内那种固步自封、骄傲自满的情绪，希望每一个共产党人必须具备对于成绩与缺点、真理与错误这个两分法的马克思主义辩证思想。毛泽东特别重视反面经验的作用，他说："我们有了经验，才能写出一些文章。比如我的那些文章，不经过北伐战争、土地革命战争和抗日战争，是不可能写出来的，因为没有经验。所以，那些失败，那些挫折，给了我们很大的教育，没有那些挫折，我们党是不会被教育过来的。"① 邓小平在新的历史时期也一再强调要"注意经常总结经验"，"重要的是走一段就要总结经验"。在他看来，改革本身是一个试验和探索，"这中间一定还会犯错误，还会出问题。关键是要善于总结经验，哪一步走得不妥当，就赶快改"②。应当说，通过总结经验并把实践中的经验升华为理论，既有助于我们学习和运用马克思主义，也是推进马克思主义中国化、发展马克思主义的进程。

同时，学习马克思主义还要善于联系自己的思想实际，加强共产党员的自我修养。中国共产党是一个没有私利的党，因而能够做到坚持真理，修正错误，而批评和自我批评就是达到这个目的的最好武器。在全国胜利前夕，毛泽东在党的七届二中全会上说："我们有批评和自我批评这个马克思列宁主义的武器。我们能够去掉不良作风，保持优良作风。"③

这对于当时即将面临全国执政地位的党来说，尤其具有特殊重要的意义，是我们接受胜利的考验，继续保持"两个务必"的重要保证。事实证明，没有自我批评，党员特别是党的领导干部的自律就会成为无本之木；没有批评，监督就会成为无源之水，成为一句空话。这样党就会失去群众的信任，就会失掉自己的生命力。共产党员一定要出于公心，勇敢地开展积极的、正确的批评和自我批评，随时扫除自己身上的灰尘，自觉接受党的组织和人民群众的监督，并敢于向各种不良现象作

---

① 《毛泽东文集》第 7 卷，人民出版社 1999 年版，第 101 页。
② 《邓小平文选》第 3 卷，人民出版社 1993 年版，第 113 页。
③ 《毛泽东选集》第 4 卷，人民出版社 1991 年版，第 1439 页。

斗争。毛泽东说过："因为我们是为人民服务的，所以，我们如果有缺点，就不怕别人批评指出。不管是什么人，谁向我们指出都行。只要你说得对，我们就改正。你说的办法对人民有好处，我们就照你的办。"①

他还说："自我批评是马列主义政党的不可缺少的武器，是马列主义方法论中最革命的最有生气的组成部分，是马列主义政党进行两条战线斗争的最适用的方法，而且在目前则是反对错误思想建立正确作风的最好方法。"② 我们党正是有自我批评这样的传统和机制，自觉接受来自各方面的监督和意见，所以能够克服自身的错误，具有自我调整、自我完善的能力。只要我们在新的历史条件下，把老一辈无产阶级革命家培育的批评和自我批评的优良传统恢复起来并加以发扬光大，我们党的肌体就一定能够充满生机活力，就能够割掉一切附在党的肌体上的毒瘤，使我们的党更加纯洁，更加团结，更加富有战斗力。

（作者系北京大学原副校长、教授，中国延安精神研究会副会长）

---

① 《毛泽东选集》第 3 卷，人民出版社 1991 年版，第 1004 页。
② 《毛泽东年谱（1893—1949）》中卷，中央文献出版社 1993 年版，第 434 页。

发扬延安整风精神
加强新时期党的作风建设

李向清

1942 年中国共产党在延安开展的整风运动，是中国共产党历史上一次马克思主义教育运动，也是全体党员的自我教育运动和思想改造运动。通过这次整风运动，提高了广大党员干部的马克思主义思想水平，统一了全党的思想认识，加强了团结；弘扬了实事求是的思想路线；形成了理论联系实际、密切联系群众、批评与自我批评的三大作风。为打败日本帝国主义，推翻国民党反动统治，解放全中国奠定了思想基础，取得了巨大成就。今天，在建设中国特色社会主义新时期，延安整风的基本精神对加强党的作风建设具有重要的指导意义。

党的作风建设是党的建设的一个重要方面。毛泽东在党的第七次全国代表大会上所作的政治报告《论联合政府》中，曾精辟地指出：以马克思列宁主义的理论思想武装起来的中国共产党，在中国人民中产生了新的工作作风，这主要的就是理论和实践相结合的作风，和人民群众紧密地联系在一起的作风以及自我批评的作风。从党执政前后的变化来看，党的优良作风是党领导人民取得民主革命胜利的一个重要因素。党执政以后，党的地位、所处的社会环境以及党的中心任务和工作方式等都发生了很大变化，特别在世情、国情、党情发生深刻变化的新时期，党面临许多前所未有的新情况新问题新挑战，"精神懈怠的危险，能力不足的危险，脱离群众的危险，消极腐败的危险，更加尖锐地摆在全党面前"，加强党的作风建设更为突出、更为紧迫、更为重要。

一、新时期党的作风建设重要内容

新时期党的作风建设主要集中表现在六个方面的作风上。一是理论联系实际的作风。强调理论联系实际是马克思主义的学风；马克思主义是一切教条主义的敌人；一切从实际出发，按照实际情况决定工作方针；没有调查研究就没有发言权；具体情况具体分析，把握事物发展的主要环节；做老实人，说老实话，办老实事。二是密切联系群众的作风。强调人民是创造历史的动力；共产党的力量在于保持同群众的密切联系；官僚主义是使党脱离群众的危险；坚持群众路线，正确处理人民内部矛盾；虚心向群众学习；一切为了群众，全心全意为人民服务。三是批评与自我批评的作风。强调批评与自我批评是共产党人坚强的标志；要善于从错误中学习；批评要光明正大和实事求是，防止主观武断和批评庸俗化；对犯错误的人要实行"惩前毖后，治病救人"、"团结——批评——团结"的方针；坚持真理，修正错误，同一切离开党的原则的错误倾向作坚决的斗争。四是谦虚谨慎、艰苦奋斗的作风。强调骄傲自大就会走向失败和灭亡；永远保持谦虚进取的精神；艰苦奋斗是共产党人的政治本色；坚持自力更生、勤俭建国的方针。五是民主集中制的作风。强调民主集中制是党内生活的基本准则；充分发扬民主，调动广大党员和群众的积极性；增强党的观念，提高组织性、纪律性；维护党的团结统一，反对一切派别组织和派别活动。六是秉公用权廉洁从政的作风。马克思主义权力观认为权力来源于人民，是人民赋予的；强调立党为公，执政为民，权为民所用，利为民所谋，坚决抵制各种诱惑，不为功名利禄所累，保持清正廉洁，做到一身正气，两袖清风。

二、新时期党的作风建设面临的挑战与问题

长期以来特别是延安整风以来，经过全党同志的共同努力，党的作

风不断改进，取得了显著成效。目前，我们党的作风整体上是好的，但同时我们也必须清醒地认识到新时期党的作风建设面临新的挑战，一些地方、部门和领导干部中，还存在着一些不良作风问题。主要表现在以下四个方面：

一是学风不正的问题依然突出。毛泽东说：学风问题也是党风问题。有的领导干部对理论学习的重要性和必要性认识不足，把学习当成"软任务"，不肯下功夫学，对党的政策吃不透，满足于一知半解；有的把学习当作"面子工程"，不求学有所得，只求留下肯学爱学的"好印象"；有的学习是为了应付上级部门的检查考核，做做样子、赶赶笔记、抄抄心得；有的光学不用或学用脱节，嘴上讲的与实际做的相差甚远。

二是对党的科学发展观重大战略思想贯彻不够，自觉性不高。有些领导干部对科学发展观的内涵、本质和地位作用等认识不清，理解不透，缺乏深入研究与思考；有的把坚持"以人为本"、"全面协调可持续发展"的要求写在纸上、贴在墙上、讲在嘴上，落实不到行动上；有的在具体工作中不能统筹兼顾，不能妥善处理人民群众根本利益和具体利益、长远利益和眼前利益的关系；有的在用科学发展观统领经济社会又好又快发展上探索不足、办法不多；有的领导干部思想不解放，因循守旧、安于现状，工作上应付差事，怕负责任，只注重搞好人际关系，工作上不求有功，但求无过；有的不求真务实，作表面文章，搞形式主义，搞"面子工程"、"形象工程"，不调查研究，不思考探索工作规律，有的甚至抱残守缺、盲目蛮干。

三是为人民服务的宗旨意识淡化，群众观念淡漠，缺乏民主作风。少数领导干部宗旨意识淡漠，服务意识淡化，不关心群众生活，对基层反映的问题推诿扯皮，久拖不决，工作中只对上负责不对群众负责；有的报喜不报忧，掩盖问题和矛盾；有的重大情况不向群众通报，重大问题不交群众讨论，重大决策不征求群众意见，听不进群众的反映和要求；有的领导干部无视组织原则和办事程序，唯我独尊，作风霸道，搞"家长制"、"一言堂"，有事不和领导班子成员商量，擅自决定重大事项；有的办事不公开，无视群众权利，践踏基层民主；有的把民主庸俗化，奉行好人主义，搞无原则的一团和气，对错误的东西不批评、不制止，迁就个人主义，助长歪风邪气。

四是依法行政的意识淡薄，不遵守制度规定。有的领导干部依法执政的意识不强，不懂法，不学法，更不遵守法律法规和党纪政纪；有的不按程序规定办事，个别领导干部纪律涣散、管理松懈、制度执行不严格，决策不讲科学，办事不切实际。

新时期党的作风建设面临的问题究其原因，主要有：一是部分党员干部世界观、人生观、价值观的错位，用人、办事的出发点偏差；二是党建制度不完善，作风建设停留在宏观管理层面；三是监督制约机制不健全，党员干部手中的权力失去监督制约，必然造成滥用，结果造成不正之风甚至腐败现象的滋长蔓延。

三、以科学发展观为指导，进一步加强
新时期党的作风建设

（一）开展反腐倡廉是新时期加强党的作风建设的重点

新时期，我们党对反腐败斗争的形势和任务的认识更为清醒，胡锦涛在《庆祝中国共产党成立 90 周年大会上的讲话》中指出："90 年来党的发展历程告诉我们，坚决惩治和有效预防腐败，关系人心向背和党的生死存亡，是党必须始终抓好的重大政治任务。"胡锦涛还说："全党必须警钟长鸣，充分认识反腐败斗争的长期性、复杂性和艰巨性，把反腐倡廉建设摆在更加突出的位置，以更加坚定的信心、更加坚决的态度、更加优良的举措推进惩治和预防腐败体系建设，坚定不移地把反腐败斗争进行到底。"从新的历史起点出发夺取反腐倡廉建设的新胜利，必须以科学发展观为指导，坚持党的领导，以改革创新的精神推进反腐倡廉建设。一是要坚定反腐败斗争的信心和决心。正确认识形势，是深入开展反腐败斗争的基础和前提。改革开放以来，全党反腐倡廉取得了

令世人瞩目的伟大成就，积累了极为宝贵的经验，使党更加坚强，祖国更加强大，社会更加安定，人民生活更加安康，这是不可否认的事实。但是，在肯定成绩的同时，我们还应保持清醒冷静的头脑，实事求是，面对现实，正视我党在党风廉政建设和反腐败斗争中存在的问题，正视反腐败斗争的艰巨性、复杂性和长期性，坚定反腐败的信心和决心。二是要把科学发展观贯彻到反腐倡廉建设中。科学发展观是我国经济社会发展的重要指导方针，是发展中国特色社会主义必须坚持和贯彻的重大战略思想。反腐倡廉建设必须以科学发展观为指导。要紧紧围绕党中央关于科学发展的各项方针政策和重大决策部署，着力解决影响和干扰科学发展的突出问题，为实现经济社会又好又快发展提供坚强的政治保障。三是要在全党大兴艰苦奋斗之风。历史和现实都表明：一个没有艰苦奋斗精神作支撑的民族，是难以自立自强的；一个没有艰苦奋斗精神作支撑的国家，是难以发展进步的；一个没有艰苦奋斗精神作支撑的政党，是难以兴旺发达的；一个没有艰苦奋斗精神作支撑的党员干部，是难以承担重任的。世情、国情、党情的深刻变化，对党的作风建设提出了新的要求，党面临的执政考验、改革开放考验、市场经济考验、外部环境考验是长期的、复杂的、严峻的。全党必须居安思危，增强忧患意识，常怀忧党之心，恪尽兴党之责，牢固树立为党和人民长期艰苦奋斗的思想，防微杜渐。四是要以党员领导干部特别是高级领导干部为重点。实践证明，延安整风把重点放在党的领导干部身上，这是全面加强党的作风建设的一条成功的经验。邓小平指出："党是整个社会的表率，党的各级领导同志又是全党的表率。"因此，新时期加强党的各级领导干部的思想作风建设，既是加强党风建设的关键，又是搞好反腐倡廉建设的关键。对于领导干部来说，坚持立党为公，执政为民，保持清正廉洁，说到底就是树立和坚持马克思主义的世界观、人生观、价值观的问题。

只有从根本上解决好世界现、人生观、价值观的问题，牢固树立权为民所用，情为民所系，福为民所求，利为民所谋，坚决抵制各种诱惑，不为功名所累，不为亲情所困，不为财色所迷，做到自重、自省、自警、自励，讲党性、重品行、做表率，始终保持思想道德上的纯洁和高尚。这样，才能始终保持共产党人的蓬勃朝气、昂扬锐气、浩然正气，踏踏实实地工作，清清白白地做人，干干净净地为官，不断为党和人民建立新的业绩。使全体党员干部做到立身不忘做人之本、为政不移公仆之心、用权不谋一己之私，永葆共产党人的政治本色。

（二）搞好制度建设是新时期加强党的作风建设的关键

历史的经验告诉我们，建设好、管理好像中国共产党这样的大党，制度建设带有根本性、全局性、稳定性、长期性。当前，党的作风建设面临许多前所未有的新情况新问题，需要我们用新的眼光审视、判断和分析新形势，以改革创新精神加强制度建设。新时期党的作风建设仅从党风的"六大"内容本身去考察是不够的，应该将党风建设的"六大作风"细化到党风建设的制度中去，建立相关党风建设的制度，依据制度加强党员干部作风的检查与监督。要深化财政管理制度，领导干部职务消费制度；从严控制楼堂馆所建设，严禁超预算超标准装修办公用房，严禁为领导干部违反规定购买、建造住房和配置用车；要积极推进党务公开和政务公开，自觉接受人民群众和新闻舆论的监督；要建立健全官员报告个人事项制度，把本人住房、投资和配偶、子女从业等情况列入报告内容；要完善干部选拔任用机制，坚决杜绝跑官要官，买官卖官；要完善党内民主机制，保障党员主体地位和民主权利等等。这样使在新时期的复杂环境中，党风建设变得具体化，对党的优良作风养成能取得关键作用。要教育全体党员牢固树立法律面前人人平等、制度面前没有特权、制度约束没有例外的观念，认真学习制度，严格执行制度，自觉维护制度。

（三）实行有效监督是新时期加强党的作风建设的手段

一是明确责任，落实组织监督。如果组织监督不落到实处，一些党员干部就会以权谋私，产生权钱交易、权色交易。组织的监督是对党员干部最大的关心、爱护、保护，组织的放任是对党员干部腐败最大的纵容，党必须始终将每位党员干部置于党组织的监督之中。二是赋权于民，扩大群众监督。毛泽东指出，"我们共产党人区别于其他任何政党的又一个显著的标志，就是和最广大的人民群众取得最密切的联系。全心全意地为人民服务，一刻也不脱离群众；一切从人民的利益出发，而不是从个人或小集团的利益出发；向人民负责和向党的领导机关负责的一致性；这些就是我们的出发点。"① 在新时期背景下，我们党要实现长期执政，就必须坚持"走群众路线"，党的作风建设要主动取得最广大人民群众的支持和拥护，密切与最广大人民群众的联系。有效的群众监督，是防止领导干部滥用权力、以权谋私的有效手段。大力推行办事公开制度，进一步扩大群众的知情权、参与权和监督权，特别是对干部的选拔任用、经费分配、物资下拨、工程建设等敏感事务，要坚持公平、公正、公开，切实增强透明度。三是发挥职能作用，强化纪检监察监督。各级纪检监察机关要自觉当好党风廉政建设的"把家虎"，每个纪检监察干部要当好黑脸"包公"，敢抓敢管敢惩处，不讲情面，决不护短。要增强惩处的透明度，定期公布大案要案，以儆效尤，使每个党员时刻感到纪检监察部门的眼睛在盯着自己。四是面向社会，引导媒体监督。要发挥新闻媒体的监督作用，健全监督平台，畅通监督渠道，公布监督结果。只有这样，新时期党的作风建设才能大见成效，党才能永远立于不败之地。

（作者单位：哈尔滨市延安精神研究会）

---

① 《毛泽东选集》第 3 卷，人民出版社 1991 年版，第 1094—1095 页。

坚持真理 修正错误

——中国共产党党性的深刻诠释和纯洁升华

王官勇

党性是党的本质特征的集中体现，是一个政党区别于其他政党的根本属性。中国共产党以共产主义为最高奋斗纲领，以马克思列宁主义为行动指南，是中国工人阶级的先锋队，同时是中国人民和中华民族的先锋队，胸怀宽广，紧密团结；纪律严明，组织性强；作风过硬，勇于牺牲；公而无私，忠诚为民。这样的党性使它始终能够坚持真理，修正错误，并在坚持真理，修正错误中不断纯洁党性，发展壮大，带领中国人民和中华民族取得一个又一个伟大的胜利，强力推动着中国社会历史的进步。

20 世纪 40 年代的延安整风运动，党中央具体提出了整风目的主要是清算六届四中全会以后在党内长期占统治地位的"左"倾错误路线及其表现形式——主观主义、宗派主义和党八股。整风采取"惩前毖后，治病救人"的方针，实行理论与实践相结合，领导与群众相结合，批评与自我批评相结合的方法，使广大党员干部自觉做到坚持真理，修正错误。实质上是一场增强党性的活动，事关保持党的纯洁性，事关维护党的性质。正是通过整风，坚持真理，修正错误，深刻地诠释着和全面洗礼、纯洁升华了中国共产党的党性。延安整风运动对于当前和今后加强党的建设，做好党的纯洁性的各项工作，保持党的先进性具有十分重要的意义。

一、坚持真理，修正错误，整风运动深刻诠释着 中国共产党的党性

整风中，全党围绕重点内容和目的，通过回顾总结党的历史成败得失，检查坦白各自经验教训，开展严肃认真的批评与自我批评，坚持真理，修正错误，深刻地诠释着中国共产党的党性。这里仅以中央高层整风特别是 1941 年 9 月和 1943 年 9 月中央政治局整风会议，来说明是如何生动深刻诠释中国共产党党性的。

（一）开诚布公，光明磊落

在两个九月集中整风中，党的高级干部以对党、对中国革命和对人民高度负责的精神，襟怀坦白，积极面对，光明磊落，坦坦荡荡，勇于开展批评与自我批评。特别是曾经在历史上犯过重大路线错误的同志，作了深刻而沉痛的检讨，不少同志两次、有的甚至三次发言。博古是土地革命后期临时中央的主要负责人，但他没有因为自己过去的特殊身份而遮遮掩掩，而是敞开胸襟，勇于揭露自己的思想和过去"左"倾路线等错误。1941 年 9 月中央政治局整风中，他两次发言作了自我批评。

1943 年中央政治局整风会议阶段，他再次检查时说，在教条宗派中，除王明外，他是第一名；在内战时期，他在国内是第一名；抗战时的投降主义，以王明为首，他是执行者和赞助者。在临时中央他是推行新的立三路线的"第一名"，在中央苏区反罗明路线实际是反对毛泽东的游击战争传统，打击支持毛的干部。他们对朱德不尊重，将任弼时"外放"到湘赣；又打击苏维埃政府、工会系统和几个省委的干部，使毛不能工作。遵义会议上强调客观原因，没有认错，会后思想上出现反复。抗战之初，他内心里不同意独立自主，成了王明投降主义路线的"执行者和赞助者"。其真诚坦白，可见一斑。

（二）荣辱不惊，淡泊名利

中央高层领导同志忠心对党，忠诚为民，根本不考虑个人名利地位。这从张闻天同志身上可以得到明证。1941 年 9 月 10 日和 29 日，他两次检讨自己说：对土地革命后期工作估计，同意毛泽东的意见，当时路线是错误的。政治方面是"左"倾机会主义，策略是盲动的；军事方面是冒险主义，打大的中心城市等；组织方面是宗派主义，不相信有实际经验的老干部；思想上是主观主义与教条主义，不研究历史和具体现实情况。这些错误在第五次反"围剿"中发展到最高峰，使党受到很严重的损失。我是最主要的负责人之一，应当承认错误，特别在宣传错误政策上我应负更多的责任。1943 年 11 月 21 日，张闻天再次深刻诚恳检查了自己。自 1935 年遵义会议到 1938 年党的六届六中全会，张闻天在党中央负总责，但他的检讨毫无私心杂念，把面子、地位抛在一边，荣辱不惊、淡泊名利，体现了一个真正共产党人的高风亮节。

（三）弄清事实，准确结论

整风中，从毛泽东到其他高级领导同志检查、总结党的历史和自己的问题及经验教训，坚持各抒己见，充分讨论，弄清事实，深入分析，阐明问题，澄清是非，不着重于一些个别同志的责任方面，而着重于当时环境的分析，当时错误的内容，当时错误的社会根源、历史根源和思想根源，不绝对肯定也不绝对否定，提出改正错误的办法，得出正确结论，以免后来不重犯同类性质的错误。

1943 年中央政治局整风中，周恩来在 8 月 30 日和 9 月 1 日连续两天汇报南方局三年来的工作、对中央政策的认识和执行情况，并对过去工作中的错误做了检讨。从 9 月 16 日到 30 日的半个月中，写了四篇共五万多字的学习研究党史笔记，对历史进行回顾、分析和认识，使大家弄清了历史事实及一些人犯路线错误的客观环境和原因。同时，努力按照要求检查了自己在六届四中全会、临时中央、中央苏区、1937 年"十二月会议"和武汉工作期间的错误。从 7 个方面系统地梳理了 1927

年以来亲身经历的重大事件，从对矛盾的陈述中客观公允地清理历史，用实践检验是非，把自己的言行置于一定的历史环境中，坦率地进行反省；又从革命的创造性、决断方针的能力和党内斗争的软弱性方面，总结自己受教条主义者迷惑的教训。

他说，关于独立自主的游击战方针，洛川会议通过了，当时他没有深刻认识其战略意义，以为这是对民众的，部队还是运动战，因此，产生了急性病，主张红军快些出动。这种认识和八路军总部的领导同志比较接近，以致对游击战争的战略方针产生动摇。整个说还是执行中央路线，但遵守纪律是不够的。经过对党的历史问题充分讨论后，六届七中全会上，毛泽东代表政治局提出"在党的历史上曾经存在过教条宗派与经验宗派，但自遵义会议以来，经过各种变化，作为政治纲领与组织形态的这两个宗派，现在已经不存在了，现在党内严重存在的是带着盲目性的山头主义倾向，应当进行切实的教育，克服此种倾向"等六项意见，结论客观准确，实事求是，客观公正，使犯过历史错误的同志解除了思想包袱，未犯错误的同志也对一些历史问题有了正确的看法。

（四）知无不言，言无不尽

延安整风中，中国共产党高级团队的成员们始终是畅所欲言的。凡参加学习者，人人有批评自由；对任何人、任何文件、任何问题都可以批评。努力扩大自己头脑中的马列根据地，缩小宗派的地盘，以灵魂与人相见，把一切不可告人之隐都坦白出来。端正思想，提高认识，对的就坚持，错的就纠正，不避重就轻，隐瞒顾忌。检查者，敢讲真话，讲心里话，把兜抖尽，不藏不掖；批评者，既一针见血，实话实说，又不给别人"穿小鞋"、"扣帽子"、"打棍子"，只准明枪，不许暗箭，不许彼此挑拨，努力营造知无不言，言无不尽；言者无罪，闻者足戒；有则改之，无则加勉的良好氛围，营造了党内不同意见平等讨论的政治生态环境。

任弼时在1941年9月12日和1943年的发言中，检讨了到中央苏区后毫无军事知识，却不尊重毛主席的意见而指挥打仗的事。他说：在

161

赣南会议上，毛泽东反对本本主义（书本子主义）即是反对教条主义，我们当时把毛泽东的思想当作狭隘经验论加以反对是错误的。在江西苏区时，他虽然认为毛泽东"有独到见解，有才干"，建议临时中央"以毛代项"为中央局代理书记，但是在苏区党代表大会上，却对毛泽东关于"没有调查就没有发言权"的正确观点当作不重视理论的狭隘经验论予以批评；在宁都会议上又认为毛泽东推行进攻路线不得力而同意将他召回。从党的20年来的历史看，作为主观主义的思想统治，其中有些是经验的主观主义。做过许多实际工作的狭隘经验者，便是经验的主观主义。

（五）惩前毖后，治病救人

整风运动对犯错误的同志耐心教育，热情帮助，在重大原则问题上不含糊不敷衍，坚决分清是非，而又坚持晓之以理，不伤害个人，达到了既弄清思想，又团结同志的目的。在1941年9月中央政治局整风会议的第一天，毛泽东就号召在延安开一个动员大会，中央政治局全体出马，大家都出台讲话，集中力量反对主观主义和宗派主义，但是"打倒两个主义，把人留下来"，把犯了错误的干部健全地保留下来。1942年11月21日和23日在西北局高干会上，毛泽东指出：对于党内的错误思想、小错误、个别错误，要同一贯的路线错误、派别错误活动和反党以至反革命问题加以区别。过去我们党缺乏这样的区别，在长时期对这两条是分不清楚的，把小的错误、个别的错误也给以无情的打击，共产党犯了错误跟反革命没有区别。

他强调，对党员小的错误、个别的错误包括整顿"三风"的思想斗争，这是以无产阶级思想反对资产阶级思想，对大多数同志来说是这样的性质，这要用教育的方法、治病救人的方法；但是对于一贯的路线错误，同党对立起来组织派别反党以至于走到反革命，则应当清洗出去，不能当党员，这是革命对反革命的斗争……当然，对于反革命分子或特务分子也允许他们回头，给以活路，不是斗争至死。毛泽东的这些思想，总结了20世纪20年代后期到遵义会议前"左"倾宗派在党内搞残酷斗争，无情打击的历史教训。

纵观整个延安整风，中央高层是始终做到了"惩前毖后，治病救人"的。就是对王明那样在整风中恣意歪曲，节外生枝；光说别人的错误，唯独未说他自己有什么政治性错误，坚持错误路线，毛泽东和王稼祥、任弼时等中央领导同志仍然三番五次地找他谈话，在书记处工作会上进行批评帮助，坚持以理服人，与人为善，对他绝无落井下石之心。1943年"九月会议"上，毛泽东指出，王明对洛甫说"整风是整你和我"，这话又对又不对。说是对的，首先是要揭露教条宗派，要"整"。王明、博古、洛甫，对这些同志要"将军"，要全党揭露。说是不对的，还要把一切宗派打坍，打破各个山头，包括其他干部、新干部。我们只"整"思想，不把人"整死"，是治病救人，做分析工作，不是乱打一顿；对犯错误同志还是要有条件地与他们团结，打破宗派主义来建设一个统一的党。

二、坚持真理，修正错误，整风运动
纯洁升华了中国共产党的党性

中国共产党自1921年成立到延安整风20多年的奋斗中，目标明确，意志坚定，为救国救民不屈不挠，英勇奋斗，轰轰烈烈，充分反映了一个无产阶级政党的党性要求。但由于处在幼年时期，由于革命的艰难曲折，敌人的强大，探索中前进，革命征程中难免有幼稚的一面，在某些关节时，某些领导人犯了这样那样的错误，存在着这样那样的不足，思想上、认识上、组织上不够高度统一、纯洁，自身党性受到一次次的严峻考验。正是经过延安整风，坚持真理，修正错误，中国共产党更加坚定理想信念，更加注重理论武装，更加明确历史使命，更加重视步调统一，更加振奋革命精神，党性得以全面洗礼、纯洁升华。伟大信仰的力量、先进思想的力量、责任担当的力量、同心同德的力量、严明纪律的力量、攻坚克难的力量神奇裂变成烧毁旧中国、消灭侵略者的熊熊烈火，实现了中国共产党任何势力也阻挡不了的全新跨越。

三、修正对奋斗纲领的模糊认识，坚持崇高的理想信念，促进了革命信仰的纯洁升华

政治纯洁是马克思主义政党先进性的本质要求，是党保持正确政治方向、完成历史使命的政治前提；是党员干部的政治操守，是党性的首要体现，是核心价值观。做到政治纯洁，必须坚定理想信念，坚定革命信仰，纯洁政治信仰。因为理想是明灯，能刺破迷雾，照亮前进方向；信仰是清泉，能滋润苦旅，保持内心力量。坚定的理想信念是中国共产党人奋勇前进的指路灯塔，是战胜各种艰难险阻的精神支柱，是为党和人民事业不懈奋斗的动力源泉、立身之本。有了正确而坚定的理想信仰，共产党人就有了不竭的精神动力，就能够始终对党无限忠诚、对人民充满感情、对事业充满责任、满腔热情地为党和人民的事业而奋斗，在事关奋斗方向、大是大非问题上保持清醒的认识、在大风大浪中站稳正确的立场。

共产党人的革命信仰、理想信念，就是坚持不懈为党的纲领和目标任务努力奋斗、奉献牺牲。

《中国共产党第二次全国代表大会宣言》明确了中国共产党的任务及其目前的奋斗目标，提出了党的最高纲领和最低纲领，革命分两步走的战略方针。毛泽东在多篇著作中详尽论述了党的纲领，特别是在《中国革命和中国共产党》中对中国革命的对象、任务、动力、性质、前途，中国革命的两重任务和中国共产党作了全面、正确的论述。毛泽东指出："每个共产党员须知，中国共产党领导的整个中国革命运动，是包括民主主义革命和社会主义革命两个阶段在内的全部革命运动；这是两个性质不同的革命过程，只有完成了前一个革命过程才有可能去完成后一个革命过程。民主主义革命是社会主义革命的必要准备，社会主义革命是民主主义革命的必然趋势。而一切共产主义者的最后目的，则是在于力争社会主义社会和共产主义社会的最后的完成。"[1] 对此，毛泽

---

① 《毛泽东选集》第 2 卷，人民出版社 1991 年版，第 651—652 页。

东在《新民主主义论》、《论联合政府》等著作中也有论述。应该说，党20年的奋斗是一直坚持这一纲领的。

但是，对中国共产党的革命纲领，在抗日战争初期，甚至到延安整风前，在党内和革命队伍内是有些思想混乱的。主要原因是王明提出的一系列右倾观点和理论还深深地影响着一些人。1941年10月7日，毛泽东、王稼祥等人找王明谈话时，他不仅拒不认错，反而批评中央的方针政策说：我党已经孤立，与日蒋两面战争，无同盟者，国共对立。原因何在？党的方针太左，新民主主义论太左。新民主主义是将来的，现在不行，吓着了蒋介石。他还表示：反帝、反封建和搞社会主义是三个阶段，目前只能反帝，对日一面战争，避免同蒋摩擦；我们与蒋的关系应当是大同小异，以国民党为主，我党跟从之。甚至还要中共中央发表声明，表示不实行新民主主义，与蒋介石设法妥协。10月8日的中共中央书记处工作会议上，他还说："毛著《新民主主义》中说中国革命要完成反帝反封建，我认为在目前统一战线时期，国共双方都要避免两面战争，要把反帝反封加以区别。含混并举是不妥的"。"目前的政权是各阶级联合专政，今天的政府要有大地主大资产阶级参加，新民主主义是我们的奋斗目标，今天主要是共同打日本，我们今日还不希望国民党实行彻底的民主共和国"等。这些右倾观点和思想，甚至是放弃中国共产党的纲领，造成一些党员干部在理想信念上动摇、在思想认识上混乱、在革命纲领上疑惑、在奋斗目标上迷茫、在革命前途上失望，党性受到严重损害和挑战。

据邓力群回忆：为什么在结束了"左"倾错误之后又出现了右的错误，王明鼓吹的右的错误观点为何还能迷惑部分同志。应该说，根本上还是与我们党当时的整个状况有关，党内有相当多的同志虽然组织上入了党，但在世界观上，在观察问题的立场、观点上还存在着浓厚的小资产阶级意识。王明的一些观点还并非完全没有市场，有些人听他口若悬河地演讲之后，还受到迷惑，认为他了不起，理论上有一套。那么，建立抗日民族统一战线共同抗日，还坚持不坚持反帝反封建的民主革命纲领，怎样坚持这一纲领，以至将来怎样实现最高纲领？整风中，通过利用国民党三次反共高潮，打共、捉共、杀共、骂共、钻共的大量事实教育，特别是通过"利用这次国民党企图进攻陕甘宁边区的具体事实，进行无产阶级与非无产阶级、革命与反革命的思想斗争，使全体干部和党员认识和拥护毛泽东同志的马克思列宁主义的思想方法和他所提出的'既团结，又斗争'的正确路线，反对那'只团结，不斗争'的投降主义，反对那些认为现在国民党还是民族联盟，共产国际取消后中国共产党可以'取消'并'合并'到国民党中去的叛徒理论"。

总之，通过与王明的坚决斗争，特别是通过毛泽东的坚决反对以及正确的理论和事实教育引导，全党增强了政治鉴别力，提高了阶级觉悟和路线觉悟，克服和纠正了糊涂认识，统一了思想认识，面对艰难曲折的革命事业，面对王明对党的政治纲领的歪曲蛊惑，以更高的政治自觉维护党的理想信念的纯洁性，高举主义的大旗，坚定了毛泽东关于共产党必须在统一战线中坚持党的阶级的独立自主的立场，坚定了反帝反封建，建立新中国的信心；坚定了通过全面抗战，打败日本帝国主义的信心，在现阶段要为实现新民主主义而奋斗，并且准备在将来为实现社会主义、共产主义而奋斗。全党全军政治信仰纯洁升华，到处闪耀着理想信仰的灿烂光芒。

四、修正对马列主义的教条理解，坚持科学的理论武装促进了思想观念的纯洁升华

对于一个党、一个国家和一个民族来说，理论极其重要。恩格斯说过："一个民族要想站在科学的最高峰，就一刻也不能没有理论思维。"党的理论是党的建设的生命和灵魂，是党的建设的根本前提和根本保证。坚持从思想上建党、立党、兴党，始终保持思想上的纯洁和先进，是我们党保持纯洁性的根本，也是我们党立于不败之地的法宝。是我们党对马克思主义建党学说的一个伟大贡献。离开党的理论谈党的建设，就是无源之水和无本之木。我们党就是靠马克思主义这一根本指导思想立党、兴党、治党的。我党的精神价值、思想观念、道德情操等，都是建立在对马克思主义坚定信仰基础之上的。保持党的纯洁性，思想观念

纯洁是根基。思想是指南，是灵魂。思想观念纯洁是组织纯洁、作风纯洁的支撑。思想纯洁，才能"以天下之至柔，驰骋天下之至坚。"思想是软资源，人之力莫大于心；思想取向模糊，观念不纯洁，就难当大任。能否坚持马克思主义的指导思想，事关党的兴亡、事业成败。

民主革命时期，如果说我们党认识到马克思主义是最先进的科学理论，并作为自己的指导思想，从而在同旧中国各种政治力量较量中脱颖而出并不断发展壮大，是历史的新觉醒，那么，延安整风这一中国共产党历史上全党范围的普遍的马克思主义教育运动、伟大的思想解放运动，则是马克思主义必须与中国的国情和中国革命的实际紧密结合的新觉醒；是在坚持马克思主义立场、观点、方法的基础上，把自己的思想从对马克思主义的教条化理解的束缚中解放出来的新觉醒，是坚持以中国问题为中心研究和应用马克思主义，并根据不断发展变化的世界和中国的实际而使马克思主义理论与时俱进的新觉醒。

延安整风中，在不同的干部层次内，整风的内容和重点虽然有所不同，但有一个共同的要求，即总结党的历史经验，消除王明路线的影响，通过批判教条主义和经验主义两种形态的主观主义，教育全党干部学会运用马克思主义的立场、观点和方法，来研究和解决中国革命的具体问题，初步确定了实事求是的思想路线，破除了将苏共经验和共产国际指示神圣化的教条主义，坚持了科学的理论武装和正确的学习方法，将马克思主义中国化的第一个理论成果——毛泽东思想确定为党的指导思想，极大地推动了马克思主义中国化的进程，统一了全党思想，促进了党的马克思主义新觉醒，促进了全党思想观念的纯洁升华，对中国革命和建设事业产生了深远影响。

（一）理论联系实际，由教条式学习到运用式学习

马列主义是科学不是教条，必须正确对待。党的六届五中全会后，中央虽然也抓了几年的干部学习教育，但仍存在理论脱离实际的倾向。有的是盲目崇拜，不加选择，囫囵吞枣，不能消化；有的是死守书本，思想保守，不加深研究，不会"攻书"，不敢发展；有的是言之无物，

空话连篇；有的是轻视理论，浅尝辄止，学而不深，不求甚解；有的是学点词句，言必称希腊，到处炫耀，装潢门面；有的是夸夸其谈，不调查研究，无的放矢，学用脱节；有的是自以为是，借以吓人，瞧不起做实际工作的人。延安整风前，毛泽东深感一些干部包括一些高级干部，不会运用马列主义的立场与方法，来具体分析和解决中国革命的问题。

1941年5月19日，毛泽东在中央宣传干部学习会上作《改造我们的学习》的整风学习的动员报告时，尖锐批评理论脱离实际的倾向，指出："这种反科学的反马克思列宁主义的主观主义的方法，是共产党的大敌，是工人阶级的大敌，是人民的大敌，是民族的大敌，是党性不纯的一种表现。大敌当前，我们有打倒它的必要。"[①] 通过延安整风，全党学有所成，入脑入心；落地生根，学以致用。能够以科学的态度对待马克思主义，坚持马列主义基本原理同中国革命具体实践相结合的思想路线，形成了实事求是，理论联系实际，一切从实际出发的马克思主义学风，立足中国革命的伟大实践，着眼于理论的实际运用，着眼于对实际问题的分析、回答和解决。使马列主义在中国具体化，按照中国的特点去应用它，正确制定适合中国国情的政治路线和各项基本政策，指导中国革命走向胜利。

张闻天说，过去国际把我们一批没有做过实际工作的干部，提到中央机关来，这给党的事业带来很大损失。过去没有做过实际工作，现在要补课。他说话算数，不是口头表示，而是决心补课。从1942年1月起，主动要求去农村调查，在陕北神府、绥德、米脂和晋西北的兴县等地的几十个村庄调查了将近一年半时间，直到1943年5月才回到延安。像张闻天一样，一大批从苏联回国的干部整风学习后，自觉加强实践锻炼，做到理论联系实际，成为党的精英。

（二）突出高中级干部，由少数人学习到全党普遍学习

延安整风学习的广度、深度、力度是建党20多年所未有。实际上，

---

① 《毛泽东选集》第3卷，人们出版社1991年版，第800页。

党的六届六中全会以后，毛泽东把加强马列主义理论学习作为有"头等重要的意义"的工作来抓。在延安整风的准备和发动阶段，即1939年开始有组织地掀起了一个学习运动。5月20日，毛泽东在陕北公学大礼堂召开延安在职干部教育动员大会上发表演讲时说，我们要建设一个大党，一个独立的有战斗力的党，就要有大批的有学问的干部做骨干，就非学习不可。

先在中央设立了干部教育部，建立起学习制度，要在全国共产党力所能及的地方造成一个热烈的学习潮。延安整风运动分高级干部的整风和全党干部的普遍整风两个层次进行。主要对象是党的高中两级干部，特别是高级干部。因此首先发动了党的高级干部的普遍整风学习。1941年9月26日，中央发出《关于高级干部学习组的决定》，指出，成立高级学习组是"为提高党内高级干部的理论水平"。规定学习的内容在实际方面首先阅读六大以来的文件和政治实践，在理论方面着重研究思想方法论和列宁主义的政治理论。毛泽东还亲自拟定了这两方面的书目文件，指导编选了《马恩列斯思想方法论》和《六大以来》等学习文献。

对于中央学习组，强调重点放在中共党史的学习，要求将六大以来的83个文件通读一遍，进一步明确对过去路线的认识。安排1000多名干部到1944年4月底前集中学习马、列的七本书，其中三分之一干部要读完七本，多数干部只读《两条路线》即可，文化理论水平低的以读党内的正面文件为主。这些要求和规定，有效促进了党的高中级干部的学习。但随着革命形势的发展，革命队伍的扩大，一般党员干部的学习也十分紧迫。1942年初，全国党员由抗战初的4万多发展到80多万，党领导的军队（包括游击队）有57万，大部分是抗战以后在民族浪潮高涨时加入革命的，成百上千的青年知识分子从国统区来到延安及其他革命根据地，壮大了党的队伍和革命队伍，但许多非无产阶级思想都自觉不自觉地被带入到党内来了。在全党，新党员、新干部占90%。他们没有经过内战，没有参加过长征，共产主义的许多道理不熟悉，阶级斗争是怎么回事不懂得，马列主义是什么不懂得。尤其在某些特殊地区特殊部门内，主观主义和宗派主义残余并没有肃清，或者还很严重存在着，有的人自由主义思想也相当浓厚。这就需要加强内部教育，转变作风。

毛泽东说,如果我们全党干部在现在这个时期,在这一两年内,能够把作风有所改变,"把马列主义搞通,把主观主义反倒","扩大正风,消灭不正之风",那么,"我们内部就能够巩固。我们的干部就能够提高"。对于我们党在思想战线上这一件空前大事,中央要求高、抓得严。

因此,在党的高级干部整风学习历经半年,对一些重大的理论原则和历史问题基本取得共识,并积累了一定经验之后,于1942年发动了全党的普遍整风。仅延安参加这一段整风学习的干部就有1万多人。1942年4月3日,中央宣传部在"四三"决定中指出,参加整风的干部,必须学习研究《改造我们的学习》、《整顿党的作风》、《反对党八股》、《中央关于增强党性的决定》、《论共产党员的修养》、《怎样做一个共产党员》、《论反对自由主义》、《关于纠正党内的错误思想》等22个文件材料。6月份,又提出"在学习22个文件时期中,应把其他一切学习暂时停止"等六项具体学习要求,并采取成立学习总委员会和各部各单位成立学习分会,以加强学习的指导和领导,总学委及各系统的学委会派出巡视员,巡视和帮助下面的学习以及进行考试、总结学习经验等措施,落实学习任务,造成了空前未有的学习热潮,收到了空前未有的学习成效。全党范围的普遍的马克思主义教育运动有力加强了全党的学习,有效提高了全党的理论水平,加快了全党马克思主义中国化的步伐,增强了广大党员干部的思想政治素质。

(三)创新发展,由单纯学马列著作到学马列主义中国化理论

毛泽东把马克思主义理论与中国革命具体实际相结合,创立了马克思主义中国化的新成果——毛泽东思想。从1935年10月到1948年3月在延安的13年中,是他著书最辉煌的时期。他以惊人的毅力、宏阔的视野、敏锐的思维、严谨的态度、求实的学风、广博的学识、火热的激情,深入研究中国丰富的历史和中国革命的丰富经验,展望中国未来,在土窑洞里写了112篇具有中国风格和中国气魄的充满马克思主义科学真理的著作,集中体现了他在哲学、军事、政治、经济、文化、教育、党建、外交等方面的理论建树,创造了马克思主义发展史上的奇

迹。其中延安整风从 1941 年 9 月到 1943 年 9 月历时三年八个月，写了 12 篇光辉著作。

这些著作，表现出毛泽东思想得到多方面展开而达到成熟，成为全党的指导思想，使中国共产党有了自己的马克思主义，使中国革命和社会发展有了鲜明的旗帜和灯塔。党已经不再是生吞活剥地纯粹照抄马列"本本"来观察、认识和解决中国的问题，而是已经能够运用马列主义普遍原理同中国实际相结合的原则，对中国革命的基本历史经验作出科学总结；已经能够深入认识中国国情、中国革命的特点及其发展规律，并对中国革命的一系列基本问题作出马克思主义的回答；已经形成了既属于马克思主义，又具有中国共产党人特色的完整的系统科学体系，即成熟的毛泽东思想。毛泽东的理论创新，全党上下都服气，正是在延安的窑洞里，他完成了从军事领袖到政治领袖，从政治领袖到理论权威这两大跨越。对于中国化的马克思主义著作，延安整风时，不仅由毛泽东直接在党的高中级干部和领导机关，以及延安广大基层党员干部中讲述，而且印发全党全军学习，被列为全党整风的必学书目，有效促进了党员干部队伍理论水平的提高和思想观念的纯洁升华。

五、修正对历史任务的片面理解，坚持全面的 责任担当，促进了政治视野的纯洁升华

延安整风前，我们党在历史上曾先后发生过多次"左"右倾路线错误，其中在 1931 年 1 月召开的六届四中全会上台的王明"左"倾教条主义是理论形态最完备、持续时间最长、影响最深、危害最大的一次。它在军事上实行冒险主义，在政治上实行关门主义。直接导致中央苏区第五次反"围剿"战争失败，南方各根据地相继丧失，全国红军从 30 万人减少到 3 万人，党员从 30 万人减少到 4 万人，白区的党组织也几乎损失殆尽。尽管在遵义会议上博古"左"倾中央的统治宣告结束，但由于环境和条件的限制，当时只是解决了最为迫切的军事和组织问题，而思想上、政治上的路线问题并未做出正确的结论。

在党和革命队伍中，存在对中国革命目标任务的近视思想、片面理解、幼稚简单，如只重视军事，轻视政治工作、经济工作、群众工作、文化工作；对党的建设、武装斗争、统一战线三大法宝的贯彻、落实和执行顾此失彼等。抗战初期，王明的右倾机会主义路线一度占了上风，又给全党带来了很大的思想混乱，给党在抗战初期的工作造成了不良后果。通过整风，纠正了这种右倾错误，克服了教条主义的影响，使全党认请了"左"右倾的实质和危害，理性成熟，升华了政治视野，开阔了工作眼界，增强了战略思维和统揽全局的能力，坚持了全面的责任担当，按照党的历史使命和奋斗纲领统筹抓好全面抗战，抓好国民党统治区的任务、沦陷区的任务和解放区的任务，抓好政治、经济、文化、社会等建设。

在武装斗争上，更加注重发展武装力量、更加重视民众的组织和民众的斗争，坚持全面抗战、持久抗战、人民战争、游击战争。党领导的抗日武装活跃在中华大地，形成了人民战争的汪洋大海，成为夺取抗日战争胜利的中流砥柱。在统一战线上，更加注重把一切支持抗日的政党、阶级、阶层、团体、爱国人士、少数民族、港澳台同胞、海外华侨联合起来，建立广泛的抗日民族统一战线。更加注重坚持独立自主的原则，一方面顾全大局、遇事协商，另一方面实行又团结又斗争、以斗争求团结的方针，及时消弭合作中出现的摩擦和危机，巩固和扩大了抗日民族统一战线，一直坚持到抗日战争的胜利。在党的建设上，思想、组织、作风、制度建设一起抓，干部队伍、党员队伍和人才队伍一起抓，要求共产党员在八路军、新四军中要努力成为英勇作战的模范、执行命令的模范、遵守纪律的模范、政治工作的模范和内部团结统一的模范。

在政府工作中要努力成为"十分廉洁"、"多做工作、少取报酬的模范"等。同时不断壮大党的力量及革命力量。特别是为了抗战胜利，为了未来的新中国，高度重视各种人才建设和储备，延安先后创办的14个干部学校办得都很好，整个延安成了窑洞大学群，成了革命的大熔炉，培养了一大批革命英才。在文化建设上，狠抓了文艺界的整风学习，毛泽东发表了《在延安文艺座谈会上的讲话》，明确指出了革命文艺的首要问题是为什么人和如何为的问题，即方向和道路问题。第一次鲜明提出无产阶级文艺的总体目标是为最广大的人民群众服务，为发展人民大众反帝反封建的文化指明了正确方向，培养了一支不拿枪的强大军队，为团结民众，鼓舞士气，取得抗日战争的胜利，以及之后解放战争的胜利发挥了巨大的作用。开拓了中国文艺的一个崭新纪元，中国革命文艺得到空前的大发展大繁荣。

在根据地建设上，积极探索新的社会形态，依据新民主主义政治、经济和文化纲领，实行精兵简政，进行普遍的民主选举，政权的人员构成实行"三三制"，建立起民族统一战线的民主专政政权，为建设新中国作准备、打基础；大力发展生产，实行减租、改善民生等土地政策，充分调动广大农民，乃至地主抗日的积极性；领导开展大生产运动，既解决了抗日军民的生存和发展需要，又为从事经济建设，发展生产积累经验。以延安为中心的陕甘宁边区既是敌后抗战的中心，又是中国共产党进行政治、军事、经济、文化等各项建设的试验区，实际上是未来新中国的雏形。至 1949 年 3 月，陕甘宁边区辖 16 个分区、144 个县（市），面积 28 万平方公里，人口 800 多万。边区工人由抗战初期的 700 多人发展到 12000 多人。

六、修正对团结进步的宗派影响，坚持伟大的
力量凝聚，促进了全局意识的纯洁升华

严格组织纪律、团结一致奋斗，是中国共产党党性的内在要求。党成立后的 20 年整体上是有着铁的纪律和步调一致的。抗日战争时期，我们党的队伍、党的领导骨干有了巨大发展，但是党内宗派主义的残余却比较严重地存在着。毛泽东在整风的动员讲话中指出："由于二十年的锻炼，现在我们党内并没有占统治地位的宗派主义了。但是宗派主义的残余是还存在的，有对党内的宗派主义残余，也有对党外的宗派主义残余。对内的宗派主义倾向产生排内性，妨碍党内的统一和团结；对外的宗派主义倾向产生排外性，妨碍党团结全国人民的事业。铲除这两方面的祸根，才能使党在团结全党同志和团结全国人民的伟大事业中畅行

无阻。"① 他在 1943 年 5 月 26 日《关于共产国际解散问题的报告》中还说："一种是党内的团结，一种是党同人民的团结，这些都是战胜艰难环境的无价之宝，全党同志必须珍爱这两个无价之宝。""伟大的斗争需要伟大的力量，团结全民族，发动全民族一切生动力量进入这个斗争中去，是我们确定的方针，而要达到此目的，中国共产党内部的团结，是有决定作用，是最基本的条件。"

为此，整风中，中央重点是狠抓了党内团结，使党在政治上、思想上、组织上达到高度的团结和统一，确保了坚强领导、政令畅通。1961 年 6 月 21 日，毛泽东在同外宾谈话时说："在长征路上，我们开始克服王明'左'倾路线。1935 年 1 月在贵州遵义开会，但未完全解决问题。抗日时期又出现了王明路线，但这次是右的。以后我们用了三年半时间进行整风运动，研究党的历史，学习两条路线，终于说服了犯过错误的同志，然后才能在 1945 年召开的七次大会上，团结了全党。一些犯过错误的同志，仍被选为中央委员。这些同志大多数改好了。只有王明，虽然现在还是中央委员，但是不承认错误。他现在住在莫斯科。"类似的谈话，毛泽东于 1963 年、1964 年都说过。

同时，在党外关系上也努力消灭宗派主义残余，对不团结的问题进行检查，对宗派主义残余进行清理，坚决纠正了各种没有组织观念、大局观念、群众观念，各自为战等不良问题，进一步加强了与人民群众的联系和团结，创造性地深入开展了拥军爱民、拥政爱民等活动，军地、军民同心同德、同甘共苦、血肉相连；党、军队和地方及人民群众建立起鱼水不分的紧密关系，组织起无坚不摧的铜墙铁壁，凝聚成排山倒海的伟大力量；目标同向，万众一心，浩浩荡荡，奋勇前进，使抗日战争真正成为人民战争。兵民是胜利之本，老百姓是共产党生命的源泉；军民团结如一人，试看天下谁能敌；千难万难，充分发动群众就不难；把群众的智慧和力量集中起来就不难。

总之，整风学习使全党、全军、全民族空前团结，力量空前凝聚，步调空前一致，抗击了日寇残酷进攻，形势加速好转。我们根据地的百

---

① 《毛泽东选集》第 3 卷，人民出版社 1991 年版，第 821 页。

姓又扩大了，根据地的人口，包括一面负担和两面负担粮税的又上升到8000余万，军队又有了47万，民兵227万，党员发展到90多万。开辟了广大的解放区战场，为抗战胜利乃至全国解放战争的胜利打下了坚实的基础。仅仅用13年时间，就在广阔的中国土地上，从根本上扭转了乾坤，使革命走出山沟，迈向了全国性胜利。深刻印证了抗战初期朱总司令所指出的：我们要发动全国群众作战！敌人有的是武器，我们有的是人员，敌人有的是火力，我们有的是活力。

七、修正对事业前途的悲观情绪，坚持高昂的战斗激情，促进了精神意志的纯洁升华

党的精神品质是全体中国共产党人价值追求、思想情感、精神境界、品格意志的综合反映，是党的先进性和纯洁性的重要体现，是中国共产党党性的重要内涵。正因为有这种精神品质，党才矢志不渝、坚定前行；革命事业才攻无不克，无往而不胜。延安整风使党和人民军队精神品质和革命意志纯洁升华。当时，毛泽东认为，自"百团大战"以后，日军加紧了对敌后根据地的扫荡，进一步推行杀光、烧光、抢光的"三光"政策，使我根据地在1941年受到了很大损害；再加皖南事变后，国民党顽固派断绝对我八路军的粮饷和其他供应，加紧对边区封锁，使我根据地的财政经济遇到了极大困难，并将在1942年、1943年进入抗战以来最困难的时期。

怎样克服困难呢？除了实行生产自救、发展经济、精兵简政等政策外，就是开展整风，训练干部，一方面使他们振作精神，正确对待困难；另一方面，整顿不好的作风，以迎接将来的光明。据有关史料，1941年到1942年，由于日、伪军大举进攻，使中国共产党领导的抗日根据地面积不断缩小，人口由1亿下降到5000万，八路军由40多万减少到30多万。根据地经济受到了严重损失。党内、军内以及根据地人民一度存在悲观情绪。

人无精神不立，党无精神不强。正是整风运动和发展生产使我党在

思想基础和物质基础两方面，立于不败之地，党及其所领导的八路军、新四军和根据地人民克服了悲观情绪，构筑了万难不屈的精神高地，振奋了顶天立地的伟大精神，坚持了昂扬奋进的战斗激情，精神不倒，意志不衰，艰苦奋斗，埋头苦干，奋发有为，坚忍不拔，攻坚克难，无坚不摧，不怕疲劳，不怕牺牲，不懈奋斗，前赴后继，英雄辈出。从陕甘宁边区来看，延安整风期间，为了摆脱财政上和物质上的困难，开展了轰轰烈烈的大生产运动。"自己动手，丰衣足食"，"自己动手，克服困难"。三五九旅屯垦南泥湾，艰苦奋斗，开荒种地，发展养殖，开办工厂，硕果累累。将南泥湾建成了名副其实的陕北好江南。为整个边区乃至全国根据地自力更生，艰苦奋斗做出了好榜样。党、军队和人民激情燃烧的伟大精神力量、战斗意志和工作成效，强力扭转着困难和被动局面，不断地创造着光明的前景。不仅打退了国民党三次反共高潮，而且从1944年初开始，抗日根据地军民开始局部反攻，并取得一系列胜利。这年，八路军新四军主动出击，共作战2万多次，消灭敌人26万多人，收复大片国土，第二年夏，党领导的抗日军队已发展到91万人，民兵发展到22万人。在北起内蒙古，南到海南岛的广大区域内，建立发展了19个抗日根据地，人口增加到9500多万。日军被迫龟缩到各铁路沿线的一些大城市里，完全处在人民军队的包围之中。抗日根据地军民，抗击了侵华的大部分日军和几乎全部伪军，对夺取抗战胜利起了决定性作用。

到抗日战争结束，敌后抗日根据地面积扩大到104万平方公里，解放区人口1亿多人，人民军队发展到130多万人，共消灭日军130多万人、伪军118万多人。抗日战争的胜利，扭转了一百多年来中国人民反抗外国侵略的屡败局面，洗刷了近代以来的民族耻辱，成为中华民族由衰败到振兴的转折点。

（作者系湖北省十堰市市委宣传部副部长、市延安精神研究会副会长）

调查研究是从实际出发的中心一环

沙健孙

延安整风是一次马克思主义教育运动。它所提供的丰富经验，至今对于加强党的自身建设仍然具有重要的意义。邓小平说过："把列宁的建党学说发展得最完备的是毛泽东同志。""他的完整的建党学说，是经过实践在延安整风时期建立起来的。"①

延安整风的一个主要内容是反对主观主义以整顿学风。具体地说，就是要反对轻视理论的经验主义，尤其要反对脱离实际的"把马克思主义的理论当成死的教条"的主观主义，坚持马克思主义与中国实际相结合的原则，一切从实际出发、理论联系实际、实事求是。

历史的经验表明，党要领导人民去进行胜利的斗争，必须依靠政治路线的正确。而正确的思想路线，正是正确地制定和贯彻执行党的政治路线的基础；思想路线不正确，正确的政治路线制定不出来，制定出来了也不能很好地得到贯彻执行。在整风运动中，毛泽东提出端正思想路线，反对主观主义，要求全党尤其是党的负责干部自觉地掌握马克思主义和中国实际相结合这个思想原则，这就抓住了党的建设中的这一个最关紧要的问题，从而为正确制定和贯彻执行党的路线和方针政策提供了坚实的理论基础。这是毛泽东的一个伟大的创造，是他对马克思主义建党学说所作的一项杰出的贡献。

这里所说的马克思主义，主要是指马克思主义的基本原理和它所体现的立场和方法，即马克思主义的世界观、方法论。这里所说的中国实

①《邓小平文选》第 2 卷，人民出版社 1994 年版，第 44 页。

际，首先是指中国的基本国情，包括中国社会的性质，中国社会各阶级、阶层和集团的经济地位、政治态度及其相互关系，当前工作的特点及其规律性。其次，是指中国人民的社会实践以及在这种实践的基础上所积累的经验。再次，是指中国的历史文化。历史，是指中国昨天的国情和以往的经验。文化，主要是指从事理论创新所必须运用的已有的思想材料。

怎样才能把理论和实际结合起来呢？其中间环节就是调查研究。

毛泽东说过："共产党领导机关的基本任务，就在于了解情况和掌握政策两件大事，前一件事就是所谓认识世界，后一件事就是所谓改造世界。"要做好这两件事，都离不开调查研究。所以，"在全党推行调查研究的计划，是转变党的作风的基础一环。"① 为此，他向全党提出了系统地周密地研究周围环境的任务，要求大家对敌、我、友三方的经济、财政、政治、军事、文化、党务各方面的历史和现状进行详细的调查研究工作，然后从中引出应有的和必要的结论。1941 年 8 月，在整风运动的准备阶段，中共中央曾专门作出《关于调查研究的决定》及《关于实施调查研究的决定》，明确指出："粗枝大叶、自以为是的主观主义作风，就是党性不纯的第一个表现；而实事求是，理论与实际密切联系，则是一个党性坚强的党员的起码态度。我党现在已是一个担负着伟大革命任务的大政党，必须力戒空疏，力戒肤浅，扫除主观主义作风，采取具体办法，加重对于历史，对于环境，对于国内外、省内外、县内外具体情况的调查与研究。"② 毛泽东还将自己在 10 年内战时期所作的农村调查集结成册出版发行，以便为全党干部"指出一个了解下层的方法"。

延安整风期间，中共中央发出的这个号召，很快在党内得到热烈响应。张闻天从 1942 年 1 月至 1943 年 3 月，从延安出发到晋西北、陕北进行了整整一年零两个月的调查研究，归来时写了《出发归来记》，总结自己的体会。他说，过去从未怀疑自己是一个唯物论者，但粗枝大叶、夸夸其谈、自以为是的作风，正是唯心论者的特点，所

---

① 《毛泽东选集》第 3 卷，人民出版社 1991 年版，第 802 页。
② 《毛泽东文集》第 2 卷，北京人民出版社 1993 年版，第 361 页。

以自我改造"还得从做一个真正唯物论者开始"。"一个真正唯物论者的起码态度，就是一切工作必须从客观的实际出发，必须从认识这个客观的实际出发。"而"调查研究是从实际出发的中心一环"。这个体会是很深刻的。

经过整风，运用马克思主义的理论和方法去对周围的情况进行调查研究，确实在党内蔚然成风了，这对于克服主观主义尤其是教条主义、推进理论与实际相结合的工作、正确地制定和贯彻执行党的路线和方针、政策，从而保证抗日战争乃至解放战争的胜利，起到了十分巨大的作用。这个成功的经验，值得我们记取。

习近平 2011 年 11 月 16 日在中央党校开学典礼上的讲话中说："回顾我们党的发展历程可以清楚地看到，什么时候全党从上到下重视并坚持和加强调查研究，党的工作决策和指导方针符合客观实际，党的事业就顺利发展；而忽视调查研究或者调查研究不够，往往导致主观认识脱离客观实际、领导意志脱离群众愿望，从而造成决策失误，使党的事业蒙受损失。"历史的实际就是这样。

比如，20 世纪 50 年代后期，我们曾经在"大跃进"中犯过严重的错误。1961 年初，毛泽东在总结"大跃进"时期犯错误的教训时就着重讲过："过去这几年我们犯错误，首先是因为情况不明。情况不明，政策就不正确，决心就不大，方法也不对头。"为什么会发生这种问题？重要的原因是，"这些年来，我们的同志调查研究工作不做了。要是不做调查研究工作，只凭想象和估计办事，我们的工作就没有基础。"他并且联系自己的实际，认为"建国以来，特别是最近几年，我们对实际情况不大摸底了，大概是官做大了。我这个人就是官做大了，我从前在江西那样的调查研究，现在就做得很少了"①。为了纠正错误、推进党的事业，他强调，我们一定要改变这种状况，"大兴调查研究之风"，"把实事求是精神恢复起来"。为此，他把自己在 1930 年写的《关于调查工作》（后改题为《反对本本主义》）一文在党内重新印发，以期引起广大干部对这项工作的重视。他还同中央其他主要领导人直接率领调

①《毛泽东文集》第 8 卷，人民出版社 1999 年版，第 253、233、237 页。

查组到基层、到群众中去开展这项工作。正是在调查研究、总结经验的基础上，我们党制定和贯彻执行了关于农业、工业、商业、教育、科技、文艺等领域的工作条例，使国民经济迅速好转，各项工作重新走上正轨。这个历史经验也是应当记取的。

今天，我们党在领导人民进行改革、开放和现代化建设的事业中取得了举世瞩目的成就；与此同时，在前进的道路上，也仍然面临着许多严峻的挑战需要去应对，面临着国内外各种复杂的新情况需要去认识，面临着一系列重大的新问题需要去解决。在这种情况下，继承和发扬延安整风精神，大兴调查研究之风，进一步推进马克思主义中国化，就有着十分重要和迫切的意义。

毛泽东说过："没有调查，没有发言权。"① 不久以后，他又补充说："不做正确的调查同样没有发言权。"② 这是至理名言，应当成为我们的共识。为了进行正确的调查，我认为，切实注意以下几个问题是很重要的：

第一，要有群众观点，要走群众路线。

我们进行调查研究的出发点和落脚点，应当是为了维护最广大的人民群众的根本利益，而不是只为少数人的利益进行谋划。所以，我们要"深入研究影响和制约科学发展的突出问题，深入研究人民群众反映强烈的热点难点问题，深入研究党的建设面临的重大理论和实际问题，深入研究事关改革发展稳定大局的重点问题，深入研究当今世界政治经济等领域的重大问题"。

我们进行调查研究的态度，应当是以甘当小学生的精神，虚心向群众学习，同他们平等地商讨问题。习近平强调，这就必须深入实际、深入基层、深入群众，多层次、多方位、多渠道地调查了解情况。既要调查机关，又要调查基层；既要调查干部，又要调查群众；既要解剖典型，又要了解全局；既要到工作局面好和先进的地方去总结经验，又要到困难较多、情况复杂、矛盾尖锐的地方去研究问题。基层、群众、重要典型和困难的地方，应成为调研重点，要花更多时间去了解和研究。

---

① 《毛泽东文集》第 2 卷，人民出版社 1993 年版，第 382 页。
② 《毛泽东文集》第 1 卷，人民出版社 1993 年版，第 268 页。

只有这样去调查研究，才能获得在办公室难以听到、不易看到和意想不到的新情况，找出解决问题的新视角、新思路和新对策。

第二，要进行系统、周密的调查，并且把调查和研究结合起来。

毛泽东在"向全党提出系统地周密地研究周围环境的任务"时，专门引用了马克思在《资本论》第 1 卷第二版中所说的意思，即："研究必须充分地占有材料，分析它的各种发展形式，探寻这些形式的内在联系。只有这项工作完成以后，现实的运动才能适当地叙述出来。"①如果从先入之见出发，去搜集若干例子来证明某种观点，那是毫无意义的。因为社会生活极其复杂，你在任何时候都可以找到任何数量的例子，来证明任何一种观点。所以，调查有关的问题，所搜集的材料，应当是系统的、周密的，而不是零碎的、片面的。

在进行系统的、周密的调查的基础上，我们要对有关情况进行认真的研究和深入的思考，把零散的材料加以综合和分析，以便透过现象找到事物的本质即其内在的规律性，并由此找到解决问题的正确办法。

以调查研究贫富分化的问题为例。在 20 世纪 90 年代初，邓小平就说："中国有十一亿人口，如果十分之一富裕，就是一亿多人富裕，相应地有九亿多人摆脱不了贫困，就不能不革命啊！九亿多人就要革命。"他还说："中国的情况是非常特殊的，即使百分之五十一的人先富裕起来了，还有百分之四十九，也就是六亿多人仍处于贫困之中，也不会有稳定。"②而没有稳定，是不可能发展的。为了解决这个问题，我们首先要弄清楚，贫富差距已经发展到了怎样的程度？造成了怎样的影响？产生这种问题的原因到底有哪些？主要问题是什么？这种问题的发生，在多大程度上是难以避免的，在多大程度上同我们工作上的缺失有关？把这些情况调查清楚了，研究明白了，我们就有可能找到系统地解决这个问题的正确途径和有效办法。

第三，要以马克思主义的立场、观点、方法为指导。

---

① 《马克思恩格斯文集》第 5 卷，人民出版社 2009 年版，第 21—22 页。

② 《邓小平年谱 1975—1987》（下），中共中央文献研究室 2004 年版，第 1317、1312 页。

为了做好新形势下的调查研究工作，我们要坚持以马克思列宁主义、毛泽东思想和中国特色社会主义理论体系为指导，认真学习和运用马克思主义的世界观和方法论，紧紧围绕党的路线方针政策和中央的重大决策部署来进行。

　　还是以贫富差距问题为例。这个问题的发生，有多方面的、复杂的原因，我们必须弄清情况以后，从多方面采取措施，逐步地加以解决。有人强调，只要把蛋糕做大，问题就解决了。事实上，这些年我们的经济有很大发展，蛋糕确实做大了，人们的收入也有所增加，然而这个问题本身不仅没有得到解决，而且贫富差距还拉得更大了。诚然，生产发展的水平，决定着有多少数量的产品可供分配，所以，我们必须继续大力抓好发展这件大事；同时又要看到，尽管这个问题的原因是多方面的，但不可忽略的根本事实是，既定数量的产品如何分配，主要取决于所有制的状况。因为马克思主义的常识告诉人们："分配关系实际上是生产关系的结果。"① 所以，我们又必须理顺生产关系，全面坚持社会主义基本经济制度，尤其是坚持公有制的主体地位。如果无视马克思主义的上述原理，根本绕开所有制问题，孤立地就分配问题谈分配，那么，这个贫富分化问题即使一时可能得到一定程度的缓解，还是不可能从根本上得到系统、有效的解决。

　　从根本上说，是不是重视调查研究，是要不要坚持唯物主义思想路线的问题，是承认不承认认识来源于实践、受实践的检验并在实践中得到补充、修正和发展的问题。为了进一步推进马克思主义的中国化，以便沿着中国特色社会主义的道路，去实现民族复兴的伟大事业，我们应当在新的历史条件下，继承和发扬延安整风的历史经验和优良传统，坚持解放思想、实事求是、与时俱进的思想路线，在全党造成认真开展调查研究的浓厚风气？

　　（作者系中共党史研究室原副主任、北京大学教授、
　　中国延安精神研究会副会长）

---

① 《列宁全集》第 7 卷，人民出版社 1986 年版，第 30 页。

延安整风运动与党员主体性建设

刘焱　李栋　张永刚

在中国共产党 90 余年的历史中，我们始终面临着党员主体性建设的问题。换句话说，在我们党的革命、建设与改革的不同阶段，党员主体性得不到及时有效的确立，进一步的革命实践不仅无法实现，也可能没有意义。延安整风运动是我们党在革命战争背景下发起的一次全党范围的马克思主义思想教育运动。整风运动所呈现的，是在当时历史条件下越来越迫切地对革命实践主体自身进行改造的要求，这是一个关乎党的生死存亡，关乎中国革命的前途命运的大问题。本文主要就延安整风运动中党员主体性建设的理论与实践问题进行探讨。

一、党员主体性建设思想是中国共产党
建党理论的重要内容

主体性思想是马克思主义哲学的重要观点。马克思指出，"历史不过是追求着自己目的的人的活动而已"①，一切社会历史活动都需要人来实现，一切活动的最终目的又都是为了人自身。1937 年，毛泽东在《实践论》中指出："无产阶级和革命人民改造世界的斗争，包括实现下述的任务：改造客观世界，也改造自己的主观世界——改造自己的认

---

① 《马克思恩格斯全集》第 2 卷，人民出版社 1957 年版，第 118—119 页。

识能力，改造主观世界同客观世界的关系。"① 这是毛泽东从马克思主义认识论的高度，创造性地提出问题，回答问题，成为我们加强党员主体性建设的理论依据。

主体性是指人在对象性活动中表现出来的能动性、创造性、自主性。共产党员作为特殊的社会成员，不仅具有主体性，而且较一般社会成员的主体性更加显著。在延安整风中，毛泽东尖锐指出："有许多党员，在组织上入了党，思想上并没有完全入党，甚至完全没有入党。这种思想上没有入党的人，头脑里还装着许多剥削阶级的脏东西，根本不知道什么是无产阶级思想，什么是共产主义，什么是党。"② 延安整风的重点是整顿学风，以解决党内思想不纯、作风不正等问题，增强共产党员的党性观念，从而使共产党员的主体性具有共同的马克思主义思想信仰。

刘少奇在《论共产党员的修养》中鲜明提出了共产党员的历史使命，即："我们共产党员，是近代历史上最先进的革命者，是改造社会、改造世界的现代担当者和推动者。共产党员是在不断同反革命的斗争中去改造社会，改造世界，同时改造自己的。"③ 指明了党员主体性的实现路径："革命者要改造和提高自己，必须参加革命的实践，绝不能离开革命的实践；同时，也离不开自己在实践中的主观努力，离不开在实践中的自我修养和学习。如果没有这后一方面，革命者要求得自己的进步，仍然是不可能的。"④整风运动前后，我们党进入了非常活跃的理论创造时期。当时，毛泽东、刘少奇、陈云等结合实际进行了卓有成效的理论探索，《改造我们的学习》、《整顿党的作风》、《论共产党员的修养》等一批理论著作作为我们党进行党员主体性建设提供了重要理论支撑。

---

① 《毛泽东选集》第 1 卷，人民出版社，1991 年版，第 296 页。
② 《毛泽东选集》第 3 卷，人民出版社，1991 年版，第 875 页。
③ 《刘少奇选集》上卷，人民出版社，1981 年版，第 98—99 页。
④ 《刘少奇选集》上卷，人民出版社，1981 年版，第 98—99 页。

二、党员主体性建设在延安整风运动中的具体实践

在延安整风运动中，我们党以反对主观主义、宗派主义和党八股等形式，大力整顿党的学风、党风和文风，在确立党的思想路线、组织特性、工作方法，以及党员思想意识、主体地位、主体能力和主体作用等方面逐渐确立了党员的主体性，做出了开拓性贡献。

大兴理论学习之风，不断提升广大党员的思想理论水平。党员的主体性建设是一个逐步提高思想政治意识、去除各种错误思想意识的过程。1942 年中央决定在延安和各抗日根据地开展整风运动，重点是整顿学风。1942 年 4 月，中宣部在关于全党开展整风学习的决定中，规定了必须学习的 22 个文件，如毛泽东的《改造我们的学习》、《整顿党的作风》、《反对党八股》，列宁的《共产主义运动中的"左"派幼稚病》、《国家与革命》以及《马恩列斯方法论》等经典著作。这是全党范围空前规模的一次马克思主义及其革命理论学习活动，除了面向广大党员干部，对广大工农干部和青年知识分子也产生了重要影响。正是在延安整风时期，党的干部大兴读书、学习之风，大大提高了马列主义水平，为抗日战争，乃至对中国革命的胜利打下了基础。

反对主观主义，确立"实事求是"的思想路线。延安整风运动，用马列主义普遍真理解决中国革命实际问题，作为整风学习的指导思想和中心内容，作为整风运动的出发点和归宿。如何克服主观主义和教条主义，解决党的思想路线问题，同样贯穿了理论联系实际这一指导思想。1938 年 10 月，毛泽东在中共中央六届六中全会上提出了"使马克思主义在中国具体化"的历史任务。1940 年 1 月在《新民主主义论》中再次强调"科学的态度是'实事求是'"。1941 年 5 月，毛泽东在延安干部会上作的《改造我们的学习》的报告中，把马克思主义基本原理和中国革命实际问题的关系生动地比作箭和靶子的关系，强调要"有的放矢"，并系统地阐明了这一思想。1941 年的 7、8 月，中央先后发出《关于增强党性的决定》《关于调查研究的决定》等重要文件，号召

全党要坚持实事求是的原则，为整风运动定了基调。

明确"民主集中制"的组织原则，确立党员的主体地位。党员的主体性建设还是一个逐步改造世界观、不断凸显其组织特性的历史过程。刘少奇在七大所做的《关于修改党章的报告》中，明确党员个体与组织主体的辩证统一关系："党内民主的实质，就是要发扬党员的自动性与积极性，提高党员对党的事业的责任心，发动党员或党员的代表在党章规定的范围内尽量发表意见，以积极参加党对于人民事业的领导工作，并以此来巩固党的纪律和统一"①。为此提出了明确要求：党员个人服从党的组织，下级服从上级，少数服从多数，全党各个部分与组织统一服从中央的原则。这也就是坚持民主集中制原则基础上，尊重并明确党员的主体地位。

以思想斗争为主要形式，加强党员修养和党性锻炼。主体性建设又是不断提升主体能力的过程。1939 年 7 月 8 日，刘少奇在马列学院作《论共产党员的修养》的重要演讲，《论共产党员的修养》作为必学著作，对党员干部，甚至是对广大青年团员产生了重要影响。1941 年 7 月 1 日，中共中央作出《关于增强党性的决定》，指出了违反党性的主要错误倾向是：政治上的自由行动；组织上自成系统；思想上发展个人主义。

针对这些错误倾向，中央提出相应的改正办法。比如强调全党的统一性、集中性和服从中央领导的重要性，加强纪律教育，要求党员严格遵守民主集中制的原则，自我批评的武器和加强学习的方法等等。1941 年 1 月前后，中共中央组织在延安的 120 名高级干部，一边学习，一边开展批评和自我批评。1941 年 9 月又召开政治局扩大会议进行整风。1942 年 10 月中共中央西北局召开了长达 88 天的整风会议。通过批评和自我批评，使每个党员受到一次深刻的马克思主义教育，真正认识到自己的缺点和错误，从而自觉接受组织和党员群众的监督，在工作中不断自我警戒。

提出马克思主义中国化的主体实践路径。主体性建设还是一个不断

---

① 《刘少奇选集》上卷，人民出版社，1981 年版，第 365 页。

发挥主体作用、努力实现自身价值的历史过程。在党的六届六中全会中，毛泽东最早提出了"马克思主义中国化"的思想："马克思主义在中国的中国化，使之在其每一表现中带着必须有的中国的特性，即是说，按照中国的特点去应用它，成为全党亟待了解并亟须解决的问题。"① 在后来的历史中，以毛泽东、邓小平、江泽民、胡锦涛为代表的中国共产党人，在革命、建设与改革的过程中进行了艰苦卓绝的探索，取得了新民主主义革命和社会主义革命的胜利，走出了一条中国特色的社会主义道路，不断实现了马克思主义中国化的历史性飞跃，这也是党员主体性的价值所在。因此，马克思主义中国化，正是党员主体性建设的现实路径。

三、对当前党员主体性建设的几点启示

在这 70 余年来，我们党从来也没有停止对那段历史的总结和反思。党员主体性建设为我们提供了一个认识延安整风，总结历史经验的新视角。面对中国共产党的历史使命和时代赋予我们的机遇、挑战，我们发现，延安时期的诸多思想收获和实践经验对我们仍具重要启示意义：

一是高度重视对马克思主义理论的系统学习和教育

1938 年在党的六届六中全会上，毛泽东指出，"如果我们党有一百个至二百个系统地而不是零碎地、实际地而不是空洞地学会了马克思列宁主义的同志，就会大大地提高我们党的战斗力量，并加速我们战胜日本帝国主义的工作。"② 杨尚昆的话很有代表性："在这段时间（延安整风）里，我确实读了不少书，马克思、列宁和毛主席的不必说，少奇同志的《论共产党员的修养》、陈云同志的《怎样做一个共产党员》也是必读的。整风运动对我来说确实有很大收获，那是从来没有经历过

---

① 《毛泽东选集》第 2 卷，人民出版社 1991 年版，第 534 页。
② 《毛泽东选集》第 2 卷，人民出版社 1991 年版，第 533 页。

的。"① 可以看出，通过开展系统的马克思主义理论教育，以实现对马克思主义的世界观、无产阶级先锋队的意识和共产党员的党性修养之养成，是增强共产党员马克思主义信仰的主体性建设的必由之路。

二是要以科学的思维方法和工作方法推动实践

党员主体性建设是价值性和历史性的统一，其基本的立足点是革命实践。延安整风要面临的一个重要问题就是"如何运用马克思主义"的问题。毛泽东在《整顿党的作风》演说中提出了"有的放矢"，也就是说，党需要用马列主义基本原理来指导中国革命的具体实践，必须坚持从一切实际出发，实事求是，坚决抵制摒弃科学理论的"经验主义"和盲目照搬"书本字句"的"教条主义"，使马克思主义普遍原理和中国革命具体实践真正地结合起来。1941 年秋，中央颁发《关于调查研究的决定》，要求全党同志对待任何问题都要实事求是，穷本探源，反复论证推敲，得出切实结论，在全党大兴调查研究之风。延安整风运动是党成功推进马克思主义中国化的重大实践，延安整风运动的经验告诉我们，调查研究不仅是纠正和破除主观主义的法宝，还是在实践中检验并发展党的理论的科学方法。

三是要培养广大党员干部坚定的组织观念，时刻维护党的团结统一

延安整风运动的一个重要目标群体是各级党员领导干部。1942 年 7 月 4 日毛泽东在致聂荣臻电报称，此次整风是全党的，我们的目的，是"惩前毖后，治病救人"。治病是手段，救人是目的。批评和自我批评实际上成了一种监督机制，成了党员党性修养和党性锻炼的重要途径。通过批评与自我批评，不断改造广大党员的政治意识和思想，分清是非界限。延安整风创造了批评和自我批评的方法和"惩前毖后，治病救人"的方针，这些措施不仅确保了党员的组织特性，还破除了"对立思维"，实现了党内的高度团结统一。

党员主体性是价值性和历史性的统一，并最终在革命、建设和改革实践中生成。同时，党员主体性的实现程度体现了政党的发展程度。新世纪以来，我们党开展"三个代表"重要思想学习活动、保持共产党

---

① 《杨尚昆回忆录》，中央文献出版社 2000 年 1 版，第 208—212 页。

员先进性教育活动和学习实践科学发展观活动等，并先后提出了加强改进党的作风建设、加强党的执政能力建设、构建学习型党组织等历史任务，主体性建设都是其中的重要内容。因此，在发展的不同阶段，由于面临不同的革命任务和发展形势，对党员主体性也提出了不同的要求。党员主体性鲜明体现了一个政党的成长性。

丘吉尔曾言："你能看到多远的过去，就能看到多远的未来。"回首延安整风运动，中国共产党人紧密结合当时抗日战争形势的发展和党建工作的实际，就加强党员主体性建设进行了卓有成效的理论探索，并以整顿学风、党风和文风的形式，反对主观主义、宗派主义和党八股的形式主义，从党员理论教育、党的思想路线、党员主体地位、党员修养和党性锻炼、党员主体性的实践路径等方面进行了开拓性实践，极大提高了党解决自身问题的能力，对推进新时期党的先进性和纯洁性建设具有十分重要的启示意义。历史经验弥足珍贵，历史机遇时不我待，愿我们在马克思主义政党建设的伟大事业中不断与时俱进，取得新的成就。

（作者单位：河北大学）

延安整风对
"建设一个什么样的党"的伟大意义

黄有泰

延安整风运动是我们党开展的深入的马克思主义教育运动，它以解放思想、树立实事求是的思想路线为先导，彻底批判党内历次"左"右倾错误特别是王明的"左"倾路线，强力推进马克思主义与我们党的建设实际相结合，进一步夯实以马克思主义为行动指南的理论基础，进一步坚定建设社会主义实现共产主义的奋斗目标，进一步担负领导中国工人阶级和人民事业取得胜利的历史责任，对于探寻"建设一个什么样的党"具有伟大的意义，在国际共产主义运动史上矗立了灿烂的丰碑。

一、进一步明确指导思想：坚持以马克思主义
为行动指南

政党作为由多数人员组成的政治集团，要领导本阶级取得胜利，任务艰巨，道路坎坷，必须有科学的理论指导。有了科学的理论指导，才能统一全党的思想认识，制定正确的纲领政策，动员和激发人民的力量，实现肩负的历史使命。这是政党建设发展中的关键问题。列宁曾说：革命理论是革命党的灵魂，革命党的旗帜。只有以先进理论为指南的党，才能实现先锋战士的作用。

共产党是工人阶级的政党，是人民群众的先锋队，共产党的使命是要带领工人阶级和广大人民争取翻身解放，实现自由幸福，这是人类最

伟大最艰巨的事业，因而它必须以人类最科学最先进的理论为指导。这个理论就只能是马克思主义，因为只有马克思主义理论才能正确地反映自然界、人类社会和思维的客观规律，代表最广大人民的利益和愿望，揭示历史前进的正确方向，指引无产阶级和人民群众实现自由民主幸福。如果没有马克思主义做指导，工人阶级和人民群众的事业就不能取得胜利。恩格斯曾经指出：工人阶级政党有个很大的优点，就是有马克思主义的科学世界观作为理论的基础。列宁进一步指出：共产党的整个世界观以科学社会主义即马克思主义为基础，因为马克思主义第一次把社会主义从空想变成科学，给这个科学奠定了巩固的基础，规划了继续发展和详细研究这个科学所应遵循的道路。正是这样，列宁一方面学习和运用马克思主义，另一方面又丰富和发展马克思主义，从而把布尔什维克党建设成为了坚强的无产阶级先锋队，领导苏联十月革命取得了伟大胜利，建立了世界上第一个社会主义国家。

我们党是在马列主义指导下建立起来的，然而对于马克思主义的指导地位，虽然从整体上说是一贯坚持的，但是也有一些人在某些时候认识比较模糊，行动有些摇摆，而有的不顾中国的主客观条件，或从经验主义的观点出发，把狭隘的经验绝对化，把局部的经验当成普遍真理，或者对马列主义的词句死搬硬套，生吞活剥，其中特别是王明的"左"倾做法，把马克思列宁主义教条化，把共产国际指示和苏联革命经验神圣化，从而制定和实行了错误的指导路线，把党和人民的革命事业拖入险境。遵义会议结束了王明路线的统治，但是他的教条主义错误直至延安时期还在深刻影响许多党员和干部，对马克思主义的指导地位产生着严重的障碍作用。

针对这种情况，延安整风把彻底批判教条僵化等主观主义的错误作为首要任务。毛泽东深刻指出："教条主义脱离具体的实践，经验主义把局部经验误认为普遍真理，这两种机会主义的思想都是违背马克思主义的。"[1] "这种作风，拿了律己，则害了自己；拿了教人，则害了别人；拿了指导革命，则害了革命。总之，这种反科学的反马克思列宁主

---

① 《毛泽东选集》第 3 卷，人民出版社 1991 年版，第 1094 页。

义的主观主义的方法，是共产党的大敌，是工人阶级的大敌，是人民的大敌，是民族的大敌，是党性不纯的一种表现。大敌当前，我们有打倒它的必要。只有打倒了主观主义，马克思列宁主义的真理才会抬头，党性才会巩固，革命才会胜利。"[1] "要有目的地去研究马克思列宁主义的理论，要使马克思列宁主义的理论和中国革命的实际运动结合起来，为着解决中国革命的理论问题和策略问题而去从它找立场，找观点，找方法"[2]。在毛泽东的教导和带领下，全党同志紧密联系党的历史和现实经验，联系自己的思想和工作实际，认真学习和领会唯物主义认识论，深刻揭露和批判经验主义和教条主义给党的事业带来的危害，逐渐明确了，"主观主义是一种不正派的学风，它是反对马克思列宁主义的，它是和共产党不能并存的。"[3] 学习和运用马克思列宁主义，如果单凭主观热情去套用过去的经验或者照搬书本的词句，而不对周围环境作系统的周密的调查研究，不懂得中国的昨天和今天，就会走向主观主义，给革命带来损失。我们应该把革命气概和实际精神结合起来，确立以研究中国革命实际问题为中心，以坚持马列主义指导为基本原则，使马克思列宁主义的理论和中国革命的实际运动结合起来，对客观存在的事实加以科学的研究和综合，从分析这些事实中找出方针、政策、办法来，这样我们的事业才能胜利。

延安整风中，全体党员特别是高中级领导干部通过深刻揭露并彻底批判教条主义和经验主义的错误，从而树立了从实际出发实事求是的思想路线，把马列主义当作行动的指南，坚持从中国革命实际出发，应用马克思列宁主义的立场、观点和方法分析和解决面临的问题，推动了马列主义与中国革命实际相结合，并在各方面作出合乎中国需要的理论性成果，实现了马克思主义中国化的第一次飞跃。这样进一步促进了我们党坚持马克思主义的指导地位，对建设起一个用马克思主义武装起来的工人阶级先进政党提供了坚强的保障。

---

① 《毛泽东选集》第 3 卷，人民出版社 1991 年版，第 800 页。
② 《毛泽东选集》第 3 卷，人民出版社 1991 年版，第 801 页。
③ 《毛泽东选集》第 3 卷，人民出版社 1991 年版，第 812—813 页。

理论建设是共产党建设的基础，它关系着党的面貌和形象，影响甚至决定着其他各方面建设的方向和成效，因此必须把理论建设放在首位。而要抓好思想理论建设，首先就需要明确建设什么、怎样建设等问题，即以什么思想理论武装和指导全党、如何掌握和运用这个思想理论。只有以科学先进的思想理论作为行动指南，并且与时俱进地丰富和发展这个理论，才能提高党的建设的科学化水平，充分发挥先进理论的指导作用。毛泽东曾经指出：我们的党从它一开始，就郑重地把马克思列宁主义写在自己的旗帜上，因为这个主义是全世界无产阶级的最正确最革命的科学思想的结晶。他同时又指出：如果没有科学的态度，即没有马克思列宁主义的理论和实践相统一的态度，就不能真正坚持和贯彻马克思主义。

　　只有应用有的放矢的科学态度，对周围环境作系统的周密的调查和研究，把革命气概和实际精神结合起来，有目的地去研究马克思列宁主义的理论，使马克思列宁主义的理论和中国革命的实际运动结合起来，才能真正坚持和贯彻马克思列宁主义，从而开辟出正确的革命和建设道路。"反映了全世界无产阶级实践斗争的马克思列宁主义的普遍真理，在它同中国无产阶级和广大人民群众的革命斗争的具体实践相结合的时候，就成为中国人民百战百胜的武器。"①

　　正是经过延安整风，我们党彻底揭露和批判了经验主义和教条主义的错误，进一步地坚定了马列主义的指导地位，并把它与革命和建设的具体实践紧密结合起来，不断以新的经验和新的结论丰富和发展马列主义，在90余年的世界形势急剧变化、意识形态领域斗争十分尖锐的历程中，创立了四大理论成果——毛泽东思想、邓小平理论、"三个代表"重要思想、科学发展观，并且创造性地运用这些成果指导党的全部工作，这样使党的建设高扬了真理的伟大旗帜，充满了浓郁的时代精神，适应了事业发展的迫切需要，保证了党雄姿英发地成长，朝气蓬勃地前进，从而把党建设成为了思想理论科学先进、始终走在时代前列的马克思主义政党，始终成为共产主义的先锋队，始终成为中国人民坚强

---

① 《毛泽东选集》第3卷，人民出版社1991年版，第1094页。

的领导核心，率领中国工人阶级和人民大众夺取了革命、建设、改革事业的一个个伟大胜利。

二、进一步坚定奋斗目标：建设社会主义，实现共产主义

人类社会由于生产力与生产关系、经济基础与上层建筑的矛盾运动，必定要从原始社会、奴隶社会、封建社会、资本主义社会，走向社会主义社会和共产主义社会，这是不以人的意志为转移的客观规律，也是人民群众的根本利益和美好愿望。

政党都会确定自己的奋斗目标，因为奋斗目标是政党行动的目的和标杆。资产阶级政党把目标确定为建立"自由"、"民主"的资本主义社会，这个目标相对于封建制度来说是进步的，但是它实质上只有资产阶级有自由、民主，因而它最终还是落后的反动的。共产党是工人阶级的先进部队，它以辩证唯物主义为世界观，把奋斗目标确定为首先推翻资本主义统治，建立社会主义社会，最终实现共产主义社会。在共产主义社会，生产力高度发达，没有剥削，没有压迫，人们能够自由发展。这顺应了社会发展的一般规律，代表了人民群众的根本利益和美好理想，是历史上最科学最先进的目标。

我们党从诞生之日起就把实现社会主义和共产主义写在自己的纲领中。毛泽东特别指出说："我们的将来纲领或最高纲领，是要将中国推进到社会主义社会和共产主义社会去的，这是确定的和毫无疑义的。我们的党的名称和我们的马克思主义的宇宙观，明确地指明了这个将来的、无限光明的、无限美妙的最高理想。"① 为着实现这一目标，千百万共产党人前赴后继，流血牺牲，英勇奋斗。然而，正如毛泽东早就指出的：由于"中国是一个小资产阶级成分极其广大的国家，我们党是处在这个广大阶级的包围中，我们又有很大数量的党员是出身于这个阶级

---

① 《毛泽东选集》第3卷，人民出版社1991年版，第1059页。

的，他们都不免或长或短地拖着一条小资产阶级的尾巴进党来"①。这样致使一些党员对社会发展的规律认识不深，对共产主义的信念还不怎么坚定。其中值得注意的是抗日战争爆发以来，全国各地大批革命青年奔向革命的领导中心——延安，并且纷纷加入到我们党的队伍当中来，全党人数由抗战初期的 4 万人很快发展到 1940 年的 80 万人。这些新党员绝大多数出身于农民、小资产阶级，虽有满腔的革命热情，但是还没有经受过严格的革命斗争考验和党性锻炼，他们身上往往还带有各种非无产阶级的思想作风，其中特别是有的人共产党的意识还不牢固，共产主义的理想还不坚定，这样对我们党实现奋斗目标产生着严重的影响。对此，毛泽东尖锐指出："有许多党员，在组织上入了党，思想上并没有完全入党，甚至完全没有入党。这种思想上没有入党的人，头脑里还装着许多剥削阶级的脏东西，根本不知道什么是无产阶级思想，什么是共产主义，什么是党。"② 针对这种情况，整风过程中，毛泽东引导党员深入开展对各种非无产阶级思想的批判，加强唯物主义历史观的宣传，加强共产主义理想的教育，促进党员特别是知识分子新党员加深对社会发展规律的认识，懂得共产主义是历史发展的客观规律和必然趋势，是人类追求的最合理最美好的社会制度，是劳动人民的向往目标和强烈愿望，懂得我们党把实现共产主义作为最高纲领，正是顺应了历史的前进规律，代表了人民的美好夙愿，因此为共产主义奋斗终生是每个共产党员的光荣义务和政治责任。

奋斗目标是政党行动的根本方向和指针。符合社会发展要求、满足人民愿望的奋斗目标，才能形成为政党的旗帜，指引革命事业取得胜利。这样的目标又必须为全体党员所理解和贯彻，才能得到真正坚持和落实。延安整风通过广泛深入的教育宣传，帮助广大党员深刻理解我们党坚持社会主义和共产主义的目标，把中国社会发展规律和共产党的远大理想有机地统一了起来，符合历史的前进要求和人民的强烈期盼，因而是最科学最先进的目标，是党员应该肩负的政治责任，从而进一步坚

---

① 《毛泽东选集》第 3 卷，人民出版社 1991 年版，第 833 页。
② 《毛泽东选集》第 3 卷，人民出版社 1991 年版，第 875 页。

定了广大党员为共产主义奋斗的决心和信心，坚定了全党行动的正确方向和高尚信念。这样把我们党的纲领深深植入了广大党员的头脑中，有力地增强了全党建设社会主义实现共产主义的热情，艰苦创业，开拓进取，取得了震惊世界的伟大成绩：完成了新民主主义革命任务，实现了民族独立和人民解放，开启了中国社会发展的新纪元；建立了社会主义制度，实现了中国历史上最广泛最深刻的社会变革，促进了中国社会变革和历史进步的巨大飞跃；开创了建设中国特色社会主义宏伟事业，展现了社会主义的蓬勃生机和强大活力，开创了中华民族伟大复兴的灿烂前程。

三、进一步担负历史责任：领导中国工人阶级和人民事业取得胜利

政党具有反映民意与综合利益、制定纲领与政策、进行思想政治教育、整合政治资源与维持稳固安定等功能，在现代政治体系和政治过程中扮演着十分重要的角色。政党的领导是阶级的事业取得胜利的根本条件，政党为实现自己的政治目标，必须担当起对本阶级群众的领导重任。

共产党是工人阶级和人民群众的事业取得胜利的根本保证，因为共产党是用人类最科学先进的马克思主义理论武装的党，能发现和掌握社会历史发展的一般规律，正确地制定和执行符合实际的战略和策略，最广泛地组织工人阶级和广大人民的力量。马克思早就提出：无产阶级和人民群众要得到翻身解放必须有自己的政党——共产党的领导，共产党要实现自己的目标也必须依靠发挥无产阶级和劳苦大众的力量。

中国无产阶级和人民大众反对剥削阶级的残酷统治、争取解放和自由的斗争，是中国历史上最伟大最艰苦的革命，这场革命的根本任务是要彻底推翻帝国主义、封建主义和官僚资本主义，它要从经济基础到上层建筑各方面进行根本的变革，彻底铲除人民受苦受难的深厚根源，实现大众翻身解放和自由幸福，因而它是中国社会发展中史无前例的伟大

壮举。领导这场革命取得胜利的任务历史地落在了中国共产党的肩上。"因为半殖民地的中国的社会各阶层和各种政治集团中，只有无产阶级和共产党，才最没有狭隘性和自私自利性，最有远大的政治眼光和最有组织性，而且也最能虚心地接受世界上先进的无产阶级及其政党的经验而用之于自己的事业。因此，只有无产阶级和共产党能够领导农民、城市小资产阶级和资产阶级，克服农民和小资产阶级的狭隘性，克服失业者群的破坏性，并且还能够克服资产阶级的动摇和不彻底性（如果共产党的政策不犯错误的话），而使革命和战争走上胜利的道路。"① 于是，我们党铁肩担道义，从建立之日起就把这个重任扛在自己肩上，并且为此英勇奋斗，艰苦探索。

然而对于这一领导地位和领导责任，党内却又出现过认识和行动上的偏差。其中主要有第一次国内革命战争中陈独秀放弃领导权致使轰轰烈烈的大革命归于失败，还有抗日战争中王明在我党与国民党实行联合阵线中，主张"一切经过统一战线，一切服从统一战线"，要把抗击日本侵略者的领导权拱手送给蒋介石。由于王明长期有着共产国际执委、书记处书记的特殊身份，又得到斯大林和共产国际的大力支持，因而他的错误使许多不明真相的干部和党员深受蒙蔽和欺骗，对我们党坚持独立自主的地位和统一领导的原则产生了严重的影响。根据这个情况，党中央引导全党从批判教条主义的认识路线入手，集中开展了对右倾投降主义的批判。毛泽东深刻指出："中国共产党在革命斗争中的伟大的历史成就，使得今天处在民族敌人侵入的紧急关头的中国有了救亡图存的条件，这个条件就是有了一个为大多数人民所信任的、被人民在长时间内考验过因此选中了的政治领导者。"② "依现时的情况说来，离开了无产阶级及其政党的政治领导，抗日民族统一战线就不能建立，和平民主抗战的目的就不能实现，祖国就不能保卫，统一的民主共和国就不能成功。"③ "三次革命的经验，尤其是抗日战争的经验，给了我们和中国人

---

① 《毛泽东选集》第 1 卷，人民出版社 1991 年版，第 183—184 页。
② 《毛泽东选集》第 1 卷，人民出版社 1991 年版，第 185 页。
③ 《毛泽东选集》第 1 卷，人民出版社 1991 年版，第 262 页。

民这样一种信心：没有中国共产党的努力，没有中国共产党人做中国人民的中流砥柱，中国的独立和解放是不可能的，中国的工业化和农业近代化也是不可能的。"①

为把党建设成为领导抗日战争的团结统一的坚强核心，在整风中还集中开展了对宗派主义的批判和清算。毛泽东指出："宗派主义是主观主义在组织关系上的一种表现；我们如果不要主观主义，要发展马克思列宁主义实事求是的精神，就必须扫除党内宗派主义的残余，以党的利益高于个人和局部的利益为出发点，使党达到完全团结统一的地步。"②"由于二十年的锻炼，现在我们党内并没有占统治地位的宗派主义了。但是宗派主义的残余是还存在的，有对党内的宗派主义残余，也有对党外的宗派主义残余。对内的宗派主义倾向产生排内性，妨碍党内的统一和团结；对外的宗派主义倾向产生排外性，妨碍党团结全国人民的事业。铲除这两方面的祸根，才能使党在团结全党同志和团结全国人民的伟大事业中畅行无阻。"③ 于是，全党深入查找和批判了在局部和全体的关系、个人和党的关系、外来干部和本地干部的关系、军队干部和地方干部的关系、军队和军队、地方和地方等问题上闹独立性、拉山头、搞帮派、组织小团体的各种现象，促进了全党在毛泽东思想基础上的团结统一。

通过在整风中对投降主义和宗派主义的深刻批判和清算，大大提高了以毛泽东为首的党中央的威望，实现了全党的坚强巩固和集中统一，增强了党的凝聚力和战斗力，从而在随后党的七大上选举产生了以毛泽东为核心的新的中央领导集体，制定和贯彻了打败日本帝国主义的侵略，推翻国民党反动统治的正确路线和政策，建立了中华人民共和国，实现了民族独立和人民解放，开启了中国社会发展的新纪元。对于延安整风在我党发展史上的巨大作用，不仅我们的朋友给予充分赞扬，而且连当时的敌人蒋介石也不得不肯定，他在 1947 年 9 月 14 日国民党六届

---

① 《毛泽东选集》第 3 卷，人民出版社 1991 年版，第 1097—1098 页。
② 《毛泽东选集》第 3 卷，人民出版社 1991 年版，第 825 页。
③ 《毛泽东选集》第 3 卷，人民出版社 1991 年版，第 821 页。

四中全会暨党团联席会议上说：现在共产党力量增强，"大半是由于他这个整风运动而发生的"。整风运动使中共养成了"科学的精神和科学的办事方法"，并"运用于组织、宣传、训练与作战"，"逐渐打破其过去空疏迂阔的形式主义，使一般干部养成了注重客观，实事求是的精神"，这可以说是共产党训练"最大的成功"。这个评价，对正确评价延安整风的作用给予了一个有力注脚。①

政党是政治领导集团，是阶级阶层事业的胜利保障。共产党是应工人阶级革命斗争的需要而产生的，因此更应自觉地肩负起历史的使命，坚强有力地率领工人阶级和人民大众为共产主义事业而奋斗。特别是在我们这样一个多民族的大国，要把十数亿人的力量凝聚起来，向着社会主义的目标前进，必须有中国共产党的坚强领导。否则，就会成为一盘散沙，四分五裂，不仅现代化实现不了，而且必然陷入混乱的深渊。历史雄辩地证明，正是经过延安整风，我们党进一步明确了领导中国工人阶级和人民事业取得胜利的历史责任，从而在以后的革命和建设实践中始终坚持领导地位，把握领导权力，不断提高领导水平，增强领导能力，在世界形势深刻变化的历史进程中始终走在时代前列，在应对国内外各种风险和考验的历史进程中始终成为全国人民的主心骨，在发展中国社会主义的历史进程中始终成为坚强的领导核心，推动了中国社会从最黑暗的制度向着光明的前途实现巨大的跨越，率领中华民族从最悲惨的境遇向着振兴的远景实现伟大的腾飞，从而使共产党灿烂的历史使命之花结出了丰硕的强国富民之果，为马克思主义的领导理论增添了宝贵的经验，为国际共产主义事业做出了重大的贡献。

（作者单位：湖北省委党校）

---

① 李东朗：《延安整风运动：党的建设的伟大工程》，《中国党政干部论坛》2011 年第 6 期。

延安整风运动与党的思想纯洁性建设

李克强

  1942 年我们党在延安开展了一场旨在反对主观主义以整顿学风、反对宗派主义以整顿党风、反对党八股以整顿文风的整风运动。这是一次全党范围内的马克思主义教育运动和思想解放运动。这次整风运动，不但为我们党思想路线的最终确立奠定了基础，而且极大地提高了全党的政治素质和战斗力，为加速抗日战争和新民主主义革命在全国的胜利，起到了决定性的作用；不仅加强了党在思想上、政治上、组织上和作风上的建设，而且对新中国成立后我国社会主义革命、建设和改革事业的顺利推进，都具有深远的历史意义。延安整风精神在今天依然放射出不可磨灭的光芒，重温、纪念和发扬延安整风精神，对新形势下党的思想纯洁性建设有着十分重要的现实意义。

一、延安整风运动的思想意义

  回顾党的历史，之所以要进行这样的整风运动，主要是因为自党成立后 20 年来，党经历了曲折复杂残酷的"左"的和右的错误思想路线的斗争，特别是王明"左"的错误在党内造成的恶劣影响，使革命蒙受巨大的损失。虽然在遵义会议确立了以毛泽东为代表的党中央的正确领导，党从军事上、政治上纠正了王明"左"倾教条主义错误，但还没有从思想上系统地纠正这种错误，没有来得及对党的历史经验进行系统的总结。从延安整风运动的思想意义来看，主要是三条：

一是确立了实事求是的思想路线。当时，许多党员干部对王明等机械地执行共产国际指示、照抄照搬十月革命的模式，对马克思主义教条式的理解等错误还缺乏深刻的认识，没有从思想路线的高度对党内历次错误的根源进行深刻的总结。通过延安整风运动，全党明确了必须把马克思主义的理论与中国革命的实际相结合，坚持从中国革命的实际出发，用马克思主义的"矢"去射中国革命的"的"，从而确立了党的实事求是的思想路线。

二是解决了思想上建党这样一个重大问题。延安时期，随着革命形势的迅速发展，党员数量增加到了80余万。党员中没有文化的农民和小资产阶级占有很大比重，队伍虽然扩大了，许多党员在组织上履行了入党手续，但在思想上并没有完全入党。他们中大部分缺乏基本的马克思主义素养，许多非无产阶级思想被带进了党内，为错误思想的滋生滋长提供了土壤。通过延安整风运动，在全党进行系统的马克思主义理论教育，加强了党的思想纯洁性建设。思想上入党，成为党的建设的一条重要历史经验和政治要求。

三是坚定了全党的理想信念。1942年，抗日战争进入到最艰难的时期，日本帝国主义和国民党顽固派加紧对根据地的"扫荡"和封锁包围，根据地和解放区出现了严重的困难局面，根据地面积缩小了，八路军减少了，全国解放区人口由1亿降到5000万以下。一些地区连续发生水、旱、虫等自然灾害，更增加了根据地的困难。一些党员干部的精神状态和作风出现了滑坡，革命信念出现了一定程度的动摇。通过延安整风运动使全党普遍增强了理想信念，坚定了党员干部战胜困难，争取胜利的信心和决心。

可以说，整风运动使全党的思想纯洁性得到了空前的提高，党的战斗力明显增强，马克思主义理论水平得到很大提升，也为党更好地完成新的伟大历史任务奠定了思想基础，提供了思想保证。

二、延安整风运动对新形势下党的思想建设的深刻启示

延安整风是马克思主义与中国共产党建设实际相结合的一次伟大实践和成功范例，对新形势下我们党的思想建设仍然有着深刻的启示。

一是党的思想建设必须始终围绕党的政治路线来展开。党的政治路线决定着党的全部工作的总方向和总目标。党的建设，尤其是党的思想建设历来同党的政治路线密切相关，党的思想路线必须围绕党的政治路线来进行，这既保证了党的政治路线的贯彻执行，同时也检验了党的思想路线的正确性和科学性。延安时期，我们党紧紧围绕领导人民打败日本帝国主义，建设新民主主义这一政治路线，把马克思主义同中国革命实际相结合，形成了毛泽东思想，指导我们党取得了新民主主义革命的胜利。实践证明，能否紧紧联系党的政治路线来加强党的思想建设，决定着党的建设的成效，同样关系党的前途命运。在当前，我们坚定不移地走中国特色社会主义道路，就必须紧密联系建设中国特色社会主义来加强党的思想建设。

二是党的建设的着力点是不断提高全党特别是党的各级领导干部的理论水平。善于运用马克思主义理论建党、立党、兴党是我们党的政治优势。延安时期，党内特别是党的各级领导干部形成了学习研究马克思主义、毛泽东思想的热潮，使全党的马克思主义理论水平有了很大提高，党的思想理论建设产生了新的飞跃。这启示我们，加强党的思想理论建设，最根本的一点就是要把党的各级领导干部的思想理论基础打牢。实践证明，坚持以思想理论建设为根本建设，坚持党的指导思想与时俱进，坚持用发展着的马克思主义武装全党，中国特色社会主义的发展就有了坚实的思想理论基础、正确的前进方向和强大的精神动力，就能不断开创新局面。

三是党的思想理论建设必须坚持从实际出发，改革创新、与时俱进。改革创新，勇于探索，永不僵化是我们党在思想上、理论上保持创造力、凝聚力、战斗力，充满生机活力的关键。在延安时期，党中央和

毛泽东从中国内忧外患、半殖民地半封建的国情和中国共产党的党情出发，在总结建党以来党建经验教训的基础上，坚持实事求是，实现了马克思主义中国化，创造性地提出"着重从思想上建设党"，全面推进党的思想、政治、组织和作风建设。经过延安整风运动，全党在思想理论上达到了高度一致和统一。实践证明，在党的思想建设上既要坚持马克思主义基本原理，又要从实际出发，既要继承光荣传统，又要做到与时俱进，才能使我们党在思想理论上有新发展，在实践上有新创造，必须坚持用思想理论建设的最新成果武装全党，始终保证党走在时代前列。

三、发扬延安整风精神，切实保持党在思想上的纯洁性

思想纯洁是组织纯洁、作风纯洁的前提和基础。保持党在思想上的纯洁性，是保持党的纯洁性的首要任务。在新形势下，我们党所处的历史方位和执政条件、党员队伍、组成结构都发生了重大变化，来自外部的风险前所未有，保持党的纯洁性，特别是思想的纯洁性，是一项重大而复杂的政治任务。

一是要坚持马克思主义的指导地位。马克思主义是我们立党之本，建党之基。任何放弃或动摇马克思主义的指导地位，必然导致我们拥有8000多万的世界第一大党丧失执政地位，甚而涣散或瓦解，苏东剧变就是例证，所以，老祖宗不能丢。用马克思主义武装党员干部，是须臾不能放松的。在当前，最重要的就是要用中国特色社会主义理论体系武装和教育全党，特别是要用科学发展观教育党员干部群众。

二是要不断增强党员干部的理想信念。要教育广大党员干部成为中国特色社会主义共同理想的坚定信仰者和忠实践行者，不为任何风险所惧、不为任何干扰所惑，坚定不移地高举中国特色社会主义伟大旗帜，始终坚持中国特色社会主义道路、制度和理论体系，自觉贯彻党的基本理论、基本路线、基本纲领、基本经验，始终坚持社会主义核心价值体系的引领，使全体党员特别是领导干部成为核心价值体系的践行者。

三是对马克思主义特别是中国特色社会主义要坚持做到真懂、真

信、真用。真懂，就是主要观点懂、精神实质懂；真信，就是思想深处信、灵魂深处信；真用，就是联系实际用、针对问题用。对马克思主义的指导不能形而上学地理解，形式主义、本本主义、教条主义都要加以反对，对当前的各种错误思潮，要辩证地历史地分析和甄别，明确赞成什么，反对什么。每个党员干部还要从自身的思想根源找问题，自觉扫除思想上的灰尘，在工作生活和学习中，坚持做到真懂、真信、真用，永葆共产党员纯洁的本色。

四是始终坚持党的宗旨。全心全意为人民服务是我们党的宗旨，是判断我们思想和一切工作的出发点和落脚点。宗旨意识不强，就谈不上思想上的纯洁性。要加强对党员干部的世界观、人生观、价值观教育，弄清"入党为什么、执政干什么、身后留什么"，树立科学的世界观、人生观、价值观；发展观、政绩观、权力观；群众观、利益观、地位观，切实解决宗旨意识淡薄的问题。

（作者系宁夏回族自治区党委宣传部副部长，文明办主任）

肩负起加强文风建设的历史重任

黄禹康

"要使革命精神获得发展，必须抛弃党八股，采取生动活泼新鲜有力的马克思列宁主义的文风。"① "学风和文风也都是党的作风，都是党风。"② 这是毛泽东在延安整风运动讲话中的重要论述。文风既是党风问题，也是世风问题；它既反映着作者的文化理论修养水平，也反映着作者的思想道德修养水平，体现着作者的综合素质，甚至体现着整个社会的精神气质。它不仅仅是个语言问题，而首先重要的是对客观事物的态度问题，是世界观方法论问题。所以，无论从哪种意义上讲，文风问题是关系到党的作风建设中不容忽视的一个重要方面。

一、学习延安整风精神，充分认识加强文风建设的现实意义

毛泽东在《反对党八股》一文中指出："不反对老八股和老教条主义，中国人民的思想就不能从老八股和老教条主义的束缚下面获得解放，中国就不会有自由独立的希望"③。只要彻底地摈弃党八股，"新的文风就可以获得充实，获得普遍的发展，党的革命事业，也就可以向前

---

① 《毛泽东选集》第3卷，人民出版社1991年版，第840页
② 《毛泽东选集》第3卷，人民出版社1991年版，第812页
③ 《毛泽东选集》第3卷，人民出版社1991年版，第832页

推进了"①。胡锦涛在党的十七届四中全会上强调："大力整治文风会风，提倡开短会、讲短话、讲管用的话，力戒空话套话。"并且要"从领导机关做起"。这充分体现了改进文风对加强党的执政能力建设的重要性，需要党的各级领导干部高度重视，并切实在改进文风中提高党的执政能力，巩固党的执政地位，实现党的执政目标。

（一）加强文风建设是我们党的一贯传统

我们党历来十分重视文风建设，一直为培养生动活泼新鲜有力的马克思主义文风而努力。从党的历史看，早在 1942 年延安整风期间，毛泽东在延安干部会议上作了《反对党八股》、《整顿党的作风》等著名讲演，对文风问题作了深刻的阐述，明确提出了反对党八股，以整顿文风的任务。1978 年党的十一届三中全会上，邓小平作了"解放思想、实事求是、团结一致向前看"的主题发言，语言精练，掷地有声，对倡导新时期良好的文风起到了积极的作用。之后，我们党的领导人和各界人士多次强调坚持实事求是的思想路线，切实改进文风的重要性。党的十六届四中全会通过的《中共中央关于加强党的执政能力建设的决定》指出："从中央做起，改革会议制度，大力精简会议、文件和简报，切实改进文风"。2008 年，胡锦涛在视察《人民日报》时的讲话和纪念《求是》杂志创刊 50 周年的贺信中，又进一步强调要改进文风，这不仅是对新闻媒体的要求，也是对全党的要求，有很强的针对性，这些号召应该得到认真落实。

（二）加强文风建设是加强党性修养的永恒主题

文风问题，是学风问题、党风问题，更是一个党性问题，是我们加强党性修养的永恒主题。首先，这是个能不能真正坚持实事求是原则的问题。党的理论联系实际、把马克思主义普遍真理与中国革命具体实际相结合的作风，体现在文风上，就是中国人民喜闻乐见的中国作风和中

---

① 《毛泽东选集》第 3 卷，人民出版社 1991 年版，第 841 页

国气派、生动活泼新鲜有力的马克思主义革命文风。这是使民族精神获得发展，把党的革命事业和社会主义建设事业推向前进的动力。其次，这是个对党和人民事业是不是真正负责的问题。空话、假话、大话、套话，归结起来是讲没有用的话。明明知道没有用照讲不误，是对党和人民事业不负责任的行为。过去先进不等于现在先进，现在先进不等于永远先进。只有时刻注意加强文风建设，才能承担起人民和历史赋予的重要使命，提高我们的党性修养。

（三）加强文风建设事关党的事业兴衰成败

文风问题不是一个小问题，古人常说"文章经国之大业，不朽之盛事"，毛泽东曾指斥党八股能"害人"、"妨害革命"乃至"祸国殃民"。历史反复证明，文风建设始终与中国共产党的事业发展休戚相关，因为文风不仅是党的思想作风和工作作风的一种表现形式，而且反过来影响党的思想作风和工作作风，进而影响到公众的思想与精神取向，甚至影响到国家的前途和命运。当前，我国正处在全面建设小康社会的关键时期，国际形势复杂多变，国内改革发展稳定和党的建设的各项任务非常繁重。我们面临的发展机遇前所未有，面对的挑战也前所未有。我们党要跟上时代发展，应对时代挑战，肩负历史使命，提高执政能力，就必须加强党内的文风建设。只有这样，才能筑牢全党全国人民团结奋斗的共同思想基础，才能战胜前进道路上的各种困难和挑战，使党的事业不断从胜利走向新的胜利。

二、领会延安整风精神，深刻查找出当前文风存在的问题及根源

改革开放 30 多年来，既解放了生产力，也解放了人们的思想，促进了文风的变革，我们党内的文风问题有所好转，在政策宣传和理论研究，特别是在党政机关运行的各类公文中，质量高、影响大的好文稿大

量涌现。但是党内的不正文风仍是一个久治不愈的顽疾，当年毛泽东批判的党八股的八种表现在今天不仅没有绝迹，而且时常乔装打扮、改头换面，品种繁多、五花八门，招摇过市、令人生厌。据笔者初步调查归纳：

一是过年文章。有的领导干部分析形势，上下内外一派大好，机遇良缘千载难逢；谈到问题，都是前进中的问题，不成问题的问题；展望未来，肯定成绩，说的全是过年的话，"歌舞升平"，前景光辉灿烂。对落实科学发展观和构建社会主义和谐社会中的重大问题、某些带有倾向性的问题、涉及人民群众最关心最直接最现实的利益问题时，总是含含糊糊，模棱两可，没有原则，不讲政治。当年马克思、列宁、毛泽东在与他们的政敌斗争中时时显露出来的愤怒激情和磅礴气势，在现实的文章中已荡然无存。

二是广告文章。有的领导干部不深入调查，抓住一点小事或者计划中还未落实的事情，唯恐天下不知道，往大的范畴上扯，把个别的写成普遍的，把偶然的写成必然的，把自发的写成有组织有领导的，把计划写成总结，把设想写成现实。采用种种掩人耳目、瞒天过海的手法，欺骗领导，蒙骗群众，虚报数字，把事迹拼凑起来，移花接木，以抬高自己。

三是包装文章。时下某些人的为官之道，第一位的是要搞好自己的政治宣传和包装。为此，他们就频频使自己的名字和形象见诸各种媒体，在公众面前将自己打扮成很有思想很有能力的样子，以期引起领导的注意、群众的关注。

四是热点文章。有的领导干部打着创新观念、解放思想的旗号，忙于跟风刮风，望风而文，见热就炒，一哄而上，社会上有什么热点就写什么热点宣传什么热点，缺乏科学冷静的观察与思考。结果往往使舆论导向随风摇摆，甚至在某些政治原则、政治方向等大是大非问题上出现左右偏差。

五是加密文章。在行文中加入一组组的"密码"数字或者字母。如某文中的"5678系统工程"，人们看来看去茫然不知，经作者亲自破译终于豁然开朗：养5头牛6头猪7只羊8只兔。其高明之处就在于，不经作者独家权威解释，谁也看不懂猜不透。如今在很多领导的讲话中也喜欢用这些"密码"，如"四化两型"、"一化三基"等举不胜举，用来增加其神秘色彩。

六是关门文章。有的领导机关制定一项文件、规定，既不认真听取群众的声音，也不深入分析具体情况，闭门造车，除了说些空话套话外，既不能解决任何实际问题，又缺乏针对性、时效性；用来指导工作，只能是纸上谈兵。而这种从主观到主观的东西，又往往作为上级的"部署"去贯彻落实，严重脱离基层实际，甚至朝令夕改。

七是表态文章。上级开会，作了部署，发了文件，有的不是结合自身实际深入研究贯彻落实的具体措施，而是忙于表态，赶紧开会，照搬照转，用会议落实会议，用文件落实文件，美其名曰"保持一致，行动要快"。至于下面落实不落实、能不能落实则不闻不问。表面上看是对上面负责，其实质是对上对下都没有负责。

八是经验文章。一些领导干部固守陈腐的观念、传统的习惯、往日的经验，老生常谈。不能站到改革开放新情况的角度来分析认识问题，抓不住新事物新矛盾的特殊性，把握不住事物的走向，思维的空间被围在狭小的天地里，只能看到眼皮底下那点事，缺乏深刻的洞察力和政治敏锐性，不能言人之欲言、言人之不能言，提不出切合实际行之有效的措施，严重束缚了人们的手脚。

凡此种种，误党误政，害国害民，危害甚烈。它窒息创新的思想，泯灭创造的灵魂，使我们文章的宣传教育功能逐渐萎缩失灵，失去了应有的战斗力号召力，失去了广大的读者，进而影响到党的路线方针政策贯彻执行的力度，影响党同人民群众的密切联系，损害了党和政府在人民群众心目中的形象，降低和削弱了党的执政能力和领导水平。对此，人民群众深恶痛绝；对此，我们必须有清醒的认识。

文风不正不是一个孤立的问题，产生的原因是多方面的：

一是客观原因。主要是老八股、党八股、洋八股、帮八股的影响仍然存在，有些已成痼疾，难以轻易根除；体制转轨、社会转型所引起的思想震荡，必然波及到党内，并在文风上有所反映，特别是拜金主义、个人主义正浸染着我们的文风；形式主义、官僚主义的存在使得一些领导干部对自己的工作心中没数，又不肯下基层调查研究、问计于民、求真于实，即使下去了，也是"坐着汽车转，隔着玻璃看"，或是深陷"包围圈"，触目所见，假大空一片，把下级"充气注水"的汇报材料奉若至宝。如此一来，讲起话、写起文章自然就是空洞无物、不知所云，基层干部群众不愿听、听不懂也就在情理之中了。

二是主观原因。其突出表现是长期以来我们的一些同志学习不够、学养不足、党性不强。现在一些领导干部成天忙忙碌碌，浑浑噩噩，"书报不沾边，文件只翻翻"，即便参加会议、学习，也往往不大用心，不肯动脑，不求甚解，完全用应付任务的观点去对待学习。久而久之，大家都习惯于向上负责，很少能关心群众的思想情绪，做群众的代言人。写作中存在着不同程度的依附性和依赖感，依赖文件，依赖领导，依赖经典著作，难得有自己的真知灼见。表现手法上不注重修辞，不注重锤炼语言，不是老和尚念经，就是把一些流行的政治词汇堆进文章，耍小聪明，玩花架子。于是，只能在低水平上不断地重复经典，重复文件，重复别人，重复自己。

三是社会原因。主要表现在文件和会议过多过滥，收效甚微，以致形成"文山会海"，贻害无穷。现在一些地方，普遍存在着以文件、会议和领导讲话代替深入实际，以文件和会议代替具体工作的现象，以为下一个文件、开一个会议、讲一次话、写一篇文章，就可以贯彻落实上级的政策、指示和工作部署。结果，文件发多了，文件、简报、材料成堆，自然就会粗制滥造，东拼西凑，形式主义泛滥；会开多了，身为领导干部，参加会议就得讲话，情况熟的，还能讲出个头绪，讲到点子上，情况不熟的，也只能"甲乙丙丁开中药铺"了。

三、弘扬延安整风精神，肩负起改进文风的历史责任

当前的不良文风，同党的优良传统、同加强党的先进性建设和执政能力建设的要求极不相称，同文章在社会主义先进文化建设中无可替代的特殊地位极不相称。它不能体现执政党和人民在落实科学发展观和构

建社会主义和谐社会中的历史主动性创造性，不能体现执政党和人民与时俱进开拓创新的生气勃勃的精神风貌，不能体现我们这个伟大民族在21世纪征途上的悲欢忧乐，不能给人们以激励以鼓舞。它是我们思想政治文化战线上的宿敌，到了该群起而攻之、剿之的时候了！而要切实纠正改变之，是一个大量、艰苦、持久而深入细致的工作过程，需要全党全社会共同来做多种努力，其中尤其要做好以下几点：

一要提高认识。文风是构成党风的重要基石，党风决定文风，文风体现党风。文风好坏直接影响着党的作风和形象，加强和改进党的作风建设必须端正文风。新鲜、深刻、真实的话语代表了执政党的真心诚意，代表了执政党理解世界、领导国家的能力，也是团结社会、动员人民的力量源泉。一切不良文风，本质上都是违背解放思想、实事求是的思想路线，违背理论联系实际的马克思主义学风的，都是党性不纯的表现，都是大不利于创新，大不利于加强党的执政能力和先进性建设，大不利于贯彻落实科学发展观和构建社会主义和谐社会，大不利于党和人民事业前进的，都是要坚决克服的。因此，我们必须将文风问题提到党风体系的高度来认识、来解决、来建设。

二要从领导做起。作为领导机关，要下决心精简文件和会议，必要的会要短开，必要的话要短讲，必要的文章要短写，去陈言空话，明要旨重点，着力于解决实际问题。同时，要充分利用现代化办公手段，推动党政机关信息化建设，切实改进领导方式和工作方法，真正从源头上解决文山会海问题。

对于每一个领导干部来说，优良的文风都是自己的能力、胸襟和凝聚力的重要体现。邓小平说过，"拿笔杆是实行领导的主要方法。领导同志要学会拿笔杆。"各级领导干部要自己动手起草重要文件，中央一直把它作为一个重大的原则问题，曾多次强调，专门发过指示。随着干部队伍知识化程度的不断提高，现在更具备了实现这一要求的条件。需要组织写作班子时，领导者也必须自己出思想、拟定提纲，参加讨论和修改定稿。在经济建设和社会发展的重大问题上必须有自己独立的见解，在某些带有倾向性的问题上必须有自己明确的态度，在涉及群众根本利益的问题上必须有坚定的立场。只有这样，才能担负起领导责任，并带出一个好风气来。

三要同改进学风结合起来。文风是学风的表现形式，改进学风是改进文风的基础。只有把改进文风同改进学风结合起来，才会产生好的效果。概括地说，就是要理论联系实际，把学习与实践结合起来。

改进文风，重要的是树立正确的群众观和实践观，深入调查研究，切实转变作风。要有古人读万卷书行万里路的风范，去深入实际，深入群众，从改革开放的伟大实践中吸取营养动力。必须明确，我们文章的素材和思路不只是来自文件来自领导，主要的大量的还是来自于基层的实践，来自于对实践的规律性认识；我们文章的作者，不仅要关心上级的意图，还要重视亲身的观察，重视自己的发现、自己的思考。我们要积极发现和总结改革开放中的新见解新做法，归纳上升为理论，把基层广大党员干部群众的精神斗志和聪明才智倾注在我们的文章中，使我们的文章和思想真正体现时代风貌。只有这样，才能富有思想性和创造性，做到厚积薄发，深入浅出。只有这种来源于实践得益于实践的东西，才能有益于实践指导实践，并接受实践的检验，向前发展。

四要向人民群众学习。历史唯物主义认为，人民群众是历史的创造者，是社会实践的主体，是智慧的海洋，他们在创造物质财富的同时，创造了大量的精神财富。推进文风建设必须相信群众，依靠群众，向人民群众学习，因为文风并不仅仅是文章的文字形式和语言表达，它的实质是对读者、对群众是否足够的尊重。如果没有优良的文风，那就会将人民群众拒之于门外，这是和党的群众路线、贴近群众的要求背道而驰的。

文件和领导讲话中容易犯"八股"病，根本原因是在起草文件或领导讲话稿的环境，往往习惯于翻材料、看文件，不善于问群众、搞调研，忽视了人民群众中蕴藏着巨大的创新能量，从而导致了文件有精神无内容，有要求无措施，讲话往往也是枯燥无味。解决这个问题的根本办法是，问计于群众，问需于群众，用群众的感受去体会社会，用群众的语言去表达关注，用群众的视角去审视党委政府的工作，大兴独立思考、开拓创新之风，大兴讲短话、讲明白话、讲管用的话之风。唯有如此，我们的文章才富有思想性和创造性，我们的文风才能生动活泼起来。

五要提高语言水平。端正学风文风，必须有生动活泼的语言。提高语言水平，没有捷径可走，非下苦功学习语言不可。一是要向群众学习语言。深入挖掘语言文化资源，以创建有中国特色、中国作风、中国气派的理论、范畴、话语体系。二是要向我国的优秀文化传统学习。要经常反复研读一些古典名著，来不断提高自己的文字素养，丰富自己的词汇量。三是要向外国语言学习。在经济全球化背景下，各民族的文化交流日益广泛而紧密，我们应借鉴、吸纳世界优秀语言艺术。在写作实践中，遣词造句要有严格要求，不容许有丝毫差错和粗制滥造，力求表达得准确、鲜明、生动，有风格特点。最后还要静下心来改文章，反复推敲句子，删除种种陈腐之言和浅薄之词，力求文字出新意出深意，"语不惊人死不休"。

端正文风，还必须在语言上做到深入浅出，用人民群众听得懂的语言来宣传普及人民群众用得上的科学理论。因此，我们在发文件、写文章时，应坚持理论联系实际，始终从人民群众的实际需要出发，言之有物，避免夸夸其谈。

六要加强环境建设。一些领导干部本来不喜欢八股文风但还是要搞这些东西，一个很重要的原因是八股文风不会犯错，因为空话、大话、套话是人人皆知的道理，即或是照抄照搬的东西，一可省事省力，二可回避风险。这是很值得关注的一个问题，改进文风首先得有一个好的环境。就像我们做工作不可能不犯错误一样，讲话也不可能没有错话。因此，改进文风，首先得加强环境建设。只要不是原则性的重大政治问题，要宽容讲错话；要大力倡导独立思考、敢讲真话的风气；努力创造鼓励讲真话，提倡讲新话，允许讲错话的社会环境。

习近平在中央党校的一次讲话中强调指出："文风不正，危害极大。它严重影响真抓实干、影响执政成就，耗费大量时间和精力，耽误实际矛盾和问题的研究解决。不良文风蔓延开来，不仅损害讲话者、为文者自身形象，也降低党的威信，导致干部脱离群众，群众脱离干部，使党的理论和路线方针在群众中失去吸引力、感召力、亲和力。""大力纠正不良文风，积极倡导优良文风，已成为新形势下加强和改进党的作风建设一项重要任务。"我们一定要在实际工作中认真贯彻落实习近平的讲话精神，继承和发扬毛泽东等老一辈无产阶级革命家在延安整风运动中《反对党八股》、《整顿党的作风》的优良文风，为社会奉献出更多优秀的精神食粮。唯其如此，我们才能始终代表有中国特色社会主义先进文化的前进方向，更好地肩负起改进文风的历史责任。

（作者系湖南省延安精神研究会副秘书长）

必须始终坚持着重从思想上建党

——试论延安整风运动的重大现实意义

黄文选

着重从思想上建党，是毛泽东为我们党制定的一条重要建党原则。它保证了我们党在不同的历史时期在思想上始终保持无产阶级先锋队性质。重温研读70多年前延安整风史料，令人思绪万千，感慨良多，最大的要数必须始终坚持着重从思想上建党。历时三年多的延安整风，仅准备和学习阶段就不吝耗时三年又五个月，重点对党的高中级干部进行学习教育，对于历次"左"右倾错误，特别是王明的"左"倾教条主义错误及其表现形式从思想上进行了彻底清算。延安整风，是一次在全党范围内进行的普遍的、生动的、理论联系实际的、运用批评与自我批评方法的马克思主义普遍教育运动，是一次用无产阶级思想克服小资产阶级思想及其他非无产阶级思想的思想革命运动，是一次打破以王明为代表的教条主义束缚的伟大思想解放运动。

通过延安整风，使全党思想上、组织上、政治上达到了空前的团结和统一，确立了实事求是的思想路线和毛泽东思想的指导地位，形成了我们党的"三大法宝"和"三大优良作风"，为赢得抗日战争、解放战争的伟大胜利和夺取全国政权奠定了坚实基础。邓小平说："从延安整风以后，无论前方后方的人，真是生气勃勃，生动活泼，心情舒畅，团结一致。毛泽东同志建立的这个党，既能够充分发扬民主，充分发挥下面遵守纪律的自觉性，又能够在这样的基础上建立高度的集中。毛主席、党中央的命令、号召，谁不听哪！谁不是自觉地听哪！没有这样的党的风气，我们能够战胜比我们强得多的敌人吗？我们能够在建国以后，取得一个又一个的胜利吗？"甚至连蒋介石当年也公开向国民党高级干部提出了研究延安整风以改造国民党的任务。

延安时期良好的党风，带出了良好的社会风气。毛泽东说："这里一没有贪官污吏，二没有土豪劣绅，三没有赌博，四没有娼妓，五没有小老婆，六没有叫花子，七没有结党营私之徒，八没有萎靡不振之气，九没有人吃磨擦饭，十没有人发国难财。""割掉我肉还有筋，打断骨头还有心；只要我还有口气，爬也爬到延安城。"延安和陕甘宁边区成为当时全国最进步、最令革命者和仁人志士向往的地方。延安整风精神，是延安精神原生态的重要组成部分，是着重从思想上建党原则在我们党建设史上的一次娴熟运用和成功实践。借鉴延安整风精神，坚持着重从思想上建党，对于新时期加强党的建设具有特别重要的指导意义。

坚持着重从思想上建党，必须坚定对马克思主义的信仰，坚持理论创新，用社会主义核心价值体系武装全党，引领社会思潮，指导建设中国特色社会主义伟大实践。善于运用发展着的马克思主义统一思想，依照无产阶级先锋队的面貌改造党，这是我们党的一大政治优势和优良传统。毛泽东强调，要"在马克思主义思想的基础上统一起来"。邓小平强调，"集中统一，最重要的是思想上的统一。有了思想的统一，才有行动的统一"。

江泽民强调，"全党政治思想上的统一、政治信念上的坚定，是全党组织上、行动上的统一和具有强大凝聚力、战斗力的前提和基础"。胡锦涛强调，"思想上的统一是全党步调一致的重要保证"；"要凝聚力量、统一行动，一要靠严密的组织，二要靠统一的思想"；要"在不断解放思想中统一思想"。着重从思想上建党，要求党员不仅要在组织上入党，而且更重要的是在思想上入党，牢固树立对马克思主义的信仰。"砍头不要紧，只要主义真"。无数革命先烈用自己的生命，彰显了共产党人对马克思主义信仰的无限忠诚。"我志愿加入中国共产党，为共产主义奋斗终生，随时准备为党和人民牺牲一切，永不叛党。"这一视死如归的誓言，最直白地宣告了我们共产党人为什么入党、入了党干什么。永不叛党，不仅是组织上永不变节，更是对马克思主义这一精神家园矢志不渝的坚守，对最终实现共产主义伟大理想的坚定信念。方志敏在《死》这首诗中写道："死，敌人只能砍下我们的头颅，绝不能动摇我们的信仰，因为我们信仰的主义乃是宇宙的真理，为了共产主义牺牲，为了苏维埃流血，那是我们十分情愿的啊！"晚年张学良回忆说："红军为什么打不散，散了还会回来，主要是共产党、红军信仰他们的主义，甚至每一个兵都信仰他们的主义。"

中国共产党人信仰的理论形态，是马克思主义及其中国化的成果毛泽东思想和中国特色社会主义理论体系；中国共产党人信仰的社会形态，是社会主义和共产主义；中国共产党人信仰的实践过程，经历了革命、建设和改革三个大的历史时期。信仰，对个人来说，是人生的精神支柱；对政党来说，是凝聚和鼓舞全党的精神旗帜；对国家和民族来说，是不断发展、实现振兴的精神动力。政党因信仰而产生，也因信仰而无坚不摧。在中华民族面临救亡图存的历史关头，中国共产党因追求马克思主义信仰应运而生，也因对共产主义伟大理想的坚定信念而成为领导我们事业的核心力量。

信仰，是政党的灵魂，是共产党员思想和行动的神经指挥中枢。理想信念是管总的，理想信念动摇了没有不出大问题的。苏东剧变的沉痛教训值得牢牢记取，实践证明堡垒最容易从内部攻破。中外学者对苏东剧变的原因有十多种说法和分析。原因固然是多方面的，但根本原因是内部出了问题，特别是共产党人的理想信念发生了动摇。1985年美国前总统尼克松考察东欧后说："东欧和平演变的时机已经成熟。共产党人已完全丧失信仰，正在崛起的一代领导人，不是思想家而是实干家，而实用主义能为和平演变打开缺口。"

四年之后，尼克松的话不幸言中。前苏共中央政治局委员、书记处书记利加乔夫在分析苏联瓦解的原因时，认为是从思想上混乱开始的。在戈尔巴乔夫的支持纵容下，一些人肆意歪曲历史，全盘否定斯大林，进而否定列宁、否定十月革命、否定马克思主义的基本原理和基本原则，使人们丧失了对马克思主义的信仰，使党丧失了政治上统一和组织上团结的思想基础。前美国驻苏大使马特洛克认为，戈尔巴乔夫的"新思维"起了决定性的作用。他用"民主的人道的社会主义"代替马克思主义，舆论上推行"公开化"，搞乱人们的思想；政治上搞"多元化"、"多党制"，否定共产党的领导地位；经济上搞"私有化"，抽掉社会主义的基石。有了这几条，社会主义的根基就从根本上动摇了。

从苏东剧变的教训看，内部理想和信念的动摇比外部的插手干涉更危险。当前，我国正处在一个新的历史节点上，一方面经济社会全面快速发展进步，另一方面各种利益诉求、社会矛盾错综复杂，各种思潮相互激荡，各种思想交流、交融、交锋，国际环境也有许多不确定因素。中国会不会重蹈苏联、东欧的覆辙，会不会出问题，关键在我们内部，关键在我们党。要害是把我们自己国内的事情办好，根本的是把我们的党建设好，始终坚持着重从思想上建党，坚持把信仰建设放在党的建设的制高点，并贯穿于全党所有行为的全过程。在指导思想上绝不能搞多元化，必须坚持马克思主义一元化的指导地位。

马克思主义在中国的指导地位，是历史的选择、人民的选择。社会主义核心价值体系是社会主义意识形态的本质体现。要巩固马克思主义指导地位，就要坚持不懈地用马克思主义中国化最新成果武装全党、教育人民，用中国特色社会主义共同理想凝聚力量，用以爱国主义为核心的民族精神和以改革创新为核心的时代精神鼓舞斗志，用社会主义荣辱观引领风尚，巩固全党全国各族人民团结奋斗的共同思想基础。通过科学的方式，加强全党的政治思想学习教育，努力建设学习型政党，使全体共产党员，首先是党的高中级领导干部从思想上真正懂得什么是马克思主义、在实践中如何坚持和发展马克思主义。

当前，坚持马克思主义，必须从思想上注意和反对两种迷信、两种教条主义的干扰。一种是空谈马克思主义，固守经典作家运用马克思主义基本原理分析当时的具体情况得出的某些不合时宜的具体结论。马克思主义是自然界、人类社会和思维发展的一般规律，是放之四海而皆准的真理。我们所要坚持的是马克思主义的一般原理和它的世界观和方法论。这些原理的实际运用，正如《共产党宣言》中所说的，"随时随地都要以当时的历史条件为转移。"不合时宜的、需要扬弃的，不是"一般原理"，而是这些原理的某些具体的"实际运用"。我们讲发展马克思主义，是说每一个国家都应该根据本国的具体国情，运用马克思主义基本原理分析新的时代特征，解决新的问题，得出新的结论，指导新的实践。另一种是照抄照搬西方某些资产阶级学派的理论、发达资本主义国家的政治主张，诸如什么"三权鼎立"、"多党制"、"新自由主义"、"民主社会主义"、"普世价值观"等洋教条。这两种教条主义，都是从本本出发，脱离了中国特色社会主义的实际。

我国将长期处于社会主义初级阶段，在这个漫长的历史过程中，只有通过对各种错误思想、错误思潮的批判斗争，才能不断从整体上提高全党的思想政治水平。只有全党真正从思想上有了主心骨，才能时刻保持清醒的头脑，从纷繁复杂的社会变革中提出针砭时弊的有效办法，才能从根本上解决党的建设中存在的各种突出问题，带领人民群众有效破解改革发展中遇到的各种难题，确保中国特色社会主义伟大事业发展的正确方向。

坚持着重从思想上建党，必须把这一建党原则落实到永葆党的先进性，提高党的执政能力，实现新时期党的政治任务。党的领导是我们事业成败的根本保证。在新的历史条件下，我们党要在建设中国特色社会主义的历史进程中始终成为坚强的领导核心，就必须坚持以执政能力建设和先进性建设为主线，不断提高党的创造力、凝聚力、战斗力，保证党始终走在时代的前列，当好人民的公仆。坚守公仆本色，是当今检验我们信仰坚定与否的试金石。解放和发展社会生产力，实现共同富裕的理想，是新时期共产党人信仰的本质体现。党的思想建设的根本任务是进行马克思主义和党的正确路线的教育。

思想建党的目的是提高党的马克思主义思想理论水平，保持党的先进性，以完成党所担负的历史任务。党的思想建设的有效途径是加强思想教育。党的思想建设的重要方法是纠正党内错误思想，就是采取正确的思想方法和科学态度，加强调查研究，提高党的政治思想觉悟、思想理论水平和执政能力。加强和改进新形势下党的建设，必须突出科学发展这个主题，确立以人为本理念，围绕经济平稳较快发展目标，抓好发展这个党执政兴国的第一要务，加快转变经济发展方式，促进经济社会全面协调可持续发展，不断满足人民群众日益增长的物质文化需要，确保建设中国特色社会主义宏伟目标的实现。

坚持着重从思想上建党，必须充分发挥思想政治工作这个优良传统和政治优势。掌握思想教育，是团结全党完成伟大政治使命的中心环节。如果这个任务不解决，党的一切政治任务是不能完成的。在世情、国情、党情发生深刻变化的新形势下，不可否认，有些共产党员缺失了信仰，丧失了精神支柱，甚至没有了人格，全然不顾自己在党旗下的庄严宣誓，最终沦为人民的罪人。

面对"四个考验"、"四个危险"，对党的建设提出了新的更高要求，如何适应改革发展稳定的新要求，满足人民群众的新期待，抓住这一难得的战略机遇期，把宏伟蓝图变为现实；如何应对国际形势的挑战，保持经济平稳较快发展；如何着力转变不适应不符合科学发展观的思想观念和做法，着力解决影响和制约科学发展的突出问题以及党员干部党性党风党纪方面存在的突出问题，着力构建有利于科学发展的体制机制，不断提高领导科学发展、促进社会和谐的能力；如何化解发展过程中各种利益矛盾，保持和谐稳定的社会环境；如何在全球思想文化交流交融交锋呈现新特点的情况下，坚决抵制各种错误思想、错误思潮的影响，始终保持立场坚定、头脑清醒；如何最广泛地调动各方面的积极因素参与到中国特色社会主义建设的伟大实践中，等等，都需要我们充分发挥思想政治工作这个优良传统和政治优势，坚定信心、振奋精神、凝聚力量，把我们的思想统一到中央的决策部署上来，为推进建设全面小康社会、开创中国特色社会主义事业新局面提供强势思想保证。

坚持着重从思想上建党，必须把党的思想建设与党的其他方面的建设紧密结合起来。着重从思想上建党，是由思想建设在党的建设中的地位决定的。思想上建党，说到底是要解决党性问题、党性修养问题、党性纯不纯的问题。思想不纯、组织不纯、作风不纯，何以成为坚强的战斗堡垒。党的建设是一项伟大的系统工程。党的思想建设是党的政治建设的基础，党的正确政治路线的贯彻必须以党的良好思想政治素质来保证；党的思想建设是党的组织建设的前提，只有思想上的统一，才会有组织上的真正统一。只有党员从思想上努力成为马克思主义者，才能保证党的组织纯洁、纪律严明，具有坚强的战斗力；党的思想建设是党的作风建设的关键，党的优良作风，只能建立在党员坚定的共产主义理想信念、完全彻底地为人民服务根本宗旨和不畏艰难险阻、无私奉献精神的基础上。

因此，思想建设是党的建设的核心和关键。党的十七大确立了思想建设、组织建设、作风建设、制度建设和反腐倡廉建设"五位一体"的党的建设总体布局。在新的历史条件下要使思想建党取得预期的成效，必须从执政党的特点出发，把着重从思想上建党与其他方面的建设紧密结合起来，统筹兼顾，使之相互配套、相互促进，既突出重点，又整体推进，从总体上提高党建工作水平。要重视制度建设，进一步完善民主集中制的各项制度，建立健全科学的领导体制和工作机制，从制度体系上保证思想建党的各项措施落到实处。要重视组织建设，注重质量、优化结构，在坚持以工人、农民、解放军、知识分子为主的同时，积极吸收新的社会阶层的优秀分子入党。要从严把关，对那些思想条件不成熟、政治信仰不坚定、不符合新时期共产党员要求的，不能吸收到党内来；对那些蜕化变质分子要坚决清除出党，绝不能姑息养奸；对组织上已经入党的同志，要严格要求、严格教育、严格管理和严格监督，使他们在思想上真正入党。

要重视作风建设，必须把加强和改进党的作风建设放在更加突出的位置，切实抓紧抓好。要特别注意反腐倡廉建设，坚持党要管党、从严治党的方针。坚持从关系人心向背和党的生死存亡的战略高度加强党风廉政建设，坚持不懈地开展反腐败斗争，坚决纠正损害群众利益的不正之风，不断解决党内存在的问题。

我们党90多年的奋斗历程表明，正是靠着重从思想上建党，我们党才能够在极端困难的革命战争年代，不断提高全党的马克思主义水平，建设起一支团结统一、纪律严明、英勇善战的工人阶级先锋队；正是靠着重从思想上建党，我们党才能坚持把马克思主义基本原理同中国具体实际和时代特征相结合，不断推进马克思主义中国化、时代化、大众化，在实践上不断有新创造，在理论上不断取得新成果；正是靠着重从思想上建党，在党和国家处于历史转折关头、事业发展处于新的起点、前进道路上遇到大的困难、世界社会主义运动出现曲折、国内外敌对势力借机制造思想混乱的时候，我们党才能统一全党思想、凝聚全国人民的力量，战胜各种艰难险阻；正是靠着重从思想上建党，我们党始终保持了先进性、纯洁性和强大的创造力、凝聚力、战斗力，从而带领全国人民不断开创社会主义现代化事业的新局面。

（作者系陕西省榆林市延安精神研究会会长）

关于新时期提升立党为公新境界刍议

范学灵

举世闻名的延安整风运动，盖凡以思想建设、组织建设和作风建设的系统格局，立足于反对主观主义以整顿学风，反对宗派主义以整顿党风，反对党八股以整顿文风，推动实现了马克思主义的中国化，着力保持了党的纯洁性，切实提高了党组织的战斗力，树立了一切从实际出发、理论与实践统一、实事求是的马克思主义优良作风，从而为党的建设科学化提供了成功经验。当前，在党中央提出不断提高党的建设科学化水平的新形势下，延安整风运动这一党的建设史上闪烁光芒的重要事件，其科学价值已得到历史检验，并为我们充分认识和自觉运用马克思主义执政党建设规律，提升立党为公新境界，提供了研究素材、思想方法和精神动力。

一、提升立党为公新境界，必须在党言党，致力于建设马克思主义学习型政党

在党言党是提升立党为公新境界的前提条件和历史责任。党的诞生，是中国先进知识分子学习马克思主义，并把它和工人运动相结合的结果。党的成长壮大过程，就是学习研究马克思主义并用以解决中国实际问题，领导人民不断推进革命、建设和改革的过程。党的历史反复证明：学风端正，事业兴旺；学风不正，事业受损。我们只有坚持解放思想、实事求是、与时俱进的马克思主义学风，才能坚持先进性、增强创造力。

早在延安时期，毛泽东就敏锐地感觉到"我们队伍里有一种恐慌，不是经济恐慌，也不是政治恐慌，而是本领恐慌"。为了克服这个问题，要求"把全党变成一个大学校，学习研究马克思主义理论，努力增长知识，提高本领"。并指出："学习的敌人是自己的满足，要认真学习一点东西，必须从不自满开始。对自己，'学而不厌'，对人家，'诲人不倦'。"① 著名的延安整风运动，将整顿学风作为重中之重，毛泽东就学习问题先后发表《改造我们的学习》、《学习与时局》等一系列重要著述。解放后，随着党的工作重心转移，经济建设重任摆在了全党面前，毛泽东在七届二中全会上号召全党"我们必须学会自己不懂的东西，我们必须向一切内行的人们学经济工作"。当全国范围内的改革开放事业扬帆起航后，江泽民郑重提出："在重大历史转折关头，新矛盾、新问题、新情况、新经验层出不穷，我们更要注意学习。学习问题，关系国家、民族的兴衰和社会主义现代化事业的成败，全党全民族都必须有这个共识。"党的十五大报告中明确指出"全党要重视学习，善于学习，兴起一个学习马列主义、毛泽东思想，特别是邓小平理论的新高潮"。紧接着在全党范围内开展的"三讲"教育活动中，把"讲学习"作为首要任务来抓。党的十六大报告更加明确："形成全民学习，终身学习的学习型社会，促进人的全面发展。"党中央大力推进中央政治局集体学习的制度化，并强调："必须大力加强学习，努力用人类社会创造的丰富知识来充实自己。"

当今世界正处在大发展大变革的时期，知识创造、知识更新的速度日益加快，无论个人还是社会，无论国家还是政党，如果不注重学习，不与时俱进，不提高和完善自己，必然会落伍掉队。我们党作为世界上具有广泛影响的马克思主义执政党，肩负着历史和时代赋予的崇高使命，只有重视学习，善于学习，努力掌握和运用一切科学的新思想、新知识、新经验，才能敏锐地把握时代前进的脉搏，科学判断世界发展的趋势，更好地带领人民在时代风云变幻和激烈的国际竞争中抢占先机、掌握主动，始终立于不败之地。

---

① 《毛泽东选集》第 2 卷，人民出版社 1991 年版，第 535 页。

当代中国已站在一个新的历史起点上，建设马克思主义学习型政党，越来越成为战胜前进道路上各种困难和风险挑战、开创中国特色社会主义事业新局面的迫切需要，必须在理论与实践方面付出双重的探索。我们党正在面临执政考验，改革开放考验，市场经济考验，外部环境考验，只有加强学习，真学真懂真信真用，才能坚定马克思主义的信仰，坚定中国特色社会主义的信心，增强用科学的理论指导实践、解决问题的能力，才能有效应对严峻挑战，得到人民信任和拥护，保持为民执政的资格。诚然，建设马克思主义学习型政党已越来越成为保持和发展党的先进性、拒腐防变、抵御风险、巩固党的执政地位的紧迫任务。

党是以组织的形式存在和发展的，正是通过遍布全国各地、各条战线和各个单位党组织的功能，党才成为一个有统一意志、统一行动的整体。马克思主义学习型政党建设的基本目标，是把党建成"科学理论武装、具有世界眼光、善于把握规律、富有创新精神"的执政党。因此，我们要汲取延安整风运动的精髓，从端正学风开始，着眼于马克思主义理论的运用，着眼于对实际工作问题的理论思考，着眼于实现又好又快发展，始终坚持用马克思主义理论武装干部，提高运用马克思主义的立场观点方法分析问题、认识问题和解决问题的能力；注重有的放矢、学以致用，解决推进工作和解放思想中的实际问题，提高基层党组织应对复杂局面、破解重大难题的能力；坚持以学习为组织建设的重要特征、以学习为组织活动的重要内容、以学习为提高组织战斗力的重要途径，把学习作为政治责任，树立全员学习、终身学习的理念；深入基层、服务群众，把学习实践党的理论与专业技能、各种新知识结合起来，不断丰富拓展学习内容。同时，严格执行理论中心组学习制度，加强学习管理，完善激励机制，推进学习的制度化、规范化，不断提高党的建设科学化水平。

二、提升立党为公新境界，必须在党为党，致力于加强党的先进性建设

在党为党是提升立党为公新境界的根本任务和永恒课题，必须在延

安整风运动光芒照耀下付出长期不懈努力，做好保持和发展党的先进性纯洁性这项党心工程。

一是抓住党的理论武装工作这个本质，不断增进党员队伍的政治素养。要坚持不懈地用党的理论创新成果武装广大党员干部，深入开展社会主义核心价值体系学习教育，以党支部集体学习为引领，注意把学与思、学与行、学与用结合起来，不断提高运用马克思主义的基本立场、观点和方法观察问题、分析问题和解决问题的能力。要牢固树立宗旨意识，不断坚定理想信念，增强贯彻落实科学发展观的自觉性和坚定性，进一步提高领导能力和执政水平，以责无旁贷的使命感、以时不我待的紧迫感，着力创新工作思路和工作方法，狠抓工作落实，为全面建设小康社会做出积极贡献。

二是抓住加强党的组织建设这个核心，切实筑牢事业发展的战斗堡垒。要充分发挥党组织的政治优势，完善共产党员先进性长效机制，激发党内活力，丰富党内生活，发扬党内民主，推行党务公开，增进党内团结，把党组织的政治优势转化为教育优势，把组织活力转化为发展活力。要深化创先争优活动，适时研究党建工作，优化设置载体，坚持党建工作与业务工作同部署、同检查、同考核，不断提高党组织建设的整体水平。要努力提高各级领导班子谋划发展思路、把握发展机遇、破解发展难题、提升发展水平、化解各种矛盾的能力。要做好在青年中发展党员和培养入党积极分子的工作，及时把优秀分子吸收到党内来。

三是抓住加强党风廉政建设这个重点，营造风清气正的发展环境。要全面实行党务公开，规范行政行为，教育引导党员干部树立正确的世界观、人生观和价值观，筑牢拒腐防变的思想道德防线。要大力加强政风行风建设，深入实际解难题办实事，不断提高民生工作水平和服务质量，用优良党风带诚信政风促本真民风，形成科学发展的强大合力，为构建和谐社会营造良好环境。

三、提升立党为公新境界，必须在党忧党，
　致力于防止四种危险

在党忧党是提升立党为公新境界的至爱召唤和郑重鞭策。如何做称职的党员干部？从实践层面上讲，其一是眼里有活、用心做事，其二是敢于担当、真心负责，其三是群众信任、放心托付；从理论高度上讲，在于"防止四种危险、追求四种境界"，这是胡锦涛同志在庆祝建党90周年大会上对全党增强执政意识、提升执政水平而提出的严肃命题。

实事求是地讲，努力实现中华民族的伟大复兴，已经成为全国各族人民的共同愿景。但是，宏伟蓝图绝非现实福祉，成败关键系于干部。为此，我们必须防止精神懈怠的危险，追求奋发有为的状态；必须防止能力不足的危险，追求科学发展的本领；必须防止脱离群众的危险，追求百姓至上的品格；必须防止消极腐败的危险，追求风清气正的环境。无疑，这便是共产党人的使命、广大干部的天职。

怎样才能适应并符合新形势下党的组织对党员干部在政治品质、人格塑造、工作作风等方面提出的新要求呢？答案是要在立德行、修德性、行德政、守德操等方面下功夫。

防止精神懈怠危险在于立德行，这是党员干部政治操守之本。党员干部的一言一行关乎形象，引领影响士气，只有依靠群众这个背景提供的能量，才能不断点亮自身背影的光芒，追求奋发有为的状态。我们要把加强道德修养放在重要位置，树立正确的世界观、人生观和价值观，不断提升道德素质和党性修养。要按照"对己清正、对人公正、对内严格、对外平等"的要求规范行为，把公道正派具化为实践行为，始终以一种如临深渊、如履薄冰的心态去应对社会、善待人生。诚然，立德行还必须用科学发展观武装头脑，用社会主义核心价值体系规范言行，通过学习汲取知识，匡正思想时弊，始终保持作风正派、情趣昂然的精神状态。

防止能力不足危险在于修德性，这是党员干部为官从政之要。修德

性是一个学习、实践和扬弃的过程，更是追求科学发展本领的基石。社会的发展，经济形势的变化，使得道德养成环境跌宕起伏，人们面临的道德考量也花样翻新，高下有别。我们要加强德行修养，增进德政鉴赏能力，并且处处自省，因情势变化而不断提高道德水准。要修权力之德。人民赋予的权力只能为人民服务，领导干部在任何情况下都要稳得住心神、管得住手脚、抗得住诱惑、经得起考验。要修职业之德。坚持在位谋其政、敬业竭其力，时刻保持谦虚谨慎、戒骄戒躁、淡泊处世的信念，以崇高的使命、进取的心态对待工作，以创业的激情、果敢的担当对待事业，以淡定的心态、坦然的气节对待升迁留转，把全部心思凝聚到干事创业上。要修做人之德。对党忠诚、为民心诚，做到对上负责与对下服务有机统一，坚毅执著于党和人民的事业。

防止脱离群众危险在于行德政，这是党员干部建功立业之方。将良好的职业操守用于事业发展和服务民生之全过程，追求百姓至上的品格，是行德政的根本所在。党员干部道德的表现有其特殊性，一个人在关键时刻、在完成急难险重任务当中，与其在平时工作的表现可能判若两人。有的在风平浪静时表现不错，一旦面临大风大浪的关键时刻就不能坚持。作为党员领导干部，其所作所为必须践行立德为行德、行德为人民的道德宗旨，密切联系群众，树立亲民风气。要把权力视为党和人民的信任重托，把实绩作为回报人民的重器，把奉献视作为官做人的基本准则，真正把政绩观贯穿于始终，激发工作活力，弘扬务实作风，站在全局的高度深刻领会党的路线、方针、政策，认真研究解决小康社会和现代化建设的重大理论和实践问题，思想上同党委政府保持高度一致，团结协作、真抓实干、讲求细节，确保跟得上拿得下，从而为事业奠基、为民众造福。

防止消极腐败危险在于守德操，这是党员干部廉洁从政之源。保持思想纯洁，秉持浩然正气，这是守德操的根基。理想的淡化、信念的动摇、思想的迷茫、道德的堕落，正是步入腐败深渊的泥潭。党员干部应具备高尚的政治品格、保持规范的职业道德，践行良好的社会公德，秉持仁爱的家庭美德。要把领导位置视作为人民服务的岗位，把干部权力当作为人民服务的工具，加强和创新社会管理，做好新形势下群众工作，切实做到权为民所用、利为民所谋。要经常打扫思想上的灰尘，检查自己的思想和行为是否符合党和人民的要求，是否做到了自重自省、自警自励。要常思己过、常省己行，对党的事业倾心倾力，对事关民生的事情多思多办，时刻牢记"不矜细行终累大德，为山九仞功亏一篑"的道理，做到慎独慎微，保持品德端正。

四、提升立党为公新境界，必须在党酬党，致力于凝练干事创业作风

在党酬党是提升立党为公新境界的人文情怀和神圣使命。酬者，报答也，旨在以强化干部作风建设为先导，把干事作为第一追求，把创业作为第一要务，执著于精心谋事、干事创业。诚然，各级干部只有埋头干事、多干实事，才能凝聚发展合力、抢占发展先机，把自己的能力、水平、政绩体现在人民群众的笑脸上，不断谱写在党酬党的靓丽篇章。

多干事是干部队伍作风的本质。实践证明，一个人只有通过多干事，才能增长才干，颐养智慧，锻造作风；一个领导干部只有多干事干成事，才能为事业所感召、为群众所仰慕，才有可能在更加宽广的平台上展现自己。要多干事，不仅要想干事、能干事、敢干事、会干事，关键是想方设法把事干成，保证不出事，充分展现党员干部及其团队的政治品格和优良作风。

干成事是干部队伍作风的标尺。一件工作干得好不好，干到什么程度，要用"干成事"来检验。这就好比一次次攀登，不管攀爬的过程多么艰险，只有站在了峰顶上，才会领略到"会当凌绝顶"的美景，才能感悟到"山高人为峰"的豪迈；这更像一场场体育比赛，比赛是要有结果的，鲜花和掌声非胜利者莫属。

"有所作为是生活的最高境界"，恩格斯如是说。一个人要想有所作为，就必须立足于有生之年，珍视当下的工作平台，满怀"一万年太久，只争朝夕"的气魄，用工作成败来考量自己；就必须勇担重任，勤勉敬业，具备干一行、爱一行、钻一行的素养，对待任何工作不干则

已，干就要干成、就要干好。要干成事，第一，要有干成事的信念和决心。俗话说"有志者事竟成"，只有将干成事当做一种追求和信念，始终保持一份创业的激情和奉献的境界，才能把每项工作做得最好。第二，要有强烈的事业心和责任感。与"干成事"这个结果相比，事干成的过程更艰难、更艰辛，只有保持高度负责的工作态度和锲而不舍的执著精神，脚踏实地，才能保证各项工作顺利开展。第三，要有严谨的工作计划和工作安排。细节总是决定着成败，任何没有计划和目标的工作都是杂乱无章的，都是难以实现的，只有在日常工作中深入调研，成竹在胸，做到工作的长计划短安排，并按照计划不定期开展检查和自查工作进程，才能不断前行干成事。第四，要把前进的目标锁定在"干成事"上，一切围绕干成事去谋划推进，去争分夺秒、克难攻坚，一切朝着干成事的目标去努力奋斗、拼搏奉献，才能推动各项工作又好又快发展。

多干事干成事是干部作风的试金石。要以完善创新机制为保障，探索建立高效的工作运转机制、规范的纪律约束机制、严明的奖优罚劣机制、有效的责任考评机制，加强组织行为引导和行政措施推动，将工作任务、节奏效率、职责评判等予以量化，形成创优争先的工作态势。要强化工作纪律和工作督办机制，实行精细化管理，责任到人求实效，抓大放小盯环节，在工作任务和困难面前敢于"亮剑"，使多干事、干成事成为党员干部献身事业、建功立业、报答党恩的一种光荣担当。

（作者系宁夏中卫市委党校常务副校长，市延安精神研究会副会长）

延安整风运动对新形势下保持党的纯洁性的几点启示

杨玉玲　　张一水

　　纯洁性是马克思主义政党必须时刻关注的一个重大课题。早在1847年马克思、恩格斯创立世界上第一个工人阶级政党——共产主义者同盟时，就在同盟章程中规定了严格的盟员条件，要求盟员的"生活方式和活动"必须符合同盟的目的，要求每一个支部对它所接受的会员的品质纯洁性负责。这是马克思主义政党对党的纯洁性作出的第一次明确规定，昭示了马克思主义政党的党性原则和建党方向。在中国革命、建设、改革各个历史时期，中国共产党始终把保持党的纯洁性作为党的建设的根本问题和重要目标。延安整风运动作为党的建设的一个伟大创举，也是加强党的纯洁性建设的一次伟大实践。在党中央突出强调保持党的纯洁性的新形势下，延安整风运动为我们研究总结党的纯洁性建设的特点和规律，做好当前工作，提供了十分珍贵的历史借鉴和经验启迪。

一、深刻认识保持党的纯洁性的极端重要性，不断增强提高党的自我净化、自我完善、自我革新、自我提高能力的自觉性

　　党的纯洁性体现党的本质属性。保持党的纯洁性，从根本上说，就是要永葆党的政治本色，本质上是党的自我净化和自我完善。历史证

明，一个政党如果弱化或失去自我净化、自我完善、自我革新、自我提高能力，就会变得思想僵化、组织涣散、固步自封、一潭死水，就会丧失先进性和纯洁性，既不能取得政权，也不能巩固政权，就会走向腐化变质，失去执政地位。因此，无产阶级政党必须高度重视保持党的纯洁性，它体现的是无产阶级政党自觉自为、不断奋进的先进性精神品质，是党领导人民不断克服困难和挑战、走向胜利的根本保证。

延安时期，中国共产党之所以能够由小变大、由弱变强，直到走向全国执政，在一定意义上，得益于党对自身纯洁性建设的高度重视和卓有成效。在建党之初，我们党就遇到了党员成分多样化对党员的纯洁性构成的严峻挑战。缺乏大工业的基础，没有强大的无产阶级阵营，在一个农民和小资产阶级占多数的国度里，能不能建成无产阶级的政党，曾经在很长一段时间困扰着中国共产党人。但是，党对保持自身的工人阶级政党的纯洁性和先进性的极端重要性和紧迫性始终有着清醒的认识。经过艰辛探索，创造性地提出了"着重从思想上建党"的重大战略思想。长征到达延安后，尤其是全面抗战爆发后，党在民族革命战争条件下面临种种复杂情况和矛盾挑战。为了战胜困难，争取胜利，毛泽东把党内存在的思想不纯、组织不纯、作风不纯问题称为危及党生存发展的"致命的东西"，明确提出必须"严肃地坚决地保持共产党员的共产主义的纯洁"，建设"一个有纪律的、思想上纯洁的、组织上纯洁的党，合乎统一的标准的党"①。当时，中国共产党的这一建党战略目标，连共产国际都表示怀疑和担心，不相信以农民为主要成分的中国共产党能够建设成为一个马克思主义政党。但是，后来事实如何呢？我们党以开展党内学习整风这一创造性的伟大举措，领导全党进行自我净化、自我完善、自我革新、自我提高，有效实现了保持马克思主义政党应有的纯洁性、先进性和战斗性的目的，由此造就了一系列足以战胜国民党的强大政治、组织优势。可以说，没有延安整风，就没有党在思想上、组织上、作风上的纯洁，就没有全党的团结统一，就不可能在短短几年内打垮国民党。

---

① 《毛泽东文集》第 3 卷，人民出版社 1993 年版，第 261 页。

党的纯洁性的内容要求是具体的、历史的，随着时代的前进而前进，随着党和人民事业的发展而发展。党的纯洁性建设也是一个与时俱进的实践过程。当代世界一些大党、老党兴衰成败的经验教训表明，越是长期执政，越要高度自觉地抓好保持党的纯洁性建设。改革开放以来，我们党面临着长期执政、对外开放和发展社会主义市场经济的新考验，保持党的纯洁性又一次成为党中央关注的中心课题。党的十六大报告就强调"党必须十分注重防范各种腐朽思想的侵蚀，维护党的队伍的纯洁"。近年来，国际政治形势在经济全球化作用下发生深刻变化，意识形态领域的较量日益激烈；中国社会内部日趋走向多元，处于全面建设小康社会的关键时期和深化改革开放、加快转变经济发展方式的攻坚期，党正在并将长期面临"四大考验"和"四大危险"。

要经受考验、化解危险，最根本的一条，仍然是要始终保持马克思主义政党的先进性和纯洁性，始终坚持党的性质和宗旨，永葆共产党人的政治本色。正如胡锦涛在十七届中央纪委第七次全会上所指出的："只有不断保持纯洁性，才能提高在群众中的威信，才能赢得人民信赖和拥护，才能不断巩固执政基础，才能实现党和国家兴旺发达、长治久安。"在新的形势下保持党的纯洁性，就要学习借鉴延安整风运动的历史经验，主动作为，自觉依靠自身的力量解决自身的问题，不断增强自我净化、自我完善、自我革新、自我提高能力，把这一要求全面贯穿于党的思想、政治、组织、作风、纪律和制度建设的各个方面，切实体现到对各级党组织和广大党员干部进行教育、管理和监督的各个环节中去，以此保持党的肌体更加健康，永葆旺盛生命力。

二、始终坚持马克思主义的思想路线，用不断发展创新的马克思主义保持党在思想理论上的纯洁性和先进性

思想纯洁是马克思主义政党保持纯洁性、先进性的根本，在党的纯洁性和先进性建设中处于首要的、基础性的地位，影响、制约着党的组

织纯洁和作风纯洁。保持马克思主义政党思想纯洁的一个重要标志，就是既要坚持马克思主义，又要坚持一切从实际出发，理论联系实际的马克思主义思想路线，用发展的眼光坚持和发展马克思主义。因此，保持党的思想纯洁，首先要解决好党的思想路线问题，始终坚持理论与实践相统一这一马克思主义的根本特点，这是党制定一切方针政策和开展一切工作的思想基础。

建党伊始，我们党就被急切地推上了斗争第一线，无暇作充分的理论准备。从红军时期开始，党员的成分以农民为主，大量非无产阶级思想和习性因此流入党内，却又无法通过改变党员成分来加以克服，加上来自共产国际和苏联的消极影响，党内的教条主义、主观主义、经验主义一直很有市场，思想不纯、理论脱离实际的问题严重存在，致使革命长期得不到切合中国实际的理论指导而只能曲折发展。因此，重视解决和不断解决共产党员思想入党的问题，使他们的头脑成为"完全的共产主义者的头脑"①，始终是党的建设一个重要的任务。延安整风运动的最主要的目的，就是端正党的思想路线，破除党内把马克思主义教条化、把共产国际决议和苏联经验神圣化的错误倾向，树立科学的理论观，用不断发展的马克思主义保持党在思想理论上的纯洁性，这是当时党所面临的一项十分紧迫的任务。早在土地革命战争时期，毛泽东在反对教条主义、本本主义的斗争中，提出了"共产党人从斗争中创造新局面的思想路线"②的口号，在工人阶级政党的建设史上第一次提出"思想路线"的概念。

整风期间，毛泽东最重视、讲得最多的，是对待马克思主义的科学态度问题，坚持理论联系实际的思想路线问题，推进马克思主义中国化的问题，努力在全党树立科学的理论观。他指出有些党员"在组织上入了党，思想上并没有完全入党，甚至完全没有入党"，鲜明地提出"思想入党"的命题，认为"为要从组织上整顿，首先需要在思想上整顿，

---

① 《毛泽东文集》第 2 卷，人民出版社 1993 年版，第 467 页。
② 《毛泽东选集》第 1 卷，人民出版社 1991 年版，第 116 页。

需要展开一个无产阶级对非无产阶级的思想斗争"①。他向全党反复强调：反对主观主义以整顿学风，是"一个非常重要的问题"、"第一个重要的问题"。学风问题在本质上是"领导机关、全体干部、全体党员的思想方法问题，是我们对待马克思列宁主义的态度问题，是全党同志的工作态度问题"②。他反复告诫全党，只有联系实际的理论是科学的理论。对于中国共产党而言，只有"在各方面作出合乎中国需要的理论性的创造，才叫做理论和实际相联系"③。美国学者斯图尔特·施拉姆在《毛泽东》一书中曾指出："毋庸置疑，自 1942—1944 年整风运动结束时，他已经成功地使他的同志们养成了从中国的具体情况出发观察政治问题的习惯。"延安整风运动使全党经受了"思想上入党"的洗礼，破除了主观主义、教条主义的思维，在全党树立了理论联系实际、马列主义与中国实际相结合的科学思维和科学理论观，在延安整风中发展成熟的马克思主义中国化的新成果——毛泽东思想被确立为党的指导思想，从而保证了党在思想理论上的纯洁性和先进性，也为中国革命打开了胜利之门。

今天，变化的时代以另一种方式向我们提出了类似的挑战。如何在社会经济成分和社会组织形式日益多元化，人们的物质利益、就业形式日益多样化的社会，保持党的阶级属性，保持党一贯的思想纯洁性和理论上的先进性？现实中，一些党员、干部理想信念不坚定，宗旨意识淡薄，群众观念淡漠，权力观、政绩观存在诸多误区。新形势下保持党员干部思想纯洁、坚守共产党人精神家园的任务，比以往任何时候都更为繁重、更为紧迫。解决问题的根本途径，还是坚持思想建党，坚持党的解放思想、实事求是的思想路线，根据新的实践、新的时代特征，坚定不移地推进马克思主义中国化时代化大众化，用在实践中不断创新的科学理论保持党在思想理论上的纯洁性和先进性。

---

① 《毛泽东选集》第 3 卷，人民出版社 1991 年版，第 875 页。
② 《毛泽东选集》第 3 卷，人民出版社 1991 年版，第 813 页。
③ 《毛泽东选集》第 3 卷，人民出版社 1991 年版，第 820 页。

三、以严格的组织制度和组织纪律管理党员干部队伍，保障党的组织纯洁

组织建设是党的建设的基础一环，而组织队伍建设又是整个组织建设的重中之重。列宁说："组织能使力量增加十倍"。保持组织纯洁是保持党的纯洁性的重要基础，也是保持全党步调一致和增强党的创造力、凝聚力、战斗力的重要组织保证。中国共产党是中国工人阶级的先锋队，同时是中国人民和中华民族的先锋队。保持党的组织纯洁，说到底，就是要保持党始终是这样一个先锋队组织的先进属性。体现在组织建设上，就是要求各级党组织和广大党员、党的领导干部必须坚持贯彻民主集中制这一党的根本组织制度，严格遵守和执行党的纪律，坚决反对一切危害党的团结和统一的行为，使党能够切实担负起领导革命、改革和建设的战斗的先锋队责任。历史证明，没有民主集中制和党的组织纪律作保障，就没有全党的统一意志和行动，就难以形成强大的凝聚力和战斗力，继而丧失领导力。

延安时期是一个社会环境特别复杂的时期，也是党组织队伍发展史上最为辉煌的时期之一。中共中央到达延安后，为改变党的组织力量十分薄弱的状况，毛泽东适时提出了建设一个全国性大党的任务，1938年3月15日，中共中央专门作出了《关于大量发展党员的决议》。大量要求抗日进步的社会分子进入党的队伍，给党的肌体注入了新鲜血液，极大地增强党的组织力量，但是受外部环境复杂、党员成分复杂、思想教育不力以及各抗日民主根据地被敌人分割包围等因素的影响，党内在组织建设上也出现了一些不容忽视的问题。比较突出的如封建主义、小资产阶级的自由散漫性，以及山头主义、小团体主义、本位主义、闹独立性、闹不团结等宗派主义。纯洁党的组织，严格组织制度，提高党员干部的组织纪律性，同样是党的建设急待解决的一个重大课题。

回顾历史，民主革命时期党经历的两次严重失败，都与党的民主集中制原则遭到破坏紧密相关。在总结吸取历史经验教训，特别是针对张

国焘的分裂主义和抗战初期王明严重破坏党的组织制度、违反党的组织纪律的情况，毛泽东在延安时期深刻地论述了民主集中制对党的组织建设的极端重要性，提出要"依靠实行党的民主集中制去发动全党的积极性"①、"要把我们党的一切力量在民主集中制的组织和纪律的原则之下，坚强地团结起来"② 等重要观点，反复强调民主集中制对实现党内团结统一的重要性。

中共中央先后通过了《关于中央委员会工作规则与纪律的决定》、《关于各级党委暂行组织机构的决定》、《关于各级党部工作规则与纪律的决定》等文件，从制度上保证民主集中制的有效执行。延安整风运动更是鲜明地把反对宗派主义作为三大中心任务之一。1941 年 7 月，中共中央在《关于增强党性的决定》中，就突出强调了全党的统一性、集中性和服从中央领导的重要性，要求坚决肃清阳奉阴违的两面性现象，坚决清除宗派主义的残余，正确理解和严格执行党的民主集中制，克服党内反民主的专制主义倾向和党内极端民主化的现象，并且规定党组织有权对坚持错误的党员做组织上的结论、纪律的执行和组织手段的采用等。1942 年 2 月，毛泽东在《整顿党的作风》中再次提出："我们一定要建设一个集中的统一的党，一切无原则的派别斗争，都要清除干净。要使我们全党的步调整齐一致，为一个共同目标而奋斗，我们一定要反对个人主义和宗派主义。"③ 强调"对内的宗派主义倾向产生排内性，妨碍党内的统一和团结；对外的宗派主义倾向产生排外性，妨碍党团结全国人民的事业。铲除这两方面的祸根，才能使党在团结全党同志和团结全国人民的伟大事业中畅行无阻。"④

时任中央组织部部长陈云在党的组织建设上提出了一系列极其重要的观点，如"党的支部应该成为领导群众斗争的核心"、"党员的质量重于数量"、大力培养忠实于无产阶级事业忠实于党的干部，以

---

① 《毛泽东选集》第 1 卷，人民出版社 1991 年版，第 278 页。
② 《毛泽东选集》第 3 卷，人民出版社 1991 年版，第 1097 页。
③ 《毛泽东选集》第 3 卷，人民出版社 1991 年版，第 822 页。
④ 《毛泽东选集》第 3 卷，人民出版社 1991 年版，第 821 页。

及关于党支部的地位作用、组织原则、领导机构、基本任务、中央与地方党部的关系等方面的精辟阐述，都丰富发展了马克思主义建党学说，为纯洁党的组织做出了重要贡献。延安整风运动对党的组织建设产生了全面的影响。1940 年时党员人数 80 万，1945 年中共七大召开时达 121 万，不仅完成了建设一个伟大的全国性大党的任务，而且保持了党的组织纯洁，实现了全党的空前团结和统一，尤其是形成和造就了以毛泽东为核心的党的第一代正确的坚强的领导核心，为中国革命的胜利奠定了坚实的组织基础，对中国共产党组织纯洁性建设也产生了长远的影响。

经过 90 年的发展，我们党已经从最开始的 50 多名党员发展到现在的 8000 多万名，基层党组织达到 380 多万个，形成了分布广泛的基本组织体系。这样一个大党，处在长期执政和改革开放的环境下，保持组织上的纯洁极为重要。但现在有的地方，对党员队伍和干部队伍的管理监督，却不同程度地存在着失之于宽、失之于软等问题，一些涣散党的组织，影响党的先进性、纯洁性上的不良倾向得不到及时纠正。我们党要有力地担负领导责任，必须为保持党的组织纯洁性作出更多努力。要严格坚持党章所规定的共产党员标准和领导干部条件，把好党员"入口"，选好干部、配好各级领导班子，加强党内民主和党内监督，对违反纪律的行为必须严肃处理，绝不允许有凌驾于党纪国法之上的特殊党员，坚决把背离党纲党章、危害党的事业、已经丧失共产党员资格的蜕化变质分子和腐败分子清除出党，永远保持党的组织纯洁，使党始终拥有强大的战斗力和领导力。

四、努力锤炼党员干部的坚强党性，保证党的作风纯洁

刘少奇曾说过，党性是阶级性最高而集中的表现，共产党员的党性修养就是按照党性原则进行自我教育、自我改造和自我完善，使自己具备马克思主义世界观和工人阶级先锋战士的基本条件和基本素质。党性的这些内在的质的规定性，决定了党的外在实践行为方式——作风的规

定性。有什么样的党性，就会有什么样的作风。正如胡锦涛在第十七届中央纪律检查委员会第三次全体会议上的讲话所指出的："领导干部作风问题，说到底是党性问题。党性是作风的内在依据，作风是党性的外在表现，作风和党性相互影响、相互作用。党性纯洁则作风端正，党性不纯则作风不正。"延安整风运动的一条基本经验，就是通过提高全党党员的党性修养，达到纯洁党的作风的目的。

众所周知，延安整风之前，我们党一直饱受主观主义、教条主义、宗派主义的侵害，党性不纯问题在一部分党员干部身上严重存在，对党的正确路线方针政策的制定，对党在抗战中的发展，特别是对大批新入党的党员影响甚大。尤其是在当时民族矛盾与阶级矛盾并存的客观现实下，国共两党在合作抗战的同时，都希望获得发展壮大，呈现出一种在政治、军事、文化上竞争发展的态势。1939年1月，蒋介石在国民党五届五中全会上作了《唤醒党魂发扬党德与巩固党基》和《整顿党务之要点》的演讲，认为当时"华北各地共产党的竞起"，使国民党处于"艰险"的环境之中，而国民党内却存在"许多重大的缺陷"，长此以往，国民党就不免"趋于消灭"。提出要用"三民主义"来唤醒"党魂"，发扬"忠孝仁爱信义和平"和"智仁勇"的"党德"，以"整顿党务"、巩固"党基"，使国民党能"与共产党作积极之斗争"[①]。这种来自外部的政治压力，不能不引起中共中央的高度重视。在整个延安时期，特别是整风期间，毛泽东和党中央都非常重视提高党员干部的党性修养，把它当作保持党的思想纯洁、组织纯洁和作风纯洁的重要一环。

1941年5月，毛泽东在《改造我们的学习》中指出："反科学的反马克思列宁主义的主观主义的方法，是共产党的大敌，是工人阶级的大敌，是人民的大敌，是民族的大敌，是党性不纯的一种表现。"[②]而"有实事求是之意，无哗众取宠之心。这种态度，就是党性的表现，就

---

① 北京师范大学历史系中国现代史教研室编：《中国现代史》下册，北京师范大学出版社1983年版，第64页。

② 《毛泽东选集》第3卷，人民出版社1991年版，第800页。

是理论和实际统一的马克思列宁主义的作风。"①1941年7月1日，即中国共产党成立20周年纪念日，中共中央政治局根据毛泽东的提议，讨论并通过了由王稼祥等人起草的《关于增强党性的决定》，明确指出：党内存在着"个人主义"、"英雄主义"、"无组织的状态"、"独立主义"和"反集中的分散主义"等倾向，强调"如今巩固党的主要工作，是要求全党党员尤其是干部党员，更加自觉地增强自己的党性锻炼，把个人利益服从于全党的利益，把个别党组织的部分利益服从于全党的利益，使全党能够团结得像一个人一样。"这些重要论述，深刻揭示了思想作风背后的党性问题，为延安整风指明了方向。

整风学习的伟大实践，使广大党员干部的党性修养得到空前锤炼。1945年4月，毛泽东在党的七大政治报告中自豪地宣称："以马克思列宁主义的理论思想武装起来的中国共产党，在中国人民中产生了新的工作作风，这主要的就是理论和实践相结合的作风，和人民群众紧密地联系在一起的作风以及自我批评的作风。"② 邓小平后来说："我们党很完整的作风，经过延安整风已经建立起来"。三大优良作风的形成，标志着党由此拥有了一支作风纯洁的党员队伍，以自身的模范行动赢得了广大人民群众的广泛认同，从而造就了克敌制胜的强大物质力量，最终从西北一隅走向了执政全国。

历史证明，加强党性修养，弘扬优良作风，是党的纯洁性、先进性建设的有效途径，是我们党常抓常新的长期任务。改革开放以来，经济体制的深刻变革、社会结构的深刻变动、利益格局的深刻调整、思想观念的深刻变化，都对保持党的作风纯洁提出了新的要求。当前，尤其要总结和运用延安整风运动的历史经验，把加强党性修养作为端正思想作风的治本之策，着力解决党员干部在作风建设方面存在的不思进取、漠视群众、脱离实际、官僚主义、弄虚作假、贪图享受、阳奉阴违、独断专行、以权谋私、骄奢淫逸等问题。领导干部尤其要注重党性修养，自重、自省、自警、自励，讲党性、重品行、作表率，做到立身不忘做人

---

① 《毛泽东选集》第3卷，人民出版社1991年版，第801页。
② 《毛泽东选集》第3卷，人民出版社1991年版，第1093—1094页。

之本，为政不移公仆之心，用权不谋一己之私，始终做到党性纯洁、作风过硬，以此促进全党的作风纯洁。

（作者杨玉玲系西安政治学院教授、博士生导师；

张一水系西安政治学院中共党史专业研究生）

坚决摒弃八股文　大力倡导优良文风

王瀚林　高德荣

1942 年 2 月 8 日，毛泽东在延安干部会上发表了著名的《反对党八股》，分析了党八股的历史根源，例数了党八股的八大罪状，对不良文风进行了淋漓尽致的批判。重温这篇文章，发人深思。文中的观点及评价即使放在今天来审视，不仅一针见血，而且对新时期为什么要改进文风，应该提倡什么样的文风，怎样大力改进文风仍具有重要的指导性和现实意义。

一、深刻认识不良文风的极大危害及其产生的根源

文风是个老问题，也是目前社会热议的话题。我们党历来重视倡导优良文风。毛泽东发表《反对党八股》后，党中央对于端正文风的要求始终没有停止，文风不断得以改进，但不良文风还未根本扭转。说起八股式的文风，人们深受其害，口诛笔伐，但仍有不少乐此不疲，甚至成了顽症。时至今日，当年毛泽东批判的"党八股"的八种表现不仅没有绝迹，而且时常乔装打扮、改头换面，招摇过市、令人生厌。一些"官样文章"只唯上不唯实，回避问题、穿靴戴帽、"官气"十足；一些公文及材料浮夸风严重，不报真情，避重就轻，对单位决策有参考价值的新情况、新思路、新见解少；有的假话真说，套话、空话、大话、漂亮话屡见不鲜；有的冗长拖沓，连篇累牍，又臭又长；有的模式僵化刻板，格调千篇一律，抄袭之风盛行，大大降低了语言的感染力和实用

价值。可以说，这种文风给人的感受是形象丑陋、思想匮乏、虚张声势，其极大的危害不言而喻，这也是改进文风的必然选择。

文风不正失信于民，严重影响党的形象，降低党的威信。毛泽东曾指斥党八股"害人"、"妨害革命"，甚至"祸国殃民"。文风事关党的形象和党的事业兴衰成败，文风不正将严重影响党的执政成效，削弱党的执政基础，败坏党风和社会风气，损害党与群众的血肉联系，必定失去群众的认同感，削弱党的凝聚力和感召力。显而易见，文风抓不好误国误民，甚至影响到国家的前途和命运。

文风不正贻误工作推进，阻碍改革创新进程。公文中的"假、大、空"是对现实情况的歪曲反映，妨碍上级领导机关对真实情况的了解和掌握，使小矛盾变成大矛盾，小错酿成大错，贻误解决问题的时机，甚至导致决策失误。一些单位会议多、讲话多、文件多，致使官疲民更累，浪费人力物力财力，效果极其不佳。一些领导认为照本宣科最保险，创新表达有风险，因循守旧也安全，思想解放有代价，为此只说四平八稳的套话，讲冠冕堂皇的官话，写呆板飘渺的文章，更新观念、改革创新避而不谈，职工群众只能望改兴叹。

文风不正疏远干群关系，影响领导干部的亲和力和执政能力。文风不正难以沟通干群之间的思想感情，群众落实上级政策的抵触情绪也会随之增加，甚至激化与群众的矛盾，导致干部脱离群众，群众疏远干部，使党的理论和路线方针政策在群众中失去吸引力、感召力。目前，我国已进入改革发展的关键时期，一些深层次的矛盾和问题凸显，有许多集中表现在基层，如果领导干部远离群众、脱离实际，不深入了解群众在想什么，而用"官样文章"来应付群众，就难以在群众中树立起良好形象，更难以面对群众解疑释惑、理顺情绪、化解矛盾。

略加剖析，查找"党八股"病灶所在，其根源主要有以下几个方面：

领导干部认识不清、工作能力不强、群众观点淡漠是导致文风不正的"源头"。"党八股"问题看似是文风实则是作风，表面是公文的问题，根子出在领导干部身上。一些领导干部对不良文风的危害认识不到位，主观主义作祟，官僚主义严重，没有解决实际问题的能力；有的不思进取，不善于学习，不肯动脑，不求甚解，对于中国语言文字的驾驭能力不足；有的缺乏逻辑思维及独立思考的能力，腹中无物，只能照抄照搬；有的作风浮躁，急于出成绩，急功近利；有的解放思想、更新观念不够，僵化守旧，谋发展无思路，做工作无办法，只走老路，不开拓创新；有的没有深入实际，对于当前改革发展的现状不了解，心中无数，唯书唯上不唯实，没有深入生活，不了解基层的情况，不了解群众的所思所盼，与群众感情淡漠，故弄玄虚，不愿用群众的语言，不愿当群众的代言人。

形式主义严重是导致文风不正的关键所在。一些单位不同程度地存在做表面文章的现象，使不良文风得到庇护和喘息。一些单位以文件、材料及会议代替思想政治工作，代替深入实际，代替贯彻落实上级的政策指示和工作部署，致使领导干部陷入文山会海。

有效的体制机制缺失是导致文风不正的重要因素。文件管理部门要求不高、把关不严，没有堵死文风不正的"渠道"。党八股的影响仍然存在，有些痼疾难以根除，对文风不正起了推波助澜的作用。一些单位没有制定改进文风的制度，学与不学一样，水平高低一样，不向群众负责任的不良文风得不到应有的处罚；没有明确及落实责任，建章立制徒有虚名，存在建而不抓，抓而不管，管而不严的现象，致使不良文风蔓延。

二、始终坚持在新形势下倡导优良文风

文风是指语言文字及文章的风格，包括内容和形式两个方面。提倡什么，反对什么，是改进文风的首要问题。2010年5月，习近平在中央党校春季第二批入学学员开学典礼上强调，大力纠正不良文风，已成为新形势下加强和改进党的作风建设的一项重要任务。针对当前一些党政机关公文、领导干部讲话、理论文章中存在的"长、空、假"问题，习近平鲜明地提出文风要"短、实、新"。在新形势下倡导和弘扬精干、平实、创新这一文风与反对党八股有着深刻的现实针对性。

（一）短小精干，言简意赅

党的十七届四中全会明确提出："从领导机关做起，大力整治文风会风，提倡开短会、讲短话、讲管用的话，力戒空话套话。"文章不求长，只求实，不求华丽，只求管用。文章当以短为贵，力求简短，直截了当，观点鲜明，重点突出，质朴精当，绝不绕弯子，绝不拖泥带水，避免拖沓冗长不着边际。按照"能少则少、能短则短、能精则精、能简则简"的原则，少发文、发短文。不写脱离实际、虚话如注、自欺欺人的文章，多写符合实际、可行管用、有感而发的文章，不写照本宣科、故作高深的文章，多写反映自己判断、明白通俗的文章，力求浅显平实，让人一看就懂、一说就清、一听就明白，广大干部职工爱读爱看。

（二）情真意切，实事求是

良好文风的标准就是党的思想路线所要求的解放思想，实事求是。大兴求真务实之风，下决心从文山会海中摆脱出来，把心思用在干事业上，把精力投入到抓落实中。写文章关键在于立足实际、针对问题，写在"实"处，说到"点"上，不能空空洞洞、华而不实。力求反映事物的本来面目，分析问题要客观、全面，既要指出现象，更要弄清本质；阐述对策要有感而发、具体实在，有针对性和可操作性。以对人民利益高度负责的精神，有一说一，有二说二，是则是，非则非，不夸大成绩，不掩饰问题，增强文风的吸引力、感染力和贴近性。

（三）思想深刻，富有新意

大兴独立思考、开拓创新之风，大兴讲富有思想性和创造性的话。文字出新意出深意。一个文件、一篇讲话有没有新意，反映一个党政机关和领导干部的思想水平、理论水平、经验水平以及评议表达的能力。把上级要求与本地区实际结合起来，在解决问题上有新理念、新思路、新举措，角度新、材料新、语言表达新，富有个性、特色鲜明、生动活泼，避免陈词滥调，不知所言，缺少思想性、创造性、时代性。特别在经济建设和社会发展等重大问题上有自己独到的见解，在带有倾向性的问题上有自己鲜明的态度，在涉及群众根本问题上有自己坚定的立场。

三、齐心协力多管齐下改进文风

目前不良文风的种种迹象表明，我们的文风已经到了非解决不可的程度。反对党八股，改进文风，必须态度坚决、旗帜鲜明、标本兼治。

（一）保持清醒头脑，从思想认识上刹住不良文风

改进文风是提高党的执政能力、保持党的先进性、践行党的宗旨的必然要求，是领导干部履行职责、密切党和人民群众联系、巩固党的群众基础、完成使命的必然要求，是贯彻党的路线方针政策、落实上级工作部署的必然要求。党风决定着文风，文风体现出党风。文风是构成党风的重要基石，加强和改进党的作风建设必须端正文风。

树立良好文风是加强党性修养的永恒主题。文风是作风和党风的外在表现，作风不正，党风不纯，文风必然败坏。所谓的党八股的僵化文风背后，其实就是僵化的党风，僵化的政风。由此可见，文风的问题，实际也反映出党风、政风的问题。无须赘言，提高认识是克服不良文风的治本之法。各级领导干部要做充分认识改进文风重要性的先行者，做旗帜鲜明地反对不正文风的引领者，做改进文风的示范者。

（二）领导干部带头改进文风，消除不良文风的源头

文风问题上下都有，但文风改不改，领导干部和上级机关是关键。积极倡导、大力弘扬优良文风，是党的十七届四中全会提出的一项重要任务。领导干部要把改进文风作为一项工作要求，身体力行、勉力而为，贴近基层、贴近群众、贴近实际，在弘扬优良文风上不断取得新进步。各级领导干部必须以高度的政治责任感和使命感带头改进文风，这样才能真正从源头上解决文风不正的突出问题。

领导干部必须带头反对主观主义、官僚主义和形式主义。一切从客观实际出发，防止教条主义和狭隘的经验主义，杜绝从主观感情、愿望、意志看问题，导致主观和客观相分裂，认识和实践相脱离的现象。文风不正的根本问题在官风，官风正则文风正。要以党的事业和最广大人民群众的根本利益为重，摒弃"官本位"意识。树立正确的政绩观，不搞虚报浮夸的假政绩，不搞沽名钓誉的"形象工程"，筑牢反对主观主义、官僚主义和形式主义的坚固防线。

领导干部必须带头改进学风，提高自身素质。学风是文风的基础，文风是学风的体现，改进学风是改进文风的关键。改进文风关键是提高领导干部的素质。古人云，学而不思则罔，思而不学则殆。各级领导干部必须牢固树立终身学习的观念，争做学习型干部。要在博学多思中改进文风，多向书本学习、向实践学习、向群众学习，勤于思考，善于提炼。

领导干部必须带头做优良文风的倡导者、践行者及推动者、不良文风的批判者。带头弘扬"短、实、新"的优良文风。对一些重要公文和讲话要全程参与，出思想、谈看法、拿主意，切实把好关，力求多出精品。对于不良文风，领导干部不能视若无睹，听之任之，必须义正词严地批判谴责，让"党八股"自然销声匿迹，不反自灭。

（三）强化作风建设，带动文风转变

改进文风切忌"头痛医头、脚痛医脚"，不能仅在文章长短、语言直曲上下工夫，关键要在转变作风上求实效。改文风，要先转作风，特别是各级领导干部及文字工作人员要沉到基层汲取营养。只有来源于实践得益于实践的东西，才能有益于指导实践并接受实践的检验。

以融入群众激发文风转变。脱离群众是我们党执政后的最大危险，始终保持同人民群众的血肉联系是我们党永远立于不败之地的根本。多了解基层实情方能言之有据，多集中群众智慧方能言之有物，多贴近百姓需求方能言之有力。没有优良的文风，就会将人民群众拒之门外，这和党的群众路线、贴近群众的要求背道而驰，行文就会处于无源之水、无本之木的境地，只能苦思冥想，闭门造车，陷入党八股的怪圈。领导干部转变作风，深入基层，贴近实际，融入群众，真正了解社情民意，把握群众的思想脉搏，就是改进文风的生动体现。

以深入调查研究促使文风转变。胡锦涛在党的十七大报告中特别强调要"加强调查研究，改进学风和文风，精简会议和文件，反对形式主义、官僚主义，反对弄虚作假。"那种浮在上面多，沉下去少，跟着喊口号多，具体落实少，务虚多，务实少必然导致文风不正，只有通过调查研究才能挖掘有价值的、真实的材料，去伪存真、去粗取精，才能有新思想、新观点、新举措。通过调查研究，关注新事物，研究新问题，更好地了解社会现实，改变守旧、封闭的思想方法，让思想开阔、活跃起来，跟上社会发展的潮流，为有良好文风打下坚实的基础。

（四）着力完善机制，为改进文风提供有力保障

弘扬优良文风、纠正不良文风是一项长期而艰苦的任务，不可能一蹴而就、一劳永逸，必须达到常态化和长效化。制度是管长远的、管根本的。靠制度管人、管事，才管得住。建立健全行之有效的长效机制，是堵住文风不正渠道的重要平台。通过明确的工作标准和严格的考核促进落实，通过根本性、全局性、长期性的工作机制强化落实，杜绝不正文风死灰复燃，始终确保良好的文风。

营造良好的制度、机制、舆论环境，真正为好文风的形成创造条件。认真贯彻落实中共中央办公厅、国务院办公厅有关文件精神，通过运用量化的指标来控制公文规格、减少公文数量、压缩公文篇幅、提升公文质量、提高运转效率，减少公文产生的随意性，抓好文件精神的贯彻落实等，确保改进文风落到实处。倡导新文风要有统一的制度和详细规定。什么文该发，什么文不该发，应发的文怎么发等也要作出明确规定。严格办文程序，在公文处理中多级审核，层层把关。建立齐抓共管机制，明确责任，一级抓一级，层层抓落实。

完善培训机制，加大业务培训和学习交流力度，不断提高公文处理人员的思想素质和业务水平。完善改进会风制度，少开会，开短会，讲

简洁精练的话、明白通俗的话、新鲜活泼的话、真正管用的话，摆脱文山会海的束缚。强化舆论引导机制，营造不断改进文风的良好氛围。建立督促检查、考核奖惩机制，对公文的效用进行评估，并与组织者、制发者的绩效考核相挂钩。建立群众监督机制，把文风作为一项重要内容让群众评议。围绕改进文风问题开展专题检查，促进各级各部门总结经验、寻找差距，确保改进文风取得实效。

（作者王瀚林系新疆生产建设兵团党委宣传部（文化广播电视局）副部（局）长、延安精神研究会会长；高德荣系新疆生产建设兵团党委宣传部研究室主任、延安精神研究会办公室主任）

《在延安文艺座谈会上的讲话》
对社会主义核心价值体系建设的启示

吴克明

在中国人民抗日战争最艰苦的岁月，毛泽东发表了《在延安文艺座谈会上的讲话》（以下简称《讲话》）。《讲话》以其强烈的社会责任感和历史使命感，有效地解决了文艺界、思想界的混乱和争端，发挥了文艺的动员和战斗功能。作为一部重要的理论文献，《讲话》确定了党对文艺工作的基本方针，指明了文艺为什么人以及如何为的根本问题。70余年来，《讲话》精神历久弥新、不断发展。改革开放之初，邓小平发表《在中国文学艺术工作者第四次代表大会上的祝词》，当年《讲话》中"文艺为人民服务"、"文艺为政治服务"主张已为《祝词》中"文艺为人民服务，文艺为社会主义服务"主张所取代。在改革开放事业深入推进的今天，胡锦涛发表《在中国文联第九次全国代表大会、中国作协第八次全国代表大会上的讲话》，强调"广大文艺工作者要始终坚持以人为本，更加自觉、更加主动地承担起为人民抒写、为人民放歌的历史责任"，以建设社会主义核心价值体系为核心，推动社会主义文化大发展大繁荣。今天我们重温《讲话》精神，深入研究《讲话》基本内容的意蕴，探讨其对社会主义核心价值体系建设的主要启示，既是推动社会主义文化大发展大繁荣的现实需要，也是传承《讲话》精神的生命力所在。

一、《在延安文艺座谈会上的讲话》的基本要义

《讲话》产生的时代，正值我国抗日战争处于艰难时期。为了适应日益发展的革命形势的需要，"研究文艺工作和一般革命工作的关系，求得革命文艺的正确发展，求得革命文艺对其他革命工作的更好的协助，借以打倒我们民族的敌人，完成民族解放的任务"①，中共中央在延安杨家岭召开了文艺座谈会，毛泽东主持并发表了《讲话》。概括地说，《讲话》的基本要义是三点：

一是论述了文艺工作在党的工作中的重要地位。《讲话》坚持和发展了马克思主义的文艺思想，深刻阐明了"党的文艺工作和党的整个工作的关系问题"，明确指出："真正人民大众的东西，现在一定是无产阶级领导的"，"新文化中的新文学新艺术，自然也是这样。"② 1905 年列宁在《党的组织和党的出版物》一文中写道，"写作事业无论如何必须成为同其他部分紧密联系着的社会民主党工作的一部分"。精辟地阐述了文艺工作与党的整个工作的关系问题，首次提出了"党的文学"的理论，肯定了文艺工作的党性原则。毛泽东继承了这一理论，指出："无产阶级的文学艺术是无产阶级整个革命事业的一部分"③，理所当然地必须置于党的领导之下。无产阶级文艺，是在无产阶级及其政党的长期革命斗争实践中产生、发展的；它一开始就是在无产阶级政党的领导之下。《讲话》把马克思主义经典文论和中国实践相结合，将无产阶级对文艺的党性要求与尊重文艺规律科学地结合起来，是对马克思主义美学的重要贡献，也由此奠定了文艺工作在党的工作中的重要地位。《讲话》发表 70 余年来，我们党根据中国不断发展变化的客观实际，充实发展了党对文艺工作的指导方针、主要目标，制定了符合客观实践需要

---

① 《毛泽东选集》第 3 卷，人民出版社 1991 年版，第 847 页。
② 《毛泽东选集》第 3 卷，人民出版社 1991 年版，第 855 页。
③ 《毛泽东选集》第 3 卷，人民出版社 1991 年版，第 865—866 页。

的政策，推动了社会主义文艺事业不断向前发展。70 年的正反两方面实践充分证明，党对文艺工作越重视，党的事业就越有希望，反之，则会阻碍党的事业向前发展。

二是指明了文艺为什么人以及如何为的根本问题。文艺为什么人服务的问题，是马克思主义经典作家高度重视的问题。早在 19 世纪 40 年代，马克思在《1844 年经济学哲学手稿》中就提出了工人阶级精神生活的赤贫问题，"劳动为富人生产了奇迹般的东西，但是为工人生产了赤贫。劳动创造了美，但是使工人变成畸形。"20 世纪初叶，无产阶级文艺已有初步发展，列宁提出了革命文艺"不是为饱食终日的贵妇人服务，不是为百无聊赖，胖的发愁的'几百万上等人'服务，而是为千千万万劳动人民服务"的主张，对"文艺为什么人服务"的问题作出了明确的回答——"艺术属于人民"。毛泽东通过认真总结革命文艺运动的经验和教训，深刻地指出："什么是我们的问题的中心呢？我认为，我们的问题基本上是一个为群众的问题和一个如何为群众的问题"。第一，他特别强调文艺"为什么人的问题"是一个根本的问题，原则的问题。指出："这个根本问题不解决，其他许多问题也就不易解决。"①第二，他进一步具体指明"为人民大众服务"是文艺的根本方向，提出"我们的文学艺术都是为人民大众的"。在阐明"文艺为人民大众服务"这一根本原则之后，《讲话》重点解决文艺"如何为群众的问题"。《讲话》从三个方面对文艺"如何为人民大众服务"展开了论述。（1）深入生活，与工农兵相结合。《讲话》中，毛泽东指出小资产阶级身上所具有的主观主义、个人主义、教条主义、轻视工农等缺点。在他看来，文艺家只有经过长期锻炼，把自己融入工农群众中去，文艺为人民大众服务的目的方能实现。如何做到与工农兵相结合？毛泽东指出，到群众中去，"了解各种人，熟悉各种人，了解各种事情，熟悉各种事情"②，以及在实践中"学习马克思主义和学习社会"③。（2）运用群众

① 《毛泽东选集》第 3 卷，人民出版社 1991 年版，第 858 页。
② 《毛泽东选集》第 3 卷，人民出版社 1991 年版，第 850 页。
③ 《毛泽东选集》第 3 卷，人民出版社 1991 年版，第 858 页。

喜闻乐见的民族形式。《讲话》中，毛泽东通过批评部分作家不爱工农兵的文艺表现形式（墙报、民歌、民间故事等），进一步指出，"与工农兵大众的思想情感打成一片"，"认真学习群众的语言"，运用"新鲜活泼的、为中国老百姓所喜闻乐见的"民族形式，通俗易懂，才能够被广大工农群众所接受。（3）走普及与提高相结合的道路。《讲话》认为"只有从工农兵出发，我们对于普及和提高才能有正确的了解，也才能找到普及和提高的正确关系。"只有以工农兵为表现对象，采用民族的形式，普及才能实现，提高才有依托。从"为什么人"到"如何为"，从文艺与人民群众结合到文艺家与人民群众结合，《讲话》彰显出文艺工作的人民性品格，也在实践上解决了革命文艺的服务对象和发展方向问题，这成为《讲话》的中心议题。

三是提出了文艺批评的基本思想。在《讲话》中，毛泽东把文艺批评作为一个重要问题，从文艺批评的任务、意义、标准及文艺批评的原则和方法三个方面作了集中阐述。（1）文艺批评的任务和意义。《讲话》开宗明义指出，文艺工作者要"研究文艺工作和一般革命工作的关系，求得革命文艺的正确发展，求得革命文艺对其他革命工作的更好的协助，借以打倒我们民族的敌人，完成民族解放的任务"①。毛泽东的论述，蕴涵了文艺批评甚为重要和丰富的内涵：文艺批评存在的意义和价值，并非局限于对作品的评估，它应在两个方面上确定其逻辑的起点与归宿，即通过对文艺家的创作活动及其创作成果的批评，以求得文艺创作对社会历史发展的正确反映和能动作用，保障文艺创作的正确方向和繁荣发展。（2）文艺批评的标准。《讲话》指出"文艺批评有两个标准，一个是政治标准，一个是艺术标准。"政治标准，即"一切利于抗日和团结的，鼓励群众同心同德的，反对倒退、促成进步的东西，便都是好的"，"而一切不利于抗日和团结的，鼓动群众离心离德的，反对进步、拉着人们倒退的东西，便都是坏的"②，"这政治是指阶级的政治、群众的政治，不是所谓少数政治家的政治。政治，不论革命的和反

---

① 《毛泽东选集》第 3 卷，人民出版社 1991 年版，第 847 页。
② 《毛泽东选集》第 3 卷，人民出版社 1991 年版，第 868 页。

革命的，都是阶级对阶级的斗争"①。在毛泽东看来，这里文艺批评的政治标准是以"为人民大众"服务，有利于人民大众的目前和长远的利益为基本点。毛泽东在重视文艺批评的政治标准的同时，也很重视文艺批评的艺术标准。毛泽东在《讲话》中从整体上肯定了文艺是一种美，并认为这种美高于生活。"虽然两者都是美，但是文艺作品中反映出来的生活却可以而且应该比普通的实际生活更高，更强烈，更有集中性，更典型，更理想，因此就更带普遍性"②。基于对文艺审美特征的重视，毛泽东也很重视文艺的特殊规律，反对文艺创作中的"标语口号式"倾向。进而，《讲话》也谈到了政治标准和艺术标准的关系。指出，"政治并不等于艺术，一般的宇宙观也并不等于艺术创作和艺术批评的方法"③。这里，毛泽东十分明确地提出反对文艺批评中的"政治标准唯一"论，亦即反对所谓"片面强调文艺的政治实用功能"的主张。

（3）文艺批评的原则与方法。①坚持动机与效果相统一。毛泽东在论及以一定的批评标准评价作品好坏时说"这里所说的好坏，究竟是看动机（主观愿望），还是看效果（社会实践）呢？唯心论者是强调动机否认效果的，机械唯物论者是强调果否认动机的，我们和这两者相反，我们是辩证唯物主义的动机和效果的统一论者"④。②坚持灵活性与原则性相统一。《讲话》中指出："我们的文艺批评是不要宗派主义的，在团结抗日的大原则下，我们应该容许包含各种各色政治态度的文艺作品的存在。但是我们的批评又是坚持原则立场的，对于一切包含反民族、反科学、反大众和反共的观点的文艺作品必须给以严格的批判和驳斥；因为这些所谓文艺，其动机，其效果，都是破坏团结抗日的"⑤。③坚持专家的批评与群众的批评相结合的原则。《讲话》在谈到普及与提高的关系时，号召从事文艺工作的专门家要同在群众中做文艺普及工作的同志们发生密切的联系，一方面帮助他们，引导他们，一方面又向他们

① 《毛泽东选集》第 3 卷，人民出版社 1991 年版，第 866 页。
② 《毛泽东选集》第 3 卷，人民出版社 1991 年版，第 861 页。
③ 《毛泽东选集》第 3 卷，人民出版社 1991 年版，第 869 页。
④ 《毛泽东选集》第 3 卷，人民出版社 1991 年版，第 868 页。
⑤ 《毛泽东选集》第 3 卷，人民出版社 1991 年版，第 868—869 页。

学习，从他们吸收由群众中来的材料，以充实自己，丰富自己，使自己的专门知识不致成为脱离群众、脱离实际、毫无内容、毫无生气的空中楼阁。

二、《在延安文艺座谈会上的讲话》对社会主义核心价值体系建设的两点启示

毛泽东《在延安文艺座谈会上的讲话》对社会主义核心价值体系建设的启示很多。在这里，主要从对社会主义核心价值体系建设目标和方法两个维度来予以分析。

首先，从对社会主义核心价值体系建设的目标维度来看。

一是坚持马克思主义在社会主义核心价值体系中的指导地位具有历史的必然性。主要体现在：马克思主义理论本身正确，而且它成功地指导了中国革命和建设的实践。马克思主义自20世纪初传入中国以后，实现了与中国革命和建设的有机结合。抗日战争时期，毛泽东就十分注重将马克思主义理论与中国抗日战争的具体实践结合起来，始终坚持马克思主义在文化建设中的指导地位。《讲话》从夺取抗日战争胜利、实现民族解放的高度阐述了马克思主义与中国革命结合的重要性，运用马克思主义的立场、观点和方法分析抗战时期文艺战线存在的突出问题，号召广大文艺工作者认真学习马克思主义理论，走文艺与群众相结合的道路，并有效解决了当时文艺战线、思想战线的混乱问题，达到了统一思想、凝聚人心的目的，为抗战胜利提供了有力的思想武器。

二是坚持社会主义先进文化前进方向。当前，面对复杂多变的国际形势和日趋激烈的综合国力竞争，面对我国经济体制深刻变革、社会结构深刻变动、利益格局深刻调整、思想观念深刻变化所带来的种种矛盾和问题，我国意识形态领域的主流是健康向上的。但也必须看到，与中外不同思想文化的相互激荡，与社会生活的多样化和价值取向的多样性相联系，与人们思想活动的独立性、选择性、多变性和差异性进一步增强相联系，我国意识形态领域在主旋律高扬的同时，也有不少值得忧虑

的问题。现实告诉我们，在当今这样一个思想大活跃、观念大碰撞、文化大交融的时代，先进文化与落后文化、健康文化与腐朽文化同时并存，多样化社会思潮错综复杂，必须发挥以社会主义核心价值体系为价值内容的社会主义先进文化对多样化文化思潮的积极引导作用。只有坚持《讲话》精神，旗帜鲜明、理直气壮地坚持社会主义先进文化前进方向，才能不断增进社会思想共识，不断强化全民族的向心力和凝聚力，从而也才能沿着中国特色社会主义道路，把构建社会主义和谐社会由美好理想变为举国上下的一致行动。

三是加强中国特色社会主义共同理想教育。中国特色社会主义是当代中国发展进步的根本方向，集中体现了最广大人民的根本利益和共同愿望。要深入开展理想信念教育，引导干部群众深刻认识中国共产党领导和中国特色社会主义制度的历史必然性和优越性，深刻认识中国特色社会主义道路既是实现社会主义现代化和中华民族伟大复兴的必由之路，也是创造人民美好生活的必由之路，自觉把个人理想融入中国特色社会主义共同理想之中，最大限度把广大人民团结和凝聚在中国特色社会主义伟大旗帜之下。紧密结合中国特色社会主义成功实践，联系干部群众思想实际，针对社会热点、难点问题，从理论和实践结合上作出有说服力的回答，引导干部群众在重大思想理论问题上划清是非界限、澄清模糊认识，有力抵制各种错误和腐朽思想影响。深入开展形势政策教育、国情教育、革命传统教育、改革开放教育、国防教育，组织学习中国近现代史特别是党领导人民进行革命、建设、改革的历史，坚定广大干部群众对中国特色社会主义的信心和信念。

其次，从对社会主义核心价值体系建设的方法维度来看。

一是坚持"双百"方针即"百花齐放、百家争鸣"。文化作为社会主义核心价值体系建设的载体，承担着构建、宣传社会主义核心价值观的重任。因而，推动文化发展和繁荣，是社会主义核心价值体系建设的题中之义。在此背景下，中共十七届六中全会通过的《中共中央关于深化文化体制改革推动社会主义文化大发展大繁荣若干重大问题的决定》中，提出了建设文化强国的战略任务。要实现这样的目标，最根本的是要激发文化工作者的积极性和创造性。怎样才能达到这个要求呢？长期以来文化建设工作的经验教训告诉我们，必须要有一条正确的文化建设方针，这就是我们党长期以来一直贯彻执行的、十七届六中全会文件再次强调的"百花齐放，百家争鸣"方针。认真贯彻"双百方针"，充分发挥"双百方针"在建设社会主义核心价值体系、推动文化创新繁荣中的指向作用，需要我们在具体实践中从以下两个方面入手：①营造多元竞争、平等发展的文化生态环境。在文艺工作中，要坚持百花齐放、百家争鸣、推陈出新、洋为中用、古为今用的方针，在艺术创作上提倡不同形式和风格的自由发展，在艺术理论上提倡不同观点和学派的自由讨论，尊重文艺工作者自由、创造性的劳动。②建立科学的文艺评价机制。"百家争鸣，百花齐放"方针，实际上包含了这样一个思想，即文化作品是非、好坏的检验标准，只能是社会实践。为此，需要排除行政手段对文艺工作简单直接的干预，让思想从僵硬的行政管理模式中解放出来，创建科学的文艺评价机制。

二是坚持"三贴近"即贴近实际、贴近生活、贴近群众。每个时代进步的文学艺术，总是同人民和民族休戚与共。"一切革命的文学家艺术家只有联系群众、表现群众，把自己当作群众的忠实的代言人，他们的工作才有意义"[1]。正是中国抗日战争的艰难时期，为了团结干部群众争取抗日战争的最后胜利，毛泽东发表了《在延安文艺座谈会上的讲话》，号召广大文艺工作者投入到为人民群众服务的革命文艺事业中去。《讲话》指出文艺工作者要接近群众，了解群众生活，掌握群众语言，采用群众喜闻乐见的文艺表现形式，文艺才能更好地为人民大众服务。《讲话》发表之后，广大文艺工作者遵循文艺为人民大众服务的方向，纷纷下乡、下厂，深入一线，创作了大量富有艺术性、娱乐性、群众喜闻乐见的文艺作品，对于丰富群众生活，调动人民群众参与生产、投身革命的积极性，繁荣文艺事业起到了重要作用，有力地支援了抗日战争。70年来，社会主义文艺事业不断前进，《讲话》所蕴涵的人民性品格也有了新的内涵。重温《讲话》精神，就是要求广大文艺工作者在建设社会主义核心价值体系过程中，坚持贴近实际、贴近生活、贴近

---

① 《毛泽东选集》第3卷，人民出版社1991年版，第864页。

群众，把服务群众作为基点和归宿，站稳群众立场，增进群众感情，立志做人民喜爱的作家艺术家，不断创作生产出体现社会主义核心价值观念、融思想性与艺术性于一体、人民喜闻乐见的优秀文艺作品。把人民作为文艺的表现主体，着力歌颂人民生动实践、展示人民精神风貌，走到生活深处，把艺术深深植根于生活、植根于人民，用人民创造历史的奋发精神哺育自己，从社会生活中汲取营养、挖掘素材、提炼主题，在人民的创造性实践中进行艺术创造、实现艺术进步。

三是坚持正确的文艺批评。体现社会主义核心价值观念，建设社会主义核心价值体系，是文艺创作的使命，也是社会主义文艺批评应当坚持的价值取向。文艺批评作为文艺活动的重要组成部分，不仅能够对文学创作的优劣成败作出研判，也能及时发现和总结在创作中蕴涵的先进思想因素和最新的艺术创造成果，引领创作不断向更高境界发展。在现阶段，发挥文艺批评在建设社会主义核心价值体系建设中的作用，就既要以弘扬进步文艺引领文艺创作，又要以先进的思想理论及时揭示和鲜明反对在文艺活动中出现的消极落后现象，以担负起建设社会主义核心价值体系的历史任务。文艺评论家不仅要有进步的文艺思想，还要有道德良心和敢于坚持真理的勇气，通过文艺批评辨别正确与错误、先进与落后，使进步的文艺思想得到弘扬，落后腐朽的文艺思想得到识别与抵制，以先进文艺思想引领文艺事业的健康发展，大力推进社会主义核心价值体系建设。

（作者单位：湖南科技大学马克思主义学院）

改造我们的学习*

（一九四一年五月十九日）

毛泽东

我主张将我们全党的学习方法和学习制度改造一下。其理由如次：

一

中国共产党的二十年，就是马克思列宁主义的普遍真理和中国革命的具体实践日益结合的二十年。如果我们回想一下，我党在幼年时期，我们对于马克思列宁主义的认识和对于中国革命的认识是何等肤浅，何等贫乏，则现在我们对于这些的认识是深刻得多，丰富得多了。灾难深重的中华民族，一百年来，其优秀人物奋斗牺牲，前仆后继，摸索救国救民的真理，是可歌可泣的。但是直到第一次世界大战和俄国十月革命之后，才找到马克思列宁主义这个最好的真理，作为解放我们民族的最好的武器，而中国共产党则是拿起这个武器的倡导者、宣传者和组织者。马克思列宁主义的普遍真理一经和中国革命的具体实践相结合，就使中国革命的面目为之一新。抗日战争以来，我党根据马克思列宁主义的普遍真理研究抗日战争的具体实践，研究今天的中国和世界，是进一步了，研究中国历史也有某些开始。所有这些，都是很好的现象。

---

* 这是毛泽东在延安干部会议上所作的报告。这篇报告和《整顿党的作风》、《反对党八股》，是毛泽东关于整风运动的基本著作。

二

但是我们还是有缺点的，而且还有很大的缺点。据我看来，如果不纠正这类缺点，就无法使我们的工作更进一步，就无法使我们在将马克思列宁主义的普遍真理和中国革命的具体实践互相结合的伟大事业中更进一步。

首先来说研究现状。像我党这样一个大政党，虽则对于国内和国际的现状的研究有了某些成绩，但是对于国内和国际的各方面，对于国内和国际的政治、军事、经济、文化的任何一方面，我们所收集的材料还是零碎的，我们的研究工作还是没有系统的。二十年来，一般地说，我们并没有对于上述各方面作过系统的周密的收集材料加以研究的工作，缺乏调查研究客观实际状况的浓厚空气。"闭塞眼睛捉麻雀"，"瞎子摸鱼"，粗枝大叶，夸夸其谈，满足于一知半解，这种极坏的作风，这种完全违反马克思列宁主义基本精神的作风，还在我党许多同志中继续存在着。马克思、恩格斯、列宁、斯大林教导我们认真地研究情况，从客观的真实的情况出发，而不是从主观的愿望出发；我们的许多同志却直接违反这一真理。

其次来说研究历史。虽则有少数党员和少数党的同情者曾经进行了这一工作，但是不曾有组织地进行过。不论是近百年的和古代的中国史，在许多党员的心目中还是漆黑一团。许多马克思列宁主义的学者也是言必称希腊，对于自己的祖宗，则对不住，忘记了。认真地研究现状的空气是不浓厚的，认真地研究历史的空气也是不浓厚的。

其次说到学习国际的革命经验，学习马克思列宁主义的普遍真理。许多同志的学习马克思列宁主义似乎并不是为了革命实践的需要，而是为了单纯的学习。所以虽然读了，但是消化不了。只会片面地引用马克思、恩格斯、列宁、斯大林的个别词句，而不会运用他们的立场、观点和方法，来具体地研究中国的现状和中国的历史，具体地分析中国革命问题和解决中国革命问题。这种对待马克思列宁主义的态度是非常有害的，特别是对于中级以上的干部，害处更大。

上面我说了三方面的情形：不注重研究现状，不注重研究历史，不注重马克思列宁主义的应用，这些都是极坏的作风。这种作风传播出去，害了我们的许多同志。

确实的，现在我们队伍中确有许多同志被这种作风带坏了。对于国内外、省内外、县内外、区内外的具体情况，不愿作系统的周密的调查和研究，仅仅根据一知半解，根据"想当然"，就在那里发号施令，这种主观主义的作风，不是还在许多同志中间存在着吗？

对于自己的历史一点不懂，或懂得甚少，不以为耻，反以为荣。特别重要的是中国共产党的历史和鸦片战争以来的中国近百年史，真正懂得的很少。近百年的经济史，近百年的政治史，近百年的军事史，近百年的文化史，简直还没有人认真动手去研究。有些人对于自己的东西既无知识，于是剩下了希腊和外国故事，也是可怜得很，从外国故纸堆中零星地捡来的。

几十年来，很多留学生都犯过这种毛病。他们从欧美日本回来，只知生吞活剥地谈外国。他们起了留声机的作用，忘记了自己认识新鲜事物和创造新鲜事物的责任。这种毛病，也传染给了共产党。

我们学的是马克思主义，但是我们中的许多人，他们学马克思主义的方法是直接违反马克思主义的。这就是说，他们违背了马克思、恩格斯、列宁、斯大林所谆谆告诫人们的一条基本原则：理论和实际统一。他们既然违背了这条原则，于是就自己造出了一条相反的原则：理论和实际分离。在学校的教育中，在在职干部的教育中，教哲学的不引导学生研究中国革命的逻辑，教经济学的不引导学生研究中国经济的特点，教政治学的不引导学生研究中国革命的策略，教军事学的不引导学生研究适合中国特点的战略和战术，诸如此类。其结果，谬种流传，误人不浅。在延安学了，到鄜县①就不能应用。经济学教授不能解释边币和法

---

① 鄜县在延安南面约七十公里。

币①，当然学生也不能解释。这样一来，就在许多学生中造成了一种反常的心理，对中国问题反而无兴趣，对党的指示反而不重视，他们一心向往的，就是从先生那里学来的据说是万古不变的教条。

当然，上面我所说的是我们党里的极坏的典型，不是说普遍如此。但是确实存在着这种典型，而且为数相当地多，为害相当地大，不可等闲视之的。

三

为了反复地说明这个意思，我想将两种互相对立的态度对照地讲一下。

第一种：主观主义的态度。

在这种态度下，就是对周围环境不作系统的周密的研究，单凭主观热情去工作，对于中国今天的面目若明若暗。在这种态度下，就是割断历史，只懂得希腊，不懂得中国，对于中国昨天和前天的面目漆黑一团。在这种态度下，就是抽象地无目的地去研究马克思列宁主义的理论。不是为了要解决中国革命的理论问题、策略问题而到马克思、恩格斯、列宁、斯大林那里找立场，找观点，找方法，而是为了单纯地学理论而去学理论。不是有的放矢，而是无的放矢。马克思、恩格斯、列宁、斯大林教导我们说：应当从客观存在着的实际事物出发，从其中引出规律，作为我们行动的向导。为此目的，就要像马克思所说的详细地占有材料，加以科学的分析和综合的研究②。我们的许多人却是相反，不去这样做。其中许多人是做研究工作的，但是他们对于研究今天的中国和昨天的中国一概无兴趣，只把兴趣放在脱离实际的空洞的"理论"

---

① "边币"是陕甘宁边区政府银行所发行的流通券。"法币"是一九三五年以后，国民党官僚资本四大银行依靠英美帝国主义支持所发行的纸币。毛泽东在本文中所说的，是指当时边币和法币之间所发生的兑换比价变化问题。

② 参见马克思《资本论》第1卷第二版跋。马克思在该文跋中说："研究必须充分地占有材料，分析它的各种发展形式，探寻这些形式的内在联系。只有这项工作完成以后，现实的运动才能适当地叙述出来。"（《马克思恩格斯全集》第23卷，人民出版社1972年版，第23页）

研究上。许多人是做实际工作的，他们也不注意客观情况的研究，往往单凭热情，把感想当政策。这两种人都凭主观，忽视客观实际事物的存在。或作讲演，则甲乙丙丁、一二三四的一大串；或作文章，则夸夸其谈的一大篇。无实事求是之意，有哗众取宠之心。华而不实，脆而不坚。自以为是，老子天下第一，"钦差大臣"满天飞。这就是我们队伍中若干同志的作风。这种作风，拿了律己，则害了自己；拿了教人，则害了别人；拿了指导革命，则害了革命。总之，这种反科学的反马克思列宁主义的主观主义的方法，是共产党的大敌，是工人阶级的大敌，是人民的大敌，是民族的大敌，是党性不纯的一种表现。大敌当前，我们有打倒它的必要。只有打倒了主观主义，马克思列宁主义的真理才会抬头，党性才会巩固，革命才会胜利。我们应当说，没有科学的态度，即没有马克思列宁主义的理论和实践统一的态度，就叫做没有党性，或叫做党性不完全。

有一副对子，是替这种人画像的。那对子说：

　　墙上芦苇，头重脚轻根底浅；

　　山间竹笋，嘴尖皮厚腹中空。

对于没有科学态度的人，对于只知背诵马克思、恩格斯、列宁、斯大林著作中的若干词句的人，对于徒有虚名并无实学的人，你们看，像不像？如果有人真正想诊治自己的毛病的话，我劝他把这副对子记下来；或者再勇敢一点，把它贴在自己房子里的墙壁上。马克思列宁主义是科学，科学是老老实实的学问，任何一点调皮都是不行的。我们还是老实一点吧！

第二种：马克思列宁主义的态度。

在这种态度下，就是应用马克思列宁主义的理论和方法，对周围环境作系统的周密的调查和研究。不是单凭热情去工作，而是如同斯大林所说的那样：把革命气概和实际精神结合起来①。在这种态度下，就是不要割断历史。不单是懂得希腊就行了，还要懂得中国；不但要懂得外

---

① 参见斯大林《论列宁主义基础》第九部分《工作作风》（《斯大林选集》上卷，人民出版社 1979 年版，第 272—275 页）。

国革命史，还要懂得中国革命史；不但要懂得中国的今天，还要懂得中国的昨天和前天。在这种态度下，就是要有目的地去研究马克思列宁主义的理论，要使马克思列宁主义的理论和中国革命的实际运动结合起来，是为着解决中国革命的理论问题和策略问题而去从它找立场，找观点，找方法的。这种态度，就是有的放矢的态度。"的"就是中国革命，"矢"就是马克思列宁主义。我们中国共产党人所以要找这根"矢"，就是为了要射中国革命和东方革命这个"的"的。这种态度，就是实事求是的态度。"实事"就是客观存在着的一切事物，"是"就是客观事物的内部联系，即规律性，"求"就是我们去研究。我们要从国内外、省内外、县内外、区内外的实际情况出发，从其中引出其固有的而不是臆造的规律性，即找出周围事变的内部联系，作为我们行动的向导。而要这样做，就须不凭主观想象，不凭一时的热情，不凭死的书本，而凭客观存在的事实，详细地占有材料，在马克思列宁主义一般原理的指导下，从这些材料中引出正确的结论。这种结论，不是甲乙丙丁的现象罗列，也不是夸夸其谈的滥调文章，而是科学的结论。这种态度，有实事求是之意，无哗众取宠之心。这种态度，就是党性的表现，就是理论和实际统一的马克思列宁主义的作风。这是一个共产党员起码应该具备的态度。如果有了这种态度，那就既不是"头重脚轻根底浅"，也不是"嘴尖皮厚腹中空"了。

四

依据上述意见，我有下列提议：

（一）向全党提出系统地周密地研究周围环境的任务。依据马克思列宁主义的理论和方法，对敌友我三方的经济、财政、政治、军事、文化、党务各方面的动态进行详细的调查和研究的工作，然后引出应有的和必要的结论。为此目的，就要引导同志们的眼光向着这种实际事物的调查和研究。就要使同志们懂得，共产党领导机关的基本任务，就在于了解情况和掌握政策两件大事，前一件事就是所谓认识世界，后一件事就是所谓改造世界。就要使同志们懂得，没有调查就没有发言权，夸夸其谈地乱说一顿和一二三四的现象罗列，都是无用的。例如关于宣传工作，如果不了解敌友我三方的宣传状况，我们就无法正确地决定我们的宣传政策。任何一个部门的工作，都必须先有情况的了解，然后才会有好的处理。在全党推行调查研究的计划，是转变党的作风的基础一环。

（二）对于近百年的中国史，应聚集人才，分工合作地去做，克服无组织的状态。应先作经济史、政治史、军事史、文化史几个部门的分析的研究，然后才有可能作综合的研究。

（三）对于在职干部的教育和干部学校的教育，应确立以研究中国革命实际问题为中心，以马克思列宁主义基本原则为指导的方针，废除静止地孤立地研究马克思列宁主义的方法。研究马克思列宁主义，又应以《苏联共产党（布）历史简要读本》为中心的材料。《苏联共产党（布）历史简要读本》是一百年来全世界共产主义运动的最高的综合和总结，是理论和实际结合的典型，在全世界还只有这一个完全的典型。我们看列宁、斯大林他们是如何把马克思主义的普遍真理和苏联革命的具体实践互相结合又从而发展马克思主义的，就可以知道我们在中国是应该如何地工作了。

我们走过了许多弯路。但是错误常常是正确的先导。在如此生动丰富的中国革命环境和世界革命环境中，我们在学习问题上的这一改造，我相信一定会有好的结果。

整顿党的作风 *

（一九四二年二月一日）

毛泽东

党校今天开学，我庆祝这个学校的成功。

今天我想讲一点关于我们的党的作风的问题。

为什么要有革命党？因为世界上有压迫人民的敌人存在，人民要推翻敌人的压迫，所以要有革命党。就资本主义和帝国主义时代说来，就需要一个如共产党这样的革命党。如果没有共产党这样的革命党，人民要想推翻敌人的压迫，简直是不可能的。我们是共产党，我们要领导人民打倒敌人，我们的队伍就要整齐，我们的步调就要一致，兵要精，武器要好。如果不具备这些条件，那末，敌人就不会被我们打倒。

现在我们的党还有什么问题呢？党的总路线是正确的，是没有问题的，党的工作也是有成绩的。党有几十万党员，他们在领导人民，向着敌人作艰苦卓绝的斗争。这是大家看见的，是不能怀疑的。

那末，究竟我们的党还有什么问题没有呢？我讲，还是有问题的，而且就某种意义上讲，问题还相当严重。

什么问题呢？就是有几样东西在一些同志的头脑中还显得不大正确，不大正派。

这就是说，我们的学风还有些不正的地方，我们的党风还有些不正的地方，我们的文风也有些不正的地方。所谓学风有些不正，就是说有主观主义的毛病。所谓党风有些不正，就是说有宗派主义的毛病。所谓

---

　*　这是毛泽东在中共中央党校开学典礼上的演说。

文风有些不正，就是说有党八股①的毛病。这些作风不正，并不像冬天刮的北风那样，满天都是。主观主义、宗派主义、党八股，现在已不是占统治地位的作风了，这不过是一股逆风，一股歪风，是从防空洞里跑出来的。（笑声）但是我们党内还有这样的一种风，是不好的。我们要把产生这种歪风的洞塞死。我们全党都要来做这个塞洞工作，我们党校也要做这个工作。主观主义、宗派主义、党八股，这三股歪风，有它们的历史根源，现在虽然不是占全党统治地位的东西，但是它们还在经常作怪，还在袭击我们，因此，有加以抵制之必要，有加以研究分析说明之必要。

反对主观主义以整顿学风，反对宗派主义以整顿党风，反对党八股以整顿文风，这就是我们的任务。

我们要完成打倒敌人的任务，必须完成这个整顿党内作风的任务。学风和文风也都是党的作风，都是党风。只要我们党的作风完全正派了，全国人民就会跟我们学。党外有这种不良风气的人，只要他们是善良的，就会跟我们学，改正他们的错误，这样就会影响全民族。只要我们共产党的队伍是整齐的，步调是一致的，兵是精兵，武器是好武器，那末，任何强大的敌人都是能被我们打倒的。

现在我来讲一讲主观主义。

主观主义是一种不正派的学风，它是反对马克思列宁主义的，它是和共产党不能并存的。我们要的是马克思列宁主义的学风。所谓学风，不但是学校的学风，而且是全党的学风。学风问题是领导机关、全体干部、全体党员的思想方法问题，是我们对待马克思列宁主义的态度问题，是全党同志的工作态度问题。既然是这样，学风问题就是一个非常重要的问题，就是第一个重要的问题。

现在有些糊涂观念，在许多人中间流行着，例如关于什么是理论

---

① 八股文是中国明、清封建皇朝考试制度所规定的一种特殊文体。它内容空洞，专讲形式，玩弄文字。这种文章的每一个段落都要死守在固定的格式里面，连字数都有一定的限制，人们只是按照题目的字义敷衍成义。党八股是指在革命队伍中某些人在写文章、发表演说或者做其他宣传工作的时候，对事物不加分析，只是搬用一些革命的名词和术语，言之无物，空话连篇，也和上述的八股文一样。

家，什么是知识分子，什么是理论和实际联系等等问题的糊涂观念。

我们首先要问，我们党的理论水平究竟是高还是低呢？近来马克思列宁主义的书籍翻译的多了，读的人也多了。这是很好的事。但是否就可以说我们党的理论水平已经是提得很高了呢？确实，我们的理论水平是比较过去高了一些。但是按照中国革命运动的丰富内容来说，理论战线就非常之不相称，二者比较起来，理论方面就显得非常之落后。一般地说来，我们的理论还不能够和革命实践相平行，更不去说理论应该跑到实践的前面去。我们还没有把丰富的实际提高到应有的理论程度。我们还没有对革命实践的一切问题，或重大问题，加以考察，使之上升到理论的阶段。你们看，中国的经济、政治、军事、文化，我们究有多少人创造了可以称为理论的理论，算得科学形态的、周密的而不是粗枝大叶的理论呢？特别是在经济理论方面，中国资本主义的发展，从鸦片战争到现在，已经一百年了，但是还没有产生一本合乎中国经济发展的实际的、真正科学的理论书。像在中国经济问题方面，能不能说理论水平已经高了呢？能不能说我党已经有了像样的经济理论家呢？实在不能说。我们读了许多马克思列宁主义的书籍，能不能就算是有了理论家呢？不能这样说。因为马克思列宁主义是马克思、恩格斯、列宁、斯大林他们根据实际创造出来的理论，从历史实际和革命实际中抽出来的总结论。我们如果仅仅读了他们的著作，但是没有进一步地根据他们的理论来研究中国的历史实际和革命实际，没有企图在理论上来思考中国的革命实践，我们就不能妄称为马克思主义的理论家。如果我们身为中国共产党员，却对于中国问题熟视无睹，只能记诵马克思主义书本上的个别的结论和个别的原理，那末，我们在理论战线上的成绩就未免太坏了。如果一个人只知背诵马克思主义的经济学或哲学，从第一章到第十章都背得烂熟了，但是完全不能应用，这样是不是就算得一个马克思主义的理论家呢？这还是不能算理论家的。我们所要的理论家是什么样的人呢？是要这样的理论家，他们能够依据马克思列宁主义的立场、观点和方法，正确地解释历史中和革命中所发生的实际问题，能够在中国的经济、政治、军事、文化种种问题上给予科学的解释，给予理论的说明。我们要的是这样的理论家。假如要作这样的理论家，那就要能够真正领会马克思列宁主义的实质，真正领会马克思列宁主义的立场、观点和方法，真正领会列宁斯大林关于殖民地革命和中国革命的学说，并且应用了它去深刻地、科学地分析中国的实际问题，找出它的发展规律，这样才是我们真正需要的理论家。

现在我们党的中央做了决定①，号召我们的同志学会应用马克思列宁主义的立场、观点和方法，认真地研究中国的历史，研究中国的经济、政治、军事和文化，对每一问题要根据详细的材料加以具体的分析，然后引出理论性的结论来。这个责任是担在我们的身上。

我们党校的同志不应当把马克思主义的理论当成死的教条。对于马克思主义的理论，要能够精通它、应用它，精通的目的全在于应用。如果你能应用马克思列宁主义的观点，说明一个两个实际问题，那就要受到称赞，就算有了几分成绩。被你说明的东西越多，越普遍，越深刻，你的成绩就越大。现在我们的党校也要定这个规矩，看一个学生学了马克思列宁主义以后怎样看中国问题，有看得清楚的，有看不清楚的，有会看的，有不会看的，这样来分优劣，分好坏。

其次讲一讲所谓"知识分子"的问题。因为我们中国是一个半殖民地半封建的国家，文化不发达，所以对于知识分子觉得特别宝贵。党中央在两年多以前作过一个关于知识分子问题的决定②，要争取广大的知识分子，只要他们是革命的，愿意参加抗日的，一概采取欢迎态度。我们尊重知识分子是完全应该的，没有革命知识分子，革命就不会胜利。但是我们晓得，有许多知识分子，他们自以为很有知识，大摆其知识架子，而不知道这种架子是不好的，是有害的，是阻碍他们前进的。他们应该知道一个真理，就是许多所谓知识分子，其实是比较地最无知识的，工农分子的知识有时倒比他们多一点。于是有人说："哈！你弄

---

① 指1941年8月1日《中央关于调查研究的决定》。这个决定要求全党采取具体措施，收集国内外政治、军事、经济、文化及社会阶级关系各方面的材料，加强对于历史，对于环境，对于国内外、省内外、县内外具体情况的调查研究，并将这种调查研究、了解情况的工作，同学习马克思列宁主义理论密切联系起来。

② 指1939年12月1日中共中央关于吸收知识分子的决定，即《毛泽东选集》第2卷《大量吸收知识分子》。

颠倒了，乱说一顿。"（笑声）但是，同志，你别着急，我讲的多少有点道理。

什么是知识？自从有阶级的社会存在以来，世界上的知识只有两门，一门叫做生产斗争知识，一门叫做阶级斗争知识。自然科学、社会科学，就是这两门知识的结晶，哲学则是关于自然知识和社会知识的概括和总结。此外还有什么知识呢？没有了。我们现在看看一些学生，看看那些同社会实际活动完全脱离关系的学校里面出身的学生，他们的状况是怎么样呢？一个人从那样的小学一直读到那样的大学，毕业了，算有知识了。但是他有的只是书本上的知识，还没有参加任何实际活动，还没有把自己学得的知识应用到生活的任何部门里去，像这样的人是否可以算得一个完全的知识分子呢？我以为很难，因为他的知识还不完全。什么是比较完全的知识呢？一切比较完全的知识都是由两个阶段构成的：第一阶段是感性知识，第二阶段是理性知识，理性知识是感性知识的高级发展阶段。学生们的书本知识是什么知识呢？假定他们的知识都是真理，也是他们的前人总结生产斗争和阶级斗争的经验写成的理论，不是他们自己亲身得来的知识。他们接受这种知识是完全必要的，但是必须知道，就一定的情况说来，这种知识对于他们还是片面性的，这种知识是人家证明了，而在他们则还没有证明的。最重要的，是善于将这些知识应用到生活和实际中去。所以我劝那些只有书本知识但还没有接触实际的人，或者实际经验尚少的人，应该明白自己的缺点，将自己的态度放谦虚一些。

有什么办法使这种仅有书本知识的人变为名副其实的知识分子呢？唯一的办法就是使他们参加到实际工作中去，变为实际工作者，使从事理论工作的人去研究重要的实际问题。这样就可以达到目的。

我这样说，难免有些人要发脾气。他们说："照你这样解释，那末，马克思也算不得知识分子了。"我说：不对。马克思不但参加了革命的实际运动，而且进行了革命的理论创造。他从资本主义最单纯的因素——商品开始，周密地研究了资本主义社会的经济结构。商品这个东西，千百万人，天天看它，用它，但是熟视无睹。只有马克思科学地研究了它，他从商品的实际发展中作了巨大的研究工作，从普遍的存在中找出完全科学的理论来。他研究了自然，研究了历史，研究了无产阶级革命，创造了辩证唯物论、历史唯物论和无产阶级革命的理论。这样，马克思就成了一个代表人类最高智慧的最完全的知识分子，他和那些仅有书本知识的人有根本的区别。马克思在实际斗争中进行了详细的调查研究，概括了各种东西，得到的结论又拿到实际斗争中去加以证明，这样的工作就叫做理论工作。我们党内需要许多同志学做这样的工作。我们党内现在有大批的同志，可以学习从事于这样的理论研究工作，他们大都是聪明有为的人，我们要看重他们。但是他们的方针要对，过去犯过的错误他们不应重复。他们必须抛弃教条主义，必须不停止在现成书本的字句上。

真正的理论在世界上只有一种，就是从客观实际抽出来又在客观实际中得到了证明的理论，没有任何别的东西可以称得起我们所讲的理论。斯大林曾经说过，脱离实际的理论是空洞的理论①。空洞的理论是没有用的，不正确的，应该抛弃的。对于好谈这种空洞理论的人，应该伸出一个指头向他刮脸皮。马克思列宁主义是从客观实际产生出来又在客观实际中获得了证明的最正确最科学最革命的真理；但是许多学习马克思列宁主义的人却把它看成是死的教条，这样就阻碍了理论的发展，害了自己，也害了同志。

另一方面，我们从事实际工作的同志，如果误用了他们的经验，也是要出毛病的。不错，这样的人往往经验很多，这是很可宝贵的；但是如果他们就以自己的经验为满足，那也很危险。他们须知自己的知识是偏于感性的或局部的，缺乏理性的知识和普遍的知识，就是说，缺乏理论，他们的知识也是比较地不完全，而要把革命事业做好，没有比较完全的知识是不行的。

这样看来，有两种不完全的知识，一种是现成书本上的知识，一种是偏于感性和局部的知识，这二者都有片面性。只有使二者互相结合，才会产生好的比较完全的知识。

但是，我们的工农干部要学理论，必须首先学文化。没有文化，马

----

① 见《毛泽东选集》第 1 卷《实践论》注 [10]。

克思列宁主义的理论就学不进去。学好了文化，随时都可学习马克思列宁主义。我幼年没有进过马克思列宁主义的学校，学的是"子曰学而时习之，不亦说乎"① 一套，这种学习的内容虽然陈旧了，但是对我也有好处，因为我识字便是从这里学来的。何况现在不是学的孔夫子，学的是新鲜的国语、历史、地理和自然常识，这些文化课学好了，到处有用。我们党中央现在着重要求工农干部学习文化，因为学了文化以后，政治、军事、经济哪一门都可学。否则工农干部虽有丰富经验，却没有学习理论的可能。

由此看来，我们反对主观主义，必须使上述两种人各向自己缺乏的方面发展，必须使两种人互相结合。有书本知识的人向实际方面发展，然后才可以不停止在书本上，才可以不犯教条主义的错误。有工作经验的人，要向理论方面学习，要认真读书，然后才可以使经验带上条理性、综合性，上升成为理论，然后才可以不把局部经验误认为即是普遍真理，才可不犯经验主义的错误。教条主义、经验主义，两者都是主观主义，是从不同的两极发生的东西。

所以，我们党内的主观主义有两种：一种是教条主义，一种是经验主义。他们都是只看到片面，没有看到全面。如果不注意，如果不知道这种片面性的缺点，并且力求改正，那就容易走上错误的道路。

但是在这两种主观主义中，现在在我们党内还是教条主义更为危险。因为教条主义容易装出马克思主义的面孔，吓唬工农干部，把他们俘虏起来，充作自己的用人，而工农干部不易识破他们；也可以吓唬天真烂漫的青年，把他们充当俘虏。我们如果把教条主义克服了，就可以使有书本知识的干部，愿意和有经验的干部相结合，愿意从事实际事物的研究，可以产生许多理论和经验结合的良好的工作者，可以产生一些真正的理论家。我们如果把教条主义克服了，就可以使有经验的同志得着良好的先生，使他们的经验上升成为理论，而避免经验主义的错误。

除了对于"理论家"和"知识分子"存在着糊涂观念而外，还有天天念的一句"理论和实际联系"，在许多同志中间也是一个糊涂观

---

① 这是孔子和他的弟子们的语录《论语》的开头一句话。

念。他们天天讲"联系",实际上却是讲"隔离",因为他们并不去联系。马克思列宁主义理论和中国革命实际,怎样互相联系呢?拿一句通俗的话来讲,就是"有的放矢"。"矢"就是箭,"的"就是靶,放箭要对准靶。马克思列宁主义和中国革命的关系,就是箭和靶的关系。有些同志却在那里"无的放矢",乱放一通,这样的人就容易把革命弄坏。有些同志则仅仅把箭拿在手里搓来搓去,连声赞曰:"好箭!好箭!"却老是不愿意放出去。这样的人就是古董鉴赏家,几乎和革命不发生关系。马克思列宁主义之箭,必须用了去射中国革命之的。这个问题不讲明白,我们党的理论水平永远不会提高,中国革命也永远不会胜利。

我们的同志必须明白,我们学马克思列宁主义不是为着好看,也不是因为它有什么神秘,只是因为它是领导无产阶级革命事业走向胜利的科学。直到现在,还有不少的人,把马克思列宁主义书本上的某些个别字句看作现成的灵丹圣药,似乎只要得了它,就可以不费气力地包医百病。这是一种幼稚者的蒙昧,我们对这些人应该作启蒙运动。那些将马克思列宁主义当宗教教条看待的人,就是这种蒙昧无知的人。对于这种人,应该老实地对他说,你的教条一点什么用处也没有。马克思、恩格斯、列宁、斯大林曾经反复地讲,我们的学说不是教条而是行动的指南。这些人偏偏忘记这句最重要最重要的话。中国共产党人只有在他们善于应用马克思列宁主义的立场、观点和方法,善于应用列宁斯大林关于中国革命的学说,进一步地从中国的历史实际和革命实际的认真研究中,在各方面作出合乎中国需要的理论性的创造,才叫做理论和实际相联系。如果只是口头上讲联系,行动上又不实行联系,那末,讲一百年也还是无益的。我们反对主观地片面地看问题,必须攻破教条主义的主观性和片面性。

关于反对主观主义以整顿全党的学风的问题,今天讲的就是这些。

现在我来讲一讲宗派主义的问题。

由于二十年的锻炼,现在我们党内并没有占统治地位的宗派主义了。但是宗派主义的残余是还存在的,有对党内的宗派主义残余,也有对党外的宗派主义残余。对内的宗派主义倾向产生排内性,妨碍党内的统一和团结;对外的宗派主义倾向产生排外性,妨碍党团结全国人民的事业。铲除这两方面的祸根，才能使党在团结全党同志和团结全国人民的伟大事业中畅行无阻。

什么是党内宗派主义的残余呢？主要的有下面几种：

首先就是闹独立性。一部分同志，只看见局部利益，不看见全体利益，他们总是不适当地特别强调他们自己所管的局部工作，总希望使全体利益去服从他们的局部利益。他们不懂得党的民主集中制，他们不知道共产党不但要民主，尤其要集中。他们忘记了少数服从多数，下级服从上级，局部服从全体，全党服从中央的民主集中制。张国焘①是向党中央闹独立性的，结果闹到叛党，做特务去了。现在讲的，虽然不是这种极端严重的宗派主义，但是这种现象必须预防，必须将各种不统一的现象完全除去。要提倡顾全大局，每一个党员，每一种局部工作，每一项言论或行动，都必须以全党利益为出发点，绝对不许可违反这个原则。

闹这类独立性的人，常常跟他们的个人第一主义分不开，他们在个人和党的关系问题上，往往是不正确的。他们在口头上虽然也说尊重党，但他们在实际上却把个人放在第一位，把党放在第二位。刘少奇同志曾经说过，有一种人的手特别长，很会替自己个人打算，至于别人的利益和全党的利益，那是不大关心的。"我的就是我的，你的还是我的"。（大笑）这种人闹什么东西呢？闹名誉，闹地位，闹出风头。在他们掌管一部分事业的时候，就要闹独立性。为了这些，就要拉拢一些人，排挤一些人，在同志中吹吹拍拍，拉拉扯扯，把资产阶级政党的庸俗作风也搬进共产党里来了。这种人的吃亏在于不老实。我想，我们应该是老老实实地办事；在世界上要办成几件事，没有老实态度是根本不行的。什么人是老实人？马克思、恩格斯、列宁、斯大林是老实人，科学家是老实人。什么人是不老实的人？托洛茨基、布哈林、陈独秀、张国焘是大不老实的人，为个人利益为局部利益闹独立性的人也是不老实的人。一切狡猾的人，不照科学态度办事的人，自以为得计，自以为很聪明，其实都是最蠢的，都是没有好结果的。我们党校的学生一定要注

---

① 见《毛泽东选集》第 1 卷《论反对日本帝国主义的策略》注〔24〕。

意这个问题。我们一定要建设一个集中的统一的党，一切无原则的派别斗争，都要清除干净。要使我们全党的步调整齐一致，为一个共同目标而奋斗，我们一定要反对个人主义和宗派主义。

外来干部和本地干部必须团结，必须反对宗派主义倾向。因为许多抗日根据地是八路军新四军到后才创立的，许多地方工作是外来干部去后才发展的，外来干部和本地干部的关系，必须加以很好的注意。我们的同志必须懂得，在这种条件下，只有外来干部和本地干部完全团结一致，只有本地干部大批地生长了，并提拔起来了，根据地才能巩固，我党在根据地内才能生根，否则是不可能的。外来干部和本地干部各有长处，也各有短处，必须互相取长补短，才能有进步。外来干部比较本地干部，对于熟悉情况和联系群众这些方面，总要差些。拿我来说，就是这样。我到陕北已经五六年了，可是对于陕北的情况的了解，对于和陕北人民的联系，和一些陕北同志比较起来就差得多。我们到山西、河北、山东以及其他抗日根据地的同志，一定要注意这个问题。不但如此，即在一个根据地内部，因为根据地内的各个区域有发展先后之不同，干部中也有外来本地之别。比较先进区域的干部到比较落后的区域去，对于当地，也是一种外来干部，也要十分注意扶助本地干部的问题。就一般情形说来，凡属外来干部负领导责任的地方，如果和本地干部的关系弄得不好，那末，这个责任主要地应该放在外来干部的身上。担负主要领导责任的同志，其责任就更大些。现在各地对这个问题的注意还很不够，有些人轻视本地干部，讥笑本地干部，他们说："本地人懂得什么，土包子！"这种人完全不懂得本地干部的重要性，他们既不了解本地干部的长处，也不了解自己的短处，采取了不正确的宗派主义的态度。一切外来干部一定要爱护本地干部，经常帮助他们，而不许可讥笑他们，打击他们。自然，本地干部也必须学习外来干部的长处，必须去掉那些不适当的狭隘的观点，以求和外来干部完全不分彼此，打成一片，而避免宗派主义倾向。

军队工作干部和地方工作干部的关系也是如此。两者必须完全团结一致，必须反对宗派主义的倾向。军队干部必须帮助地方干部，地方干部也必须帮助军队干部。如有纠纷，应该双方互相原谅，而各对自己作正确的自我批评。在军队干部事实上居于领导地位的地方，在一般的情形之下，如果和地方干部的关系弄不好，那末，主要的责任应该放在军队干部的身上。必须使军队干部首先懂得自己的责任，以谦虚的态度对待地方干部，才能使根据地的战争工作和建设工作得到顺利进行的条件。

几部分军队之间、几个地方之间、几个工作部门之间的关系，也是如此。必须反对只顾自己不顾别人的本位主义的倾向，谁要是对别人的困难不管，别人要调他所属的干部不给，或以坏的送人，"以邻为壑"，全不为别部、别地、别人想一想，这样的人就叫做本位主义者，这就是完全失掉了共产主义的精神，不顾大局，对别部、别地、别人漠不关心，就是这种本位主义者的特点。对于这样的人，必须加重教育，使他们懂得这就是一种宗派主义的倾向，如果发展下去，是很危险的。

还有一个问题，就是老干部和新干部的关系问题。抗战以来，我党有广大的发展，大批新干部产生了，这是很好的现象。斯大林同志在联共十八次代表大会上的报告中说："老干部通常总是不多，比所需要的数量少，而且由于宇宙自然法则的关系，他们已部分地开始衰老死亡下去。"① 他在这里讲了干部状况，又讲了自然科学。我们党如果没有广大的新干部同老干部一致合作，我们的事业就会中断。所以一切老干部应该以极大的热忱欢迎新干部，关心新干部。不错，新干部是有缺点的，他们参加革命还不久，还缺乏经验，他们中的有些人还不免带来旧社会不良思想的尾巴，这就是小资产阶级个人主义思想的残余。但是这些缺点是可以从教育中从革命锻炼中逐渐地去掉的。他们的长处，正如斯大林说过的，是对于新鲜事物有锐敏的感觉，因而有高度的热情和积极性，而在这一点上，有些老干部则正是缺乏的②。新老干部应该是彼此尊重，互相学习，取长补短，以便团结一致，进行共同的事业，而防止宗派主

---

① 这段话的新译文是："老干部总是少数，不能满足需要，而且由于自然界的天然规律，他们已经部分地开始丧失工作能力。"（《斯大林选集》下卷，人民出版社1979年版，第460页）

② 参见斯大林《在党的第十八次代表大会上关于联共（布）中央工作的总结报告》第三部分第二节（《斯大林选集》下卷，人民出版社1979年版，第460页）。

义的倾向。在老干部负主要领导责任的地方，在一般情形之下，如果老干部和新干部的关系弄得不好，那末，老干部就应该负主要的责任。

以上所讲的局部和全体的关系，个人和党的关系，外来干部和本地干部的关系，军队干部和地方干部的关系，军队和军队、地方和地方、这一工作部门和那一工作部门之间的关系，老干部和新干部的关系，都是党内的相互关系。在这种种方面，都应该提高共产主义精神，防止宗派主义倾向，使我们的党达到队伍整齐，步调一致的目的，以利战斗。这是一个很重要的问题，我们整顿党的作风，必须彻底地解决这个问题。宗派主义是主观主义在组织关系上的一种表现；我们如果不要主观主义，要发展马克思列宁主义实事求是的精神，就必须扫除党内宗派主义的残余，以党的利益高于个人和局部的利益为出发点，使党达到完全团结统一的地步。

宗派主义的残余，在党内关系上是应该消灭的，在党外关系上也是应该消灭的。其理由就是：单是团结全党同志还不能战胜敌人，必须团结全国人民才能战胜敌人。中国共产党在团结全国人民的事业上，二十年来做了艰苦的伟大的工作；抗战以来，这个工作的成绩更加伟大。但这并不是说，我们所有的同志对待人民群众都有了正确的作风，都没有了宗派主义的倾向。不是的。在一部分同志中，确实还有宗派主义的倾向，有些人并且很严重。我们的许多同志，喜欢对党外人员妄自尊大，看人家不起，藐视人家，而不愿尊重人家，不愿了解人家的长处。这就是宗派主义的倾向。这些同志，读了几本马克思主义的书籍之后，不是更谦虚，而是更骄傲了，总是说人家不行，而不知自己实在是一知半解。我们的同志必须懂得一条真理：共产党员和党外人员相比较，无论何时都是占少数。假定一百个人中有一个共产党员，全中国四亿五千万人中就有四百五十万共产党员。即使达到这样大的数目，共产党员也还是只占百分之一，百分之九十九都是非党员。我们有什么理由不和非党人员合作呢？对于一切愿意同我们合作以及可能同我们合作的人，我们只有同他们合作的义务，绝无排斥他们的权利。一部分党员却不懂得这个道理，看不起愿意同我们合作的人，甚至排斥他们。这是没有任何根据的。马克思、恩格斯、列宁、斯大林给了我们这样的根据吗？没有。

相反地，他们总是谆谆告诫我们，要密切联系群众，而不要脱离群众。中国共产党中央给了我们这个根据吗？没有。中央的一切决议案中，没有一个决议说是我们可以脱离群众使自己孤立起来。相反地，中央总是叫我们密切联系群众，而不要脱离群众。所以，一切脱离群众的行为，并没有任何的根据，只是我们一部分同志自己造出来的宗派主义思想在那里作怪。因为这种宗派主义在一部分同志中还很严重，还在障碍党的路线的实行，所以我们要针对这个问题在党内进行广大的教育。首先要使我们的干部真正懂得这个问题的严重性，使他们懂得共产党员如果不同党外干部、党外人员互相联合，敌人就一定不能打倒，革命的目的就一定不能达到。

一切宗派主义思想都是主观主义的，都和革命的实际需要不相符合，所以反对宗派主义和反对主观主义的斗争，应当同时并进。

关于党八股的问题，今天不能讲了，准备在另外一个会议上来讨论。党八股是藏垢纳污的东西，是主观主义和宗派主义的一种表现形式。它是害人的，不利于革命的，我们必须肃清它。

我们要反对主观主义，就要宣传唯物主义，就要宣传辩证法。但是我们党内还有许多同志，他们并不注重宣传唯物主义，也不注重宣传辩证法。有些同志听凭别人宣传主观主义，也安之若素。这些同志自以为相信马克思主义，但是，他们却不努力宣传唯物主义，听了或看了主观主义的东西也不想一想，也不发议论。这种态度不是共产党员的态度。这使得我们许多同志蒙受了主观主义思想的毒害，发生麻木的现象。所以我们要在党内发动一个启蒙运动，使我们同志的精神从主观主义、教条主义的蒙蔽中间解放出来，号召同志们对于主观主义、宗派主义、党八股加以抵制。这些东西好像日货，因为只有我们的敌人愿意我们保存这些坏东西，使我们继续受蒙蔽，所以我们应该提倡抵制，就像抵制日货①一样。一切主观主义、宗派主义、党八股的货色，我们都要抵制，

---

① 抵制日货是中国人民在20世纪上半叶所常常采取的反抗日本帝国主义侵略的一种斗争方法。例如，在1919年五四爱国运动时期，1931年九一八事变之后，中国人民都曾经进行过抵制日货的运动。

使它们在市场上销售困难，不要让它们利用党内理论水平低，出卖自己那一套。为此目的，就要同志们提高嗅觉，就要同志们对于任何东西都用鼻子嗅一嗅，鉴别其好坏，然后才决定欢迎它，或者抵制它。共产党员对任何事情都要问一个为什么，都要经过自己头脑的周密思考，想一想它是否合乎实际，是否真有道理，绝对不应盲从，绝对不应提倡奴隶主义。

最后，我们反对主观主义、宗派主义、党八股，有两条宗旨是必须注意的：第一是"惩前毖后"，第二是"治病救人"。对以前的错误一定要揭发，不讲情面，要以科学的态度来分析批判过去的坏东西，以便使后来的工作慎重些，做得好些。这就是"惩前毖后"的意思。但是我们揭发错误、批判缺点的目的，好像医生治病一样，完全是为了救人，而不是为了把人整死。一个人发了阑尾炎，医生把阑尾割了，这个人就救出来了。任何犯错误的人，只要他不讳疾忌医，不固执错误，以至于达到不可救药的地步，而是老老实实，真正愿意医治，愿意改正，我们就要欢迎他，把他的毛病治好，使他变为一个好同志。这个工作决不是痛快一时，乱打一顿，所能奏效的。对待思想上的毛病和政治上的毛病，决不能采用鲁莽的态度，必须采用"治病救人"的态度，才是正确有效的方法。

趁着今天党校开学的机会，我讲了这许多话，希望同志们加以考虑。（热烈的鼓掌）

反对党八股[*]

（一九四二年二月八日）

毛泽东

刚才凯丰①同志讲了今天开会的宗旨。我现在想讲的是：主观主义和宗派主义怎样拿党八股②做它们的宣传工具，或表现形式。我们反对主观主义和宗派主义，如果不连党八股也给以清算，那它们就还有一个藏身的地方，它们还可以躲起来。如果我们连党八股也打倒了，那就算对于主观主义和宗派主义最后地"将一军"③，弄得这两个怪物原形毕露，"老鼠过街，人人喊打"，这两个怪物也就容易消灭了。

一个人写党八股，如果只给自己看，那倒还不要紧。如果送给第二个人看，人数多了一倍，已属害人不浅。如果还要贴在墙上，或付油印，或登上报纸，或印成一本书，那问题可就大了，它就可以影响许多的人。而写党八股的人们，却总是想写给许多人看的。这就非加以揭穿，把它打倒不可。

---

* 这是毛泽东在延安干部会上的讲话。

① 凯丰（1906—1955），又名何克全，江西萍乡人。当时任中共中央宣传部代理部长。

② 见《整顿党的作风》注〔1〕。

③ "将一军"是中国象棋中的术语。中国象棋采取两军对战的形式，而以一方攻入对方堡垒捉住"将军"（主帅）作为赢棋。凡是一方走了一着棋，使对方的将军有立即被捉的危险时，就叫做向对方"将军"。

党八股也就是一种洋八股。这洋八股，鲁迅早就反对过的①。我们为什么又叫它做党八股呢？这是因为它除了洋气之外，还有一点土气。也算一个创作吧！谁说我们的人一点创作也没有呢？这就是一个！（大笑）

党八股在我们党内已经有了一个长久的历史；特别是在土地革命时期，有时竟闹得很严重。

从历史来看，党八股是对于五四运动的一个反动。

五四运动时期，一班新人物反对文言文，提倡白话文，反对旧教条，提倡科学和民主，这些都是很对的。在那时，这个运动是生动活泼的，前进的，革命的。那时的统治阶级都拿孔夫子的道理教学生，把孔夫子的一套当作宗教教条一样强迫人民信奉，做文章的人都用文言文。总之，那时统治阶级及其帮闲者们的文章和教育，不论它的内容和形式，都是八股式的，教条式的。这就是老八股、老教条。揭穿这种老八股、老教条的丑态给人民看，号召人民起来反对老八股、老教条，这就是五四运动时期的一个极大的功绩。五四运动还有和这相联系的反对帝国主义的大功绩；这个反对老八股、老教条的斗争，也是它的大功绩之一。但到后来就产生了洋八股、洋教条。我们党内的一些违反了马克思主义的人则发展这种洋八股、洋教条，成为主观主义、宗派主义和党八股的东西。这些就都是新八股、新教条。这种新八股、新教条，在我们许多同志的头脑中弄得根深蒂固，使我们今天要进行改造工作还要费很

---

① 反对新旧八股是鲁迅作品里一贯的精神。鲁迅曾在《伪自由书·透底》一文中说："八股原是蠢笨的产物。一来是考官嫌麻烦——他们的头脑大半是阴沉木做的——什么代圣贤立言，什么起承转合，文章气韵，都没有一定的标准，难以捉摸，因此，一股一股地定出来，算是合于功令的格式，用这格式来'衡文'，一眼就看得出多少轻重。二来，连应试的人也觉得又省力，又不费事了。这样的八股，无论新旧，都应当扫荡。"洋八股是五四运动以后一些浅薄的知识分子发展起来的东西，并经过他们的传播，长时期地在革命队伍中存在着。鲁迅在《透底》附录"回祝秀侠信"中批判这种洋八股说："八股无论新旧，都在扫荡之列，……例如只会'辱骂''恐吓'甚至于'判决'，而不肯具体地切实地运用科学所求得的公式，去解释每天的新的事实，新的现象，而只抄一通公式，往一切事实上乱凑，这也是一种八股。"（《鲁迅全集》第5卷，人民文学出版社1981年版，第103—106页）

大的气力。这样看来，"五四"时期的生动活泼的、前进的、革命的、反对封建主义的老八股、老教条的运动，后来被一些人发展到了它的反对方面，产生了新八股、新教条。它们不是生动活泼的东西，而是死硬的东西了；不是前进的东西，而是后退的东西了；不是革命的东西，而是阻碍革命的东西了。这就是说，洋八股或党八股，是五四运动本来性质的反动。但五四运动本身也是有缺点的。那时的许多领导人物，还没有马克思主义的批判精神，他们使用的方法，一般地还是资产阶级的方法，即形式主义的方法。他们反对旧八股、旧教条，主张科学和民主，是很对的。但是他们对于现状，对于历史，对于外国事物，没有历史唯物主义的批判精神，所谓坏就是绝对的坏，一切皆坏；所谓好就是绝对的好，一切皆好。这种形式主义地看问题的方法，就影响了后来这个运动的发展。五四运动的发展，分成了两个潮流。一部分人继承了五四运动的科学和民主的精神，并在马克思主义的基础上加以改造，这就是共产党人和若干党外马克思主义者所做的工作。另一部分人则走到资产阶级的道路上去，是形式主义向右的发展。但在共产党内也不是一致的，其中也有一部分人发生偏向，马克思主义没有拿得稳，犯了形式主义的错误，这就是主观主义、宗派主义和党八股，这是形式主义向"左"的发展。这样看来，党八股这种东西，一方面是五四运动的积极因素的反动，一方面也是五四运动的消极因素的继承、继续或发展，并不是偶然的东西。我们懂得这一点是有好处的。如果"五四"时期反对老八股和老教条主义是革命的和必需的，那末，今天我们用马克思主义来批判新八股和新教条主义也是革命的和必需的。如果"五四"时期不反对老八股和老教条主义，中国人民的思想就不能从老八股和老教条主义的束缚下面获得解放，中国就不会有自由独立的希望。这个工作，五四运动时期还不过是一个开端，要使全国人民完全脱离老八股和老教条主义的统治，还须费很大的气力，还是今后革命改造路上的一个大工程。如果我们今天不反对新八股和新教条主义，则中国人民的思想又将受另一个形式主义的束缚。至于我们党内一部分（当然只是一部分）同志所中的党八股的毒，所犯的教条主义的错误，如果不除去，那末，生动活泼的革命精神就不能启发，拿不正确态度对待马克思主义的恶习就不能肃清，真正的马克思主义就不能得到广泛的传播和发展；而对于老八股和老教条在全国人民中间的影响，以及洋八股和洋教条在全国许多人中间的影响，也就不能进行有力的斗争，也就达不到加以摧毁廓清的目的。

主观主义、宗派主义和党八股，这三种东西，都是反马克思主义的，都不是无产阶级所需要的，而是剥削阶级所需要的。这些东西在我们党内，是小资产阶级思想的反映。中国是一个小资产阶级成分极其广大的国家，我们党是处在这个广大阶级的包围中，我们又有很大数量的党员是出身于这个阶级的，他们都不免或长或短地拖着一条小资产阶级的尾巴进党来。小资产阶级革命分子的狂热性和片面性，如果不加以节制，不加以改造，就很容易产生主观主义、宗派主义，它的一种表现形式就是洋八股，或党八股。

要做对于这些东西的肃清工作和打扫工作，是不容易的。做起来必须得当，就是说，要好好地说理。如果说理说得好，说得恰当，那是会有效力的。说理的首先一个方法，就是重重地给患病者一个刺激，向他们大喝一声，说："你有病呀！"使患者为之一惊，出一身汗，然后好好地叫他们治疗。

现在来分析一下党八股的坏处在什么地方。我们也仿照八股文章的笔法①来一个"八股"，以毒攻毒，就叫做八大罪状吧。

党八股的第一条罪状是：空话连篇，言之无物。我们有些同志欢喜写长文章，但是没有什么内容，真是"懒婆娘的裹脚，又长又臭"。为什么一定要写得那么长，又那么空空洞洞的呢？只有一种解释，就是下决心不要群众看。因为长而且空，群众见了就摇头，哪里还肯看下去呢？只好去欺负幼稚的人，在他们中间散布坏影响，造成坏习惯。去年六月二十二日，苏联进行那么大的反侵略战争，斯大林在七月三日发表了一篇演说，还只有我们《解放日报》②一篇社论那样长。要是我们的

---

① 见《毛泽东选集》第 1 卷，《中国革命战争的战略问题》注［52］。

② 《解放日报》是中共中央的机关报，1941 年 5 月 16 日在延安创刊，1947 年 3 月 27 日终刊。

老爷写起来，那就不得了，起码得有几万字。现在是在战争的时期，我们应该研究一下文章怎样写得短些，写得精粹些。延安虽然还没有战争，但军队天天在前方打仗，后方也唤工作忙，文章太长了，有谁来看呢？有些同志在前方也喜欢写长报告。他们辛辛苦苦地写了，送来了，其目的是要我们看的。可是怎么敢看呢？长而空不好，短而空就好吗？也不好。我们应当禁绝一切空话。但是主要的和首先的任务，是把那些又长又臭的懒婆娘的裹脚，赶快扔到垃圾桶里去。或者有人要说：《资本论》不是很长的吗？那又怎么办？这是好办的，看下去就是了。俗话说："到什么山上唱什么歌。"又说："看菜吃饭，量体裁衣。"我们无论做什么事都要看情形办理，文章和演说也是这样。我们反对的是空话连篇言之无物的八股调，不是说任何东西都以短为好。战争时期固然需要短文章，但尤其需要有内容的文章。最不应该、最要反对的是言之无物的文章。演说也是一样，空话连篇言之无物的演说，是必须停止的。

党八股的第二条罪状是：装腔作势，借以吓人。有些党八股，不只是空话连篇，而且装样子故意吓人，这里面包含着很坏的毒素。空话连篇，言之无物，还可以说是幼稚；装腔作势，借以吓人，则不但是幼稚，简直是无赖了。鲁迅曾经批评过这种人，他说："辱骂和恐吓决不是战斗。"[1] 科学的东西，随便什么时候都是不怕人家批评的，因为科学是真理，决不怕人家驳。主观主义和宗派主义的东西，表现在党八股式的文章和演说里面，却生怕人家驳，非常胆怯，于是就靠装样子吓人；以为这一吓，人家就会闭口，自己就可以"得胜回朝"了。这种装腔作势的东西，不能反映真理，而是妨害真理的。凡真理都不装样子吓人，它只是老老实实地说下去和做下去。从前许多同志的文章和演说里面，常常有两个名词：一个叫做"残酷斗争"，一个叫做"无情打击"。这种手段，用了对付敌人或敌对思想是完全必要的，用了对付自己的同志则是错误的。党内也常常有敌人和敌对思想混进来，如《苏联共产党（布）历史简要读本》结束语第四条所说的那样。对于这种人，

---

① 这是鲁迅《南腔北调集》中一篇文章的篇名，1932年作。(《鲁迅全集》第4卷，人民文学出版社1981年版，第451页)

毫无疑义地是应该采用残酷斗争或无情打击的手段的，因为那些坏人正在利用这种手段对付党，我们如果还对他们宽容，那就会正中坏人的奸计。但是不能用同一手段对付偶然犯错误的同志；对于这类同志，就须使用批评和自我批评的方法，这就是《苏联共产党（布）历史简要读本》结束语第五条所说的方法。从前我们那些同志之所以向这些同志也大讲其"残酷斗争"和"无情打击"，一方面是没有分析对象，一方面就是为着装腔作势，借以吓人。无论对什么人，装腔作势借以吓人的方法，都是要不得的。因为这种吓人战术，对敌人是毫无用处，对同志只有损害。这种吓人战术，是剥削阶级以及流氓无产者所惯用的手段，无产阶级不需要这类手段。无产阶级的最尖锐最有效的武器只有一个，那就是严肃的战斗的科学态度。共产党不靠吓人吃饭，而是靠马克思列宁主义的真理吃饭，靠实事求是吃饭，靠科学吃饭。至于以装腔作势来达到名誉和地位的目的，那更是卑劣的念头，不待说的了。总之，任何机关做决定，发指示，任何同志写文章，做演说，一概要靠马克思列宁主义的真理，要靠有用。只有靠了这个才能争取革命胜利，其他都是无益的。

党八股的第三条罪状是：无的放矢，不看对象。早几年，在延安城墙上，曾经看见过这样一个标语："工人农民联合起来争取抗日胜利。"这个标语的意思并不坏，可是那工人的工字第二笔不是写的一直，而是转了两个弯子，写成了"工"字。人字呢？在右边一笔加了三撇，写成了"久"字。这位同志是古代文人学士的学生是无疑的了，可是他却要写在抗日时期延安这地方的墙壁上，就有些莫名其妙了。大概他的意思也是发誓不要老百姓看，否则就很难得到解释。共产党员如果真想做宣传，就要看对象，就要想一想自己的文章、演说、谈话、写字是给什么人看、给什么人听的，否则就等于下决心不要人看，不要人听。许多人常常以为自己写的讲的人家都看得很懂，听得很懂，其实完全不是那么一回事，因为他写的和讲的是党八股，人家哪里会懂呢？"对牛弹琴"这句话，含有讥笑对象的意思。如果我们除去这个意思，放进尊重对象的意思去，那就只剩下讥笑弹琴者这个意思了。为什么不看对象乱弹一顿呢？何况这是党八股，简直是老鸦声调，却偏要向人民群众哇哇地叫。射箭要看靶子，弹琴要看听众，写文章做演说倒可以不看读者不看听众么？我们和无论什么人做朋友，如果不懂得彼此的心，不知道彼此心里面想些什么东西，能够做成知心朋友么？做宣传工作的人，对于自己的宣传对象没有调查，没有研究，没有分析，乱讲一顿，是万万不行的。

党八股的第四条罪状是：语言无味，像个瘪三①。上海人叫小瘪三的那批角色，也很像我们的党八股，干瘪得很，样子十分难看。如果一篇文章，一个演说，颠来倒去，总是那几个名词，一套"学生腔"，没有一点生动活泼的语言，这岂不是语言无味，面目可憎，像个瘪三吗？一个人七岁入小学，十几岁入中学，二十多岁在大学毕业，没有和人民群众接触过，语言不丰富，单纯得很，那是难怪的。但我们是革命党，是为群众办事的，如果也不学群众的语言，那就办不好。现在我们有许多做宣传工作的同志，也不学语言。他们的宣传，乏味得很；他们的文章，就没有多少人欢喜看；他们的演说，也没有多少人欢喜听。为什么语言要学，并且要用很大的气力去学呢？因为语言这东西，不是随便可以学好的，非下苦功不可。第一，要向人民群众学习语言。人民的语汇是很丰富的，生动活泼的，表现实际生活的。我们很多人没有学好语言，所以我们在写文章做演说时没有几句生动活泼切实有力的话，只有死板板的几条筋，像瘪三一样，瘦得难看，不像一个健康的人。第二，要从外国语言中吸收我们所需要的成分。我们不是硬搬或滥用外国语言，是要吸收外国语言中的好东西，于我们适用的东西。因为中国原有语汇不够用，现在我们的语汇中就有很多是从外国吸收来的。例如今天开的干部大会，这"干部"两个字，就是从外国学来的。我们还要多多吸收外国的新鲜东西，不但要吸收他们的进步道理，而且要吸收他们的新鲜用语。第三，我们还要学习古人语言中有生命的东西。由于我们没有努力学习语言，古人语言中的许多还有生气的东西我们就没有充分地合理地利用。当然我们坚决反对去用已经死了的语汇和典故，这是确

---

① 解放以前，上海人称城市中无正当职业而以乞讨为生的游民为瘪三，他们通常是极瘦的。

定了的，但是好的仍然有用的东西还是应该继承。现在中党八股毒太深的人，对于民间的、外国的、古人的语言中有用的东西，不肯下苦功去学，因此，群众就不欢迎他们枯燥无味的宣传，我们也不需要这样蹩脚的不中用的宣传家。什么是宣传家？不但教员是宣传家，新闻记者是宣传家，文艺作者是宣传家，我们的一切工作干部也都是宣传家。比如军事指挥员，他们并不对外发宣言，但是他们要和士兵讲话，要和人民接洽，这不是宣传是什么？一个人只要他对别人讲话，他就是在做宣传工作。只要他不是哑巴，他就总有几句话要讲的。所以我们的同志都非学习语言不可。

党八股的第五条罪状是：甲乙丙丁，开中药铺。你们去看一看中药铺，那里的药柜子上有许多抽屉格子，每个格子上面贴着药名，当归、熟地、大黄、芒硝，应有尽有。这个方法，也被我们的同志学到了。写文章，做演说，著书，写报告，第一是大壹贰叁肆，第二是小一二三四，第三是甲乙丙丁，第四是子丑寅卯，还有大ABCD，小abcd，还有阿拉伯数字，多得很！幸亏古人和外国人替我们造好了这许多符号，使我们开起中药铺来毫不费力。一篇文章充满了这些符号，不提出问题，不分析问题，不解决问题，不表示赞成什么，反对什么，说来说去还是一个中药铺，没有什么真切的内容。我不是说甲乙丙丁等字不能用，而是说那种对待问题的方法不对。现在许多同志津津有味于这个开中药铺的方法，实在是一种最低级、最幼稚、最庸俗的方法。这种方法就是形式主义的方法，是按照事物的外部标志来分类，不是按照事物的内部联系来分类的。单单按照事物的外部标志，使用一大堆互相没有内部联系的概念，排列成一篇文章、一篇演说或一个报告，这种办法，他自己是在做概念的游戏，也会引导人家都做这类游戏，使人不用脑筋想问题，不去思考事物的本质，而满足于甲乙丙丁的现象罗列。什么叫问题？问题就是事物的矛盾。哪里有没有解决的矛盾，哪里就有问题。既有问题，你总得赞成一方面，反对另一方面，你就得把问题提出来。提出问题，首先就要对于问题即矛盾的两个基本方面加以大略的调查和研究，才能懂得矛盾的性质是什么，这就是发现问题的过程。大略的调查和研究可以发现问题，提出问题，但是还不能解决问题。要解决问题，还须作系统的周密的调查工作和研究工作，这就是分析的过程。提出问题也要用分析，不然，对着模糊杂乱的一大堆事物的现象，你就不能知道问题即矛盾的所在。这里所讲的分析过程，是指系统的周密的分析过程。常常问题是提出了，但还不能解决，就是因为还没有暴露事物的内部联系，就是因为还没有经过这种系统的周密的分析过程，因而问题的面貌还不明晰，还不能做综合工作，也就不能好好地解决问题。一篇文章或一篇演说，如果是重要的带指导性质的，总得要提出一个什么问题，接着加以分析，然后综合起来，指明问题的性质，给以解决的办法，这样，就不是形式主义的方法所能济事。因为这种幼稚的、低级的、庸俗的、不用脑筋的形式主义的方法，在我们党内很流行，所以必须揭破它，才能使大家学会应用马克思主义的方法去观察问题、提出问题、分析问题和解决问题，我们所办的事才能办好，我们的革命事业才能胜利。

党八股的第六条罪状是：不负责任，到处害人。上面所说的那些，一方面是由于幼稚而来，另一方面也是由于责任心不足而来的。拿洗脸作比方，我们每天都要洗脸，许多人并且不止洗一次，洗完之后还要拿镜子照一照，要调查研究一番，（大笑）生怕有什么不妥当的地方。你们看，这是何等地有责任心呀！我们写文章，做演说，只要像洗脸这样负责，就差不多了。拿不出来的东西就不要拿出来。须知这是要去影响别人的思想和行动的啊！一个人偶然一天两天不洗脸，固然也不好，洗后脸上还留着一个两个黑点，固然也不雅观，但倒并没有什么大危险。写文章做演说就不同了，这是专为影响人的，我们的同志反而随随便便，这就叫做轻重倒置。许多人写文章，做演说，可以不要预先研究，不要预先准备，文章写好之后，也不多看几遍，像洗脸之后再照照镜子一样，就马马虎虎地发表出去。其结果，往往是"下笔千言，离题万里"，仿佛像个才子，实则到处害人。这种责任心薄弱的坏习惯，必须改正才好。

第七条罪状是：流毒全党，妨害革命。第八条罪状是：传播出去，祸国殃民。这两条意义自明，无须多说。这就是说，党八股如不改革，如果听其发展下去，其结果之严重，可以闹到很坏的地步。党八股里面藏的是主观主义、宗派主义的毒物，这个毒物传播出去，是要害党害国的。

上面这八条，就是我们申讨党八股的檄文。

党八股这个形式，不但不便于表现革命精神，而且非常容易使革命精神窒息。要使革命精神获得发展，必须抛弃党八股，采取生动活泼新鲜有力的马克思列宁主义的文风。这种文风，早已存在，但尚未充实，尚未得到普遍的发展。我们破坏了洋八股和党八股之后，新的文风就可以获得充实，获得普遍的发展，党的革命事业，也就可以向前推进了。

不但文章里演说里有党八股，开会也有的。"一开会，二报告，三讨论，四结论，五散会"。假使每处每回无大无小都要按照这个死板的程序，不也就是党八股吗？在会场上做起"报告"来，则常常就是"一国际，二国内，三边区，四本部"，会是常常从早上开到晚上，没有话讲的人也要讲一顿，不讲好像对人不起。总之，不看实际情形，死守着呆板的旧形式、旧习惯，这种现象，不是也应该加以改革吗？

现在许多人在提倡民族化、科学化、大众化了，这很好。但是"化"者，彻头彻尾彻里彻外之谓也；有些人则连"少许"还没有实行，却在那里提倡"化"呢！所以我劝这些同志先办"少许"，再去办"化"，不然，仍旧脱离不了教条主义和党八股，这叫做眼高手低，志大才疏，没有结果的。例如那些口讲大众化而实是小众化的人，就很要当心，如果有一天大众中间有一个什么人在路上碰到他，对他说："先生，请你化一下给我看。"就会将起军的。如果是不但口头上提倡提倡而且自己真想实行大众化的人，那就要实地跟老百姓去学，否则仍然"化"不了的。有些天天喊大众化的人，连三句老百姓的话都讲不来，可见他就没有下过决心跟老百姓学，实在他的意思仍是小众化。

今天会场上散发了一个题名《宣传指南》的小册子，里面包含四篇文章，我劝同志们多看几遍。

第一篇，是从《苏联共产党（布）历史简要读本》上摘下来的，讲的是列宁怎样做宣传。其中讲到列宁写传单的情形："在列宁领导下，彼得堡'工人阶级解放斗争协会'第一次在俄国开始把社会主义与工人运动结合起来。当某一个工厂里爆发罢工时，'斗争协会'因为经过自己小组中的参加者而很熟悉各企业中的情形，立刻就印发传单、印发社会主义的宣言来响应。在这些传单里，揭露出厂主虐待工人的事实，说明工人应如何为自身的利益而奋斗，载明工人群众的要求。这些传单把资本主义机体上的痛疽，工人的穷困生活，工人每日由十二小时至十四小时的过度沉重的劳动，工人之毫无权利等等真情实况，都揭露无余。同时，在这些传单里，又提出了相当的政治要求。"

是"很熟悉"啊！是"揭露无余"啊！

"一八九四年末，列宁在工人巴布石金参加下，写了第一个这样的鼓动传单和告彼得堡城塞棉尼可夫工厂罢工工人书。"

写一个传单要和熟悉情况的同志商量。列宁就是根据这样的调查和研究来写文章做工作的。

"每一个这样的传单，都大大提高了工人们的精神。工人们看见了，社会主义者是帮助他们、保护他们的。"[1]

我们是赞成列宁的吗？如果是的话，就得依照列宁的精神去工作。不是空话连篇，言之无物；不是无的放矢，不看对象；也不是自以为是，夸夸其谈；而是要照着列宁那样地去做。

第二篇，是从季米特洛夫[2]在共产国际第七次大会的报告中摘下来的。季米特洛夫说了些什么呢？他说："应当学会不用书本上的公式而用为群众事业而奋斗的战士们的语言来和群众讲话，这些战士们的每一句话，每一个思想，都反映出千百万群众的思想和情绪。"

"如果我们没有学会说群众懂得的话，那末广大群众是不能领会我们的决议的。我们远不是随时都善于简单地、具体地、用群众所熟悉和懂得的形象来讲话。我们还没有能够抛弃背得烂熟的抽象的公式。事实上，你们只要瞧一瞧我们的传单、报纸、决议和提纲，就可以看到：这些东西常常是用这样的语言写成的，写得这样地艰深，甚至于我们党的

---

① 以上三段引文见《联共（布）党史简明教程》第一章第三节（人民出版社1975 年版，第18—19 页）。

② 季米特洛夫（1882—1949），保加利亚人。1921 年任工会国际中央理事会理事，1935 年至 1943 年任共产国际执行委员会总书记。1945 年 11 月回国后，任保加利亚共产党总书记和部长会议主席。

干部都难于懂得，更用不着说普通工人了。"

怎么样？这不是把我们的毛病讲得一针见血吗？不错，党八股中国有，外国也有，可见是通病。（笑）但是我们总得照着季米特洛夫同志的指示把我们自己的毛病赶快治好才行。

"我们每一个人，都应当切实领会下面这条起码的规则，把它当作定律，当作布尔塞维克的定律：当你写东西或讲话的时候，始终要想到使每个普通工人都懂得，都相信你的号召，都决心跟着你走。要想到你究竟为什么人写东西，向什么人讲话。"①

这就是共产国际给我们治病的药方，是必须遵守的。这是"规则"啊！

第三篇，是从《鲁迅全集》里选出的，是鲁迅复"北斗杂志社"②讨论怎样写文章的一封信。他说些什么呢？他一共列举了八条写文章的规则，我现在抽出几条来说一说。

第一条："留心各样的事情，多看看，不看到一点就写。"

讲的是"留心各样的事情"，不是一样半样的事情。讲的是"多看看"，不是只看一眼半眼。我们怎么样？不是恰恰和他相反，只看到一点就写吗？

第二条："写不出的时候不硬写。"

我们怎么样？不是明明脑子里没有什么东西硬要大写特写吗？不调查，不研究，提起笔来"硬写"，这就是不负责任的态度。

第四条："写完后至少看两遍，竭力将可有可无的字、句、段删去，毫不可惜。宁可将可作小说的材料缩成速写，决不将速写材料拉成小说。"

---

① 以上三段引文见季米特洛夫 1935 年 8 月 13 日在共产国际第七次代表大会上所作的结论《为工人阶级团结一致反对法西斯主义而斗争》的序言和第六部分《仅仅只有正确的路线还是不够的》。

② 《北斗》杂志是中国左翼作家联盟在 1931 年至 1932 年间出版的文艺月刊。《答北斗杂志社问》载鲁迅《二心集》。（《鲁迅全集》第 4 卷，人民文学出版社 1981 年版，第 364—365 页）

孔夫子提倡"再思"①，韩愈也说"行成于思"②，那是古代的事情。现在的事情，问题很复杂，有些事情甚至想三四回还不够。鲁迅说"至少看两遍"，至多呢？他没有说，我看重要的文章不妨看它十多遍，认真地加以删改，然后发表。文章是客观事物的反映，而事物是曲折复杂的，必须反复研究，才能反映恰当；在这里粗心大意，就是不懂得做文章的起码知识。

　　第六条："不生造除自己之外，谁也不懂的形容词之类。"

　　我们"生造"的东西太多了，总之是"谁也不懂"。句法有长到四五十个字一句的，其中堆满了"谁也不懂的形容词之类"。许多口口声声拥护鲁迅的人们，却正是违背鲁迅的啊！

　　最后一篇文章，是中国共产党六届六中全会论宣传的民族化。六届六中全会是一九三八年开的，我们那时曾说："离开中国特点来谈马克思主义，只是抽象的空洞的马克思主义。"这就是说，必须反对空谈马克思主义；在中国生活的共产党员，必须联系中国的革命实际来研究马克思主义。

　　"洋八股必须废止，空洞抽象的调头必须少唱，教条主义必须休息，而代之以新鲜活泼的、为中国老百姓所喜闻乐见的中国作风和中国气派。把国际主义的内容和民族形式分离起来，是一点也不懂国际主义的人们的做法，我们则要把二者紧密地结合起来。在这个问题上，我们队伍中存在着的一些严重的错误，是应该认真地克服的。"

　　这里叫洋八股废止，有些同志却实际上还在提倡。这里叫空洞抽象的调头少唱，有些同志却硬要多唱。这里叫教条主义休息，有些同志却叫它起床。总之，有许多人把六中全会通过的报告当做耳边风，好像是故意和它作对似的。

　　中央现在做了决定，一定要把党八股和教条主义等类，彻底抛弃，所以我来讲了许多。希望同志们把我所讲的加以考虑，加以分析，同时

---

　　①　参见《论语·公冶长第五》。

　　②　韩愈（768——824），中国唐代著名的大作家。他在《进学解》一文中说："行成于思，毁于随。"意思是：做事成功由于思考，失败由于不思考。

也分析各人自己的情况。每个人应该把自己好好地想一想，并且把自己想清楚了的东西，跟知心的朋友们商量一下，跟周围的同志们商量一下，把自己的毛病切实改掉。

在延安文艺座谈会上的讲话

（一九四二年五月）

毛泽东

引　言

（一九四二年五月二日）

同志们！今天邀集大家来开座谈会，目的是要和大家交换意见，研究文艺工作和一般革命工作的关系，求得革命文艺的正确发展，求得革命文艺对其他革命工作的更好的协助，借以打倒我们民族的敌人，完成民族解放的任务。

在我们为中国人民解放的斗争中，有各种的战线，就中也可以说有文武两个战线，这就是文化战线和军事战线。我们要战胜敌人，首先要依靠手里拿枪的军队。但是仅仅有这种军队是不够的，我们还要有文化的军队，这是团结自己、战胜敌人必不可少的一支军队。"五四"以来，这支文化军队就在中国形成，帮助了中国革命，使中国的封建文化和适应帝国主义侵略的买办文化的地盘逐渐缩小，其力量逐渐削弱。到了现在，中国反动派只能提出所谓"以数量对质量"的办法来和新文化对抗，就是说，反动派有的是钱，虽然拿不出好东西，但是可以拚命出得多。在"五四"以来的文化战线上，文学和艺术是一个重要的有成绩的部门。革命的文学艺术运动，在十年内战时期有了大的发展。这个运动和当时的革命战争，在总的方向上是一致的，但在实际工作上却没有互相结合起来，这是因为当时的反动派把这两支兄弟军队从中隔断了的缘故。抗日战争爆发以后，革命的文艺工作者来到延安和各个抗日根据地的多起来了，这是很好的事。但是到了根据地，并不是说就已经和根据地的人民群众完全结合了。我们要把革命工作向前推进，就要使这两者完全结合起来。我们今天开会，就是要使文艺很好地成为整个革命机器的一个组成部分，作为团结人民、教育人民、打击敌人、消灭敌人的有力的武器，帮助人民同心同德地和敌人作斗争。为了这个目的，有些什么问题应该解决的呢？我以为有这样一些问题，即文艺工作者的立场问题，态度问题，工作对象问题，工作问题和学习问题。

立场问题。我们是站在无产阶级的和人民大众的立场。对于共产党员来说，也就是要站在党的立场，站在党性和党的政策的立场。在这个问题上，我们的文艺工作者中是否还有认识不正确或者认识不明确的呢？我看是有的。许多同志常常失掉了自己的正确的立场。

态度问题。随着立场，就发生我们对于各种具体事物所采取的具体态度。比如说，歌颂呢，还是暴露呢？这就是态度问题。究竟哪种态度是我们需要的？我说两种都需要，问题是在对什么人。有三种人，一种是敌人，一种是统一战线中的同盟者，一种是自己人，这第三种人就是人民群众及其先锋队。对于这三种人需要有三种态度。对于敌人，对于日本帝国主义和一切人民的敌人，革命文艺工作者的任务是在暴露他们的残暴和欺骗，并指出他们必然要失败的趋势，鼓励抗日军民同心同德，坚决地打倒他们。对于统一战线中各种不同的同盟者，我们的态度应该是有联合，有批评，有各种不同的联合，有各种不同的批评。他们的抗战，我们是赞成的；如果有成绩，我们也是赞扬的。但是如果抗战不积极，我们就应该批评。如果有人要反共反人民，要一天一天走上反动的道路，那我们就要坚决反对。至于对人民群众，对人民的劳动和斗争，对人民的军队，人民的政党，我们当然应该赞扬。人民也有缺点的。无产阶级中还有许多人保留着小资产阶级的思想，农民和城市小资产阶级都有落后的思想，这些就是他们在斗争中的负担。我们应该长期地耐心地教育他们，帮助他们摆脱背上的包袱，同自己的缺点错误作斗争，使他们能够大踏步地前进。他们在斗争中已经改造或正在改造自己，我们的文艺应该描写他们的这个改造过程。只要不是坚持错误的人，我们就不应该只看到片面就去错误地讥笑他们，甚至敌视他们。我们所写的东西，应该是使他们团结，使他们进步，使他们同心同德，向前奋斗，去掉落后的东西，发扬革命的东西，而决不是相反。

工作对象问题，就是文艺作品给谁看的问题。在陕甘宁边区，在华北华中各抗日根据地，这个问题和在国民党统治区不同，和在抗战以前的上海更不同。在上海时期，革命文艺作品的接受者，是以一部分学生、职员、店员为主。在抗战以后的国民党统治区，范围曾有过一些扩大，但基本上也还是以这些人为主，因为那里的政府把工农兵和革命文艺互相隔绝了。在我们的根据地就完全不同。文艺作品在根据地的接受者，是工农兵以及革命的干部。根据地也有学生，但这些学生和旧式学生也不相同，他们不是过去的干部，就是未来的干部。各种干部，部队的战士，工厂的工人，农村的农民，他们识了字，就要看书、看报，不识字的，也要看戏、看画、唱歌、听音乐，他们就是我们文艺作品的接受者。即拿干部说，你们不要以为这部分人数目少，这比在国民党统治区出一本书的读者多得多。在那里，一本书一版平常只有两千册，三版也才六千册；但是根据地的干部，单是在延安能看书的就有一万多。而且这些干部许多都是久经锻炼的革命家，他们是从全国各地来的，他们也要到各地去工作，所以对于这些人做教育工作，是有重大意义的。我们的文艺工作者，应该向他们好好做工作。

既然文艺工作的对象是工农兵及其干部，就发生一个了解他们熟悉他们的问题。而为要了解他们，熟悉他们，为要在党政机关，在农村，在工厂，在八路军新四军里面，了解各种人，熟悉各种人，了解各种事情，熟悉各种事情，就需要做很多的工作。我们的文艺工作者需要做自己的文艺工作，但是这个了解人熟悉人的工作却是第一位的工作。我们的文艺工作者对于这些，以前是一种什么情形呢？我说以前是不熟，不懂，英雄无用武之地。什么是不熟？人不熟。文艺工作者同自己的描写对象和作品接受者不熟，或者简直生疏得很。我们的文艺工作者不熟悉工人，不熟悉农民，不熟悉士兵，也不熟悉他们的干部。什么是不懂？语言不懂，就是说，对于人民群众的丰富的生动的语言，缺乏充分的知识。许多文艺工作者由于自己脱离群众、生活空虚，当然也就不熟悉人民的语言，因此他们的作品不但显得语言无味，而且里面常常夹着一些生造出来的和人民的语言相对立的不三不四的词句。许多同志爱说"大众化"，但是什么叫做大众化呢？就是我们的文艺工作者的思想感情和工农兵大众的思想感情打成一片。而要打成一片，就应当认真学习群众的语言。如果连群众的语言都有许多不懂，还讲什么文艺创造呢？英雄无用武之地，就是说，你的一套大道理，群众不赏识。在群众面前把你的资格摆得越老，越像个"英雄"，越要出卖这一套，群众就越不买你的账。你要群众了解你，你要和群众打成一片，就得下决心，经过长期的甚至是痛苦的磨练。在这里，我可以说一说我自己感情变化的经验。我是个学生出身的人，在学校养成了一种学生习惯，在一大群肩不能挑手不能提的学生面前做一点劳动的事，比如自己挑行李吧，也觉得不像样子。那时，我觉得世界上干净的人只有知识分子，工人农民总是比较脏的。知识分子的衣服，别人的我可以穿，以为是干净的；工人农民的衣服，我就不愿意穿，以为是脏的。革命了，同工人农民和革命军的战士在一起了，我逐渐熟悉他们，他们也逐渐熟悉了我。这时，只是在这时，我才根本地改变了资产阶级学校所教给我的那种资产阶级的和小资产阶级的感情。这时，拿未曾改造的知识分子和工人农民比较，就觉得知识分子不干净了，最干净的还是工人农民，尽管他们手是黑的，脚上有牛屎，还是比资产阶级和小资产阶级知识分子都干净。这就叫做感情起了变化，由一个阶级变到另一个阶级。我们知识分子出身的文艺工作者，要使自己的作品为群众所欢迎，就得把自己的思想感情来一个变化，来一番改造。没有这个变化，没有这个改造，什么事情都是做不好的，都是格格不入的。

最后一个问题是学习，我的意思是说学习马克思列宁主义和学习社会。一个自命为马克思主义的革命作家，尤其是党员作家，必须有马克思列宁主义的知识。但是现在有些同志，却缺少马克思主义的基本观点。比如说，马克思主义的一个基本观点，就是存在决定意识，就是阶级斗争和民族斗争的客观现实决定我们的思想感情。但是我们有些同志却把这个问题弄颠倒了，说什么一切应该从"爱"出发。就说爱吧，在阶级社会里，也只有阶级的爱，但是这些同志却要追求什么超阶级的爱，抽象的爱，以及抽象的自由、抽象的真理、抽象的人性等等。这是表明这些同志是受了资产阶级的很深的影响。应该很彻底地清算这种影响，很虚心地学习马克思列宁主义。文艺工作者应该学习文艺创作，这是对的，但是马克思列宁主义是一切革命者都应该学习的科学，文艺工作者不能是例外。文艺工作者要学习社会，这就是说，要研究社会上的各个阶级，研究它们的相互关系和各自状况，研究它们的面貌和它们的心理。只有把这些弄清楚了，我们的文艺才能有丰富的内容和正确的方向。

今天我就只提出这几个问题，当作引子，希望大家在这些问题及其他有关的问题上发表意见。

结　论

（一九四二年五月二十三日）

同志们！我们这个会在一个月里开了三次。大家为了追求真理，进行了热烈的争论，有党的和非党的同志几十个人讲了话，把问题展开了，并且具体化了。我认为这是对整个文学艺术运动很有益处的。

我们讨论问题，应当从实际出发，不是从定义出发。如果我们按照教科书，找到什么是文学、什么是艺术的定义，然后按照它们来规定今天文艺运动的方针，来评判今天所发生的各种见解和争论，这种方法是不正确的。我们是马克思主义者，马克思主义叫我们看问题不要从抽象的定义出发，而要从客观存在的事实出发，从分析这些事实中找出方针、政策、办法来。我们现在讨论文艺工作，也应该这样做。

现在的事实是什么呢？事实就是：中国的已经进行了五年的抗日战争；全世界的反法西斯战争；中国大地主大资产阶级在抗日战争中的动摇和对于人民的高压政策；"五四"以来的革命文艺运动——这个运动在二十三年中对于革命的伟大贡献以及它的许多缺点；八路军新四军的抗日民主根据地，在这些根据地里面大批文艺工作者和八路军新四军以及工人农民的结合；根据地的文艺工作者和国民党统治区的文艺工作者的环境和任务的区别；目前在延安和各抗日根据地的文艺工作中已经发生的争论问题。——这些就是实际存在的不可否认的事实，我们就要在这些事实的基础上考虑我们的问题。

那末，什么是我们的问题的中心呢？我以为，我们的问题基本上是一个为群众的问题和一个如何为群众的问题。不解决这两个问题，或这两个问题解决得不适当，就会使得我们的文艺工作者和自己的环境、任务不协调，就使得我们的文艺工作者从外部从内部碰到一连串的问题。我的结论，就以这两个问题为中心，同时也讲到一些与此有关的其他问题。

一

第一个问题：我们的文艺是为什么人的？

这个问题，本来是马克思主义者特别是列宁所早已解决了的。列宁还在一九〇五年就已着重指出过，我们的文艺应当"为千千万万劳动人民服务"①。在我们各个抗日根据地从事文学艺术工作的同志中，这个问题似乎是已经解决了，不需要再讲的了。其实不然。很多同志对这个问题并没有得到明确的解决。因此，在他们的情绪中，在他们的作品中，在他们的行动中，在他们对于文艺方针问题的意见中，就不免或多或少地发生和群众的需要不相符合，和实际斗争的需要不相符合的情形。当然，现在和共产党、八路军、新四军在一起从事于伟大解放斗争的大批的文化人、文学家、艺术家以及一般文艺工作者，虽然其中也可

---

① 见列宁《党的组织和党的出版物》。列宁在这篇论文中说："这将是自由的写作，因为把一批又一批新生力量吸引到写作队伍中来的，不是私利贪欲，也不是名誉地位，而是社会主义思想和对劳动人民的同情。这将是自由的写作，因为它不是为饱食终日的贵妇人服务，不是为百无聊赖、胖得发愁的'一万个上层分子'服务，而是为千千万万劳动人民，为这些国家的精华、国家的力量、国家的未来服务。这将是自由的写作，它要用社会主义无产阶级的经验和生气勃勃的工作去丰富人类革命思想的最新成就，它要使过去的经验（从原始空想的社会主义发展而成的科学社会主义）和现在的经验（工人同志们当前的斗争）之间经常发生相互作用。"（《列宁全集》第12卷，人民出版社1987年版，第96—97页）

能有些人是暂时的投机分子，但是绝大多数却都是在为着共同事业努力工作着。依靠这些同志，我们的整个文学工作，戏剧工作，音乐工作，美术工作，都有了很大的成绩。这些文艺工作者，有许多是抗战以后开始工作的；有许多在抗战以前就做了多时的革命工作，经历过许多辛苦，并用他们的工作和作品影响了广大群众的。但是为什么还说即使这些同志中也有对于文艺是为什么人的问题没有明确解决的呢？难道他们还有主张革命文艺不是为着人民大众而是为着剥削者压迫者的吗？

　　诚然，为着剥削者压迫者的文艺是有的。文艺是为地主阶级的，这是封建主义的文艺。中国封建时代统治阶级的文学艺术，就是这种东西。直到今天，这种文艺在中国还有颇大的势力。文艺是为资产阶级的，这是资产阶级的文艺。像鲁迅所批评的梁实秋①一类人，他们虽然在口头上提出什么文艺是超阶级的，但是他们在实际上是主张资产阶级的文艺，反对无产阶级的文艺的。文艺是为帝国主义者的，周作人、张资平②这批人就是这样，这叫做汉奸文艺。在我们，文艺不是为上述种种人，而是为人民的。我们曾说，现阶段的中国新文化，是无产阶级领导的人民大众的反帝反封建的文化。真正人民大众的东西，现在一定是无产阶级领导的。资产阶级领导的东西，不可能属于人民大众。新文化中的新文学新艺术，自然也是这样。对于中国和外国过去时代所遗留下来的丰富的文学艺术遗产和优良的文学艺术传统，我们是要继承的，但是目的仍然是为了人民大众。对于过去时代的文艺形式，我们也并不拒绝利用，但这些旧形式到了我们手里，给了改造，加进了新内容，也就

---

　　① 梁实秋（1903——1978），北京人。新月社主要成员。先后在复旦大学、北京大学等校任教。曾写过一些文艺评论，长时期致力于文学翻译工作和散文的写作。鲁迅对梁实秋的批评，见《三闲集·新月社批评家的任务》、《二心集·"硬译"与"文学的阶级性"》等文。（《鲁迅全集》第4卷，人民文学出版社1981年版，第159、195—212页）

　　② 周作人（1885——1967），浙江绍兴人。曾在北京大学、燕京大学等校任教。五四运动时从事新文学写作。他的著述很多，有大量的散文集、文学专著和翻译作品。张资平（1893——1957），广东梅县人。他写过很多小说，曾在暨南大学、大夏大学兼任教职。周作人、张资平于1938年和1939年先后在北平、上海依附侵略中国的日本占领者。

变成革命的为人民服务的东西了。

那末，什么是人民大众呢？最广大的人民，占全人口百分之九十以上的人民，是工人、农民、兵士和城市小资产阶级。所以我们的文艺，第一是为工人的，这是领导革命的阶级。第二是为农民的，他们是革命中最广大最坚决的同盟军。第三是为武装起来了的工人农民即八路军、新四军和其他人民武装队伍的，这是革命战争的主力。第四是为城市小资产阶级劳动群众和知识分子的，他们也是革命的同盟者，他们是能够长期地和我们合作的。这四种人，就是中华民族的最大部分，就是最广大的人民大众。

我们的文艺，应该为着上面说的四种人。我们要为这四种人服务，就必须站在无产阶级的立场上，而不能站在小资产阶级的立场上。在今天，坚持个人主义的小资产阶级立场的作家是不可能真正地为革命的工农兵群众服务的，他们的兴趣，主要是放在少数小资产阶级知识分子上面。而我们现在有一部分同志对于文艺为什么人的问题不能正确解决的关键，正在这里。我这样说，不是说在理论上。在理论上，或者说在口头上，我们队伍中没有一个人把工农兵群众看得比小资产阶级知识分子还不重要的。我是说在实际上，在行动上。在实际上，在行动上，他们是否对小资产阶级知识分子比对工农兵还更看得重要些呢？我以为是这样。有许多同志比较地注重研究小资产阶级知识分子，分析他们的心理，着重地去表现他们，原谅并辩护他们的缺点，而不是引导他们和自己一道去接近工农兵群众，去参加工农兵群众的实际斗争，去表现工农兵群众，去教育工农兵群众。有许多同志，因为他们自己是从小资产阶级出身，自己是知识分子，于是就只在知识分子的队伍中找朋友，把自己的注意力放在研究和描写知识分子上面。这种研究和描写如果是站在无产阶级立场上的，那是应该的。但他们并不是，或者不完全是。他们是站在小资产阶级立场，他们是把自己的作品当作小资产阶级的自我表现来创作的，我们在相当多的文学艺术作品中看见这种东西。他们在许多时候，对于小资产阶级出身的知识分子寄予满腔的同情，连他们的缺点也给以同情甚至鼓吹。对于工农兵群众，则缺乏接近，缺乏了解，缺乏研究，缺乏知心朋友，不善于描写他们；倘若描写，也是衣服是劳动人民，面孔却是小资产阶级知识分子。他们在某些方面也爱工农兵，也爱工农兵出身的干部，但有些时候不爱，有些地方不爱，不爱他们的感情，不爱他们的姿态，不爱他们的萌芽状态的文艺（墙报、壁画、民歌、民间故事等）。他们有时也爱这些东西，那是为着猎奇，为着装饰自己的作品，甚至是为着追求其中落后的东西而爱的。有时就公开地鄙弃它们，而偏爱小资产阶级知识分子的乃至资产阶级的东西。这些同志的立足点还是在小资产阶级知识分子方面，或者换句文雅的话说，他们的灵魂深处还是一个小资产阶级知识分子的王国。这样，为什么人的问题他们就还是没有解决，或者没有明确地解决。这不光是讲初来延安不久的人，就是到过前方，在根据地、八路军、新四军做过几年工作的人，也有许多是没有彻底解决的。要彻底地解决这个问题，非有十年八年的长时间不可。但是时间无论怎样长，我们却必须解决它，必须明确地彻底地解决它。我们的文艺工作者一定要完成这个任务，一定要把立足点移过来，一定要在深入工农兵群众、深入实际斗争的过程中，在学习马克思主义和学习社会的过程中，逐渐地移过来，移到工农兵这方面来，移到无产阶级这方面来。只有这样，我们才能有真正为工农兵的文艺，真正无产阶级的文艺。

为什么人的问题，是一个根本的问题，原则的问题。过去有些同志间的争论、分歧、对立和不团结，并不是在这个根本的原则的问题上，而是在一些比较次要的甚至是无原则的问题上。而对于这个原则问题，争论的双方倒是没有什么分歧，倒是几乎一致的，都有某种程度的轻视工农兵、脱离群众的倾向。我说某种程度，因为一般地说，这些同志的轻视工农兵、脱离群众，和国民党的轻视工农兵、脱离群众，是不同的；但是无论如何，这个倾向是有的。这个根本问题不解决，其他许多问题也就不易解决。比如说文艺界的宗派主义吧，这也是原则问题，但是要去掉宗派主义，也只有把为工农，为八路军、新四军，到群众中去的口号提出来，并加以切实的实行，才能达到目的，否则宗派主义问题是断然不能解决的。鲁迅曾说："联合战线是以有共同目的为必要条件的。……我们战线不能统一，就证明我们的目的不能一致，或者只为了小团体，或者还其实只为了个人。如果目的都在工农大众，那当然战线也就统一了。"① 这个问题那时上海有，现在重庆也有。在那些地方，这个问题很难彻底解决，因为那些地方的统治者压迫革命文艺家，不让他们有到工农兵群众中去的自由。在我们这里，情形就完全两样。我们鼓励革命文艺家积极地亲近工农兵，给他们以到群众中去的完全自由，给他们以创作真正革命文艺的完全自由。所以这个问题在我们这里，是接近于解决的了。接近于解决不等于完全的彻底的解决；我们说要学习马克思主义和学习社会，就是为着完全地彻底地解决这个问题。我们说的马克思主义，是要在群众生活群众斗争里实际发生作用的活的马克思主义，不是口头上的马克思主义。把口头上的马克思主义变成为实际生活里的马克思主义，就不会有宗派主义了。不但宗派主义的问题可以解决，其他的许多问题也都可以解决了。

二

为什么人服务的问题解决了，接着的问题就是如何去服务。用同志们的话来说，就是：努力于提高呢，还是努力于普及呢？

有些同志，在过去，是相当地或是严重地轻视了和忽视了普及，他们不适当地太强调了提高。提高是应该强调的，但是片面地孤立地强调提高，强调到不适当的程度，那就错了。我在前面说的没有明确地解决为什么人的问题的事实，在这一点上也表现出来了。并且，因为没有弄清楚为什么人，他们所说的普及和提高就都没有正确的标准，当然更找不到两者的正确关系。我们的文艺，既然基本上是为工农兵，那末所谓普及，也就是向工农兵普及，所谓提高，也就是从工农兵提高。用什么东西向他们普及呢？用封建地主阶级所需要、所便于接受的东西吗？用资产阶级所需要、所便于接受的东西吗？用小资产阶级知识分子所需要、所便于接受的东西吗？都不行，只有用工农兵自己所需要、所便于接受的东西。因此在教育工农兵的任务之前，就先有一个学习工农兵的任务。提高的问题更是如此。提高要有一个基础。比如一桶水，不是从

---

① 见鲁迅《二心集·对于左翼作家联盟的意见》。（《鲁迅全集》第4卷，人民文学出版社1981年版，第237—238页）

地上去提高，难道是从空中去提高吗？那末所谓文艺的提高，是从什么基础上去提高呢？从封建阶级的基础吗？从资产阶级的基础吗？从小资产阶级知识分子的基础吗？都不是，只能是从工农兵群众的基础上去提高。也不是把工农兵提到封建阶级、资产阶级、小资产阶级知识分子的"高度"去，而是沿着工农兵自己前进的方向去提高，沿着无产阶级前进的方向去提高。而这里也就提出了学习工农兵的任务。只有从工农兵出发，我们对于普及和提高才能有正确的了解，也才能找到普及和提高的正确关系。

一切种类的文学艺术的源泉究竟是从何而来的呢？作为观念形态的文艺作品，都是一定的社会生活在人类头脑中的反映的产物。革命的文艺，则是人民生活在革命作家头脑中的反映的产物。人民生活中本来存在着文学艺术原料的矿藏，这是自然形态的东西，是粗糙的东西，但也是最生动、最丰富、最基本的东西；在这点上说，它们使一切文学艺术相形见绌，它们是一切文学艺术的取之不尽、用之不竭的唯一的源泉。这是唯一的源泉，因为只能有这样的源泉，此外不能有第二个源泉。有人说，书本上的文艺作品，古代的和外国的文艺作品，不也是源泉吗？实际上，过去的文艺作品不是源而是流，是古人和外国人根据他们彼时彼地所得到的人民生活中的文学艺术原料创造出来的东西。我们必须继承一切优秀的文学艺术遗产，批判地吸收其中一切有益的东西，作为我们从此时此地的人民生活中的文学艺术原料创造作品时候的借鉴。有这个借鉴和没有这个借鉴是不同的，这里有文野之分，粗细之分，高低之分，快慢之分。所以我们决不可拒绝继承和借鉴古人和外国人，哪怕是封建阶级和资产阶级的东西。但是继承和借鉴决不可以变成替代自己的创造，这是决不能替代的。文学艺术中对于古人和外国人的毫无批判的硬搬和模仿，乃是最没有出息的最害人的文学教条主义和艺术教条主义。中国的革命的文学家艺术家，有出息的文学家艺术家，必须到群众中去，必须长期地无条件地全心全意地到工农兵群众中去，到火热的斗争中去，到唯一的最广大最丰富的源泉中去，观察、体验、研究、分析一切人，一切阶级，一切群众，一切生动的生活形式和斗争形式，一切文学和艺术的原始材料，然后才有可能进入创作过程。否则你的劳动就没有对象，你就只能做鲁迅在他的遗嘱里所谆谆嘱咐他的儿子万不可做的那种空头文学家，或空头艺术家①。

人类的社会生活虽是文学艺术的唯一源泉，虽是较之后者有不可比拟的生动丰富的内容，但是人民还是不满足于前者而要求后者。这是为什么呢？因为虽然两者都是美，但是文艺作品中反映出来的生活却可以而且应该比普通的实际生活更高，更强烈，更有集中性，更典型，更理想，因此就更带普遍性。革命的文艺，应当根据实际生活创造出各种各样的人物来，帮助群众推动历史的前进。例如一方面是人们受饿、受冻、受压迫，一方面是人剥削人、人压迫人，这个事实到处存在着，人们也看得很平淡；文艺就把这种日常的现象集中起来，把其中的矛盾和斗争典型化，造成文学作品或艺术作品，就能使人民群众惊醒起来，感奋起来，推动人民群众走向团结和斗争，实行改造自己的环境。如果没有这样的文艺，那末这个任务就不能完成，或者不能有力地迅速地完成。

什么是文艺工作中的普及和提高呢？这两种任务的关系是怎样的呢？普及的东西比较简单浅显，因此也比较容易为目前广大人民群众所迅速接受。高级的作品比较细致，因此也比较难于生产，并且往往比较难于在目前广大人民群众中迅速流传。现在工农兵面前的问题，是他们正在和敌人作残酷的流血斗争，而他们由于长时期的封建阶级和资产阶级的统治，不识字，无文化，所以他们迫切要求一个普遍的启蒙运动，迫切要求得到他们所急需的和容易接受的文化知识和文艺作品，去提高他们的斗争热情和胜利信心，加强他们的团结，便于他们同心同德地去和敌人作斗争。对于他们，第一步需要还不是"锦上添花"，而是"雪中送炭"。所以在目前条件下，普及工作的任务更为迫切。轻视和忽视普及工作的态度是错误的。

但是，普及工作和提高工作是不能截然分开的。不但一部分优秀的作品现在也有普及的可能，而且广大群众的文化水平也是在不断地提高

---

① 参见鲁迅《且介亭杂文末编·附集·死》。（《鲁迅全集》第 6 卷，人民文学出版社 1981 年版，第 612 页）

着。普及工作若是永远停止在一个水平上，一月两月三月，一年两年三年，总是一样的货色，一样的"小放牛"①，一样的"人、手、口、刀、牛、羊"②，那末，教育者和被教育者岂不都是半斤八两？这种普及工作还有什么意义呢？人民要求普及，跟着也就要求提高，要求逐年逐月地提高。在这里，普及是人民的普及，提高也是人民的提高。而这种提高，不是从空中提高，不是关门提高，而是在普及基础上的提高。这种提高，为普及所决定，同时又给普及以指导。就中国范围来说，革命和革命文化的发展不是平衡的，而是逐渐推广的。一处普及了，并且在普及的基础上提高了，别处还没有开始普及。因此一处由普及而提高的好经验可以应用于别处，使别处的普及工作和提高工作得到指导，少走许多弯路。就国际范围来说，外国的好经验，尤其是苏联的经验，也有指导我们的作用。所以，我们的提高，是在普及基础上的提高；我们的普及，是在提高指导下的普及。正因为这样，我们所说的普及工作不但不是妨碍提高，而且是给目前的范围有限的提高工作以基础，也是给将来的范围大为广阔的提高工作准备必要的条件。

除了直接为群众所需要的提高以外，还有一种间接为群众所需要的提高，这就是干部所需要的提高。干部是群众中的先进分子，他们所受的教育一般都比群众所受的多些；比较高级的文学艺术，对于他们是完全必要的，忽视这一点是错误的。为干部，也完全是为群众，因为只有经过干部才能去教育群众、指导群众。如果违背了这个目的，如果我们给予干部的并不能帮助干部去教育群众、指导群众，那末，我们的提高工作就是无的放矢，就是离开了为人民大众的根本原则。

总起来说，人民生活中的文学艺术的原料，经过革命作家的创造性的劳动而形成观念形态上的为人民大众的文学艺术。在这中间，既有从初级的文艺基础上发展起来的、为被提高了的群众所需要、或首先为群

---

① "小放牛"是中国一出传统的小歌舞剧。全剧只有两个角色，男角是牧童，女角是乡村小姑娘，以互相对唱的方式表现剧的内容。抗日战争初期，革命的文艺工作者利用这个歌舞剧的形式，变动其原来的词句，宣传抗日，一时颇为流行。

② "人、手、口、刀、牛、羊"是笔画比较简单的汉字，旧时一些小学国语读本把这几个字编在第一册的最初几课里。

众中的干部所需要的高级的文艺，又有反转来在这种高级的文艺指导之下的、往往为今日最广大群众所最先需要的初级的文艺。无论高级的或初级的，我们的文学艺术都是为人民大众的，首先是为工农兵的，为工农兵而创作，为工农兵所利用的。

我们既然解决了提高和普及的关系问题，则专门家和普及工作者的关系问题也就可以随着解决了。我们的专门家不但是为了干部，主要地还是为了群众。我们的文学专门家应该注意群众的墙报，注意军队和农村中的通讯文学。我们的戏剧专门家应该注意军队和农村中的小剧团。我们的音乐专门家应该注意群众的歌唱。我们的美术专门家应该注意群众的美术。一切这些同志都应该和在群众中做文艺普及工作的同志们发生密切的联系，一方面帮助他们，指导他们，一方面又向他们学习，从他们吸收由群众中来的养料，把自己充实起来，丰富起来，使自己的专门不致成为脱离群众、脱离实际、毫无内容、毫无生气的空中楼阁。我们应该尊重专门家，专门家对于我们的事业是很可宝贵的。但是我们应该告诉他们说，一切革命的文学家艺术家只有联系群众，表现群众，把自己当作群众的忠实的代言人，他们的工作才有意义。只有代表群众才能教育群众，只有做群众的学生才能做群众的先生。如果把自己看作群众的主人，看作高踞于"下等人"头上的贵族，那末，不管他们有多大的才能，也是群众所不需要的，他们的工作是没有前途的。

我们的这种态度是不是功利主义的？唯物主义者并不一般地反对功利主义，但是反对封建阶级的、资产阶级的、小资产阶级的功利主义，反对那种口头上反对功利主义、实际上抱着最自私最短视的功利主义的伪善者。世界上没有什么超功利主义，在阶级社会里，不是这一阶级的功利主义，就是那一阶级的功利主义。我们是无产阶级的革命的功利主义者，我们是以占全人口百分之九十以上的最广大群众的目前利益和将来利益的统一为出发点的，所以我们是以最广和最远为目标的革命的功利主义者，而不是只看到局部和目前的狭隘的功利主义者。例如，某种作品，只为少数人所偏爱，而为多数人所不需要，甚至对多数人有害，硬要拿来上市，拿来向群众宣传，以求其个人的或狭隘集团的功利，还要责备群众的功利主义，这就不但侮辱群众，也太无自知之明了。任何一种东西，必须能使人民群众得到真实的利益，才是好的东西。就算你的是"阳春白雪"吧，这暂时既然是少数人享用的东西，群众还是在那里唱"下里巴人"，那末，你不去提高它，只顾骂人，那就怎样骂也是空的。现在是"阳春白雪"和"下里巴人"① 统一的问题，是提高和普及统一的问题。不统一，任何专门家的最高级的艺术也不免成为最狭隘的功利主义；要说这也是清高，那只是自封为清高，群众是不会批准的。

在为工农兵和怎样为工农兵的基本方针问题解决之后，其他的问题，例如，写光明和写黑暗的问题，团结问题等，便都一齐解决了。如果大家同意这个基本方针，则我们的文学艺术工作者，我们的文学艺术学校，文学艺术刊物，文学艺术团体和一切文学艺术活动，就应该依照这个方针去做。离开这个方针就是错误的；和这个方针有些不相符合的，就须加以适当的修正。

三

我们的文艺既然是为人民大众的，那末，我们就可以进而讨论一个党内关系问题，党的文艺工作和党的整个工作的关系问题，和另一个党外关系的问题，党的文艺工作和非党的文艺工作的关系问题——文艺界统一战线问题。

先说第一个问题。在现在世界上，一切文化或文学艺术都是属于一定的阶级，属于一定的政治路线的。为艺术的艺术，超阶级的艺术，和政治并行或互相独立的艺术，实际上是不存在的。无产阶级的文学艺术是无产阶级整个革命事业的一部分，如同列宁所说，是整个革命机器中

---

① "阳春白雪"和"下里巴人"，都是公元前 3 世纪楚国的歌曲。"阳春白雪"是供少数人欣赏的较高级的歌曲；"下里巴人"是流传很广的民间歌曲。《文选·宋玉对楚王问》记载一个故事，说有人在楚都唱歌，唱"阳春白雪"时，"国中属而和者（跟着唱的），不过数十人"；但唱"下里巴人"时，"国中属而和者数千人"。

的"齿轮和螺丝钉"①。因此，党的文艺工作，在党的整个革命工作中的位置，是确定了的，摆好了的；是服从党在一定革命时期内所规定的革命任务的。反对这种摆法，一定要走到二元论或多元论，而其实质就像托洛茨基那样："政治——马克思主义的；艺术——资产阶级的。"我们不赞成把文艺的重要性过分强调到错误的程度，但也不赞成把文艺的重要性估计不足。文艺是从属于政治的，但又反转来给予伟大的影响于政治。革命文艺是整个革命事业的一部分，是齿轮和螺丝钉，和别的更重要的部分比较起来，自然有轻重缓急第一第二之分，但它是对于整个机器不可缺少的齿轮和螺丝钉，对于整个革命事业不可缺少的一部分。如果连最广义最普通的文学艺术也没有，那革命运动就不能进行，就不能胜利。不认识这一点，是不对的。还有，我们所说的文艺服从于政治，这政治是指阶级的政治、群众的政治，不是所谓少数政治家的政治。政治，不论革命的和反革命的，都是阶级对阶级的斗争，不是少数个人的行为。革命的思想斗争和艺术斗争，必须服从于政治的斗争，因为只有经过政治，阶级和群众的需要才能集中地表现出来。革命的政治家们，懂得革命的政治科学或政治艺术的政治专门家们，他们只是千千万万的群众政治家的领袖，他们的任务在于把群众政治家的意见集中起来，加以提炼，再使之回到群众中去，为群众所接受，所实践，而不是闭门造车，自作聪明，只此一家，别无分店的那种贵族式的所谓"政治家"，——这是无产阶级政治家同腐朽了的资产阶级政治家的原则区别。正因为这样，我们的文艺的政治性和真实性才能够完全一致。不认识这一点，把无产阶级的政治和政治家庸俗化，是不对的。

再说文艺界的统一战线问题。文艺服从于政治，今天中国政治的第一个根本问题是抗日，因此党的文艺工作者首先应该在抗日这一点上和党外的一切文学家艺术家（从党的同情分子、小资产阶级的文艺家到一

---

① 见列宁《党的组织和党的出版物》。列宁在这篇论文中说："写作事业应当成为整个无产阶级事业的一部分，成为由整个工人阶级的整个觉悟的先锋队所开动的一部巨大的社会民主主义机器的'齿轮和螺丝钉'。"（《列宁全集》第12卷，人民出版社1987年版，第93页）

切赞成抗日的资产阶级地主阶级的文艺家）团结起来。其次，应该在民主一点上团结起来；在这一点上，有一部分抗日的文艺家就不赞成，因此团结的范围就不免要小一些。再其次，应该在文艺界的特殊问题——艺术方法艺术作风一点上团结起来；我们是主张社会主义的现实主义的，又有一部分人不赞成，这个团结的范围会更小些。在一个问题上有团结，在另一个问题上就有斗争，有批评。各个问题是彼此分开而又联系着的，因而就在产生团结的问题比如抗日的问题上也同时有斗争，有批评。在一个统一战线里面，只有团结而无斗争，或者只有斗争而无团结，实行如过去某些同志所实行过的右倾的投降主义、尾巴主义，或者"左"倾的排外主义、宗派主义，都是错误的政策。政治上如此，艺术上也是如此。

在文艺界统一战线的各种力量里面，小资产阶级文艺家在中国是一个重要的力量。他们的思想和作品都有很多缺点，但是他们比较地倾向于革命，比较地接近于劳动人民。因此，帮助他们克服缺点，争取他们到为劳动人民服务的战线上来，是一个特别重要的任务。

四

文艺界的主要的斗争方法之一，是文艺批评。文艺批评应该发展，过去在这方面工作做得很不够，同志们指出这一点是对的。文艺批评是一个复杂的问题，需要许多专门的研究。我这里只着重谈一个基本的批评标准问题。此外，对于有些同志所提出的一些个别的问题和一些不正确的观点，也来略为说一说我的意见。

文艺批评有两个标准，一个是政治标准，一个是艺术标准。按照政治标准来说，一切利于抗日和团结的，鼓励群众同心同德的，反对倒退、促成进步的东西，便都是好的；而一切不利于抗日和团结的，鼓动群众离心离德的，反对进步、拉着人们倒退的东西，便都是坏的。这里所说的好坏，究竟是看动机（主观愿望），还是看效果（社会实践）呢？唯心论者是强调动机否认效果的，机械唯物论者是强调效果否认动机的，我们和这两者相反，我们是辩证唯物主义的动机和效果的统一论者。为大众的动机和被大众欢迎的效果，是分不开的，必须使二者统一起来。为个人的和狭隘集团的动机是不好的，有为大众的动机但无被大众欢迎、对大众有益的效果，也是不好的。检验一个作家的主观愿望即其动机是否正确，是否善良，不是看他的宣言，而是看他的行为（主要是作品）在社会大众中产生的效果。社会实践及其效果是检验主观愿望或动机的标准。我们的文艺批评是不要宗派主义的，在团结抗日的大原则下，我们应该容许包含各种各色政治态度的文艺作品的存在。但是我们的批评又是坚持原则立场的，对于一切包含反民族、反科学、反大众和反共的观点的文艺作品必须给以严格的批判和驳斥；因为这些所谓文艺，其动机，其效果，都是破坏团结抗日的。按着艺术标准来说，一切艺术性较高的，是好的，或较好的；艺术性较低的，则是坏的，或较坏的。这种分别，当然也要看社会效果。文艺家几乎没有不以为自己的作品是美的，我们的批评，也应该容许各种各色艺术品的自由竞争；但是按照艺术科学的标准给以正确的批判，使较低级的艺术逐渐提高成为较高级的艺术，使不适合广大群众斗争要求的艺术改变到适合广大群众斗争要求的艺术，也是完全必要的。

又是政治标准，又是艺术标准，这两者的关系怎么样呢？政治并不等于艺术，一般的宇宙观也并不等于艺术创作和艺术批评的方法。我们不但否认抽象的绝对不变的政治标准，也否认抽象的绝对不变的艺术标准，各个阶级社会中的各个阶级都有不同的政治标准和不同的艺术标准。但是任何阶级社会中的任何阶级，总是以政治标准放在第一位，以艺术标准放在第二位的。资产阶级对于无产阶级的文学艺术作品，不管其艺术成就怎样高，总是排斥的。无产阶级对于过去时代的文学艺术作品，也必须首先检查它们对待人民的态度如何，在历史上有无进步意义，而分别采取不同态度。有些政治上根本反动的东西，也可能有某种艺术性。内容愈反动的作品而又愈带艺术性，就愈能毒害人民，就愈应该排斥。处于没落时期的一切剥削阶级的文艺的共同特点，就是其反动的政治内容和其艺术的形式之间所存在的矛盾。我们的要求则是政治和艺术的统一，内容和形式的统一，革命的政治内容和尽可能完美的艺术形式的统一。缺乏艺术性的艺术品，无论政治上怎样进步，也是没有力量的。因此，我们既反对政治观点错误的艺术品，也反对只有正确的政治观点而没有艺术力量的所谓"标语口号式"的倾向。我们应该进行文艺问题上的两条战线斗争。

这两种倾向，在我们的许多同志的思想中是存在着的。许多同志有忽视艺术的倾向，因此应该注意艺术的提高。但是现在更成为问题的，我以为还是在政治方面。有些同志缺乏基本的政治常识，所以发生了各种糊涂观念。让我举一些延安的例子。

"人性论"。有没有人性这种东西？当然有的。但是只有具体的人性，没有抽象的人性。在阶级社会里就是只有带着阶级性的人性，而没有什么超阶级的人性。我们主张无产阶级的人性，人民大众的人性，而地主阶级资产阶级则主张地主阶级资产阶级的人性，不过他们口头上不这样说，却说成为唯一的人性。有些小资产阶级知识分子所鼓吹的人性，也是脱离人民大众或者反对人民大众的，他们的所谓人性实质上不过是资产阶级的个人主义，因此在他们眼中，无产阶级的人性就不合于人性。现在延安有些人们所主张的作为所谓文艺理论基础的"人性论"，就是这样讲，这是完全错误的。

"文艺的基本出发点是爱，是人类之爱。"爱可以是出发点，但是还有一个基本出发点。爱是观念的东西，是客观实践的产物。我们根本上不是从观念出发，而是从客观实践出发。我们的知识分子出身的文艺工作者爱无产阶级，是社会使他们感觉到和无产阶级有共同的命运的结果。我们恨日本帝国主义，是日本帝国主义压迫我们的结果。世上决没有无缘无故的爱，也没有无缘无故的恨。至于所谓"人类之爱"，自从人类分化成为阶级以后，就没有过这种统一的爱。过去的一切统治阶级喜欢提倡这个东西，许多所谓圣人贤人也喜欢提倡这个东西，但是无论谁都没有真正实行过，因为它在阶级社会里是不可能实行的。真正的人类之爱是会有的，那是在全世界消灭了阶级之后。阶级使社会分化为许多对立体，阶级消灭后，那时就有了整个的人类之爱，但是现在还没有。我们不能爱敌人，不能爱社会的丑恶现象，我们的目的是消灭这些东西。这是人们的常识，难道我们的文艺工作者还有不懂得的吗？

"从来的文艺作品都是写光明和黑暗并重，一半对一半。"这里包

312

含着许多糊涂观念。文艺作品并不是从来都这样。许多小资产阶级作家并没有找到过光明，他们的作品就只是暴露黑暗，被称为"暴露文学"，还有简直是专门宣传悲观厌世的。相反地，苏联在社会主义建设时期的文学就是以写光明为主。他们也写工作中的缺点，也写反面的人物，但是这种描写只能成为整个光明的陪衬，并不是所谓"一半对一半"。反动时期的资产阶级文艺家把革命群众写成暴徒，把他们自己写成神圣，所谓光明和黑暗是颠倒的。只有真正革命的文艺家才能正确地解决歌颂和暴露的问题。一切危害人民群众的黑暗势力必须暴露之，一切人民群众的革命斗争必须歌颂之，这就是革命文艺家的基本任务。

"从来文艺的任务就在于暴露。"这种讲法和前一种一样，都是缺乏历史科学知识的见解。从来的文艺并不单在于暴露，前面已经讲过。对于革命的文艺家，暴露的对象，只能是侵略者、剥削者、压迫者及其在人民中所遗留的恶劣影响，而不能是人民大众。人民大众也是有缺点的，这些缺点应当用人民内部的批评和自我批评来克服，而进行这种批评和自我批评也是文艺的最重要任务之一。但这不应该说是什么"暴露人民"。对于人民，基本上是一个教育和提高他们的问题。除非是反革命文艺家，才有所谓人民是"天生愚蠢的"，革命群众是"专制暴徒"之类的描写。

"还是杂文时代，还要鲁迅笔法。"鲁迅处在黑暗势力统治下面，没有言论自由，所以用冷嘲热讽的杂文形式作战，鲁迅是完全正确的。我们也需要尖锐地嘲笑法西斯主义、中国的反动派和一切危害人民的事物，但在给革命文艺家以充分民主自由、仅仅不给反革命分子以民主自由的陕甘宁边区和敌后的各抗日根据地，杂文形式就不应该简单地和鲁迅的一样。我们可以大声疾呼，而不要隐晦曲折，使人民大众不易看懂。如果不是对于人民的敌人，而是对于人民自己，那末，"杂文时代"的鲁迅，也不曾嘲笑和攻击革命人民和革命政党，杂文的写法也和对于敌人的完全两样。对于人民的缺点是需要批评的，我们在前面已经说过了，但必须是真正站在人民的立场上，用保护人民、教育人民的满腔热情来说话。如果把同志当作敌人来对待，就是使自己站在敌人的立场上去了。我们是否废除讽刺？不是的，讽刺是永远需要的。但是有几种讽刺：有对付敌人的，有对付同盟者的，有对付自己队伍的，态度各有不同。我们并不一般地反对讽刺，但是必须废除讽刺的乱用。

"我是不歌功颂德的；歌颂光明者其作品未必伟大，刻画黑暗者其作品未必渺小。"你是资产阶级文艺家，你就不歌颂无产阶级而歌颂资产阶级；你是无产阶级文艺家，你就不歌颂资产阶级而歌颂无产阶级和劳动人民：二者必居其一。歌颂资产阶级光明者其作品未必伟大，刻画资产阶级黑暗者其作品未必渺小，歌颂无产阶级光明者其作品未必不伟大，刻画无产阶级所谓"黑暗"者其作品必定渺小，这难道不是文艺史上的事实吗？对于人民，这个人类世界历史的创造者，为什么不应该歌颂呢？无产阶级，共产党，新民主主义，社会主义，为什么不应该歌颂呢？也有这样的一种人，他们对于人民的事业并无热情，对于无产阶级及其先锋队的战斗和胜利，抱着冷眼旁观的态度，他们所感到兴趣而要不疲倦地歌颂的只有他自己，或者加上他所经营的小集团里的几个角色。这种小资产阶级的个人主义者，当然不愿意歌颂革命人民的功德，鼓舞革命人民的斗争勇气和胜利信心。这样的人不过是革命队伍中的蠹虫，革命人民实在不需要这样的"歌者"。

"不是立场问题；立场是对的，心是好的，意思是懂得的，只是表现不好，结果反而起了坏作用。"关于动机和效果的辩证唯物主义观点，我在前面已经讲过了。现在要问：效果问题是不是立场问题？一个人做事只凭动机，不问效果，等于一个医生只顾开药方，病人吃死了多少他是不管的。又如一个党，只顾发宣言，实行不实行是不管的。试问这种立场也是正确的吗？这样的心，也是好的吗？事前顾及事后的效果，当然可能发生错误，但是已经有了事实证明效果坏，还是照老样子做，这样的心也是好的吗？我们判断一个党、一个医生，要看实践，要看效果；判断一个作家，也是这样。真正的好心，必须顾及效果，总结经验，研究方法，在创作上就叫做表现的手法。真正的好心，必须对于自己工作的缺点错误有完全诚意的自我批评，决心改正这些缺点错误。共产党人的自我批评方法，就是这样采取的。只有这种立场，才是正确的立场。同时也只有在这种严肃的负责的实践过程中，才能一步一步地懂得正确的立场是什么东西，才能一步一步地掌握正确的立场。如果不在实践中向这个方向前进，只是自以为是，说是"懂得"，其实并没有懂得。

"提倡学习马克思主义就是重复辩证唯物论的创作方法的错误，就要妨害创作情绪。"学习马克思主义，是要我们用辩证唯物论和历史唯物论的观点去观察世界，观察社会，观察文学艺术，并不是要我们在文学艺术作品中写哲学讲义。马克思主义只能包括而不能代替文艺创作中的现实主义，正如它只能包括而不能代替物理科学中的原子论、电子论一样。空洞干燥的教条公式是要破坏创作情绪的，但是它不但破坏创作情绪，而且首先破坏了马克思主义。教条主义的"马克思主义"并不是马克思主义，而是反马克思主义的。那末，马克思主义就不破坏创作情绪了吗？要破坏的，它决定地要破坏那些封建的、资产阶级的、小资产阶级的、自由主义的、个人主义的、虚无主义的、为艺术而艺术的、贵族式的、颓废的、悲观的以及其他种种非人民大众非无产阶级的创作情绪。对于无产阶级文艺家，这些情绪应不应该破坏呢？我以为是应该的，应该彻底地破坏它们，而在破坏的同时，就可以建设起新东西来。

五

我们延安文艺界中存在着上述种种问题，这是说明一个什么事实呢？说明这样一个事实，就是文艺界中还严重地存在着作风不正的东西，同志们中间还有很多的唯心论、教条主义、空想、空谈、轻视实践、脱离群众等等的缺点，需要有一个切实的严肃的整风运动。

我们有许多同志还不大清楚无产阶级和小资产阶级的区别。有许多党员，在组织上入了党，思想上并没有完全入党，甚至完全没有入党。这种思想上没有入党的人，头脑里还装着许多剥削阶级的脏东西，根本不知道什么是无产阶级思想，什么是共产主义，什么是党。他们想：什么无产阶级思想，还不是那一套？他们哪里知道要得到这一套并不容易，有些人就是一辈子也没有共产党员的气味，只有离开党完事。因此我们的党，我们的队伍，虽然其中的大部分是纯洁的，但是为要领导革命运动更好地发展，更快地完成，就必须从思想上组织上认真地整顿一番。而为要从组织上整顿，首先需要在思想上整顿，需要展开一个无产阶级对非无产阶级的思想斗争。延安文艺界现在已经展开了思想斗争，这是很必要的。小资产阶级出身的人们总是经过种种方法，也经过文学艺术的方法，顽强地表现他们自己，宣传他们自己的主张，要求人们按照小资产阶级知识分子的面貌来改造党，改造世界。在这种情形下，我们的工作，就是要向他们大喝一声，说："同志"们，你们那一套是不行的，无产阶级是不能迁就你们的，依了你们，实际上就是依了大地主大资产阶级，就有亡党亡国的危险。只能依谁呢？只能依照无产阶级先锋队的面貌改造党，改造世界。我们希望文艺界的同志们认识这一场大论战的严重性，积极起来参加这个斗争，使每个同志都健全起来，使我们的整个队伍在思想上和组织上都真正统一起来，巩固起来。

因为思想上有许多问题，我们有许多同志也就不大能真正区别革命根据地和国民党统治区，并由此弄出许多错误。同志们很多是从上海亭子间①来的；从亭子间到革命根据地，不但是经历了两种地区，而且是经历了两个历史时代。一个是大地主大资产阶级统治的半封建半殖民地的社会，一个是无产阶级领导的革命的新民主主义的社会。到了革命根据地，就是到了中国历史几千年来空前未有的人民大众当权的时代。我们周围的人物，我们宣传的对象，完全不同了。过去的时代，已经一去不复返了。因此，我们必须和新的群众相结合，不能有任何迟疑。如果同志们在新的群众中间，还是像我上次说的"不熟，不懂，英雄无用武之地"，那末，不但下乡要发生困难，不下乡，就在延安，也要发生困难的。有的同志想：我还是为"大后方"②的读者写作吧，又熟悉，又有"全国意义"。这个想法，是完全不正确的。"大后方"也是要变的，"大后方"的读者，不需要从革命根据地的作家听那些早已听厌了的老

---

① 亭子间是上海里弄房子中的一种小房间，位置在房子后部的楼梯中侧，狭小黑暗，因此租金比较低廉。解放以前，贫苦的作家、艺术家、知识分子和机关小职员，多半租这种房间居住。

② 指国民党统治区。抗日战争时期，人们习惯称未被日寇占领而在国民党统治下的中国西南部和西北部的广大土地为"大后方"，以别于共产党领导的战后抗日根据地的"小后方"。

故事，他们希望革命根据地的作家告诉他们新的人物，新的世界。所以愈是为革命根据地的群众而写的作品，才愈有全国意义。法捷耶夫的《毁灭》①，只写了一支很小的游击队，它并没有想去投合旧世界读者的口味，但是却产生了全世界的影响，至少在中国，像大家所知道的，产生了很大的影响。中国是向前的，不是向后的，领导中国前进的是革命的根据地，不是任何落后倒退的地方。同志们在整风中间，首先要认识这一个根本问题。

既然必须和新的群众的时代相结合，就必须彻底解决个人和群众的关系问题。鲁迅的两句诗，"横眉冷对千夫指，俯首甘为孺子牛"②，应该成为我们的座右铭。"千夫"在这里就是说敌人，对于无论什么凶恶的敌人我们决不屈服。"孺子"在这里就是说无产阶级和人民大众。一切共产党员，一切革命家，一切革命的文艺工作者，都应该学鲁迅的榜样，做无产阶级和人民大众的"牛"，鞠躬尽瘁，死而后已。知识分子要和群众结合，要为群众服务，需要一个互相认识的过程。这个过程可能而且一定会发生许多痛苦，许多磨擦，但是只要大家有决心，这些要求是能够达到的。

今天我所讲的，只是我们文艺运动中的一些根本方向问题，还有许多具体问题需要今后继续研究。我相信，同志们是有决心走这个方向的。我相信，同志们在整风过程中间，在今后长期的学习和工作中间，一定能够改造自己和自己作品的面貌，一定能够创造出许多为人民大众所热烈欢迎的优秀的作品，一定能够把革命根据地的文艺运动和全中国的文艺运动推进到一个光辉的新阶段。

---

① 法捷耶夫（1901——1956），苏联名作家。他所作的小说《毁灭》于1927年出版，内容是描写苏联国内战争时期由苏联远东滨海边区工人、农民和革命知识分子所组成的一支游击队同国内反革命白卫军以及日本武装干涉军进行斗争的故事。这部小说曾由鲁迅译为汉文。

② 见鲁迅《集外集·自嘲》。（《鲁迅全集》第7卷，人民文学出版社1981年版，第147页）

图书在版编目(CIP)数据

延安整风与新时期党的建设/蔡国英,有林编著.
—北京:华艺出版社,2013.12
ISBN 978 – 7 – 80252 – 479 – 8

Ⅰ.①延…

Ⅱ.①蔡…　②有…

Ⅲ.①延安整风运动—研究　②中国共产党 – 党的建设 – 研究

Ⅳ.①D26

中国版本图书馆 CIP 数据核字(2013)第 294488 号

延安整风与新时期党的建设

主　　编	蔡国英　有　林
总 策 划	郑　剑
出 版 人	石永奇
执行编辑	刘　泰　郑治清
责任编辑	陈娜娜
装帧设计	王　烨
出版发行	华艺出版社
社　　址	北京市海淀区北四环中路 229 号海泰大厦 10 层
电　　话	010 – 82885151
邮　　编	100083
电子信箱	huayip@ vip. sina. com
网　　站	www. huayicbs. com
印　　刷	北京润田金辉印刷有限公司
开　　本	1/16
字　　数	300 千字
印　　张	20.25
版　　次	2014 年 3 月第 1 版第 1 次印刷
书　　号	ISBN 978 – 7 – 80252 – 479 – 8
定　　价	32.00 元